仙石知子著

毛宗崗批評『三國志演義』の研究

汲古書院

毛宗崗批評『三國志演義』の研究／目　次

毛宗崗批評『三國志演義』の研究

序章　明清小説研究と時代風潮

はじめに

本書は、毛宗崗批評『三國志演義』（以下、毛宗崗本と略称）の表現技法と描かれた時代風潮から、毛宗崗本の思想的特徴を解明するものである。

『三國志演義』は、『三國志平話』など先行する三国志の物語や講談をもとに、元末・明初の人、羅貫中がまとめた歴史小説である[一]。羅貫中の経歴は不明な部分が多く、その出身地すら共通の理解を持ち得ていない[二]。羅貫中の原作は失われ、現存する最古の版本は、嘉靖元（一五二二）年に木版印刷された『三國志通俗演義』（以下、嘉靖本と略称）である。嘉靖本の冒頭に附されている弘治七（一四九四）年の庸愚子（蔣大器）の序は、『三國志通俗演義』がまとめられた理由を次のように述べている。

> そもそも史というものは、ただ歴代の事実を記載するだけでない。思うに過去の盛衰を明らかにし、君臣の善悪を鑑として、政治の得失を記載し、人才の吉凶を観て、国家の喜憂を知るもので、それにより寒暑・災異と瑞祥・毀誉褒貶・与奪に至るまで知るために、一つとして記さないものはなく、（そこには）義（という基準）が存在する。わが孔子は獲麟（聖獣の麒麟が捕まったことで、自らの使命を孔子が知ること）を機に『春秋』を著した。春秋

は魯の史（官の記録）であったが、孔子はこれを修め、一字の中にも褒めるべきは褒め、貶めるべきはこれを貶めた。このため一字の中にも、当時の君臣父子の道を明らかにし、後世の鑑を垂れ、某の善と、某の悪を知らしめ、善を勧め悪を恐れさせ、前者の轍を踏ませないようにしたのである。……（朱子の『資治通鑑綱目』も、これを継承している。しかし、史書は難解で、そこに込められた義も分かりにくい。そのため史書は、次第に人々に顧みられなくなった。そこで）前代（の元の時）には野史（民間に伝わる歴史）から、「評話」（『三國志平話』など）をつくり、目の不自由な芸人に語らせたが、その言葉は卑しく、また粗野であったので、君子はこれを嫌った。そこで東原の羅貫中は、平陽の陳寿の伝（『三國志』）をもとに、諸国史を考えあわせ、漢の霊帝の中平元年から、晉の太康元年までの事実を、慎重に取捨選択して（描き）、これを『三國志通俗演義』と名付けた。その文章はさほど難しくはなく、言葉はさほど俗ではない。出来事はその実を記して、史に近づけることを目指している。これは読者が、それぞれで理解できることを願ったためである。(三)

嘉靖本の序は、歴史における『春秋』の義の重要性を述べながら、それを理解するための史書が難解であるとする。しかし、野史を元にした『三國志平話』などの「評話」は、誤りが多く君子はこれを嫌っている。そのため、『三國志通俗演義』は、陳寿の『三國志』を中心に事実を描きながらも、それほど難しくないものを目指し、読者への普及を願ったのである、という。すなわち、『三國志演義』の執筆目的は、『三國志』そのものは難しいので、「通俗」性を高めて普及をすることで、「義」を「演」繹する（押し広める）ことにある、とするのである。その中心に置かれた「義」とは、『春秋』の義であり、朱子の『資治通鑑綱目』で示されている、毀誉褒貶を判断して勧善懲悪を行うための基準である。

このように道徳と歴史の立場から小説の社会的・通俗的効用が説かれる背景には、中国近世（宋からアヘン戦争まで）における識字層の拡大と儒教の浸透があった。本を読む人が増え、かれらが朱子学に基づき蜀漢の正統を支持していけば、その需要に『三國志演義』も応えねばなるまい。さらに、このころから小説も大量に印刷されるようになったこともあり、多くの版元により様々な『三國志演義』が出版された。(四) その結果、当時すでに神として信仰されていた関羽の死を描かない版本や、(五) もともとは『三國志演義』と無関係の英雄であった花関索の説話を含む版本や、(六) 関羽の三男とされる関索の説話を含む版本も生まれていく。そうした多くの版本の中で、毛宗崗本は、なぜ通行本の地位を獲得し得たのであろうか。

かかる問題を解明するため、序章では、第一に、本書で分析する毛宗崗本の概略を示したうえで、第二に、毛宗崗本を中心に先行研究を整理する。第三に、中国小説における時代風潮の重要性を魯迅と津田左右吉の問題意識より探り、そのうえで、第四に、本書の方法論を提示することにしたい。

一、毛宗崗本の概略

毛綸・毛宗崗父子がまとめた毛宗崗本は、嘉靖本の流れを汲む『李卓吾先生批評三國志』（以下、李卓吾本と略称）を底本に改変を加え、評を附したものであるが、これが現代まで読まれている『三國志演義』の通行本となっている。毛宗崗（字は序始、號は子菴）は、江蘇長洲（現在の蘇州市）の人で、崇禎五（一六三二）年に生まれたという。没年などは不詳であるが、清代初期の人と考えてよい。毛宗崗本の成立は、清の康熙五（一六六六）年以降であるとされる。父毛綸の仕事を継承して、毛宗崗が『三國志演義』の最終的な改訂を行ったのである。かれらは、多くの版本のなかから李卓吾本を選び、それを底本として記事や文章の誤りを正し、不合理な記事を削除した。さらに、物語を新たに挿入し、自らの批評を加え、首尾一貫を整えて、『三國志演義』の面目を一新した。[七] その成立後、しばらくの間は、明代以来の版本も流通していたが、清末には毛宗崗本が広く流布し、中国では『三國志演義』と言えば、毛宗崗本を指すようになり、現在に至っている。[八]

毛宗崗本の刊本は無数にあり、当初からの『四大奇書第一種』ではなく『第一才子書』を書名とするものや、通常は十九巻百二十回のところ六十巻の本もあるが、内容に大きな差異はない。[九] 多く流布している毛宗崗本の首巻には、金聖嘆による「序」のほか、「凡例」・「讀三國志法」・「目錄」・「圖錄」が付けられている。小川環樹〈一九五七〉が指摘するように、毛宗崗本の原刻本である醉耕堂本には、[一〇] 金聖嘆による「序」はなく、「序」は後世の偽託である。[一一] しかし、「序」が偽託であることと、毛宗崗本が金聖嘆の影響を受けていることとは、別の問題である。李正学〈二〇一二〉が指摘するように、毛宗崗本の評は、金聖嘆の評をそのまま用いているところがある。一例を掲げておこう。諸葛亮の「出師表」に関して、毛宗崗本は次のように評をつけている。

> 武侯北伐、而無南顧之憂、此武侯之所樂也。武侯外伐、而不免終於内顧之憂、此則武侯之所懼也。何也。平蠻之後、憂不在於南人、而憂乃在於後主也。試觀武侯出師一篇曰、臨表涕泣。夫伐魏即伐魏耳、何用涕泣爲哉。正惟此日國事、實當危急存亡之際、而此日嗣主、方在醉生夢死之中。知子莫如父、惟不可輔之言、固已驗矣。豈知臣莫如君、而自取之之語、乃遂敢眞蹈也。於是而身提重師、萬萬不可不去。而心牽鈍物、又萬萬不能少寬。因而切切開導、勤勤叮寧、一回如嚴父、一回如慈嫗。蓋先生此日此表之涕泣、固有甚難於嗣主者、非但爲漢賊之不兩立也。後日杜工部有詩云、幹排雷雨猶力爭、根斷泉源豈天意。正是此一副眼涙矣。今人但知此表爲討賊之義、而不知其爲戀主之忠、安得爲知武侯者耶(毛宗崗本 第九十一回 總評)。

右に掲げた毛宗崗本の評のうち、波線を附した部分は、次のように金聖嘆の評をそのまま用いている(傍線を附さなかった部分は、文字の異同がある）。

> 看先生自云、臨表涕泣。夫伐魏即伐魏耳、何用涕泣爲哉。正惟此日國事、實當危急存亡之際、而此日嗣主、方在醉生夢死之中。知子莫如父、惟不才之目、固已驗矣。豈知臣莫如君、而自取之之語、乃遂敢眞蹈也。於是而身提重師、萬萬不可不去。而心牽鈍物、又萬萬不能少寛。因而切切開導、勤勤叮寧、一回如嚴父、一回如慈嫗。蓋先生此日此表之涕泣、固自有甚難甚難於嗣主者、而非但爲漢賊之不兩立也。後日杜工部有詩云、幹排雷雨猶力爭、根斷泉源豈天意。正是此一副眼涙矣（金聖嘆『天下才子必讀書』[一二]巻之六 東漢文 後漢文 晉文）。

毛宗崗本の評は、このように金聖嘆の影響を受けているのである。[一三]ただし、この箇所のように、金聖嘆の評を丸写しにしている部分は稀であり、多くの評からは毛宗崗本の特徴を考えることができる。

また、「讀三國志法」には、「三国志」にどのような特徴があり、何が重要であるのかに関する毛宗崗本の見解が示されている。読三国志法の「三国志」とは、陳寿の『三國志』を指すのではなく、毛宗崗本を指す。したがって、読三国志法は、毛宗崗本の読み方を毛宗崗が自ら述べた部分なのである。

> 「三国志」を読む者は、正統・閏運・僭国の別を知らなければならない。正統とは何か。蜀漢がこれである。僭国とは何か。呉と魏がこれである。閏運とは何か。晉がこれである。魏が正統とされないのはいかなる理由によるか。地で論ずれば中原が主であり（魏が正統となるが）、理で論ずれば劉氏が主であり、地で論ずることは理で論ずることには及ばない。それゆえに魏に正統を与えるもの、（すなわち）司馬光の『資治通鑑』は誤りである。蜀に正統を与えるもの、（すなわち）朱子の『資治通鑑綱目』が正しい理由である。[一四]

読三国志法は、正閏論より始まる。正閏論とは、中国に複数の国家が並立したり、国家間の継承関係に疑義のある場合に、どの国家が正統であるかを論ずるものである。北宋の欧陽脩は「正統論」において、正統とは天下の「正」

を得て「統」一しているものであるとし、周・秦・漢・晉・隋・唐を正統、三国魏・東晉・北魏・五代は正統であることに疑義があるとした。これに対して、南宋の朱子は、『資治通鑑綱目』において、周・秦・漢（蜀を含む）・晉（東晉を含む）・隋・唐を正統とし、三国の魏と呉・北朝・南朝・五代を正統なき時代としている。（一五）読三国志法は、蜀漢を正統とする朱子の『資治通鑑綱目』が正しいとしながらも、晉を閏運（国家の存在は認めるが、正統ではない国家）とする点に、独自の歴史観を持つ。毛宗崗本は、歴史物語において最も重要な正統観を朱子学とは異にしているのである。その理由について、読三国志法は、次のように述べている。

劉氏（蜀）が滅ぶにおよび、晉が三国を統一したが、晉もまた正統と成し得ないのはなぜか。晉は臣下（司馬氏）が君主（曹氏）を弑殺した点において魏と違いがなく、また統一のあとも、国家の寿命が長くないので、ただ閏運と言うべきで、正統とは言えないのである。（一六）

毛宗崗本はこのように、司馬昭が曹髦を弑殺して権力を掌握したことを魏と同質として批判している。このため、朱子学では「正統」とする晉を「閏運」とするのである。

こうした正統観は、陳寿の『三國志』とも大きく異なる。陳寿は、西晉の史家として、西晉の正統を証明するために、魏書だけに本紀を設けて、曹魏を正統とした。金聖嘆による「序」が述べるように、小説を「史」に近づけていこうとすれば、曹魏を僭国（勝手に国家を名乗っている偽国家）とし、晉を閏運とする毛宗崗本の根底に置かれる歴史認識は崩壊する。毛宗崗本は、『三國志』や『資治通鑑』の簡略本などにより史実化を進めながらも、曹魏を正統とする陳寿はもとより、西晉を正統とする朱子とも異なる正統観を保持しているのである。

読三国志法は、続けて「三国志」の読み所として、人才の豊富さを挙げる。

古い時代の史書はたいへん多いが、人がむさぼるように「三国志」だけを読むのは、古今の人才の多いこと、三国より盛んな時代はなかったためである。……わたしが思うに、三国には「三奇」（三人の抜きん出た人々）がおり、これを「三絶」と称すべきである。諸葛孔明は（賢相として）一絶である、関雲長は（名将として）一絶である、曹操もまた一絶である。……歴代の史書を鑑みると、奸雄は踵を接して現れているが、智により人才を総覧し、天下を欺き得たことで、曹操ほどの者はいない。……（忠・順・寛・義があるようなふりをしながら人を欺く点において、曹操は）古今の奸雄の中で第一の「奇」人である。こうして三奇が揃うようなことは、前後の史書には絶無なので、あらゆる史書を読んでも「三国志」ほど読んで喜ばしいものはないのである。（一七）

読三国志法は、「三国志」における三人の突出した人物を「三絶」と称する。この三人が毛宗崗本の主役である。一人は、優れた宰相としての「智」絶の諸葛孔明、一人は傑出した武将であり、すでに神として信仰されていた「義」絶の関雲長である。ここまでは、常識の範囲内と言えよう。毛宗崗本の面白さは、三絶の一人として、「奸」絶の曹操を掲げる点にある。その際、毛宗崗本は、諸葛孔明・関雲長を姓と字で表現して二人への尊重を示しているが、曹操は姓と諱で書いて『春秋』の筆法により曹操を貶める。曹操を「奸」絶として徹底的に貶めることは、先に掲げた蜀漢を正統とし、曹魏を僭国とする正統観と共に、毛宗崗本の大きな特徴である。

このように、読三国志法で述べられている毛宗崗本の特徴は、嘉靖本の弘治六年の序文から継承する蜀漢を正統とする歴史観を大枠で継承しながら、諸葛亮・関羽を宰相・将軍の「智」絶・「義」絶として高く評価し、曹操を極悪な「奸」絶と貶めることである。こうした特徴を明確化するために、毛宗崗本は、李卓吾本までの『三國志演義』を大きく書き改めた。その基準を示すものが、「凡例」である。

毛宗崗本の首巻に掲げられる凡例は、毛宗崗がいかにして自らの校訂本を編纂したかについて述べた文章である。凡例の中から、テキストの改変に関わる五項目を抜き出し、数字を附しながら掲げよう。

一、俗本の記事には誤りが多い。たとえば①「昭烈 雷を聞いて筯を失う」や②「馬騰 京に入って害に遇う」、③「関公 漢寿亭侯に封ぜらる」のような類は、みな古本とあわない。また④「曹后 曹丕を罵る」は范曄の『後漢書』に詳しく書かれているのに、俗本は逆に誤って曹后を悪者の仲間と書いている。⑤「孫夫人 江に投じて死す」は『梟姫傳』に詳しく書かれているのに、俗本はただ孫夫人が呉に帰ったと記すだけである。今すべて古本に従ってはっきりと改めた。

一、記事には欠かすことのできないもの、たとえば⑥「関公 燭を秉って旦に達る」、⑦「管寧 席を割り坐を分く」、⑧「曹操 香を分け履を売らしむ」、⑨「于禁 陵廟に画を見る」、さらには⑩「武侯夫人の才」、⑪「康成の侍児の慧」、⑫「鄧艾 鳳兮の対」、⑬「鍾会の不汗の答」、⑭「杜預の『左傳』癖」のような話は、俗本ではみな削り去って記述していない。今すべて古本に従ってこれらをとどめ、読者が全貌を窺うことができるようにした。

一、三国志の文章のすばらしいもので、『文選』に収められているもの、たとえば孔融の⑮「禰衡を薦める表」、陳琳の⑯「曹操を討つ檄」のような文章は、まことに「前出師の表」・「後出師の表」と並び伝えられるべきものであるのに、俗本はみな欠落して収録していない。今すべて古本に従って入れ、好古者の高覧に備えた。

一、七言律詩は、唐人に始まり、漢代であれば七言律詩はまだなかったようである。俗本では往々にして古人の詩句を捏造しており、たとえば⑰「鍾繇・王朗 銅雀台を頌う」、⑱「蔡瑁 館駅の屋壁に題す」のようなものは、みな七言律詩としており、とくに識者に笑われるところである。今すべて古本に従って削り去り、正しい形にとどめた。

一、後人が捏造したことで、俗本演義にはなくて今日の伝奇にはある話がある。たとえば⑲「関公 貂蟬を斬る」、⑳「張飛 周瑜を捕らう」のような類が、誤りであるのは、今の人は知っていることである。古本三国志にはないのに俗本演義にはある話がある。たとえば㉑「諸葛亮 魏延を上方谷に焼かんと欲す」、㉒「諸葛瞻 鄧艾の書を得て猶予して未だ決せず」の類が、誤りであるのは今の人には知られていない。誤りであることを知らずに、古人を甚だしく不当扱いにしてはならない。今すべて削り去って、読者がでたらめな記述でまちがわせられないようにした。（一八）

凡例において、毛宗崗本は、「俗本」を「古本」によって訂正したとしたうえで、「俗本」を「演義」、「古本」を「三国志」と呼んでいる。「俗本」とは、毛宗崗本以前の『三國志演義』のテキスト、具体的には李卓吾本のことであり、「古本」とは、毛宗崗本がこうであらねばならないと考えるテキストのことである。（一九）毛宗崗本が「古本」に従って「俗本」を直した具体的事例として掲げられている二二例のうち、記述が改変されているものは、①・②・③・④・⑱・㉑・㉒の七ヵ所、新しく加えられたものは、⑤・⑥・⑦・⑧・⑨・⑩・⑪・⑫・⑬・⑭・⑮・⑯の十二ヵ所、女性に関わるものは傍線を附した七ヵ所である（⑰は削除の例で、⑲は李卓吾本にはなく、⑳は不明である）。これらは、毛宗崗本が自らの改変箇所として明記するものであり、そこに毛宗崗本の特徴、さらには通行本として普及するに至った理由が中心的に現れていよう。そこで本書では、これらの事例を中心に、毛宗崗本の書き換えと評に注目して、毛宗崗本の表現技法とそこに現れた時代風潮を分析することにしたい。

二、毛宗崗本『三國志演義』の先行研究

『三國志演義』は、唐・宋のころの三国志物語、元の『至治新刊全相平話三國志』（以下、『三國志平話』と略称）を

経て、元末明初に形成された。毛宗崗本に至る版本研究および毛宗崗本に関する研究を整理する前に、『三國志演義』が成立するまでの研究から整理していこう。

三国物語の展開については、角谷聡に〈一九九九〉〈二〇〇〇a・b〉〈二〇〇三〉〈二〇〇四〉〈二〇〇五〉〈二〇一〇〉など一連の研究がある。また、『三國志平話』・『三分事略』という元代の二種の版本のうち、二階堂善弘・中川諭《一九九九》が全訳をした至治年間に刊行された建陽虞氏刊本『三國志平話』は、塩谷温〈一九二八〉の紹介により早くから知られていた。これに対して、天理図書館善本叢書漢籍之部編集委員会（編集）《一九八〇》として影印された『三分事略』は、その刊刻年代が『三國志平話』より後とされている。これら元代に成立した二本のうち、『三國志平話』と元雑劇中の三国劇との比較については、高橋繁樹〈一九七三〜七四〉がある。

また、三国劇や民間伝承の具体像とその展開は、土屋文子に〈一九九二〉〈一九九五〉〈一九九七〉〈一九九八〉〈一九九九〉など一連の研究があるほか、関四平《二〇〇一》にも説唱文芸としての『三國志演義』との関係で論及がある。また、語り物の三国志については、後藤裕也《二〇一三》がある。なお、史実からどのように『三國志演義』が成立したのかについては、沈伯俊《二〇〇〇》《二〇〇五》、関四平《二〇〇一》、符麗平《二〇一六》など多くの研究がある。あるいは、『三國志演義』の成立過程と『三國志演義』以外の小説との関わりについては、「四大奇書」との関わりの中に『三國志演義』を位置付ける小松謙《二〇一〇》、近世小説の中に『三國志演義』を位置付ける小松建男《二〇一〇》、「原演義」を推定する井口千雪《二〇一六》などがある。[一〇]

羅貫中が原作を書いてから毛宗崗本に至るまで、『三國志演義』には、多くの版本が成立しており、現在まで三十種類以上の明版本が伝わっている。これら諸版本の相互関係については、鄭振鐸〈一九三四〉・小川環樹〈一九六四〉の先駆的な研究がある。その後、井上泰山・大木康・金文京・氷上正・古屋昭弘《一九八九》によって解明された

『花關索傳』との関わりを考えることで、金文京〈一九八六〉は、『三國志演義』の版本を①関索の故事の無い嘉靖壬午本・②関索の雲南征伐の故事が見える周曰校本系統（李卓吾本、毛評本などを含む）・③「花関索 荊州に父を認む」の故事がある建陽繁本『三國志傳』系統・④関索の故事はあるが周曰校本系統とは若干の差異がある建陽簡本『三國志傳』系統・⑤関索の故事も花関索の故事もある『英雄譜』本系統の五つに分けた。これに対して、中川諭〈一九八九〉は、周曰校本系統の版本は、嘉靖本系統の基礎の上に、関索故事のほかにも、史書を根拠とした十箇所の内容を増補していると指摘し、金文京〈一九八九ａ〉は、余象斗本などの建陽繁本系統の文字が、部分的に嘉靖本よりもさらに早期の様相を残すことを証明している。中川諭《一九九八》は、これらの研究成果を吸収して、版本を①二十四巻本系統・②二十巻繁本系統・③二十巻簡本系統に大別し、それぞれの系統の各種版本に対して詳細な検討を加えている。それによれば、毛宗崗本は、嘉靖本の祖本と考えられる弘治抄本を起源としながら、呉観明本をはじめ緑蔭堂本・蔡光楼本など書名に「李卓吾先生批評」と冠する李卓吾評本（本書では、『李卓吾先生批評三國志』は呉観明本を用い、李卓吾本と略称する）を直接の底本に成立したものとされる。そして、上田望〈一九九八ｂ〉〈二〇〇一〉・中川諭〈二〇〇五〉は、毛宗崗本が清朝中期になって独占的な地位を得たことを論証している。

毛宗崗本の研究は、何曉葦《二〇一三》によれば、四段階に整理される。何曉葦《二〇一三》の整理に従って、重要な研究はその原文を補いながら、毛宗崗本の先行研究の展開を追っていこう。

第一は、出版されてから一九二〇年代までの研究である。この時期には、評についての指摘が多い。毛宗崗本に序をつけた清の李漁は、『水滸傳』の金聖嘆の評と比較しながら、毛宗崗本の評を高く評価した。これを承けて、清の黄叔瑛・邱煒萱・蔣著超などが毛評を高く評価し、清末の兪明震は毛宗崗本の普及の理由を評に求めている、という。

第二は、一九二〇年代から四〇年代である。この時期には、毛宗崗本は学術界で研究されるようになり、毛宗崗本の書き換えが議論されるようになったという。何暁葦《二〇一三》も掲げているが、胡適〈一九二二〉は、毛宗崗について次のように評価している。

現行本の毛本は、最後の（『三國志演義』の）修訂本ではあるが、それでも以前と同じように非常に勢いのある通俗的な歴史の講義ではあるが、文学価値の高い書と見なすことはできない。なぜ『三國演義』が文学価値を有さないのか。それにはいくつかの要因がある。第一は、『三國演義』は歴史的故事へのこだわりがとても厳格であり、そのため想像力がとても少なく、創造力が非常に乏しいことである。……第二は、『三國演義』の作者、修改者、最後に書き定めた者（である毛宗崗）は、みな平凡な陋儒であり、天才的な文学者ではなく、また高尚な思想家でもないことである。（二二）

後述するように、毛宗崗本を「尊劉抑曹」を掲げる平板な儒教思想に基づく本と低く貶める現代中国の毛宗崗本評価は、毛宗崗を「平凡な陋儒」と評する胡適の見解を起源とする。何暁葦《二〇一三》は、続けて魯迅が『三國志演義』の変遷について述べたことを掲げているが、詳細に分析することはない。そこで、魯迅の毛宗崗本評価は、改めて三で検討することにしたい。何暁葦《二〇一三》は、魯迅の後、鄭振鐸〈一九三四〉を分析するが、これも重要であるので、掲げておこう。鄭振鐸〈一九三四〉は、毛宗崗本に対して、次のように述べている。

毛宗崗が力を注いだのは、やはり批評のところのようである。とは言えあのような批評では、実際にはわたしたちの注意を惹くことはできない。かれの批評も、余象烏やかれが貶す李卓吾を少しも追い抜いてはいないのである。（二三）

このように鄭振鐸は、毛宗崗本の評を余象烏（余象斗）本や李卓吾本に比べて、高く評価することはない。それでも、鄭振鐸は、毛宗崗本が、第一に史実に近づけている点、第二に文章を簡潔・流暢に変えて回目を一新したことを評価している。胡適に比べれば、毛宗崗本を認める態度と考えてよい。何暁葦《二〇一三》は、こののち、一九四〇年代に中国国内で研究が無くなったことを指摘する。

第三は、一九五〇年代から七〇年代である。何暁葦《二〇一三》によれば、この時期は、毛宗崗本の総体的な研究から、具体的な研究への移行期である。その契機は、一九五三年に作家出版社の『三国演義』が出版され、三国演義座談会が開かれたことにあるという[一三]。六〇年代・七〇年代には、『三國志演義』の研究は下火になったが、そうした中で出された秦亢宗〈一九六三〉は、毛宗崗本の小説理論に関する研究の先駆となった[一四]。

第四は、一九七〇年代の末から二一世紀の初めまでである。この時期は、学術の繁栄を受けて、毛宗崗本に関する研究が深まると共に細分化した。そうした中、孫楷第《一九九〇》は、毛宗崗評を文芸批評と捉える風潮の中で、次のように毛宗崗本を評価している。

『演義』を著してきた者たちは、みな史書を読むことができず、羅貫中の原作は誤謬がたいへん多く、毛宗崗も三国時代の史実について、知るところは羅貫中を超えてはいない。ただ文章を潤色し、旧本に比べて雅びやかで簡潔にし、その評の言葉は陋といえ、それでも世俗の好む所を引いて便を図っていることは、改変した箇所にみることができる[一五]。

孫楷第の評価は、胡適や鄭振鐸に比べると、毛宗崗本に好意的ではある。文章を褒め、評にその時代の風潮を引いていることも認めている。それでも、「陋儒」という胡適の言葉を踏まえ、その評語は「陋」であると論じているように、毛宗崗本の評に儒教思想を見出すことによって、それを貶めるという傾向は継承されている[一六]。

それは、毛宗崗本の特徴として「尊漢抑曹」を挙げることと通底する。丘振声《一九八三》は、羅貫中が曹操を称えたいくつかの場面を毛宗崗が全文を削り、あるいは冷やかな文字で書き換えていることから、毛宗崗は羅貫中以上の「尊漢抑曹」派であると批判している。また、周兆新《一九九〇》は、毛宗崗本は朱子の正統思想である「尊漢抑魏」を尊重して書き換えを行っており、正統思想の色彩の強い物語とは言えるが、「擁劉反曹」を説く羅貫中編纂の『三國志演義』の代表とすることはできない、と述べて、羅貫中よりも毛宗崗がより朱子学に近いことを丘振声とは異なる表現で批判している。これらは、いずれも物語の基調が儒教に置かれること、とりわけ毛宗崗本の場合には、朱子学の影響下に置かれていることを主張するものである。

このように、現代中国における毛宗崗本の評価は、毛宗崗本が、それまでの『三國志演義』よりも、より朱子学に近いことを批判する点において共通性を持つ。毛宗崗本の「尊劉抑曹」を批判することは、儒教を代表する朱子の『資治通鑑綱目』の見方に対抗しようとするもので、何よりも、儒教を否定する中で、近代を作りあげた現代中国の思想的動向が反映している。あるいは、「尊劉抑曹」の背景に、「批林批孔運動」の中で、曹操を法家として尊重していた中国政治の反映を見ることもできよう。それは、そもそも近代中国における小説研究の出発点が、儒教に代表される封建思想を打倒するとともに、国語の確立のため、白話を尊重することから始められたものであることに起因しよう。

一方、日本では、上田望〈一九九八b〉が、毛宗崗本が通行本となった思想的な理由を次のように述べている。

偽李評で繰り返される理学、礼教批判に対し、彼らが朱子の蜀漢正統論で理論武装した上で反論し、微塵も理学の正統性を疑っていないことからすると、彼らは単なる蜀漢贔屓などではなく、その思想的立場は自ずと明らかになってくる。……彼らはかなりリゴステックな朱子学徒であり、評点に意識的に理学のイデオロギーを持ち込もうとした確信犯であった。彼らが偽李評本の人物形象を加工し、同時に評点を借りて蜀漢正統論を鼓吹し、理学の足下を危うくする王学左派やその末流、及び蜀学等の「異端」の見解に反駁を加えたのは、理学の立場から『三国』という作品を守るためであったと考えられる。

上田望〈一九九八b〉は、中国の諸研究のように、朱子学に基づいて毛宗崗本が書かれていることを封建的と否定的に評価はしない。「心学横流」と批判された陽明学への反発の中から、朱子学が尊重された清初の思想状況を毛宗崗本が反映していると考えるのである。しかし、すでに述べたように、毛宗崗本は、朱子学の正統観をそのまま継承してはいない。また、朱子学の尊重を清初の思想状況に解消してしまえば、清初に書かれた小説すべてに、朱子学の影響を特徴として指摘することになろう。何よりも小説の思想性とは、小説の表現の中に現れるもので、表現技法を検討せずに思想性を述べることに意味はない。

したがって、本書では、文章表現の中に現れる時代風潮により毛宗崗本を分析していくことにしたい。ただ、その前に、中国の小説研究が儒教を批判する根底にある、近代中国における小説研究の出発点に溯って、明清小説を研究する今日的な意義を確認しておこう。

三、小説研究と国民意識

近代において西欧文明と衝突した中国は、日本のように速やかに近代化の道を選んだわけではない。中国には、伝統ある歴史に裏付けられた尊重すべき古典とそれを護持する朱子学とがあった。中国の古典尊重に打撃を与えた最大の事件は、日清戦争での敗北である。これ以降、政治的な「西欧」化が本格的に進展していく中で、文化においても西欧を規範とすべく、古典への攻撃が開始される。その際、古典との対比の中で、その価値を貶められていた「小説」が、にわかに脚光を浴びたのである。中国における毛宗崗本への評価の基本を定めた胡適は、民國六（一九一七）年、「文学改良芻議」を陳独秀が創刊した『新青年』に掲載する。これを承けて、陳独秀は、『新青年』の次号巻頭に、「文学革命論」を発表し、次のように主張している。

　修辞で飾りすぎる媚びた貴族文学を打ち倒し、平易で抒情的な国民文学を建設すべきである。陳腐で大げさな表現の古典文学を打ち倒し、新鮮で誠実な写実文学を建設すべきである。古臭くてはっきりしない難解な山林文学を打ち倒し、分かりやすく通俗的な社会文学を建設すべきである。[二七]

陳独秀は、このように古典を否定していくための文学として、「抒情的」で「写実」的で「通俗的」な特徴を持つ小説を宣揚していく。しかし、小説でありながら、朱子学の思想を強く帯びた毛宗崗本は、「陳腐で大げさな表現の古典文学」に近い。このため胡適〈一九二二〉は、毛宗崗を「平凡な陋儒であり、天才的な文学者ではなく、また高尚な思想家でもない」（前掲）と否定的に捉えたのである。

また、中国における毛宗崗本評価のもう一つの特徴である「尊劉抑曹」への批判は、魯迅と関わる。魯迅は、『阿Q正伝』で「礼教が人を食う」と儒教を批判すると共に、儒教から独立した「中国文学史」を制作していく。魯迅の『中国小説史略』は、『漢書』藝文志から始まる小説を「くだらない読み物」とする価値観を逆転させて、「小説史」を描いた。それは、正統ではない小説にこそ、儒教によって取り繕われることのない、中国の国民性がそのまま表現されると考えたためである。したがって、そうした中で、魯迅は『三國志演義』について、次のように述べている。

　ところが（『演義』は）旧来の史実に依拠するために叙述が難しく、虚構をまじるために混乱が多くなりやすい。……人物描写にもかなり欠点がある。劉備の温厚さを明らかにしようとしてかえって偽善者のようになり、諸葛孔明の智謀を描こうとしてかえって妖に近くなった。ただ関羽については、とりわけ巧妙な表現や、仁義に厚く

勇敢な様子が多く目立ち、しばしばまるで目に見えるかのようである。[二八]

魯迅は、『三國志演義』をさほど高くは評価しない。ことに劉備を「偽善者」と批判するのは、儒教に基づき「聖人君子」とされ、理想とされてきた劉備が、近代中国にとって貶めるべき存在だからである。「尊劉」への批判である。[二九] これに対して、民衆の信仰を集めていた関羽については、その「義」と「勇」を高く評価している。魯迅がさらに評価する者は曹操であった。魯迅は、一九二七年に発表した「魏晉風度及文章與藥及酒之關係」において、次のように曹操を評している。

しかし曹操に話が及べば、とても簡単にすぐさま『三國志演義』を連想します。さらに劇の舞台でのあの悪役の隈取りをした奸臣をも思い浮かべるでしょう。しかしこれは曹操を観察する正しい方法ではありません。……実際には曹操はきわめて才能のある人物であり、少なくとも英雄であります。わたしは曹操一派ではありませんが、しかしどうあろうとも、すべてにおいて非常にかれを敬服しております。[三〇]

曹操は、孔子直系子孫の孔融を殺害し、儒教の文化的価値を相対化するために文学を宣揚した人物である（渡邉義浩〈一九九五〉）。朱子学に塗れた毛宗崗本の中において、魯迅は曹操に儒教を恐れない改革の精神を見出したのであろう。こうした魯迅の曹操への高い評価が、やがて毛沢東の曹操評価へと繋がり、現代中国における「抑曹」への批判を生み出しているのである。

魯迅は、小説がどのような社会背景のもとで生まれ、その時代性をどのような形で反映するかに注目した。魯迅は、『金瓶梅』を評価する中で、次のように述べている。

作者は当時の世情を、きわめて徹底的に理解していたと思われる。すべての描写は、明快であり、曲折に富み、甚だしく暴露して実相を尽くし、微妙で婉曲な表現に風刺を含ませ、同時に両面を並記することで、対照の効果や、変幻する生活の実相を、至るところで明らかにした。同時代の小説の中にはこれを凌ぐ作者はいなかった。(三一)魯迅は、『金瓶梅』が「当時の世情」、すなわち当該時代の時代風潮を踏まえて描かれていることを極めて高く評価している。時代風潮がそのまま表現されている小説を読むことを通じて、当該時代の「中国の国民性」を知ることができると考えるためである。

このように、近代における小説研究を振り返りながら、近代の軛を超えた明清小説研究のあり方を考えていくと、明清小説は、それが書かれた時代風潮の中で明らかにすべきである、という考えに突き当たる。本書の方法論を述べることにしよう。

四、本書の方法論

二〇一一年に出版した『明清小説における女性像の研究』では、「三言二拍」に収められた明清小説を分析するために、時代風潮を明確にできる資料、具体的には「族譜」によって、当該時代における女性のあり方を明らかにした上で、小説にそれがどのように反映しているのかを考えた。小説から直接、時代風潮を分析する手法には、まだ疑問を抱いていたためである。そこで、小説が書かれた当該時代の社会通念を明らかにしたうえで、小説の文学性を解明しようとする小川陽一(三二)の方法論に習ったのである。

これに対して、『三國志演義』のように、内容を異にする多くの版本が存在し、『三國志』という史実が厳然として存在する小説においては、当該時代の社会通念がどのように『三國志演義』に表現されているかというだけではなく、三国時代の物語である『三國志演義』の諸版本の中で、最もよく読まれた通行本の中に、当該時代の時代風潮がより明確に描かれているのではないか、という問題意識を抱くようになった。時代風潮がいかなるものであれ、史実は三国時代が基本とされており、蜀漢を勝たせる訳にはいかない。こうして何を書くかよりも、どのように描くのか、が問題となり、それゆえに、文学表現の中に文学性と共に、時代風潮が現れると考えたためである。したがって、そこには、上田望〈一九九八b〉の説くようなリゴスティックが理学や哲学ではなく、一般的な意味での思想が、小説の中には表現されていると思われた。こうした考え方を持つに至った理由は、小説から国民意識を考えようとした前述の魯迅に加えて、津田左右吉の見解にあった。

かつて、津田左右吉は、『文学に現はれたる我が国民思想の研究』(後に補訂して『文学に現はれたる国民思想の研究』と改題)において、政治的な断代史を取らず、「貴族文学の時代」・「武士文学の時代」・「平民文学の時代」というように、文化の担い手によって時代を区分し、日本人の思想生活が最も体現されているものとして文学に着目した。特定の思想家の著作にではなく、文学にこそ当該時代の一般的な思想が表現されていると考えたのである。翻って、中国における文学について考えてみると、たしかに文学の中には、特異な思想家の特殊な思想ではない、知識人に共有された思想が含まれているように感じられる。本書では、それを抽出することを通じて、当該時代の「思想生活」を規定した規範意識を探る。今日の中国の基本は、宋から清までの近世中国において形成された。近世中国の規範意識を解明することは、混迷する中国の方向性を考える上でも、日中相互の理解を深めるためにも、大きな示唆を与えることとなろう。

また、魯迅は、小説の版本ごとの違いに留意すべきことを主張している。『三國志演義』の通行本となった毛宗崗本について、魯迅は次のようにその特徴を述べている。

(毛宗崗本が)改訂した箇所はすべて序例によって明らかである。大まかに重要なところを挙げれば、第一は改変である。たとえば旧来のテキストの第百五十九回「献帝を廃し　曹丕　漢を簒う」は、もともと（曹丕の妹である）皇后が兄を助けて献帝を叱責するとしていたが、毛宗崗本では漢を助けて曹丕を叱責することになっている。第二は加筆である。たとえば第百六十七回「先主　夜　白帝城に走ぐ」には、もともと（劉備の妻の）孫夫人は出てこないが、毛宗崗本では、「夫人は呉にいて猇亭で戦いに敗れたと聞き、先主（劉備）が軍中で死んだという誤報を耳にしたので、そこで軍をひきいて江の岸に行くと、はるか西を眺めて慟哭し、江に身を投じて死んだ」となっている。第三は削除である。たとえば第二百五回「孔明　火もて木柵寨を焼く」には、もともと諸葛亮が司馬懿を上方谷で火攻めにしたとき魏延も一緒に焼き殺そうとしたところがあり、第二百三十四回「諸葛瞻大いに　鄧艾と戦ふ」には鄧艾が書簡を送って降服をすすめ、諸葛瞻は読み終わって狐疑していると、息子の諸葛尚が詰問したので、死を覚悟して戦おうという場面があった。しかし毛宗崗本にはどちらも書かれていない。そのほか細かいところでは、一つには回目を整理したこと、二つには文章を修正したこと、三つ目は論賛を削除したこと、四つ目は瑣事を付け加えたり削ったりしたこと、五つ目は詩文を取り換えたことである。(三三)

魯迅もまた、一で検討した「凡例」に基づいて毛宗崗本の特徴を考えており、それを明らかにするためには、版本ごとの違いに注目すべきとするのである。

したがって、本書は、次のような方法論を取ることとする。

本書は、なぜ、毛宗崗本が通行本になったのか、という問題を解明するために、李卓吾本から毛宗崗本への書き換え、および毛宗崗本が付けた評に着目する。その際、第一に、魯迅の方法論を継承して、文学としての表現技法を検討していきたい。毛宗崗本の文学表現を明らかにすることからは、多くの版本が出回る中で、毛宗崗本が通行本になった理由が浮かび上がってこよう。第二に、津田左右吉の方法論を継承して、毛宗崗本の表現に現れる社会通念の検討により時代風潮を明らかにしていきたい。そのことにより、明清時代の女性の位置や儒教の規制力の強さが確認されるだけでなく、善書・関帝信仰の反映など、道教の浸透も見えてくるであろう。

以上のような方法論に基づき本書は、中国社会のあり方を考察する手掛かりとして、『三國志演義』を中心とした中国古小説を題材としながら、近世中国の規範意識を解明するものである。

なお、李卓吾本は各回の後、毛宗崗本は各回の前に「總評」を付けている。毛宗崗本の「總評」を「首評」と称することもあるが、本書では李卓吾本・毛宗崗本ともに「總評」で統一した。また、李卓吾本は本文の上の段に「眉評（眉批）」、毛宗崗本は本文の間に「挾評（挾批）」を付けているが、本書では、李卓吾本・毛宗崗本ともに評と統一した。また、「評」という言葉で「總評」・「眉評」・「挾評」を総合的に表現している部分もある。

おわりに

日中の相互理解を根底で困難にしている、日中文化の同質性を強調する議論について、津田左右吉は、中国と日本の文化の異質性を解明することによって厳しく批判した。(三四) 古小説の研究の意義を考える中で、中国の古小説に現れる中国近世の規範意識を解明することが、中国の現在を理解する視座を産み、また日本と中国との異質性、換言すれば、それぞれの文化の世界の中における独自性を考察していく端緒となることを知った。中国古小説に現れた規範意識を解明することで、なぜ日本人として中国の前近代を学ぶのかという問いに対する一つの解答を出してみたい。

《注》

（一）『演義』については、小川環樹《一九六八》、金文京《一九九三》などを参照。また、沈伯俊・譚良嘯《一九九六》は、『演義』に関する総合的な大事典である。原著の新版である沈伯俊・譚良嘯《二〇〇七》には、その時点での最新の研究動向が整理されている。このほか、『演義』に関する研究動向には、譚洛非・胡邦煒・沈伯俊〈一九八五〉、沈伯俊〈一九八六〉、胡世厚〈一九八五〉、上野隆三〈一九九三〉、沈伯俊《二〇〇二》、梅新林・韓偉表〈二〇〇二〉、沈伯俊・金文京〈二〇〇六〉、竹内真彦〈二〇〇六〉、蔣正治〈二〇〇七〉、劉海燕〈二〇一〇〉、伊藤晋太郎〈二〇一六〉などがある。

（二）羅貫中の出身地については、金文京〈一九八九b〉によれば、山西省太原説・山東省東原説・浙江省杭州説・江西省盧陵説の四説が唱えられており、金文京は、山西の太原から東平を経て杭州に移住したと考えている。これに対して、劉世徳《二〇一〇》は、太原説を主張している。羅貫中の出身地に関する研究動向に、韓偉表〈二〇〇〇〉がある。なお、羅貫中については、王利器〈一九八三〉を参照。

（三）夫史、非獨紀歷代之事。蓋欲昭往昔之盛衰、鑒君臣之善惡、載政事之得失、觀人才之吉凶、知邦家之休戚、以至寒暑・災祥褒貶・予奪、無一而不筆之者、有義存焉。吾夫子因獲麟而作春秋。春秋魯史也、孔子修之、至一字予者褒之、否者貶之。然一字之中、以見當時君臣父子之道、垂鑒後世、俾識某之善、某之惡、欲其勸懲警懼、不致有前者之覆。……前代嘗以野史、作爲評話、令瞽者演說、其間言辭鄙謬、又失之於野、士君子多厭之。若東原羅貫中、以平陽陳壽傳、攷書國史、自漢靈帝中平元年、終于晉太康元年之事、留心損益、目之曰三國志通俗演義。文不甚深、言不甚俗。事紀其實、亦庶幾乎史。蓋欲讀誦者、人人得而知之（『三國志通俗演義』序）。

（四）『演義』の出版競争については、金文京《一九九三》を参照。

（五）関羽の死を描かない版本については、中川諭〈一九九〇〉を参照。

（六）花関索については、井上泰山・大木康・金文京・氷上正・古屋昭弘『花関索伝の研究』（汲古書院、一九八九年）。

（七）沈伯俊《一九九二》は、毛宗崗本は明本の流れを汲むものであるが、その形態はかなり異なる。芸術面でも大きな違いがあり、毛宗崗本は、版本の一系統をなすものである、と述べている。毛宗崗本の特徴については、沈伯俊〈一九九一〉、上田望〈一九九八ｂ〉、宋鳳娣・呂明涛〈二〇〇三〉、石麟〈二〇一〇〉などがある。

（八）以上、毛綸・毛宗崗父子および毛宗崗本についての概略は、黄霖〈一九八三〉、陳翔華〈一九九五〉、劉世徳《二〇〇七》、何暁葦《二〇一三》などを参照。毛宗崗本と他本との比較については、黄霖〈一九八六〉、唐富齢・王旻〈一九九五〉、安勇〈二〇〇九〉などがある。なお、毛宗崗本の評の先駆となった、毛綸が付けた『琵琶記』の評については、李正学〈二〇〇七〉を参照。

（九）毛宗崗本の刊本については、上田望〈一九九八ａ〉、片倉健博〈二〇一二〉を参照。

（一〇）康熙十八（一六七九）年十二月、李漁が序文をつけた毛宗崗本最古の版本である醉耕堂本は、日本では、京都産業大学の小川環樹文庫、天理大学に所蔵される。本書は、北京大学図書館所蔵本に基づく、『醉耕堂本四大奇書第一種 三國志演義』（中華書局、一九九五年）に依拠した。そのほか、陳曦鍾・宋祥瑞・魯玉川（輯校）《一九八六》、沈伯俊（校理）《一九九二》を参照している。

（一一）金聖嘆序が李漁序を元にした偽作であることは、小川環樹〈一九五七〉に指摘されている。そのほか、金聖嘆序については、陳翔華〈一九八九〉などを参照。

（一二）『天下才子必讀書』は、『金聖嘆全集』（江蘇古籍出版社、一九八五年）に依った。

（一三）丸山浩明《二〇〇三》は、史詩の比較から、毛宗崗本への金聖嘆の影響を論じている。また、李正学〈二〇〇八〉もある。金聖嘆や毛宗崗を輩出した蘇州の小説批評については、李正学〈二〇一一〉を参照。

（一四）讀三國志者、當知有正統・閏運・僭國之別。正統者何。蜀漢是也。僭國者何。呉魏是也。閏運者何。晉者也。魏之不得爲正統何也。論地則中原爲主、論理則以劉氏爲主、論地不若論理。故以正統予魏者、司馬光通鑑之誤也。以正統予蜀者、紫陽綱目之所以爲正也（毛宗崗本 讀三國志法）。

（一五）司馬光・朱子の正統論と、『三國志平話』・『演義』など小説との関係については、倉石武四郎〈一九二八〉を参照。

（一六）迨乎劉氏已亡、晉已混一、而晉亦不得爲正統者何也。晉以臣弑君與魏無異、而一傳之後、厥祚不長、但可謂之閏運、而不可謂之正統（毛宗崗本 讀三國志法）。

（一七）古史甚多、而人獨貪看三國志者、以古今人才之衆、未有盛於三國者也。……吾以爲、爲三國有三奇、可稱三絶。諸葛孔明一絶、關雲長一絶、曹操亦一絶也。……歴稽載籍、奸雄接踵、而智足以攬人才、而欺天下者、莫如曹操。古今來奸雄中第一奇。有此三奇、乃前後史之所絶無者、故讀遍諸史、而愈不得不喜讀三國志也（毛宗崗本 讀三國志法）。

（一八）一、俗本紀事多訛。如①昭烈聞雷失筯、及②馬騰入京遇害、③關公封漢寿亭侯之類、皆古本不合。又④曹后罵曹丕詳於范曄後漢書中、而俗本反誤書其黨惡。⑤孫夫人投江而死詳於梟姫傳中、而俗本但紀其歸呉。今悉依古本辨定。

一、事不可闕者、⑥如關公秉燭達旦、⑦管寧割席分坐、⑧曹操分香賣履、⑨于禁陵廟見畫、以至⑩武侯夫人之才、⑪康成侍兒之慧、⑫鄧艾鳳兮之對、⑬鍾會不汗之答、⑭杜預左傳之癖、俗本皆刪而不錄。今悉依古本存之、使讀者得窺全貌。

一、三國文字之佳、其錄於文選中者、如孔融⑮薦禰衡表、陳琳⑯討曹操檄、實可與前・後出師表並傳、俗本皆闕而不載。今悉依古本增入、以備好古者之覽觀焉。

一、七言律詩、起於唐人、若漢則未聞有七言律也。俗本往往捏造古人詩句、如⑰鍾繇・王朗頌銅雀臺、⑱蔡瑁題館驛屋壁、皆僞作七言律體、殊爲識者笑。今悉依古本削去、以存其眞。

一、後人捏造之事、有俗本演義所無而今日傳奇所有者。如⑲關公斬貂蟬、⑳張飛捉周瑜之類、此其誣也、則今人之所知也。有古本三國志所無而俗本演義所有者。如㉑諸葛亮欲燒魏延于上方谷、㉒諸葛瞻得鄧艾書而猶予未決之類、此其誣也、則非今人之所知也。不知其誣、毋乃冤古人太甚。今皆削去、使讀者不爲齊東所誤（毛宗崗本 凡例）。

（一九）金文京《二〇一〇》。なお、明清小説における「古本」という用語の使用法については、小川環樹《一九五三》第一冊の「解説」を参照。

（二〇）『演義』が成立するまで、および『演義』と他小説の関係についての研究の動向については、沈伯俊〈一九八八〉、韓偉表〈二〇〇七〉、許勇強・李蕊芹〈二〇一〇〉などがある。

（二一）這部書現行本（毛本）、雖是最後的修正本、卻仍舊只可算是一部很有勢力的通俗歷史講義、不能算是一部有文學價值的書。爲什麼三国演義不能有文學價值呢。這也有幾個原因。第一、三國演義拘守歷史的故事太嚴、而想像力太少、創造力太薄弱。……第二、三國演義的作者、修改者、最後寫定者、都是平凡的陋儒、不是有天才的文學家、也不是高超的思想家（胡適《一九八〇》）。

（二二）毛宗崗的注重點、仍似在於批評。其實像那樣的批評、實在不足使我們注意。他的批評也、未必高出於余象烏及他所罵的李卓吾多少（鄭振鐸〈一九三四〉）。

（二三）このときの三国演義座談会の様子については、周午〈一九五七〉がある。

（二四）霍雨佳〈一九八六〉は、毛宗崗本が弁証法的な物の見方を持っており、それが評の中に表れ、そこには創作方法や人物の性格あるいは芸術の構成を見ることができるという。劉世徳《二〇〇七》は、『水滸伝』に評を付けた金聖嘆と『紅楼夢』に評を付けた脂硯齋の間にあって、中国古代小説理論批評史において重要な人物であると毛宗崗を位置付けている。なお、滕雲〈一九八五〉も参照。

（二五）自來演史者、皆不能讀史書、貫中舊志謬誤甚多、宗崗于三國史事、所知實亦无以愈貫中。特潤色文字、實較舊本爲雅潔、其評語雖陋、然世俗所好而引以爲便者、即在此等（孫楷第《一九九〇》）。

（二六）毛宗崗本の評について、周学禹〈一九八六〉は、毛宗崗本の評を検討して、毛宗崗は「平凡な陋儒」ではないと、従来の見解を批判する。劉永良〈二〇一二〉は、毛宗崗本の改変を具体的に提示しながら、そこに附された評は作者の意思を表現しており、読者のその意を知らせるものとなっていると、評点を高く評価する。また、杜慶波〈二〇〇二〉は、戯曲の美学概念を利用して、毛宗崗本の評を分析する。

（二七）陳独秀〈一九一七〉。原文は、「曰推倒雕琢的阿諛的貴族文學、建設平易的抒情的國民文學。曰推倒陳腐的舖張的古典文學、建設新鮮的立誠的寫實文學。曰推倒迂晦的艱澀的山林文學、建設設明了的通俗的社會文學」である。

（二八）然据舊史卽難於抒寫、雜虛辭復易滋溷淆。……至於寫人亦頗有失。以致欲顯劉備之長厚而似僞、狀諸葛之多智而近妖。惟於關羽、特多好語、仁勇之概、時時如見矣（『中国小説史略』第十四篇「元明傳来之講史」、『魯迅全集』八、人民文学出版社、一九五七年）。

（二九）毛宗崗本の「抑劉反曹」について、杜貴晨〈一九八五〉は、毛宗崗本の「抑劉反曹」の中には、「反清復明」への思いがあったとしている。また、『演義』全体を「抑劉反曹」の思想の中に捉えるものに、馬明琮・張薇・劉曼〈二〇一〇〉があり、郭素媛〈二〇一〇〉は、そうした明清小説の中で最も「抑劉反曹」を強化したものが毛宗崗本であるという。なお、蕭相愷〈一九八五〉も参照。

（三〇）不過我們講到曹操、很容易就聯想起《三國志演義》。更而想起戲臺上那一位花面的奸臣。但這不是觀察曹操的眞正方法。……其實曹操是一個很有本事的人、至少是一個英雄。我雖不是曹操一黨、但無論如何、總是非常佩服他（『而已集』「魏晉風度及文章與藥及酒之關係」、『魯迅全集』三、人民文学出版社、一九五七年）。

（三一）作者之於世情、蓋誠極洞達。凡所形容、或條暢、或曲折、或刻露而盡相、或幽伏而含譏、或一時並寫兩面、使之相形、變幻之情、隨在顯見。同時説部無以上之（『中国小説史略』第十九篇「明之人情小説」、『魯迅全集』八、人民文学出版社、一九五七年）。

（三二）小川陽一の方法論については、本書附章を参照。

（三三）（毛本）凡所改定就其序例可見。約舉大端、則一曰改。如舊本第百五十九回《廢獻帝曹丕簒漢》、本言曹后助兄斥獻帝、毛本則云助漢而斥丕。二曰增。如第百六十七回《先主夜走白帝城》、本不涉孫夫人、毛本則云、夫人在吳聞猇亭兵敗、訛傳先主死於軍中、遂驅兵至江邊、望西遙哭、投江而死。三曰削。如第二百五回《孔明火燒木柵寨》、本有孔明燒司馬懿於上方谷時、欲並燒魏延、第二百三十四回《諸葛瞻大戰鄧艾》有艾貽書勸降、瞻覽畢狐疑、其子尚詰責之、乃決死戰、而毛本皆無有。其餘小節、則一者整頓回目、二者修正文辭、三者削除論贊、四者增刪瑣事、五者改換詩文而已（『中国小説史略』第十四篇「元明傳来之講史」、『魯迅全集』八、人民文学出版社、一九五七年）。

(三四) 津田左右吉による、中国と日本の文化の異質性については、溝口雄三〈一九八八〉、渡邉義浩〈二〇一六〉を参照。

第一章　劉備の仁

はじめに

『三國志演義』の通行本となった毛宗崗批評『三國志演義』（以下、毛宗崗本）は、関羽・曹操・諸葛亮の「三絶」を物語の主役と定めた小説である(一)。中国の小説では、『西遊記』の孫悟空と三蔵法師のように、主役と主人公が異なることも多い。毛宗崗本では、物語を動かし、「三絶」の活躍を際立たせるための主人公は、「仁」の生涯を貫く劉備である。「桃園結義」から始まり、「三顧の礼」を経て「赤壁の戦い」に曹操を撃退し、白帝城で死に臨んで「孤を托す」に至るまでの劉備の生涯は、『三國志演義』の核である。毛宗崗本は、この四つの有名な場面の前後において、表現にどのような工夫を凝らしているのであろうか(二)。

毛宗崗本は、それ以前の代表的版本である『李卓吾先生批評三國志』（以下、李卓吾本）を底本として、その字句を書き換え、評を加えることで、物語の表現を豊かにしようとしている。本章は、それらの中から、劉備への書き換えに注目することにより、毛宗崗本が表現しようとした劉備の姿を明らかにして、毛宗崗本の文学としての完成度を追究するものである。

一、鞭打った者は誰か

『三國志演義』は、「桃園結義」の場面より始まる。劉備は、中山靖王劉勝の末裔ながら、むしろを織り、わらじを売って暮らしていた。黄巾討伐の義兵を募集する高札を見ていた劉備の救国の志に感じた関羽と張飛は、近くの桃園で天地神明を祭り、兄弟の契りを結んで共に立ちあがる。ここから「三国志」の物語は始まる。「桃園結義」について、李卓吾本は總評で次のように述べている。

桃園結義の冒頭で、（三人は）誓いを立てて言った、「心を同じくして力を協《あ》わせ、国を救い危きを扶《たす》け、上は国家に報《むく》い、下は黎庶《たみ》を安《やすん》じよう」と[三]（傍線、筆者。以下同じ）。

李卓吾本は、三人の関係を「心を同じくして力を協《あ》わせ」る関係とするのである。一方、毛宗崗本は、總評で次のように述べている。

ためしに桃園における三人の結義を観ると、それぞれ自ら一姓であり、兄弟の約を見ることができる。（結義では）心を同じくして徳を同じくすることを（義を結ぶ理由として）取り、同姓同宗であることを取ってはいない。[四]

毛宗崗本は、李卓吾本では「心を同じくして力を協《あ》わせ」る関係としている三人の結びつきの理由を「心を同じくして徳を同じくする」ことに求めている。毛宗崗本は、こののち「仁徳」の人と描いていく劉備を初登場の桃園結義の場面から、「徳」によって人と結びつくものとするのである。

なお、李卓吾本では、関羽・張飛は、桃園結義の後、劉備の老母に義兄弟になったことの挨拶をしている。これに対して、毛宗崗本は、それを削除する。これにより、義兄弟はあくまで漢を救う「義」のため、「徳」に基づいて結んだものであり、三人が私的に「同姓同宗」となるために結んだものではないことを明確にしている。

こうして劉備は、関羽・張飛と共に、漢のために義兵を起こし、黄巾と戦って功績を挙げる。しかし、長らく恩賞の沙汰はなく、ようやく得た地位も安喜の県尉に過ぎなかった。その地位すら、宦官の手先である督郵という小役人に賄賂を渡さなければ守れない。張飛は我慢できずに督郵を打ち据えた。劉備は県尉を辞め、捲土重来を期す。

この場面は、現存する最古の版本とされる嘉靖本(五)より張飛が督郵を打ったことになっているが、史実では、打ち据えた者は劉備であった。

靈帝の末、黄巾 起こるや、州郡 各〻義兵を擧ぐ。先主 其の屬を率ゐ、校尉の鄒靖に從ひて、黄巾の賊を討ちて功有り、安喜尉に除せらる。督郵 公事を以て縣に到る。先主 謁を求むるも、通ぜず。直ちに入りて督郵を縛り、杖うつこと二百、綬を解き其の頸に繫け馬枊に着く。官を棄てて亡命す(六)。

『三國志』に記される劉備は、「梟雄」とも呼ばれ、傭兵隊長として武力で乱世に台頭した英雄であった(七)。その気性は烈しく、督郵を鞭打つことも辞さなかった。

これに対して、『三國志演義』は劉備を「仁徳」な人物と表現する。ここでは、毛宗崗本の記述を掲げよう。督郵が県吏を圧迫して、賄賂を渡さない劉備を陥れようとしていると聞いた張飛が、督郵のもとに乗り込む場面からである。なお、【　】内は、毛宗崗本の評である。

張飛は一喝すると、「民を損なう賊め。おれさまを知らないか」と言った。【痛快な人の快事である。何も考えていないことが素晴らしい。】督郵は口を開く間もなく、すぐさま張飛に髪を摑まれ、宿舎から引きずり出された。（張飛は）そのまま県府まで連れて行き（督郵を）馬つなぎの柱に縛りつけた。【昨日は馬上に座って（威張って）いたのに、今日は馬つなぎの柱に縛りつけられている、笑える。】柳の枝をとり、督郵の両腿を力まかせに打ち据え、【軽快に打ち据えている。督郵はいく条かの金の棒を望んだのに、張公からいく条かの柳の鞭を贈られようとは。】柳の枝を十何本も叩き折った。……督郵は、「玄徳公、わたしをお助けください」と言った。【いやいや、わたしは（督郵さまがおっしゃったように）皇親を詐称し、功績を偽って報告した者ですから。どうして公を救うことなどできましょうか（と言いたいところだろうが）。】玄徳はつまるところ仁慈の人なので、急いで張飛を叱って止めさせた。……督郵は帰ると定州太守に告げ、太守は文書を省府に送り、追手が差し向けられた。(八)

嘉靖本より『三國志演義』は、督郵を鞭打った者を『三國志』の劉備から張飛に変更することで、暴れ役を張飛としている。また、督郵が帰って「定州太守」に報告する場面は、『三國志平話』において、張飛が「定州太守」を殺害した話の残滓と考えてよい。(九)『三國志平話』では、物語の中心に置かれて活躍していた張飛であるが、『三國志演義』では、劉備に抑えられる役どころとされている。

さらに、毛宗崗本は、劉備を「仁慈の人」と評する。そして、「公を救うことなどできましょうか」という気持ちを加えることで、それでも督郵を救った劉備の「仁」を明確にしている。桃園結義を「徳」で説明していたように、毛宗崗本は、「仁徳」の人である劉備の「仁」を物語の中心に置き、劉備を聖人君子とすることで、関羽・張飛、そして諸葛亮の活躍を描くようにしているのである。(一〇)

なお、督郵が鞭打たれる場面は、毛宗崗本と嘉靖本・李卓吾本に、大きな差異はない。劉備を「仁慈の人」と評するという本質は、みな同じである。主人公の劉備の人物像を大きく変更することは、物語の展開を崩してしまう可能性があるため、それを大きく書き換えることは難しい。そうした制約の中で、毛宗崗本は劉備像をどのように工夫して描いていくのであろうか。

二、妓女の涙か求賢の涙か

官渡の戦いで曹操が袁紹を破り、その残存勢力を滅ぼしつつあるころ、劉備は未だ根拠地も持てず、荊州牧劉表の客将として新野に駐屯していた。髀肉がついたことを嘆く劉備は、司馬徽から伏龍・鳳雛のような人材がいないと大事は成し遂げられないと指摘される。やがて劉備は単福（徐庶）を得た。しかし、曹操に老母を軟禁された徐庶は、断腸の思いで劉備と別れ、伏龍とは諸葛亮であることを明かす。（一一）三回目に草廬を訪ねた建安十三（二〇八）年の新春、劉備は諸葛亮と初めて会うことができ、これからの戦略を諮問する。諸葛亮は、劉備に天下三分の計を勧めるが、自らは出仕しないと言う。これに対して、劉備が諸葛亮に出仕を懇願する場面を李卓吾本から掲げよう。なお、〔 〕内は、李卓吾本の評である。

玄徳は頓首すると謝して言った、「備《わたし》は名もなく徳も薄いものですが、願わくは先生には新野にご同行いただき、仁義の兵を興し、天下の民を救っていただきたい」と。孔明は、「亮《わたくし》は久しく農耕を楽しみ、ご命令を承ることはできません」と言った。玄徳苦しみ泣きながら言った、「先生が民草をお救いにならなければ、漢の天下はおしまいです」と。言い畢わると、涙が衣の襟と袍の袖に垂れ面《おもて》を覆って哭《な》いた。〔玄徳の哭き方は、今日の妓女に極めて似ている。大笑してしまう。〕孔明は、「将軍がもしお見捨てなければ、願わくは犬馬の労を尽くします」と言った。玄徳はかくて関羽と張飛に入るよう命じた。（一二）

李卓吾本における劉備は、自らを「名もなく徳も薄い」と言いながらも、「仁義の兵を興し、天下の民を救っていただきたい」と諸葛亮に依頼する。自らの兵を「仁義」と称することは、「名もなく徳も薄い」という当初の自己認識とはそぐわない尊大な印象を与える。毛宗崗本は、ここを「先生には鄙賤（な備）を見捨てず、山を出てお助けいただけないでしょうか」と表現する。あくまで諸葛亮に遜る劉備の態度は、「名もなく徳も薄い」という当初の自己規定と整合的である。

また、李卓吾本では、諸葛亮に同行を拒否された劉備は、単に泣くのではなく「苦しみ」ながら泣く。「苦」は、劉備が自分の今の境遇を苦しんでいることに繋がる。それが明確に表現されるのは、「哭」いた後の「漢の天下はおしまいです」という言葉にも見られる。苦境に立っているのは、あくまでも漢の一族である自分、「苦しみ」は劉備の「私」の問題である。ここには、後述するように「蒼生」を救って欲しいと泣く毛宗崗本における劉備の「公」は表現されていない。

しかも、喪礼のときに行うべき「哭」は、この場面では泣き過ぎである。したがって、「うそ泣き」に見えるのであろう。李卓吾本の「玄徳の哭き方は、今日の妓女に極めて似ている。大笑してしまう」という評は、李卓吾本のこの場面での表現に対する評としては的確であるが、これでは、「仁」の人という劉備像は崩壊する。

これに対して、毛宗崗本は李卓吾本を次のように書き換えている。

玄徳は拝礼して孔明に請うて言った、「備《わたし》は名もなく徳も薄いものですが、願わくは先生には鄙賤（な備）を見捨てず、山を出てお助けいただけないでしょうか。備は（先生の）明らかな教えに何でも従うつもりです」と。孔明は、「亮《わたくし》は久しく農耕を楽しみ、怠惰な暮らしをしておりましたので、命を奉ずることはできません」と言った。【ここに孔明は策を定めた後で、忽然として山を出ることを拒否した。また（二人は）一度遠ざかった。】玄徳は泣いて、「先生が出盧されなければ、蒼生《たみ》はどうなりましょうか。言い畢わると、涙が袍の袖に垂れ、衣の襟は尽く湿った。【前に水鏡先生のお宅に行った際には（檀溪を飛び超えたため）衣の襟は尽く湿り、いま臥龍のお宅にあって（民のために泣き）衣の襟はまた尽く湿った。前の湿りは（川の）水のためであり、今の湿りは涙である。前には難に遇っても涙せず、今は賢を求めるためにかえって涙した。前には一身のために涙を落とさず、今は蒼生《たみ》のために涙した。】孔明は劉備の意がはなはだ誠であることを見て、そこで、「将軍がお見捨てなければ、願わくは犬馬の労を尽くします」と言った。【これは孔明が玄徳の意の誠であることに因って許諾したものである。また一度近づいた。】玄徳は大いに喜び、かくて関羽と張飛に入るよう命じた。(一三)

毛宗崗本においても、諸葛亮に出仕を断られた劉備は泣く。しかし、その涙は、李卓吾本のように、自分のためだけに、あるいは漢のためだけに流されたものではない。それは、「蒼生」すべてを救うために流されたものであった。毛宗崗本に表現されるすべての民のために泣く劉備像は、「仁」の人の涙として相応しいものである。しかも、その涙は、李卓吾本のように「哭」ではなく、「涙が袍の袖に垂れ、衣の襟は尽く湿った」という自然に涙があふれる表現とされている。

そして、毛宗崗本は、「前には難に遇っても涙せず、今は賢を求めるためにかえって涙した。前には一身のために涙を落とさず、今は蒼生《たみ》のために涙した」と評をつける。檀溪を飛び越えるほどの困難にも泣かなかった劉備が、賢を求めるために泣いた。自分一身のためには泣かなかった劉備が、蒼生のために泣いた、と評を付けることによって、劉備の「仁」を明確に表現しているのである。諸葛亮は、こうした劉備の「仁」に心を打たれて出仕を決意する。それを毛宗崗本は、「劉備の意がはなはだ誠であることを見て」と表現する。その上でさらに評を付け、諸葛亮が「誠」に感じたことを強調して、「仁」の人劉備の「誠」に感じた諸葛亮をも高く評価することに成功しているのである。

このように、三顧の礼の場面において、毛宗崗本は、李卓吾本の未熟な表現を整え、「妓女の涙」と笑い物にされていた劉備の涙を「仁」より発した「誠」の涙と表現した。こうして、「仁」の人劉備は、「智」絶諸葛亮を陣営に加えることに成功するのである。

三、仁に過ぎる

三顧の礼で迎えられた諸葛亮は、攻め寄せてきた夏侯惇を破って、関羽・張飛に自らの力を認めさせる。これに対して、華北を統一していた曹操は、五十万の大軍を率いて南征に赴く。荊州では、劉表が死の床にあったのである。劉表が死去すると、蔡瑁は劉表の次子である劉琮を立て荊州を曹操に献上し、自らの出世を計る。一方、劉備は、樊城に立て籠もり、諸葛亮の計略により、先鋒の曹仁を散々に破る。諸葛亮は、劉琮の籠もる襄陽の奪取を勧めるが、劉備は、「忍びない」として襄陽に攻め入らずに江陵へ向かった。江陵に向かう劉備に、善政を慕って民が随行する。諸葛亮は、民を置いて逃げることを勧めるが、劉備は「忍びない」として民の同行を許す。結局、曹操の軽騎兵に追いつかれ、長坂坡で散々に破られた。趙雲が単騎阿斗を救い、張飛が長坂橋に殿《しんがり》となって、何とか曹操軍を食い止めたものの、江陵を諦め、劉琦がいた江夏に駐屯せざるを得なくなった。

この場面について、毛宗崗本は、次のような総評を付けている。

さきに孔明は劉琦に教え、走《にげ》ることを上計としていた。いま玄徳に教えて、また走ることを上計とした。しかし劉琦は走ることで難を免れることができるが、玄徳が走ることで難を免れることはほとんどない。その理由は何か。それはすべて玄徳に忍びざるの心があって妨げとなるためである。もし劉表に対して忍びざるの心がなければ、走ることもなかったであろう。もし劉琮に対して忍びざるの心がなければ、また走ることもなかったであろう。そして走《にげ》た際にも、もし百姓に対して忍びざるの心がなければ、なお軽く走ることができ、早く走ることもでき、完全に走ることもできた。その走たことで難に陥ったのは、玄徳が仁に過ぎたためであり、孔明が計に疎《うと》かったわけではない。(一四)

毛宗崗本が、劉備の特徴として繰り返す「忍びざるの心」は、『孟子』公孫丑章句上に展開される四端説において、「仁の端」と位置付けられる惻隠の心のことであり、「仁」の人劉備が持つべき特徴である。ただし、劉備は「仁に過」ぎるため、劉表・劉琮を殺して襄陽を拠点とすることに忍びず、曹操に追われる際にも百姓を見捨てるに忍びなかった。その結果として、長坂坡で大敗を喫するのである。毛宗崗本は、劉備の「過仁」によって、「智」絶諸葛亮の計略がうまく運ばなかったと説くことで、この場面では「孔明が計に疎《うと》かったわけではない」ことの理由とする。

さらに、毛宗崗本全体としては、「智」絶の諸葛亮と「義」絶の関羽が「仁」の人劉備に仕えながらも、「奸」絶の曹操に勝てなかった理由を劉備の「過仁」に求める。劉備が「忍びず」と言って、荊州を取らなかったとき、李卓吾本は、「衆はみな感嘆して已まなかった（衆皆嗟嘆不已）」（李卓吾本 第四十回）と、劉備の「仁」を称えているが、毛宗崗本はこれを削除し、劉備の「仁」を褒めたたえることはない。あるいは、入蜀の際、劉備が龐統の「三計」のうち、上計ではなく中計を用いることで、結果として龐統が戦死したことに対して、毛宗崗本は、「玄徳が上計を用いずに、中計を用いたのは、忍びざるの心があったためである（玄徳不用上計、而用中計、猶有不忍之心）」（毛宗崗本 第六十二回）と述べる。龐統の戦死の理由も、劉備の「過仁」に求められているのである。劉備の「仁」を守りながら、諸葛亮の「智」、関羽の「義」により、曹操の「奸」を破れなかった説明として、巧みな理由が設定されていると言えよう。

それでは諸葛亮は、劉備の「過仁」にどのように対処したのであろうか。毛宗崗本は、諸葛亮が蜀において恩赦の濫発を批判したことを描く第六十五回の總評において、この問題に次のように答えている。

子産の言葉に、「水は懦弱であるから、民は狎《な》れてこれを玩《もてあそ》ぶ、このため（水に）死ぬものは多い。火は烈しいので、民は望んでこれを畏れる、このため死ぬものは少ない」とある。子産が猛を用いたのは、寛を用いるよりもよいためである。孔明の蜀の治め方は、この意図を継承している。法が（厳しく）行なわれて（はじめて）恩を知ることができる、これが猛によって寛を済《すく》う道である。玄徳は孔明を水と呼んだが、（孔明は）蜀を治めるに当たって、また水にはならず火となっ（て猛政を行っ）た。曹操は劉琮を青州に徙すと、その母子を殺した。（これに対して）劉備は劉璋を公安に遷すと、かれの財物を返した。劉備と曹操は（政治の方法が寛と猛で）異なる。劉備は寛によって蜀を慰撫し、これを恩によって懐けた。諸葛亮は厳によって蜀を統治し、これを法によって正した。諸葛亮と劉備もまた（政治の方法が猛と寛で）異なるのである。思うに自分と敵は相反する方法を取った方がよい。敵が暴であれば、我は仁、敵が急であれば、我は緩、このように相反することでうまくいくのである。（また）君主と宰相も互いに済《たす》け合った方がよい。君主が仁であれば、宰相は義、君主が柔であれば、宰相は剛、それによって互いに済け合うことができるのである。相反してなければ、互いに勝るところはない。相済けなければ、互いに成すところはない。[一五]

毛宗崗本が典拠としているものは、『春秋左氏傳』昭公 傳二十年の、「仲尼曰く、「善きかな。政 寛なれば則ち民は慢。慢なれば則ち之を糾すに猛を以てす。猛なれば則ち民は殘。殘なれば則ち之に施すに寛を以てす。寛 以て猛を濟ひ、猛 以て寛を濟はば、政 是を以て和す」と」という記述である。[一六] 渡邉義浩〈一九八八〉が論ずるように、諸葛亮と曹操は、これを典拠に「猛」政を展開している。史実としても、諸葛亮は「猛」政を行い、恩赦をしなかった。ただし、それは劉備以前に益州を統治していた劉璋政権の「寛」治を刷新するためであった。毛宗崗本は、諸葛亮の「猛」政を「仁」の人劉備の「寛」を補うためであったと評を付けることにより、「過仁」の劉備を「猛」政で支える「智」絶諸葛亮の姿を描き出したのである。

このように、毛宗崗本は、物語の主人公である劉備の「仁」を「過仁」と表現することにより、「智」絶の諸葛亮・「義」絶の関羽が「奸」絶の曹操に敗退する理由を合理的に説明し得たのである。ただし、史実の劉備は、「梟雄」とも評される、味方を疑うことをも辞さない人物であった。『三國志』にも記されるそうした「仁」ならざる劉備の姿が描かれているのは、諸葛亮に劉禅を委ねる「托孤」の場面である。毛宗崗本は、どのように劉備像の整合性を保ったのであろうか。

四、梟雄劉備

漢中で曹操を破って絶頂を迎えた劉備の生涯は、関羽が荊州を失陥するときから急落していく。帝位についた曹丕に対抗して、章武元（二二一）年、皇帝に即位して蜀漢を建国したものの、関羽の仇討ちをできないことに劉備は鬱々として楽しまなかった。やがて、趙雲の制止を振り切って討呉に向かった劉備は、その準備の途上に張飛を失い、夷陵の戦いで孫呉の陸遜に敗れ、挙兵以来の兵力をも失った。

白帝城に病で倒れた劉備は、成都より諸葛亮を呼び寄せ、「君の才能は曹丕の十倍である。必ずや国家を安んじ、最後には（天下統一の）大事業を成し遂げよう。もし後継ぎ（劉禅）が輔佐するに足りれば、これを輔佐せよ。もし才能がなければ、君が自ら（天子の位を）取るべきである」との遺言を残す。『三國志』巻三十五 諸葛亮傳では「君自ら取る可し（君可自取）」とする部分を毛宗崗本は「君自ら成都の主となってほしい（君可自爲成都之主）」と改めているが、大意は同じである。

劉備の遺言について、陳寿は『三國志』巻三十二 先主傳に評をつけて、「誠に君臣の至公、古今の盛軌なり（誠君臣之至公、古今之盛軌也）」と述べ、劉備と諸葛亮との信頼関係を象徴する言葉としている。李卓吾本は、この言葉を本文中に引用したうえで、次のような總評を付けて、劉備の遺言を「奸雄の言」であるとする。

> 玄徳の孤を託する数語を、人は誠の言葉であるとする。（しかし）わたしはとくに（玄徳の）奸雄ぶりを示した言葉であると考える。この数語があることで、孔明がたとえ王莽・曹操のような奸であったとしても、また自ら手足を動かすことができなくなる。孔明は忠誠であること無二の存在であるためなおさらである。[一七]

李卓吾本は、「君自ら成都の主となってほしい」の部分にも評をつけて、「（劉備は）ただこの一語により、ただちに孔明の魄を奪った。玄徳は真の奸雄である（只此一語、便奪孔明之魄。玄德眞奸雄哉）」と述べている。この言葉から劉備と諸葛亮との関係を「君臣の至公、古今の盛軌」と称える陳寿の理解を否定するのである。

明末の王夫之は、『三國志』諸葛亮伝では、「君自ら取る可し」となっている劉備の言葉に、諸葛亮への信頼のなさを見る。この遺言を「乱命」とするのである。渡邉義浩〈一九八八〉によれば、この言葉には、「名士」の勢力を糾合し、万全な政治基盤を持つ諸葛亮の即位を牽制する意味が含まれていたという。これを踏まえると、李卓吾本の解釈は、史実への理解としては的外れではない。しかし、劉備を「仁」の人とする物語である『三國志演義』においては、受け入れられる解釈ではない。劉備を「奸雄」と呼ぶことは、曹操の表現と重複する。

そこで、毛宗崗本は、次のような總評を付けている。

> 先主（劉備）の托孤の語を見ると、呉を伐つことを重んぜずに、魏を伐つ方を重んじていることが分かる。先主

は、君の才は曹丕に十倍すると言って、どうして孫権に十倍すると言わないのか。それはおそらく漢と仇となるものは魏だけであり、我と敵対するものは曹氏だけだったからである。先主が、嗣子を輔《たす》けられるのであればこれを輔け、輔けられなければ自らこれを取れと言ったのは、賊を討てるのであればこれを輔け、賊を討てなければこれを取れという意味である。重んじることは賊を討つことにあり、（皇帝の）位を嗣ぐことは重んじていない。このことは前出師の表と後出師の表が、（賊を討たなければ）已《や》むことはないと言っていることに明らかである。[一八]

毛宗崗本は、劉備の遺言に孫権への言及がないことは、魏だけを敵としているためである、と述べる。そのうえで、輔けるとは魏を討つことを輔けるのと同じように、これを取るとは魏を討つことが不可能であった場合だけであるとし、皇帝の位を嗣ぐことを重視しているわけではない、と主張する。こうして、劉備が自らの死後、諸葛亮が即位することを恐れて遺言により釘を刺したとする李卓吾本の理解を否定する。その結果、劉備が「奸雄」であることは否定され、「仁」の人という劉備像は、一貫性を保つことができたのである。

さらに、毛宗崗本は、劉備が太子劉禅に遺《のこ》した「教」に関わり、次のような総評を付ける。

> 先主の太子（劉禅）への「教」の言葉では、（劉備は）すでに太子が使い物にならないことを知っている。なぜか。劉禅はもとより大善をなすことはできないが、また大悪をなすこともできない。大善をなすことができなければ、（「教」で劉禅に勧めるように）ただ勉めて小善を行うだけである。大悪をなすことができなければ、ただ小悪を行うことを戒めるだけである。先主は梟雄の才を持ち、権謀術数に通じていたので、自らの子の学べる範囲を計ることができた。そのため、「汝の父は徳が薄く真似てはならない」と言った。子は父のようにできないことを知っていたのである。そうであるかな。そうであるかな。[一九]

毛宗崗本は、劉備が「梟雄」であるため、劉禅が自分のように行動できないことを知っていたとする。『三國志』に記され、李卓吾本も言っている「梟雄」という劉備への評価を継承しながらも、それを李卓吾本のように「梟雄」であるから諸葛亮の即位を牽制したとは捉えない。「梟雄」であるが故に、劉備は、劉禅の大事を成せないことを知っており、できる範囲で悪から遠ざかり、善に近づくよう「教」を遺したとするのである(二〇)。毛宗崗本での劉備は、わが子の劉禅に対しても「仁」の人であった、と描かれていることを理解できよう。

さらに毛宗崗本は、『三國志』にある「君自ら之を取れ」という言葉についても、ある人の疑問に答える形で、次のように言及している。

ある人は「先主が孔明に自らこれを取れと言った、これは真の話か、偽の語か」と問うた。答えは「真となせば、真となる。偽となせば、偽となる」である。孔明に曹丕がした(国を奪う)ことをさせようとすれば、義としてあえて必ずすることはなく、必ずすることは忍びないはずである。(孔明が)必ずあえてせず、必ず忍びざることを知っているがために、これにこの言葉を聞かせたのであり、そうすればその太子を輔ける心はいよいよ切にならざるを得ない。かつ太子にこの言葉を聞かせれば、孔明(の言うこと)を聞き、孔明を敬う意《おもい》はいよいよ粛然とせざるを得ない。陶謙が(劉備に)徐州を譲ったことは、すべて真であり偽はない。劉表が(劉備に)荊州を譲ったことは、半ば偽であり半ば真である。先主の遺命と、みな同列に語ることはできないのである(二一)。

毛宗崗本は、劉備が諸葛亮に、「君自ら之を取れ」と言ったことについて、真であるとすれば真であり、偽であるとすれば偽であるという。すなわち、言ったことは真であるが、自ら取ることは絶対にないので偽である、とするのである。取るはずがないものをあえて言った理由は、それを言うことで、諸葛亮が劉禅を輔ける懸命さが増し、劉禅の諸葛亮への信頼も増すためであるという。つまり、劉備と諸葛亮とが信頼関係で結ばれている中で出された言葉であるために、陶謙や劉表の言葉とは、比べることができないとするのである。

このように、毛宗崗本は、李卓吾本によって諸葛亮の即位を遺言で牽制しようとする「奸雄」と描かれた劉備の像を修正し、あくまでも「仁」の人という劉備の像を統一的に描くと共に、諸葛亮が劉備から疑われたという疑惑も防いだのである。さらに、毛宗崗本は、養子の劉封を殺害する場面でも、李卓吾本を書き換えて、劉備の仁と諸葛亮の智を守っている（本書第二章参照）。こうした書き換えによって、毛宗崗本は主人公である劉備の生涯を一貫して「仁」の人と表現したのである。

おわりに

毛宗崗本は、劉備を「仁」の人と描いて物語の中心に置き、聖人君子とすることで、対照的に描かれる「奸」絶曹操を際立たせると共に、「義」絶関羽・「智」絶諸葛亮の活躍を描いていく。こうした役割分担は、すでに嘉靖本から見られる『三國志演義』の基本的な構図であった。しかし、毛宗崗本が種本とした李卓吾本は、その場面ごとの理解を先行させるために、そうした構図が一貫して描かれているとは言えなかった。もちろん、李卓吾本にも「寛」と「猛」の対比により、劉備と諸葛亮を比較し、劉備の遺言を牽制と解釈するような、的確で興味深い指摘は見られる。それでも、その場に応じた解釈は、物語の全体像を歪めてしまう。李卓吾本は、物語の主人公である劉備ですら、一貫して仁の人として描くことができてはいない。もちろん、文学としてそれが魅力の場合もある。人間は矛盾に満ちた存在であり、すべてにおいて常に善、あるいは悪である人は多くない。

これに対して、毛宗崗本は、「三絶」それぞれに役割を定め、物語を展開する主人公である劉備を一貫して「仁」

の人と描いている。それは、毛宗崗本の文学としての完成度を高めるものと言えよう。むろん、劉備・関羽・諸葛亮らを常に「善」、曹操を絶対的な「悪」と描く画一的な勧善懲悪の物語は、近代的な文学観からは批判もあろう。しかし、毛宗崗本が目指したものは、朱子学の義に基づいて、三国時代の歴史物語を分かり易く説明することにあった。こうした特徴を持つことにより、朱子学に規定される中国近世において、毛宗崗本は、一つの場面ごとの面白さの追究を優先する李卓吾本を抑えて、『三國志演義』の通行本へと押し上げられたのである。

《注》

（一）「三絶」の表現のうち、「義」絶関羽については本書第二章・第八章、「奸」絶曹操については本書第四章、「智」絶諸葛亮については本書第五章を参照。

（二）四つの場面のほかでも、劉備の像は、多く書き換えられている。たとえば、長坂坡の戦いの際、劉備が阿斗を投げる場面において、李卓吾本では投げ捨てられたままの阿斗を毛宗崗本では周りの臣下が拾い上げるよう書き換えられていることについては、本書第七章を参照。

（三）桃園結義劈頭、發願便說、同心協力、救國扶危、上報國家、下安黎庶（李卓吾本 第一回 總評）。なお、本書では、李卓吾本は、蓬左文庫に所蔵される呉観明本の『李卓吾先生批評三國志』（ゆまに書房、一九八四年）を使用した。また、李卓吾本の評は、〔 〕で示す。

（四）試觀桃園三義、各自一姓、可見兄弟之約。取同心同德、不取同姓同宗也（毛宗崗本 第一回 總評）。なお、毛宗崗本は、酔耕堂本を底本とする『四大奇書第一種三國志演義』（中華書局、一九九五年）を使用して、文字を正字に直した上で時に刊本にあたって確認した。また、毛宗崗本の評は【 】で示す。

（五）嘉靖本は、『三國志通俗演義』（人民文学出版社、一九七五年）を使用した。

（六）靈帝末、黄巾起、州郡各擧義兵。先主率其屬、從校尉鄒靖、討黄巾賊有功、除安喜尉。督郵以公事到縣。先主求謁、不通。直入縛督郵、杖二百、解綬繫其頸着馬枊。棄官亡命（『三國志』巻三十二 先主傳）。

（七）劉備が傭兵隊長として群雄の間を渡り歩いたこと、および関羽・張飛など初期劉備集団が、劉備と強い個人的結合関係で結ばれていたことについては、渡邉義浩〈一九八八〉を参照。

（八）飛大喝、害民賊。認得我麼。【快人快事。妙在絶無商量。】督郵未及開言、早被張飛揪住頭髪、扯出館驛。直到縣前馬椿上縛住。【前日坐馬上、今日縛馬椿上、好笑。】扳下柳條、去督郵兩腿上著力鞭打、【打得暢快。督郵所望者蒜條金耳、豈意張公以柳條鞭見贈。】一連打折柳條十數枝。……督郵告曰、玄德公、救我性命。【不敢不敢、我本詐稱皇親、虚報功績者。安能救公耶。】玄德終是仁慈的人、急喝張飛住手。……督郵歸告定州太守、太守申文省府、差人捕捉（毛宗崗本 第二回）。

（九）『三國志平話』では、功績を挙げた劉備を罰しようとした者は定州太守とされており、張飛はそれに怒って定州太守を殺害する。督郵が派遣されるのは、その後のことである。『三國志平話』の邦訳には、二階堂善弘・中川諭（訳注）《一九九九》・立間祥介《二〇一一》がある。なお『三國志平話』の劉備像については、張真〈二〇一二〉を参照。

（一〇）『三國志演義』において劉備が聖人君子と描かれていることについては、李新年〈一九九四〉を参照。

（一一）毛宗崗本における徐庶とその母の忠の表現については、本書第七章を参照。

（一二）玄德頓首謝曰、備雖名微德薄、願先生同往新野、興仁義之兵、拯救天下百姓。孔明曰、亮久樂耕鋤、不能奉承尊命。玄德苦泣曰、先生不肯救濟生靈、漢天下休矣。言畢、涙沾衣襟袍袖掩面而哭。〔玄德之哭、極似今日妓女。可發大笑也。〕孔明曰、將軍若不相棄、願效犬馬之勞。玄德遂喚關・張入（李卓吾本 第三十八回）。

（一三）玄德拜請孔明曰、備雖名微德薄、願先生不棄鄙賤、出山相助。備當拱聽明誨。孔明曰、亮久樂耕鋤、懶於應世、不能奉命。【此孔明於決策之後、忽然不肯出山。又作一折。】玄德泣曰、先生不出、如蒼生何。言畢、涙沾袍袖、衣襟盡濕。【前至水鏡莊上衣襟盡濕、今在臥龍莊上衣襟亦盡濕。前之濕是水、今之濕是涙。前遇難而不涙、今爲求賢而反涙者。前不爲一身而落涙。今則爲蒼生而涙也。】孔明見其意甚誠、乃曰、將軍既不相棄、願效犬馬之勞。【此孔明因玄德意誠而許諾。又作一收。】玄德大喜、遂命關・張入（毛宗崗本 第三十八回）。

（一四）前孔明教劉琦、是走爲上計。今教玄德、亦是走爲上計。然劉琦之走得免於難、玄德之走幾不免於難。其故何也。則皆玄德不忍之心爲之累耳。若非不忍於劉表、則可以不走。若非不忍於劉琮、則又可以不走。卽走矣、若非不忍於百姓、則猶可以輕於走、捷於走、脫然於走。其走而及於難者、乃玄德之過於仁、而非孔明之疏於計也（毛宗崗本 第四十一回 總評）。

（一五）子產之言曰、水懦弱、民狎而玩之、故多死焉。火烈、民望而畏之、故鮮死焉。凡子產之用猛、正其善於用寬也。孔明之治蜀、其得此意乎。法行而知恩、卽猛以濟寬之道。玄德以孔明爲水、而當其治蜀、則又不爲水而爲火矣。曹操徙劉琮於青州、而殺其母子。劉備遷劉璋於公安、而歸其財物。則備與操異矣。劉備寬以撫蜀、而收之以恩。諸葛嚴以治蜀、而繩之以法。則亮又與備異矣。蓋我與敵取其相反。敵以暴、我以仁、敵以急、我以緩、以相反爲能者也。君與相取其相濟。君以仁、相以義、君以柔、相以剛、以相濟爲用者也。不相反、則無以相勝。不相濟、則無以相成（毛宗崗本 第六十五回 總評）。

（一六）仲尼曰、善哉。政寬則民慢。慢則糾之以猛。猛則民殘。殘則施之以寬。寬以濟猛、猛以濟寬、政是以和（『春秋左氏傳』昭公 傳二十年）。

（一七）玄德託孤數語、人以爲誠語。予特以爲奸雄之言也。有此數語、孔明縱奸如莽・操、亦自動手脚不得矣。況孔明又原忠誠不二者乎（毛宗崗本 第八十五回 總評）。

（一八）觀先主托孤之語、而知其不以伐吳爲重、終以伐魏爲重矣。其曰、君才十倍曹丕、何以不曰十倍孫權乎。蓋以與漢爲仇者魏耳、與我爲對者曹氏耳。其曰、嗣子可輔則輔之、不可輔則自取之、猶云能討賊則輔之、不能討賊則取之也。重在討賊、故不重在嗣位。此前後出師之表、所以不能已歟（毛宗崗本 第八十五回 總評）。

（一九）先主教太子之言、已知太子之無用也。何也。劉禪固不能爲大善、亦不能爲大惡者也。不能爲大善、則但勉之以小善而已。不能爲大惡、則但戒之以小惡而已。先主梟雄之才、其權謀通變、料非其子之所能學。故曰、汝父德薄不足效。知子莫若父、然哉。然哉（毛宗崗本 第八十五回 總評）。

（二〇）史実が持っていた梟雄と明君という劉備の二側面のうち、『三國志演義』の版本の別にかかわらず、全般的に劉備は、明君に重点が置かれ書かれていることについては、沈伯俊〈二〇〇六〉を参照。なお、森村森鳳〈二〇〇八〉もある。

（二一）或問先主令孔明自取之、爲眞話乎、爲假話乎。曰、以爲眞、則是眞。以爲假、則亦假也。欲使孔明爲曹丕之所爲、則其義之所必不敢出、必不忍出者也。知其必不敢、必不忍、而故令之聞此言、則其輔太子之心愈不得不切矣。且使太子聞此言、則其聽孔明、敬孔明之意愈不得不肅矣。陶謙之讓徐州、全是眞不是假。劉表之讓荊州、半是假半是眞。與先主之遺命、皆不可同年而語矣（毛宗崗本 第八十五回 總評）。

第二章　関羽の義

はじめに

関羽は、河東郡解県（山西省運城市）の出身である。河東郡解県は、「解塩」と呼ばれる池塩の流通拠点であった。そのため、関羽は後に、山西商人の信仰を集めて財神となり、さらに、山西商人が財政に大きな役割を果たした明清帝国によって、武神・儒神として国家祭祀の対象とされた（一）。こうした関帝崇拝を背景に著された『三國志演義』は、関羽の描写に様々な工夫を凝らしてきた。『三國志演義』の通行本となった毛宗崗本は、関羽を「義」絶として、「智」絶諸葛亮・「奸」絶曹操とならぶ主役の一人に高めている。

関羽の「義」が表現される代表的な場面は、第二十回「曹阿瞞許田打圍　董國舅內閣受詔」、第二十五回「屯土山關公約三事　救白馬曹操解重圍」、第二十七回「美髯公千里走單騎　漢壽候五關斬六將」、第五十回「諸葛亮智算華容　關雲長義釋曹操」などである。これらの場面において、毛宗崗本は、関羽の義を明確に表現するため、それ以前の代表的版本である李卓吾本に（二）、説話を挿入し字句を改変して、さらには義を明らかにする評を加えることで、当時の人々が持つ関羽、あるいは関帝に対する印象と物語の義との整合化を図り、物語の表現を豊かにしようとした（三）。本章は、関羽の義の表現として最も特徴的な第二十回・第五十回の分析により、多くの意味を持つ義の中から、毛宗崗本が関羽の義として重視する内容を追究するものである。

一、曹操を殺そうとする義

建安三（一九八）年、曹操は、呂布を共に征討するなど、身を寄せてきた劉備を優遇していた。しかし、董承を中心とする朝臣が劉備に接近することで、両者の関係は緊張する。『三國志演義』は、こうした史実を踏まえたうえで、第二十回に献帝が曹操討伐の密詔を出す契機として、「許田打圍（許田に打圍《まきがり》す）」という虚構を創作する。李卓吾本 第二十回「曹孟德許田射鹿　董承密受衣帶詔」は、関羽の行動を次のように表現している。

（許田での巻狩の際、献帝の弓矢で鹿を射た曹操が、帝を遮って臣下の万歳を受けると）玄徳の後ろにいた雲長は大いに怒り、（蚕の寝そべったような太く濃い）臥蚕眉を逆立て、（鳳凰の眼のような切れ長の）丹鳳眼を見開いて、刀を手に馬をたたいて躍り出ると、曹操を斬り棄てようとした。〔これは雲長が聖人となり仏となった根幹である。〕①玄徳は雲長の意図を知り、手を振り目くばせをして、前に出ないようにさせた。関公は仁義の人だったので、兄のそんな様子を見てすぐさま動くのをやめた。曹操はただ玄徳を見ただけだった。玄徳は身をかがめながら褒めて、「丞相の神業のような弓の腕前は、世に及ぶものはめったにございません」と言った。曹操は笑いながら、「これも天子のご威光のおかげじゃ」と言った。馬上から天子に祝詞を述べおわると、弓は返上せず、そのまま腰につけた。老臣でため息をつかぬ者はいなかった。狩りが終わってから、許田で宴が開かれた。天子は早々に帰るよう促され、そこで許都にお戻りになったので、みなそれぞれ引き返した。②玄徳は雲長に、「そなたは今日なぜあのように騒いで暴れたのだ」と言った。雲長は、「君を欺き上を無みする賊が、まことに許せなかったからです。国のために害を除こうとしたのに、兄者はなぜわたしを止めたのですか」と言った。玄徳は、『鼠に投ずるに、器を忌む』と言うではないか。③曹操は姦計を案じ、自ら天子に奏上して許都を出て狩りをしたのだ。わたしは常に帝を窺い視ていたが、帝との距離は馬の頭一つ分しか離れていなかった。その他の腹心の者たちは、奴のまわり一面から奴を守っていた。③そなたはなぜそれに気づかなかったのだ。わたしはそなたが怒っているのを見て、すぐに止めたがなぜだか分かるか。曹操は（献帝の）身中の賊であり、手下が大勢いるのを見たからだ。もし曹操を殺すことに失敗し、事を成せずにいながら、天子を傷つけるようなことがあれば、罪はかえってわたしたちにあることになるのだぞ。だからわたしはそなたを止めたのだ」と言った。雲長は、「今日あの姦雄の操賊を殺しておかなければ、兄者よ後に必ず禍がありますぞ」と言った。〔玄徳も雲長もともに正しい。〕玄徳は、④「このことは隠しておけ。」と言った。（四）

毛宗崗本 第二十回「曹阿瞞許田打圍 董國舅内閣受詔」は、これを次のように書き換えている。

玄徳の後ろにいた雲長は大いに怒り、臥蚕眉を逆立て、丹鳳眼を見開いて、刀を手に馬をたたいて躍り出ると、曹操を斬り棄てようとした。【義気凛々として、髭にも眉にも（義が）現れている】①玄徳は（それを）見て、あわてて（雲長に）手を振り目くばせした。関公は兄のそんな様子を見て、すぐさま動くのをやめた。玄徳は身をかがめながら曹操を褒めて、「丞相の神業のような弓の腕前は、世に及ぶものはめったにございません」と祝いの言葉を述べた。【このようなことが英雄の臨機応変の権謀を育てる、これが帝王の度量である。】曹操は笑いながら、「これも天子のご威光のおかげじゃ」と言った。そして馬の向きを変えると天子に祝詞を述べたものの、ついに弓は返上せず、そのまま自らの腰につけた。【袁術は玉璽を盗み、曹操は宝弓を盗んだ。同時に二人の陽貨がいるとは思わなかった。】狩りが終わってから、許田で宴が開かれた。宴が終わると、天子は許都にお帰りになったので、みなそれぞれ引き返した。②雲長は玄徳に、「操賊は天を欺き主君を無みする者です。（だから）わたしは奴を殺して、国のために害を除こうとしたのです。兄者はなぜわたしを止めたのですか」と聞いた。玄徳は『鼠に投ずるに、器を忌む』と言うではないか。（あの時）曹操と帝との距離は馬の頭一つ分しか離れておらず、腹心の者たちも、まわりで奴を守っていた。わが弟がもし一時の怒りを抑えられず、軽々しく動いて、もし事を成せずに、天子を傷つけるようなことがあれば、罪はかえってわたしたちにあることになるのだぞ」と言った。【状況を深く考えている。】雲長は、「今日あの賊を殺しておかなければ、後に必ず禍となりますぞ」と言った。玄徳は、④「このことはしばらく隠しておけ。軽々しく口に出してはならんぞ」と言った。【雲長は耐えられなかったが、玄徳はひとえに耐えた。（五）】

毛宗崗本は、李卓吾本を大きく①から④の四箇所で書き換えている。その表現技法を検討しよう。

第一に毛宗崗本①は、劉備に止められた関羽が動かなかった理由を「仁義の人」に求める李卓吾本の記述を削除する。「義」絶である関羽から「仁」という属性を削除したのである。第一章で検討したように、毛宗崗本は「仁」という徳目で劉備を象徴的に表現していた。「義」絶の関羽が、「仁」の属性を持つことで、劉備の特徴が薄れることを嫌って「仁義」を削除したと考えてよい。同様の事例は、後述する第七十六回にも見られる。第二に、毛宗崗本②は、話を切り出す人物を李卓吾本の劉備から関羽へと変更することで、劉備が関羽の行動を詰問する記述を削除し、関羽が自分から劉備の止めた理由を尋ねる表現としている。その結果、李卓吾本が劉備を主体に曹操を襲わなかった説明をすることに対し、毛宗崗本は、関羽が主体的に曹操を襲うべき理由を述べることになった。毛宗崗本は、主役の関羽を引き立てるため、劉備の位置を下げ、関羽の義が劉備に批判されることを防いでいるのである。

第三に、毛宗崗本③は、劉備が関羽に曹操の姦計があったと説明する文章と、劉備が関羽を叱った言葉を削除する。これも、関羽が曹操の姦計を見破れず軽挙妄動し、劉備に叱られたことを削除して関羽の地位を高めるためである。第四に、毛宗崗本④は、関羽の思いを劉備が理解していることを示すため、「且」（しばらく）の字を入れ、さらに「軽」がるしくは口に出してはならない、という李卓吾本の一方的な命令口調を改めることで、関羽の曹操を殺そうとする意志を劉備も尊重する様子を表現している。毛宗崗本が「義」絶関羽の「義」が発露する場面である「許田打圍」を重視し、「義」絶であることが明確化するように、効果的に表現を改めていることが分かる。

以上四点の書き換えに加えて、毛宗崗本は、總評における関羽の評価を李卓吾本から改変している。第二十回の總評を李卓吾本から掲げていこう。

許都での巻き狩りで、操賊が君を無みしようとしたので、人も神もともに憤慨した。最初からすぐに手を下そうとしたのは、雲長先生ただ一人だけである。この忠義は人を照らし、今も衰えることはない。わたしは雲長が今に至るまで、聖人となり、菩薩となり、仏となっているのは、すべてこの種子《しゅうじ》が発端になっていると思う。いったいこの種を持っていないものがあるだろうか。ただ（この種子を）自ら育てることができないだけである。雲長先生ばかりではなく、董承ら六人にもまた、取るべきものがある。かりにこの六名を、関帝廟に配享することによっても、また漢家に忠義を尽くす人が少なくないことを示せよう。いかがであろうか(六)。

これに対して、毛宗崗本は次のように總評を述べる。

雲長が曹操を殺そうとしたのは、人臣として大義を明らかにするものである。玄徳が（曹操を）殺そうとしなかったのは、君父のための謀は万全でなければならないからである。君側の悪は、これを除くことが最も難しい。前後左右、みなその腹心爪牙であることによる。これを殺せば禍は我が身に及ぶが、それはまだましである。これを殺して禍が君父に及べば、功を成した中心人物とならないだけでなくかえって罪を犯した首謀者となる。慎

重にすべきである。[七]

二つの總評を比較してみると、李卓吾本は、関羽の忠義を称え、それを聖人とするだけでなく、菩薩であり仏であるとする。ここには、かつて『三國志平話』に見られた仏教的な要素が残存している。[八] 関羽を「義」絶と位置付ける毛宗崗本には、無用な属性である。したがって、毛宗崗本は、李卓吾本の評にある仏教用語の「種子」を継承せず、関羽の行動を「人臣として」の「大義」と評価し、儒教的に位置づけている。[九] その際、「義」を用いながらも、李卓吾本では「忠義」とされていたものが、毛宗崗本では「大義」とされる。毛宗崗本は「忠」という無用な要素を省き、「義」絶であることを明確にしているのである。

二、曹操を殺さない義

建安十三（二〇八）年、天下統一を目指して曹操は南下したが、劉備と同盟した孫権の部将周瑜により赤壁の戦いで敗退する。『三國志演義』は、敗走する曹操を諸葛亮の命により華容道で待ち伏せていた関羽が、軍法に背き自らの命を懸けて曹操を見逃す、という虚構を創造する。李卓吾本 第五十回「曹操敗走華容道　關雲長義釋曹操」より掲げよう。

（程昱の言葉を聞いて）曹操はうなずき、直ちに馬を進めると、身をかがめて雲長に、「将軍にはその後お変わりないか」と言った。雲長もまた身をかがめて、「わたくしは軍師の命により、久しく丞相をお待ちいたしておりました」と返事をした。曹操は、「わたしは兵が敗れ危機に陥り、ここに至ってなすすべがなくなった。将軍が昔日の①言を重んじられることを望む」と言った。雲長は、「昔わたしは丞相の厚恩を蒙ったことがあるとはいえ、かつて白馬での危地をお救いし、それで恩に報いております。①今日は軍師の命を奉じておりますので、私情を差し挟むことは許されません」と答えた。曹操は、「五ヵ所の関で守将を斬った時のことを、まだ覚えておられるか。古の大丈夫の処世は、信義を重きとするものである。将軍は『春秋』に造詣が深く、庾公之斯が子濯孺子を追ったことをご存知であろう」と言った。〔このような言葉は、君子を動かすことができる。小人を動かすことはない。〕雲長はこれを聞くと、首をうなだれて何も言わなかった。（それは）この時曹操があの出来事を持ち出したからである。②雲長は義を重んじること山の如き人であった。さらに曹操の軍が戦戦兢々、みな涙を浮かべているのを見た。雲長は五関の守将を斬り（曹操が自分を）見逃してくれた恩を思い起こして、心が動かぬはずはなかった。そこで鞍をめぐらし、手勢に、「四方に散れ」と命じた。これは明らかに曹操を逃がすという意味だった。〔雲長は聖人であり、②仏である。〕曹操は雲長が馬を返すのを見ると、すぐに諸将とともに一斉に駆け抜けて行った。雲長が向き直ったときには、前にいた諸将がすでに曹操を守りながら退去したあとであった。[一〇]

毛宗崗本 第五十回「諸葛亮智算華容 關雲長義釋曹操」は、これを次のように書き換えている。

（程昱の言葉を聞いて）曹操はうなずき、すぐに馬を進めると、身をかがめて雲長に、「将軍にはその後お変わりないか」と言った。雲長もまた身をかがめて、「わたくしは軍師の命により、久しく丞相をお待ちいたしておりました」と返事をした。【操賊と罵らずに丞相と呼んでいるのは、殺さない意志があるからだ。】曹操は、「わたしは兵が敗れ危機に陥り、ここに至ってなすすべがなくなった。将軍が昔日の①情を重んじられることを望む」と言った。【悲しい叫びと言うべきだ。】雲長は、「昔わたしは丞相の厚恩を蒙ったことがあるとはいえ、しかしすでに顔良を斬り、文醜を殺して、白馬での危地をお救いし、それで恩に報いております。①今日の事は、私情をもって公事を廃することができましょうか」と言った。【今日の出来事は、君事である。これは（『春秋』の中で）庾公が孺子に語った言葉である。関公がこれにならったのは、殺さない意志があるからだ。】曹操は、「五ヵ所の関で守将を斬った時のことを、まだ覚えておられるか。【これは白馬での危地を救ったあとのことであり、（関公は）まだその恩を報いていない。】大丈夫たる者は信義を重きとするものである。将軍は『春秋』に造詣が深く、庾公之斯が子濯孺子を追った時のことをご存知であろう」と言った。【関公は『春秋』に明るいので、『春秋』でこれを動かした。小人が君子に憐れみを乞うには、小人の情によって君子を動かすのではなく、君子の道により君子を動かすのである。】②雲長は義を重んじること山の如き人であったので、かつて曹操から受けたたくさんの恩義と、のちに五関の守将を斬った時のことを思い起こして、どうして心を動かぬはずがあろう。さらに曹操の軍が戦戦兢々、みな涙を浮かべているのを見て、心中ますます平然としていられなかった。【絶妙なのは何も言わないことで描いている点である。】そこで鞍をめぐらし、手勢に、「四方に散れ」と命じた。これは明らかに曹操を逃がすという意味だった。曹操は雲長が馬を返すのを見ると、すぐに諸将とともに一斉に駆け抜けて行った。雲長が向き直ったときには、曹操はすでに諸将とともに去ったあとであった。(二二)

毛宗崗本は、李卓吾本を大きく①・②の二箇所で書き換えている。その表現技法について検討しよう。

第一に毛宗崗本①は、関羽に助命を乞う曹操の言葉を「昔日の言」から「昔日の情」に改めている。「言」とする場合、かつて関羽が曹操に「恩を報じる」といった言葉（第二十五回）の履行を求めることになり、約束に基づき関羽が曹操を見逃すことになる。これでは関羽の義は輝かない。これに対して、「情」と改めると、曹操が関羽の私「情」を求めたことになる。このように「言」を「情」に書き換えることで、後出の「以私廢公（私情を以て公事を廃することができましょうか）」という書き換えが生きてくる。すなわち、関羽は、公事（君事）として曹操を殺すべき任務を帯びて来ており、けっして、私情（憐れみ）によって曹操を見逃すわけではないことが、ここに宣言されているのである。（一二）それでも関羽が曹操を見逃すことになるのは、報恩が完結していない五関の将を斬ったことを持ち出されたことによる。関羽が報恩の義により命を棄てて曹操を見逃したことが、この書き換えによって論理的に表現されている。憐れみの私情ではなく、報恩の義により曹操を見逃すことで、関羽の義は明確に表現されるのである。

第二に、毛宗崗本②は、関羽が曹操を見逃した理由の順序を変え、「許多恩義（たくさんの恩義）」を加えている。李卓吾本は、「曹軍惶惶（曹操の軍が戦々兢々）」から「思起五關斬將放他之恩（五関の守将を斬り見逃してくれた恩を思い起こして）」という順序で、関羽が曹軍を憐れみ、そして五関で将を斬った罪を許してくれた恩に報ずると述べて、曹操を見逃す。李卓吾本の評は、曹操を許した関羽を聖人と評するだけではなく、「仏」であると述べる。憐れみの心は、慈悲として仏教に収斂されることが相応しい。第二十回にも見られた仏教的要素の残存である。これに対して、毛宗崗本は、最初に「當日曹操許多恩義（かつて曹操から受けたたくさんの恩義）」を挙げ、そののちに、「五關斬將之事（五関の守将を斬った時のこと）」を掲げており、「曹軍惶惶」という兵士への憐憫は付加されるに過ぎない。この書き換えにより、関羽が曹操を許した理由は、あくまで「許多恩義」、そして「五關斬將之事」への報恩の義であることが強調されているのである。

李卓吾本は、関羽が曹操を許した理由として、兵士への憐憫を先にあげ、そののち五関で見逃してくれた恩をも思い出した、とする。これに、関羽は「仏」との評が加えられれば、仏教的な憐憫の情が全面的に展開され、「義」の人としての関羽像は十全には表現されない。これに対して、毛宗崗本は、関羽が曹操を許した理由を「許多恩義」と「五關斬將之事」への報恩とすることにより、関羽が報恩の義のために曹操を許したことを明確に表現しているのである。

以上二点の書き換えに加え、毛宗崗本は總評において、関羽の評価を李卓吾本とは異なり、義を強調するものとしている。第五十回の總評を李卓吾本から掲げよう。

雲長の忠義は生まれながらのものである。孔明の計略はすでに練られていて、まだここで曹操の息の根をとめるべきでないことも分かっていた。まことにこれは天時と人事とを、はっきりと分かっている者である。雲長が孟徳を見逃し、また孟徳自らも自分を見逃したのである。人々は雲長が聖賢であり仏祖であることを知っているが、孟徳が天下万世にわたる乱臣であり賊子であることを知らない。雲長の表情は、まことに聖賢仏祖であったことから、（曹操は）ついにその報いを受けることができた。「権力を握っても上手に使えないならば、宝の山に入って手ぶらで戻ってくるようなものだ」という言葉がある。これは（曹操を捕らえられなかった）雲長がそうであるだけでなく、（雲長を留まらせられなかった）孟徳の雲長への待遇もまたそうである。今日の出会いで（二人とも手ぶらであることが）並んだ。さてどうであろうか。(一三)

これに対して、毛宗崗本は總評で次のように述べている。

ある人は関公が曹操に対して、なぜ許田では曹操を殺そうとしたのに、華容道では殺さなかったのか疑問であるという。それには、許田で曹操を殺そうとしたのは、忠であり、華容道で殺さなかったのは、義であると答えよう。順逆が分かたれていなければ、忠をなすことはできず、恩讐が明らかでなければ、義をなすことはできないからである。関公のような方は、忠は天をしのぎ、義は日を貫く。まことに千古のうちの一人なのである。(一四)

二つの總評を比較してみると、李卓吾本は、関羽の曹操を許した理由を関羽が「聖賢」であると共に「仏祖」であることを強調し、その「忠義」が輪廻により生まれながらにして有していると把握する。関羽が義を持つことは、「忠義の性」として最初に触れられるものの、義により曹操を見逃したという見方は取らない。関羽を仏教より捉える李卓吾本は、関羽の義の表現には強い関心を持たないのである。

これに対して、毛宗崗本は、関羽が曹操を見逃した義を第二十回の總評で「大義」と位置づけていた許田の意義付けを変更してまで強調する。すなわち、許田での関羽の行為を「大義」を示す行動から、献帝への「忠」を示す行動へと評価を変更することにより、関羽の曹操への対応の矛盾を解決するとともに、華容道での行為こそ「義」であると主張する。つまり、毛宗崗本は、関羽の義の中でもっとも重要なものは、軍法に背き自らの命を擲ってまで曹操を見逃し、恩を報じた華容道の義である、とするのである。(二五)

それでは、『三國志演義』に複数描かれる関羽の義の中で、なぜ毛宗崗本は、「義釈曹操」の「報恩の義」を最も優れていると位置づけるのであろうか。

三、義の多義性と毛宗崗本が重視する関羽の義

義は、明清時代に限らず、多様な内容を包括する概念である。本章は、それを「国家の支配理念としての義」、「共同性を示す義」、「個人間の信頼関係としての義」の三種に大別し、それぞれを二つに分けながら、論を進めていくことにしたい。

国家の支配理念としての義は、①「国家の正統性、正閏論の義」、②「君臣関係、体制内の上下関係の義」に分けることができる。①「国家の正統性、正閏論の義」は、毛宗崗本をはじめとするすべての『三國志演義』の主題である。序章で取上げたように、毛宗崗本の「讀三國志法」(二六)は、正閏論について次のように述べている。

「三国志」を読む者は、正統・閏運・僭国の別を知らなければならない。正統とは何か。蜀漢がこれである。僭

国とは何か。呉と魏がこれである。閏運とは何か。晉がこれである。魏が正統とされないのはいかなる理由によるか。地で論ずれば中原が主であり（魏が正統となるが）、理で論ずれば劉氏が主であり、地で論ずることは理で論ずることには及ばない。それゆえに魏に正統を与えるもの、（すなわち）司馬光の『資治通鑑』は誤りである。蜀に正統を与えるもの、（すなわち）朱子の『資治通鑑綱目』が正しいのである[一七]。

このように、毛宗崗本は、朱子の『資治通鑑綱目』の正閏論を継承することを「讀三國志法」に掲げており、毛宗崗本においても、①「国家の正統性、正閏論の義」が、全体を貫く主題であったことを理解できる。

また、②「君臣関係、体制内の上下関係の義」は、忠義という言葉で表現されることも多い。毛宗崗本における関羽像も、主君の劉備に尽くすこの義を大きく扱っている。たとえば、第七十六回「徐公明大戰沔水　關雲長敗走麥城」では、麥城に孤立した関羽が、降伏を勧めに来た呉の諸葛瑾に対して、

わたしは解良の一介の武人に過ぎぬが、わが主君より手とも足とも頼っていただいた。どうして義に背いて敵国に投降することなどできようか[一八]。

と、君臣の義のために命を棄てる覚悟を述べている。その際、毛宗崗本は、李卓吾本の関羽の台詞にあった、「子となって（親のために）死ぬことは孝である。臣となって（君のために）死ぬことは忠である。……わたしは何を恐れようか（爲子死孝。爲臣死忠。……吾何懼哉）」という記述を削除する。こうした「忠」の使用法は正しいにも拘らず、あえて削っているのである。前掲した第二十回において、毛宗崗本は、関羽を「仁義」とする李卓吾本の表現を削除して、「仁」という属性を消していた。その書き換えと同様、関羽の義を強調するための改変である。また、降伏を勧め続ける諸葛瑾を斬ろうとする関平に、李卓吾本では「今かれを殺せばその義を傷つける（今若殺彼、傷其義也）」と告げている言葉を「今かれを殺せばその兄弟の情を傷つける（今若殺彼、傷其兄弟情也）」と書き換える。孝や忠を関

羽の属性から削除し、諸葛兄弟の関係を義と表現しないことで、義こそ関羽の特徴であることを強調するのである。ただし、毛宗崗本は、この②「君臣関係、体制内の上下関係の義」を華容道での義以上に賛美・強調することはない。

「共同性を示す義」は、③「共有に代表されるつながりの義」、④「利を否定する朱子学の義」に分けることができる。『三國志演義』では、関羽の義として、「共同性を示す義」が掲げられることはない。③「共有に代表されるつながりの義」は、明清時代の族譜に多く見られる義であり、義倉・義社・義田・義学・義役・義井などと熟して用いられる。（南宋）洪邁の『容齋隨筆』は、この義を次のように説明する。

みなと共にするのを義という。義倉・義社・義田・義学・義役・義井といったたぐいがそれである。（一九）

義田（義荘）は、宗族内の困窮者を相互扶助するために、有力者の寄付により運営された農地であり、その経営の規定は、族譜に多く記されている。（二〇）

また、④「利を否定する朱子学の義」は、「義利の弁」の義であり、その場合、義とは利をはかる行為を否定する規範である。（二一）（清）王夫之の『讀通鑑論』は、義利の弁について、次のように説明している。

天下のけじめは二つあり、中国・夷狄、君子・小人である。……天下のけじめは二つあるが、その帰する所は一つである。一つとは何か。（それは）義・利の分である。……利を好むものは小人であり、商人はその最もはなはだしいものである。（二二）

毛宗崗本における関羽が、④「利を否定する朱子学の義」を属性として強く表現しないことは、山西商人に代表される商人層が関帝信仰の担い手であったことに由来しよう。

「個人間の信頼関係としての義」は、⑤「遊俠（任俠）的な義」と、そこから発展した⑥「利他の義」に分けることができる。毛宗崗本において最も重視される関羽の義は、華容道に表現される⑥「利他の義」である。
中国古代の個人的な結合関係に多く見られる⑤「遊俠（任俠）的な義」[二三]は、義兄弟という言葉に代表される。[二四]国家秩序や君臣関係に反しても、個人の信頼関係を貫き、厚恩に対する報恩を特徴とする⑤「遊俠（任俠）的な義」は、史実の関羽が持っていた義である。

曹公 即ち表して羽を封じて漢壽亭侯と爲す。初め曹公 羽の人と爲りを壯とし、而るに其の心神に久しく留まるの意無きを察し、張遼に謂ひて曰く、「卿 試みに情を以て之に問へ」と。既にして遼 以て羽に問ふ。羽 歎じて曰く、「吾 極めて曹公の我を待することの厚きを知るも、然れども吾 劉將軍の厚恩を受け、誓ふに共に死するを以てす。之に背く可からず。吾 終に留まらざるも、吾 要《かなら》ず當に効を立てて以て曹公に報じて乃ち去るべし」と。遼 羽の言を以て曹公に報ず。曹公 之を義とす。羽の顔良を殺すに及びて、曹公 其の必ず去るを知り、重ねて賞賜を加ふ。羽 盡く其の賜はる所に封し、書を拜して辭を告げて、先主に袁軍に奔る。左右 之を追はんと欲す。曹公曰く、「彼 各〻其の主の爲にす。追ふこと勿かれ」[二五]と。

史実において関羽は、漢という国家秩序を維持し、君主である献帝を擁立している曹操を拒否して、劉備からの私的恩誼を優先して劉備のもとに戻る。曹操はこれを義と評したという。こうした史実を踏まえた上で、毛宗崗本は関羽の義として、⑤「遊俠（任俠）的な義」から発展した、自らを犠牲にしても他人を救う⑥「利他の義」を尊重する。

（明）馮夢龍『喩世明言』巻七「羊角哀舍命全交」正話は、『烈士傳』を藍本とする⑥「利他の義」を主題とした物語である。その要旨を掲げよう。

春秋時代、積石山の左伯桃は、仕官のため楚を目指していた。途中で出会った羊角哀も学問を志していた。二人は義兄弟の誓いを交わし、ともに仕官するため楚へと向かったが、途中で遭難した。左伯桃は、自分の着ていた衣服と残っている食糧を羊角哀に渡すと、「自分のことは見捨てて、一人で楚を目指すように」と言って、凍死した。羊角哀は、悲しみをこらえ、左伯桃の言に従い、楚に向かった。楚で羊角哀は、元王から中大夫を授けられた。そののち梁山に戻り、左伯桃の亡骸を手厚く葬った。その晩、羊角哀の前に左伯桃が現れ、墓の近くに荊軻の墓があり、毎晩、立ち退くようにと罵られるので、墓を移動して欲しいと懇願した。そこで羊角哀は藁人形を作らせ、墓の前で焼いたが、荊軻の乱暴が止むことはなかったので、左伯桃を助けに冥界へ行くため、自ら首をはねて命を絶った。従者が楚に戻り、これを報告すると、元王はその義の重きことに感じ、墓前に廟を立て、上大夫に封じ、「忠義の祠」の額を賜り、碑を立ててその事を記した。

このように⑥「利他の義」は、恩に報いるためには、自らの犠牲を厭わず他者を救う義である。(二六)『三國志演義』第二十六回では、春秋時代に精通する関羽が劉備に宛てた書簡の中で、「羊角哀と左伯桃」の話を読んで三嘆して涙を流した、と語っている。羊角哀の⑥「利他の義」は、関羽が理想とした義のあり方として、『三國志演義』の中にも記述されているのである。

こうした⑥「利他の義」は、「義に仗り財を疎んず(仗義疎財)」と表現される、民や人の急苦を救い、互いに扶助しあう義として、近世以降の秘密結社にも多く見られる。酒井忠夫〈一九九八〉によれば、『三國志演義』に見える劉備と関羽・張飛との関係は「仗義疎財」であるという。第五十回に描かれた自らを犠牲にしても他人を救う関羽の姿は、毛宗崗本だけではなく、(清)袁枚の『子不語』巻二 關神斷獄にも見ることができる。

溧陽の馬孝廉は、科挙に合格する前、西村の李家に住み込みの家庭教師をしていた。隣の家の王某は、凶悪で妻をよく殴っていた。妻は飢えて仕方がなく、李家の鶏を盗んで食べた。李家はそれを知り、王某に伝えた。王某は大いに怒り、刀を手にして妻を問い詰めた。妻は大いに恐れ、鶏を盗んだのは馬孝廉だ、と言った。馬孝廉と言い争いになり、村の関帝廟で占って犯人を特定することになった。三回占った結果、すべて馬孝廉が犯人だと出た。馬孝廉は村人に愛想をつかされ、李家からも追い出された。ある日、霊媒師が関帝の霊を乗り移らせていた。馬孝廉が以前の誤った裁きを罵ると、霊媒師は灰の上に字を書いた。そこには「なんじは将来、民を支配する立場となる。事には優先すべきことなど順序があることを知っているか。なんじが鶏を盗んだとしても、仕事の口を失うだけだが、あの妻が鶏を盗んだとなれば、命を失っていた。わたしは誤った裁きをしたという汚名をあえて受けてでも、人の命を救いたいのだ。それでもわたしを恨むのか」と書かれていた。馬孝廉は、関帝の裁きに心から納得した。

袁枚の『子不語』に描かれる関帝は、自ら「汚名」を被ることで人を救う⑥「利他の義」を体現している。報恩を強調する関帝像は、『太上感應篇』・『陰隲文』と並ぶ三大善書の一つ[二七]である『關聖帝君覺世眞經』にも描かれている。

> 恩があるのに報ぜず、心をあざむき自分を暗くすれば、……近き報いは一身にあり、遠き報いは子孫に及ぼう。[二八]

『關聖帝君覺世眞經』において関帝は、さまざまな善行・悪行の中で、報恩の重要性に言及する。これらのような⑥「利他の義」を重視する関帝の姿が、毛宗崗本の関羽の表現に大きな影響を与えたと考えてよい。毛宗崗本 第一回總評にも、「今の人は盟を結ぶときに、必ず関帝を拝する（今人結盟、必拜關帝）」とあるように、毛宗崗本は、関帝信仰が全盛期を迎えた清代に著された本なのである。

毛宗崗本は、「義」絶関羽を象徴する義を第五十回の「義釋曹操」に求めた。自らの命を懸けてまで曹操の恩に報いる「利他の義」は、関帝の義として広く信仰されていた。毛宗崗本は、関帝信仰の全盛期において、関帝の義を

「利他の義」とする社会通念に関羽の表現を合わせることで、物語としての説得力を高めようとしたのである。

おわりに

毛宗崗本は、関羽の義の中で、第五十回の「義釋曹操」に現れる利他の義を最も重んじた。「許田打圍」の義は、君臣の義であり、正閏論の義でもあるが、「義釋曹操」の義と比較した際には、毛宗崗本はこれを「忠」と位置づけ直す。『三國志演義』全体が表現する正閏論の「義」の基準から見れば、正統である蜀漢の最大の敵曹操を見逃す「義釋曹操」は、本来許されない行為である。それでも毛宗崗本は、史実に反したこの行為を削除しないばかりか[二九]、関羽を代表する「義」とするのである。

毛宗崗本が著された清の康熙年間には、関帝の崇拝は、皇帝に止まらず、民間に広く浸透していた。関帝信仰において、関帝は自らを犠牲として人を救う「利他の義」を強く保持していた。単なる財神を超えて、全能神として信仰された理由の一端である。このため、毛宗崗本は、「義」絶関羽を象徴する義を華容道に求めたのである。

《注》

（一）関帝信仰については、洪淑苓《一九九五》、顔清洋《二〇〇二》、蔡東洲・文廷海《二〇〇一》を参照。また、関帝信仰と『三國志演義』との関わりについては、李福清《一九九七ａ》を参照。さらに、民間の伝説や戯曲にいかに関羽が描かれているのかについては、王麗娟《二〇〇七》を参照。

（二）『三國志演義』の版本については、中川諭《一九九八》、劉世徳《二〇一〇》を参照。

（三）毛宗崗本が様々な改変により物語の表現を豊かにした事例としては、本書第三章・第四章・第六章・第九章を参照。

（四）玄德背後雲長大怒、剔起臥蠶眉、睜開丹鳳眼、提刀拍馬便出、要斬曹操。〔此是雲長作聖成佛根基。〕①玄德會其意、搖手送目、不肯令出。關公乃仁義之人、見兄如此便不敢動。操獨視玄德。玄德慌欠身稱曰、丞相神射、世之罕及。操笑曰、是天子洪福耳。馬上與天子賀罷、不還雕弓、就懸帶之。老臣無不嗟呀。圍場已罷、宴于許田。天子促歸、于是駕回許都、各自歸歇。②玄德與雲長曰、汝今日何躁暴也。雲長曰、欺君妄上之賊、其實難容耳。欲與國家除害。兄何止之。玄德曰、投鼠、忌器耳。③操起姦計、自奏天子出許都圍獵。將帝時時窺視、與帝相離一馬之地。其他心腹之人、週迴遠近圍侍。③爾豈不知也。吾觀弟怒、急止之何也。乃見操心腹之賊、牙爪數多。倘失大事、而未成功、有傷天子、罪反坐我等也。吾故止之。雲長曰、今日不殺姦雄操賊、大哥你看後必有禍矣。〔玄德雲長俱是。〕玄德曰、④宜祕之（李卓吾本 第二十回）。なお、嘉靖本では、①〜③は同文。④は「愼宜祕之」となっている。

（五）玄德背後雲長大怒、剔起臥蠶眉、睜開丹鳳眼、提刀拍馬便出、要斬曹操。【義氣凜凜、須眉如睹。】①玄德見了、慌忙搖手送目。關公見兄如此、便不敢動。玄德欠身向操稱賀曰、丞相神射、世所罕及。【如此是涵養英雄權變、是帝王度量。】操笑曰、此天子洪福耳。乃回馬向天子稱賀、竟不獻還寶雕弓、就自懸帶。【袁術竊璽、曹操竊弓。不意一時遂有二陽貨。】圍場已罷、宴於許田。宴畢、駕回許都、衆人各自歸歇。②雲長問玄德曰、操賊欺君罔上。我欲殺之、爲國除害。兄何止我。玄德曰、投鼠、忌器。操與帝相離只一馬頭、其心腹之人、週迴擁侍。吾弟若逞一時之怒、輕有舉動、倘事不成、有傷天子、罪反坐我等矣。【大有斟酌。】雲長曰、今日不殺此賊、後必爲禍。玄德曰、④且宜祕之。不可輕言。【雲長耐不得、玄德偏耐得。】

（毛宗崗本 第二十回）。

（六）許都圍獵、操賊無君、人神共憤。劈頭卽欲下手者、雲長先生一人而已。此忠義照人、至今不衰也。吾謂雲長到今、爲聖人、爲菩薩、爲佛、都是這點種子發作也。誰人無此種子哉。只是自家不能長養之耳。雲長先生之外、董承六人、亦可取也。卽以六人、配享關廟、亦見漢家忠義不乏人也。何如何如（李卓吾本 第二十回 總評）。なお、「種子」については、山部能之〈一九九〇〉を參照。評に仏教用語が含まれるのは、李卓吾本の仏教的要素の強さを示す。

（七）雲長之欲殺操、爲人臣明大義也。玄德之不欲殺、爲君父謀萬全也。君側之惡、除之最難。前後左右、皆其腹心爪牙。殺之而禍及我身、猶可耳。殺之而禍及君父、則不爲功之首而反爲罪之魁矣。可不愼哉（毛宗崗本 第二十回 總評）。

（八）『三國志平話』の仏教的要素については、小川環樹〈一九六八〉を参照。

（九）関帝信仰が仏教の伽藍神から始まり、清において孔子と並ぶ武神と儒教的に位置づけられたことについては、小島毅〈一九九二〉を参照。

（一〇）操從其說、卽時縱馬向前、欠身與雲長曰、將軍別來無恙。雲長亦欠身答曰、關某奉軍師將令、等候丞相多時。操曰、曹操兵敗勢危、到此無路。望將軍以昔日之①言爲重。雲長答曰、昔日關某雖蒙丞相厚恩、曾解白馬之危、以報之矣。①今日奉命、豈敢爲私乎。操曰、五關斬將之時、還能記否。古之大丈夫處世、必以信義爲重。將軍深明春秋、豈不知庾公之斯追子濯孺子者乎。〔此等言語、動得君子。動不得小人。〕雲長聞知、低首不語。當時曹操引這件事來說。②雲長是箇義重如山之人。又見曹軍惶惶、皆欲垂淚。雲長思起五關斬將放他之恩、如何不動其心。於是把馬頭勒回、與衆軍曰、四散擺開。這箇分明是放曹操的意。〔雲長是聖人、②是佛。〕操見雲長回馬、便和衆將一齊衝將過去。雲長回身時、前面衆將已自護送曹操過去了（李卓吾本 第五十回）。なお、嘉靖本では、①は同文。②は「如何不動其心」が「如何不動心」となっている。

（一一）操從其說、卽縱馬向前、欠身謂雲長曰、將軍別來無恙。雲長亦欠身答曰、關某奉軍師將令、等候丞相多時。【不罵操賊而稱丞相、便有不殺之意。】操曰、曹操兵敗勢危、到此無路。望將軍以昔日之①情爲重。【可謂哀鳴。】雲長曰、昔日關某雖蒙丞相厚恩、然已斬顏良、誅文醜、解白馬之圍、以奉報矣。①今日之事、豈敢以私廢公。【今日之事、君事也。此庾公對孺子之語耳。關公効之、便有不殺之意。】操曰、五關斬將之時、還能記否。【此事在白馬解圍之後、則公之未及報也。】大丈夫以信義爲重。將軍深明春秋、豈不知庾公之斯追子濯孺子之事乎。【公明春秋、卽以春秋動之。小人之乞憐於君子、必不以小人之情動君子、而必以君子之道望君子也。】②雲長是個義重如山之人、想起當日曹操許多恩義、與後來五關斬將之事、如何不動心。又見曹軍惶惶、皆欲垂淚、一發心中不忍。【妙在不言處寫。】於是把馬頭勒回、謂衆軍曰、四散擺開。這個分明是放曹操的意思。操見雲長回馬、便和衆將一齊衝將過去。雲長回身時、曹操已與衆將過去了（毛宗崗本 第五十回）。

（一二）毛宗崗本の第五十回 總評は、「懷惠者小人之情、報德者烈士之志」と述べ、関羽の行動が「報德」であり、「報德」こそが「烈士之志」であることを強調している。

（一三）雲長忠義性生。孔明籌之已熟、又知老瞞未合斷送。眞箇是天時人事、了了皆知者也。雲長放孟德、亦孟德自家放自家也。人知雲長爲聖賢爲佛祖、不知孟德于天下萬世爲亂臣爲賊子。在雲長面上、實是聖賢佛祖也、所以終食其報。語云、當權若不行方便、如入寶山空手回。此言不獨雲長爲然、而孟德之待雲長亦然也。方輩今日當。何如何如（李卓吾本 第五十回 總評）。

（一四）或疑關公之於操、何以欲殺之於許田、而不殺之於華容。曰、許田之欲殺、忠也、華容之不殺、義也。順逆不分、不可以爲忠、恩怨不明、不可以爲義。如關公者、忠可干霄、義亦貫日。眞千古一人（毛宗崗本 第五十回 總評）。

（一五）渡邉義浩《二〇一一a》も、關羽の義は華容道で最も輝く、と指摘している。なお、華容道での関羽の表現については、沈伯俊〈二〇〇〇〉、周兆新〈一九九〇〉があり、「義釈曹操」の白話章回小説での展開については、上原究一〈二〇〇七〉がある。また、関羽の忠義については、沈伯俊〈二〇〇七〉があり、鷲鴻〈二〇〇三〉もある。『三國志演義』全体の忠義については、傅隆基〈一九九九〉がある。

（一六）毛宗崗本「讀三國志法」については、本書序章七頁を参照。

（一七）讀三國志者、當知者正統閏運僭國之別。正統者何。蜀漢是也。僭國者何。吳魏是也。閏運者何。晉是也。魏之不得爲正統者何也。論地則以中原爲主。論理則以劉氏爲主。論地不若論理。故以正統予魏者、司馬光通鑑之誤也。以正統予蜀者、紫陽綱目之所以爲正也（毛宗崗本 讀三國志法）。

（一八）吾乃解良一武夫、蒙吾主以手足相待。安肯背義投敵國乎（毛宗崗本 第七十六回）。

（一九）與衆共之曰義。義倉・義社・義田・義學・義役・義井之類是也（『容齋隨筆』卷八 人物以義爲名）。なお、義については、相田洋〈二〇〇九〉を参照。

（二〇）義田（義荘）に関する研究は多いが、范氏義荘をあつかったものとして、近藤秀樹〈一九六三〉がある。

（二一）朱子学の「義利」説と商人との関係については、于臣〈二〇〇八〉を参照。

(二二) 天下之大防二、中國・夷狄也、君子・小人也。……天下之大防二、而其歸一也。一者何也。義・利之分也。……嗜利之小人也、而商賈爲其最(『讀通鑑論』巻十四 東晉哀帝)。

(二三) 中国古代の任侠的習俗については、増淵達夫《一九六〇》を参照。

(二四) 笠井直美〈一九九二〉は、水滸伝における忠義は、皇帝・国家への忠義とは違った意味の忠義であること、すなわち仲間(とくに義兄弟)に対する誠実な態度である、とする。しかし、『水滸傳』全体は、本章の分類で言えば三種六層に存在する義のうち、あくまでも宋に対する①忠義を重んじるものであり、⑤のみを取り上げて、それを『水滸傳』全体の特徴と位置づけることには疑問がある。『三國志演義』は、⑥を体現する関羽のほか、①を体現する劉備・②を体現する諸葛亮を持つため、『水滸傳』に比べると、①・②の義に関する表現が多い。

(二五) 曹公卽表封羽爲漢壽亭侯。初曹公壯羽爲人、而察其心神無久留之意、謂張遼曰、卿試以情問之。既而遼以問羽。羽歎曰、吾極知曹公待我厚、然吾受劉將軍厚恩、誓以共死。不可背之。吾終不留、吾要當立効以報曹公乃去。遼以羽言報曹公。曹公義之。及羽殺顏良、曹公知其必去、重加賞賜。羽盡封其所賜、拜書告辭、而奔先主於袁軍。左右欲追之。曹公曰、彼各爲其主。勿追也(『三國志』巻三十六 關羽傳)。

(二六) (明) 馮夢龍『喩世明言』巻八「吳保安棄家贖友」正話も、「利他の義」を表現した類例である。

(二七) 善書については、酒井忠夫《一九九九》・《二〇〇〇》を参照。

(二八) 不報有恩、瞞心味己。……近報在身、遠報子孫。『關聖帝君覺世眞經』の原文、および解釈は、小柳司気太・飯島忠夫(訳)《一九八七》を参照した。

(二九) 毛宗崗本が史実を優先して、たとえば関羽に係わる「漢寿亭侯」の虚構を削除したことについては、渡邉義浩・仙石知子《二〇一〇》を参照。

第三章　劉封と関平

はじめに

毛宗崗批評『三國志演義』（以下、毛宗崗本）は、底本とした『李卓吾先生批評三國志』（以下、李卓吾本）に多くの改変を加えることで、蜀漢の正統性の強化をはかっている。具体的には仇役である曹操を「奸」絶と貶める一方で、関羽を「義」絶、諸葛亮を「智」絶と高め、「三絶」の表現を物語の中心に据える。そして、毛宗崗本は、こうした改変の過程で、物語の表現をより豊かにするために、中国近世における様々な社会通念を多く利用している。仙石知子《二〇一一》では、明清小説を分析する方法論として、中国近世の族譜から抽出し得る社会通念を用いた。族譜（近世譜）とは、通常、傍系親族も含む一族の系譜を掲載したもので、宗族が団結する上で必要な規範や家訓、あるいは宗族内の主要人物の伝記、また宗族の墳墓記や共有地である族産に関する記録など様々な情報が収録される（一）。族譜の中でも、凡例は、族譜ごとの相違が少なく、社会通念を明らかにする際に有用である。

毛宗崗本を分析する際の社会通念の確認にも、族譜は有用である。それは、毛宗崗本 第一回の總評に、次のような記述があることからも分かる。

今の人は通譜を好み、往往にして同族ではない者を同族と見なしている。試みに桃園の三結義を観ると、それぞ

れ姓が違っているので、兄弟の誓いをするときに、同心・同徳を優先して、同姓・同宗を優先しなかったことが分かる。(二)

毛宗崗本は、本が出版された「今」(清代初期)の「通譜」(三)を批判している。本の冒頭で「通譜」を取りあげていることは、毛宗崗本が、族譜を編纂し得る階層を主要な読者層の一つとしていたことを想定させる。毛宗崗本における社会通念の分析にも、族譜は有用である。

本章は、毛宗崗本が、中国近世における家族、就中、養子(四)に関する社会通念を劉封・関平という異姓養子・同姓養子の表現に、いかに利用しているのかを検討し、それによって毛宗崗本における蜀漢の正統化の一例を示そうとするものである。

一、宗族継承における養子の重要性

毛宗崗本の「奸」絶曹操は、異姓養子の子である。したがって、異姓養子の表現は、曹操に直結する。(五)李卓吾本も毛宗崗本も曹操の「奸」の前提として、曹操の父曹嵩が、宦官の異姓養子であることを記す。しかし、李卓吾本は、曹操が曹参の末裔であり、曾祖の曹節が寛厚で、祖である宦官の曹騰が費亭侯に封建され、父の曹嵩が忠厚純雅であることを併せて記しているため、異姓養子の子であることは際立たない。毛宗崗本は、それらをすべて削除した上で、曹嵩が夏侯氏から異姓養子に入ったことを「冒姓」と表現し、曹操の出自を卑しめる。さらに、第一回の總評で、劉備とは生まれが違うと主張する。

大事な物語の最中で忽然と劉・曹二人の生い立ちの話が入る。一方(の劉備)は幼いころよりすでに偉大で、一方（の曹操）は幼いころよりすでに奸悪である。一方は中山靖王の末裔で、もう一方は中常侍の養孫である。（両者の）高低はすでに判然としている。(六)

毛宗崗本は、曹操が中常侍の「養孫」であることを奸悪の論拠としている。中国近世の族譜においても、異姓養子を取って宗族の秩序を乱すことは律で禁じられ、悪と捉えられていた。毛宗崗本は、そのような社会通念を利用し、曹操を貶めるのである。

ところが、曹操と対照的に生まれの良さを称えられる劉備が、やがて異姓養子の寇封（劉封）を迎える。しかも、劉封は、劉備の義弟である関羽を見殺しにする。毛宗崗本は、この問題をいかに処理しているのであろうか。中国近世の異姓養子に関する社会通念から確認しておこう。

前近代の中国では、継嗣が非常に重視されていた。(七)『孟子』離婁章句に、「不孝に三有り、後無きを大と爲す（不孝有三、無後爲大）」とあり、三大不孝の中でも継嗣の不在は最も重く扱われている。それでは、実子のない場合、継嗣はどのように立てるべきとされていたのであろうか。（浙江）『山陰陡亹朱氏宗譜』巻一 譜例により検討しよう。

一、子がいない場合は、兄弟の子を後継ぎとすべきである。尊卑に序を失うのは良くないので、兄弟にも子がない場合には、また近支の中より、昭穆相当の者（祖先を共通とする血縁者で後継ぎになる順位にあたる者）を立てても良い。（その場合は）継子某と書き、もとの名の下には、某公の子、出でて某公を継ぎ嗣となると書いた。もし異姓を乞養する者がいれば、（宗族内に）同族ではない者が混ざるので、削ってこれを除いた。(八)

清代浙江の朱氏は、実子のない場合、兄弟にも継ぎ得る子がなければ、昭穆相当者を同宗内より選び養子とするよう規定する。近親から遠縁へと男子を探して、後継ぎにする。しかし、同宗内に後継ぎと成り得る者がいない場合は、後継ぎ不在を回避するため、異姓養子を入れざるを得ない。ただし、その者の記録は、族譜から削除すると規定していた。これは、異姓養子を後継ぎにすることが、原則としては許し難い行為であったことを示すものである。

異姓養子を継嗣とすることは、近世の族譜だけではなく、歴代の律でも禁じられていた。『大清律例』巻八 戸律 立嫡子違法には、次のようにある。

異姓の義子を乞養して、宗族を乱す者は、杖六十。および子を異姓の人に与えて嗣子にさせた者は、罪は同じとし、その子は宗族に帰す。(九)

清代では、律により異姓養子は禁止されていたのである。しかし、継嗣不在の不孝を避けるべく、しばしばそれは破られた。(広東)『張氏族譜』巻之一 族規には、次のように記されている。

一、乞養 凡そ三十歳以上で子がいない場合は、族内の近親より遠縁へと探すが、それでも相応者がいない場合にはじめて、素姓のはっきりした異姓の子を収養して承継させることを許す。(その場合は)五歳未満を条件に、ようやく入継できる。もしも五歳以上であれば、収養できない。もし子孫に承継できる者がいるのであれば、妄りに多くの異姓の子を収養してはならない。(一〇)

清末広東の張氏は、五歳以下という年齢制限のもと、異姓養子を容認していた。これが社会の実態であろう。ただし、その際にも、子孫に承継者が存在する場合の異姓養子を禁じている。異姓の養子縁組は、継嗣の確保のため、望ましくないことと知りながらも、やむなく行わざるを得ないものだったのである。

異姓養子を継嗣にすることを禁ずる律がありながら、毛宗崗本が著された時代には、継嗣の確保のため、実際には異姓養子を入れることがあったが、それは本来行うべきことではない、と認識されていた。かかる社会通念を背景に、毛宗崗本は劉封をいかに表現したのであろうか。

二、異姓養子、劉封

劉封が劉備の養子になるのは、劉備の軍師徐庶が曹仁の「八門金鎖の陣」を破って樊城を取った際のことである。県令の劉泌が寇封（劉封）を紹介する、李卓吾本 第三十六回の場面より掲げよう。

劉泌は長沙の人で、やはり漢皇室の血すじの者だったので、玄徳を家に招いて、宴を設けた。このとき甥の寇封が傍らに侍立しており、玄徳が寇封を見ると①立派な容貌で、涼やかな話し方であった。玄徳は泌に、「こちらはどなたか」と尋ねた。泌は、「わたしの甥の寇封です。②武藝に秀でておりますが、父母がともに死に、わたくしが伯父にあたるので、これを頼って③学業をしております。もともとは羅侯の寇氏の息子です」と答えた。玄徳は④養子に迎えて嗣にしたいと考えた。劉泌は喜んで玄徳の申し出に従い、甥に玄徳を拝して父とさせ、劉封と改名させた。玄徳は（寇封を）連れ帰ると、雲長と翼徳を拝して叔父とさせた。雲長は、「兄上にはすでにご子息がおいでであるのに、なぜ血のつながりのない養子をとる必要があるのですか。のちに必ず禍が起こりますぞ」と言った。玄徳は、「わたしが（彼に）⑤子として接すれば、彼は必ず⑥父としてわたしに接するから、禍が起こるはずなどない」と言った。雲長は不服そうだった。（二）

とある。この場面を毛宗崗本は、次のように書き換えている。

この劉泌は長沙の人で、やはり漢皇室の血すじの者だったので、玄徳を家に招いて、宴を設け接待した。ただ一人の者が侍立しており、❶意気盛んな様子なので、玄徳は泌に、「こちらはどなたか」と尋ねた。泌は、「これはわたしの甥の寇封で、もとは羅侯の寇氏の子です。父母がともに死に、ここに身を寄せているのです」と言った。玄徳は❷彼を気に入り、❸嗣として養子にしたいと考えた。劉泌は喜んで玄徳の申し出に従い、寇封に玄徳を拝して父とさせ、劉封と改名させた。【大事な物語の最中に劉封の後継ぎ話が入ったが、決して無駄な話ではない。】玄徳は（寇封を）連れ帰ると、雲長と翼徳を拝して叔父とさせた。雲長は、「兄上にはすでにご子息がおいでであるのに、なぜ血のつながりのない養子をとる必要があるのですか。のちに必ず禍が起こりますぞ」と言った。【❹雲長は関平を（養子に）収めて子にしたが、玄徳が寇封を（養子に）収めるのを良しとしないのは、臣の子は後継者争いの恐れがないが、君の子は後継者争いの恐れがあるからである。】玄徳は、「わたしが❺子のように接すれば、彼は必ずや❻父のようにわたしに事えてくれるから、禍が起こるはずなどない」と言った。雲長は不服そうだった。【❼これはのちに孟達が劉封に話す伏線である。（一二）】

李卓吾本は、①・②・③と三箇所にわたり、劉封の人柄が優れていることを述べる。劉備はそうした劉封の人柄を知って養子とする。これに対して、毛宗崗本は、②・③を削り、❶「意気盛んな様子なので」とするだけである。その上で、玄徳は❷「彼を気に入り（愛之）」養子にした、と叙述する（一三）。養子に関して用いられる「愛」という用語は、清代には如何なる意味を持っていたのであろうか。

滋賀秀三《一九六七》第三章第一節によれば、養子を迎える際、実子または昭穆相当者を「応継」と呼ぶのに対し、親等にかかわらず人柄の好ましい者を選び継嗣にすることを「択賢択愛」と呼び、そうして選ばれた継嗣を「愛継」と呼んだ、という。

これについては、たとえば、（江蘇）『毘陵薛墅呉氏族譜』巻二 新増規條に、次のような規定がある。

　異姓のまだ抱かれているような乳飲み子を愛継として、自分の子になりすまさせる者は、各房の分長と族中の公正な人が、連名で（官に）報告すべきである（一四）。

この族譜では、異姓を「愛継」とし、自分の子とすることを危険視している。養子としては同宗内の昭穆相当者に継がせる「応継」こそ相応しいと考えているのである。毛宗崗本が異姓養子の劉封をとる理由を劉備が「愛」したことに求める背景には、「択賢択愛」という清代における継嗣選定方法が存在したと考えられる。しかも、毛宗崗本では、②武藝と③学業に秀でている、という李卓吾本の描写を削除している。このため、「択賢択愛」の「択賢」の要素が失われ、劉封は「愛継」の資格すら欠くことになる。こうした社会通念を背景に読めば、関羽の怒りの必然性はさらに鮮明になるであろう。

関羽は、波線部のように、実子があるのだから「血のつながりのない養子（螟蛉）」をとる必要はない、と怒る。怒りの表現に書き換えはないが、毛宗崗本は養子とされる劉封の資格を変えることで、関羽の反論の正当性がより強く表現される。また、李卓吾本は、劉封を④「養子に迎えて嗣にしたい（欲過房為嗣）」と劉備に語らせている。「過房」とは、同宗者から家を嗣がせるために養子を入れる行為をいう。[一五] 異姓養子である劉封について「過房」を使うことは本来正しくない。

これに対して、毛宗崗本は、劉封を愛し（❷）、❸「嗣として義子にしたい（欲嗣為義子）」とする。李卓吾本を引き継ぎ「嗣」とすることは、すでに劉禅がいる以上、社会通念として誤りである。毛宗崗本は李卓吾本の「嗣」の字を継承しつつ、さらに、毛宗崗本は「愛継」の資格すら失わせて、関羽の反対をより義にかなったものとしているのである。さらに、関羽の怒りへの返答も書き換えられる。

李卓吾本では、劉備は、「わたしが（彼に）⑤子として接すれば、彼は必ず⑥父としてわたしに接する（吾待⑤為子、彼必待我⑥為父）」から禍が起こるはずなどない、と反論する。それが、毛宗崗本では、「わたしが❺子のように接すれば、彼は必ずや❻父のようにわたしに事えてくれる（吾待之❺如子、彼必事吾❻如父）」から禍が起こるはずなどない、とされ、「為子」から「如子」と表現が弱められる。関羽の正義の言辞を受けた劉備の戸惑いや後悔が、「為」から「如」への一文字の書き換えにより表現されているのである。

その上で、毛宗崗本は、❹「雲長は関平を（養子に）収めて子にしたが、玄徳が寇封を（養子に）収めるのを良しとしないのは、臣の子は後継者争いの恐れがないが、君の子は後継者争いの恐れがあるからである」という評をつける。君主の養子は、後継者問題を起こす可能性がある。こう述べて毛宗崗本は、「義」絶関羽の先見の明と正論を称えるのである。これが❼関羽を見殺しにする劉封を批判するための伏線であることは言うまでもない。

以上のように、毛宗崗本は、劉封に関する記述を書き換え、異姓の劉封を養子とすることがいかに正しくないかを強調し、劉封を養子にする劉備の行為を批判する関羽の義を描く。さらには、関羽の同姓養子である関平の忠を描くことにより、劉封の反逆を際立たせるという表現技法を見せていく。

三、同姓養子、関平

関平は、史実によれば、関羽の実子であるが、『三國志演義』では、嘉靖本の段階からすでに養子とされている。[一六]毛宗崗本は、あえてそれを改めず、同姓養子の正しさを関平を通じて描く。それにより、異姓養子の劉封、ひいては曹操の奸悪さと対比するのである。関定が関平を紹介する場面から李卓吾本 第二十八回を掲げよう。

（関定は）二人の息子を呼んで挨拶させた。雲長は「お二人のお名前は何と申される」と言った。（関定は）①「長男は関寧といい、学問をしております。次男は関平といい、武藝を学んでおります」と答えた。……雲長は（劉備を）門前で出迎え、手を取り合い涙にくれた。関定は二人の息子を連れて、草堂の前で拝礼した。玄徳はその姓名を尋ねた。②雲長は、「この方はわたしと同姓で、次子をわたしと同行させたいと望んでおられるのです」と言った。玄徳が、「歳はいくつだ」と聞いた。関定は、「次子は関平といい十八歳でございます」と答えた。③玄徳は、「長者はすでにご子息を雲長に同行させる心づもりがおありのようですが、わが弟にはまた嗣がおりません。ご子息を雲長に与えて、嗣にするというのはいかがか」と言った。関定は、「もしそのような命を受けることができますならば、従わせていただきます」と言った。玄徳は礼を述べた。④関平はこれより、雲長を父とした。……⑤また新たに子竜を得て、玄徳の喜びは限りなく、連日宴を開き、兄弟の再会を祝った。(一七)

これを毛宗崗本は、次のように書き改めている。

> (関定は)二人の息子を呼んで挨拶をさせた。【また二人の少年に出会った。ここではまだ二子については詳しく語られず、絶妙である。】……関公は門前で(劉備を)出迎え、手を取り合い涙にくれた。【劉と関はここでようやく再会した。「啼哭」の二字はまるで子供が親を深く慕うような誠を表すようだ。】関定は二人の息子を連れて屋敷の前で拝礼した。玄徳は姓名を尋ねた。❶関公は、「この方はわたしと同姓で、息子が二人おられます。長子は関寧といい、学問をしております。次子は関平といい、武術を学んでおります」と言った。【二子の姓名と学業について、ここで補われ、❷(関定ではなく)かえって関公の口から説明されることは、絶妙である。郭常の子は不肖であったが、関定の子はまた賢で、またはっきり区別され対照されている。】関定は、「いま次子(の関平)を関将軍に同行させたいと存じますが、お許しいただけるでしょうか」と言った。【郭の子は不肖だったが郭常は側に置くことを願った。関の子は賢だったが関定は同行させようとした。つまり郭常は一般的な感情から抜けることができなかったが、関定はおのずから定見があった。】玄徳が、「歳はいくつだ」と聞いた。関定は、「十八でございます」と答えた。❸玄徳は、「長者のご厚意に深く感謝いたすところです。わが弟にはまだ子がお

らず、今そこでご賢息を子にするというのは、いかがか」と言った。【❹これは同姓であるからこそ思い出される。（劉と関という）異姓の者がすでに兄弟となっているのだから、同姓の者が父子になってならぬはずがなかろう。】関定は大いに喜んで、❺すぐに関平に命じ関公を父として拝し、玄徳を伯父と呼ばせた。【関公はもともと兄（の劉備）を捜していたが、突然に子を得た。玄徳はようやく一人の弟（の関羽）に会えたが、また一人の甥（の関平）を認めることになった。奇文奇事である。❻以前玄徳は（逃走の）途中で妻を殺して食べさせてくれた劉安に出会ったが、今度は関公が途中で後継ぎにと子を手放してくれる関定に出会った。また遥かに（同姓であることが）照応している。】……❼また新たに趙雲を得て、関公はまた関平・周倉の二人を得て、喜びは限りなく、連日宴を開いた。【実に喜ばしい。(一八)】

李卓吾本では、①関平が「武藝を学んで（学武藝）」いることを関羽に伝える者は、関定である。関羽が関平を「学武藝」と認めたわけではない。これに対して、毛宗崗本では、❶関平が「武術を学んで（学武）」いることを関定ではなく、関羽が劉備に伝えている。関平を「学武」と認めたものは関羽なのである。これにより関羽が関平を迎えることの主体性が表現される。毛宗崗本は評に、❷「（関定ではなく）かえって関公の口から説明されることは、絶妙である」と述べて、改変の効果を確認している。毛宗崗本における書き換えが、文章の洗練を求めるためだけではなく、表現効果を求めて意識的に行われていることの証である。なお、李卓吾本では、関定に「学武藝」を伝えられても、関羽はすぐに養子とするわけではない。①から②の間の中略部分に、劉備が袁紹から脱出する話が挟まっているのである。そのため③関平を養子（嗣）に勧める劉備の発言は、あくまでも劉備の意志として表現される。毛宗崗本もまた、関羽が「学武」と認めた❸関平を養子（子）に勧める者は劉備である。しかし、脱出の話を移すことで、関羽による❶「学武」の発言を受け、すぐに❸劉備が養子に勧めるので、関羽の発言を踏まえて劉備が養子を斡旋したと読み取り得るようにされている。その上で、毛宗崗本は評に、関羽と劉備が異姓で義兄弟となったように、❹「同姓の者が父子になってならぬはずがなかろう」と述べ、同姓養子の正当性を強調するのである。その際、李卓吾本の「嗣」を「子」にする書き換えにも注目したい。のち関羽に実子が生まれれば、その子が「嗣」となるからである。また、李卓吾本は、④関平と関羽が父子になったことを述べるに止まるが、毛宗崗本は、❺「関平に命じ関公を父として拝し、玄徳を伯父と呼ばせ」ている。関羽・関平の親子関係に関平・劉備の伯父甥関係を加え、二人の関係を三人の関係へと発展させる。❻評では関平を関羽に与えてくれた関定が関羽と同姓であることを、かつて妻を劉備に食べさせ飢餓から救ってくれた劉安が劉備と同姓であった点で照応すると述べ、同姓の重要性を確認するのである。（一九）さらに、李卓吾本は、劉備と関羽との再会に⑤「子竜」を加えて喜びとするだけであるが、毛宗崗本は、関羽が❼「関平・周倉」を得た喜びを加える。関羽が関平を養子に迎えたことを劉備が趙雲と再会したことと同列視するほど重視するのである。

毛宗崗本は、異姓養子の劉封からは、李卓吾本に記されていた②「精熟武藝」を削除した。同姓養子の関平には、関羽が❶「学武」を主体的に認めさせたように書き換えを加えた。ここに、異姓養子の劉封と同姓養子の関平を対比しながら、同姓養子を認め、異姓養子を貶めていく、という毛宗崗本の表現技法を見ることができる。さらに、異姓養子の劉封との差異を際立たせるため、毛宗崗本は、関平が劉備とも伯父甥の関係を結んだことや趙雲とともにその加入を喜ぶ叙述をも加え、同姓養子の関平の重要性を高めているのである。

このように毛宗崗本は、養子の表現において、中国近世における同姓養子の重視（二〇）を背景に書き換えを行っていた。中国近世の社会通念においては、器量が良く、武藝・学問に優れ、何よりも同姓であれば、申し分のない養子として迎え入れることができたからである。関平はすべてを兼ね備えた養子として表現された。関平を立派に描くことは、異姓養子である劉封を相対的に貶める効果を高める。劉封を貶める理由は、曹操が異姓養子の子であることに加え、劉封の死去に係わり、劉備や諸葛亮の無謬性を貶める記述が、李卓吾本に存在したことにもある。

四、劉備・諸葛亮の無謬性

李卓吾本の諸葛亮批判は、劉封への賜死の記述に係わる。賜死の原因は、劉封が関羽を見殺しにしたことにある。関羽からの援軍要請に悩む劉封に対して、援軍を出す必要はないとする孟達の主張から、李卓吾本 第七十六回を掲げよう。

> 孟達は笑って、「公は彼を叔父だと言われますが、①彼は公を草や芥としか思っていません。むかし漢中王は位についた時、後嗣を立てようとして、孔明に尋ねました。孔明は、『これは家事です。関羽殿と張飛殿にお聞きください』と言いました。そこで王は書をしたため荊州まで人をやって関公に尋ねさせました。②彼はむっとして、『嫡子を立て庶子を立てないことは、古からの常理です。なぜまたわたしに聞く必要があるのですか。封は赤の他人の子、遠く山城に追いやって、骨肉の争いを取り除くべきです』と言いました。このことから見ると、どうして公を草や芥と思っていないことがあるでしょうか。これは天下の誰しもが知っていること、公はなぜ押し隠しているのですか（二二）」と言った。

この場面を毛宗崗本 第七十六回は、次のように書き換えている。

> 孟達は笑って、「将軍は関公を叔父だと言われますが、❶関公は将軍を甥とは思っておりません。それがしが聞くところでは、漢中王がはじめ将軍を後継ぎになさろうとした時、関公は不服そうにしていたそうです。【前文と

対応している。】のち漢中王は位についたあと、後嗣を立てようとして、孔明に尋ねました。孔明は、『これは家事です。関羽殿と張飛殿にお聞きください』と言いました。そこで漢中王が荊州まで人をやって関公に尋ねさせました。❷関公は将軍を赤の他人の子であるとし、正しくない者を立てるべきではないとして、【前文ではまだ言及していない部分を補っている。】将軍を上庸の山城に追いやることを漢中王に勧め、のちの禍をふさごうとしたのです。【これは人を陥れるための孟達の作り話だ。】この事は誰しもが知っていることで、将軍が知らないはずはないでしょう。❸今さら叔父と甥の義などにこだわり、危険を冒し軽々と動く必要はありません。【こんな作り話で阻止し、何とも憎らしい(三)。】

李卓吾本は、関羽が劉封を①「草や芥（草芥）」だと言っていると孟達に伝えさせ、劉封が関羽を見殺しにしたことは仕方がない、と受け取れる表現をする。これに対して、毛宗崗本は、「草芥」を❶「甥（侄）」に書き換えて、劉封が「侄」でありながら裏切ったことを断罪する前提としている。第二十八回の書き換えで、関平と劉備を甥と伯父の関係としたことに呼応して、劉封と関平がここでも対比される。その上で、劉封が❸「叔父と甥の義（叔侄之義）」に背いたことを強調し、「義」絶の関羽を見殺しにしたことを「義」を棄てる行為と表現するのである。

また、李卓吾本は、関羽が②「嫡子を立て庶子を立てないことは、古からの常理です（立嫡不立庶、古之常理）」と劉備に答えた、としている。「常理」という概念により、関羽の主張を一般化するのである。これに対して、毛宗崗本は、関羽の返答を、❷「正しくない者を立てるべきではない（不可僭立）」と書き換え、異姓養子を立てることを関羽個人の意見として「僭立」という用語により批判させる。関平を迎える場合と同様、関羽が自分の言葉で異姓養子を立てることを批判し、異姓養子に反対する考えを主体的に表明したと表現するのである。

関羽を見殺しにした劉封は、やがて劉備により死を賜わる。それより先、劉封は孟達から一緒に曹魏に降らないかと書簡を送られ、これを破り捨てた、と両本は共に描いている。劉封には、劉備への忠義心があったのである。その場面を李卓吾本 第七十九回から掲げよう。

> 劉封は読み終わると大いに怒り、「この賊はわたしに叔父と甥の義を誤らせ、また父と子の親を裂き、わたしを不忠不孝の者にしようとしている」と言った。そこで書面を破り捨てると、使者を斬った。……玄徳は劉封の処分を決めかねていた。そこへ突然孔明が入って来たので、玄徳は、「恥さらしがこんなことを言っているが、いかに処罰すべきだろうか」と聞いた。①孔明は耳元で、「この者は極めて剛強です。今取り除いておかねば、のち必ず子孫に禍が起こります」と言った。玄徳はそこで左右の者に（劉封を）引き出させ斬るよう命じた。また劉封に付き添っていた兵士に尋ねてみると、多くの者がみな孟達が劉封に降参を勧めたことや、劉封が書面を破り捨てて使者を斬ったことをいちいち奏上し、また破られたという書面も、玄徳に届けられた。玄徳は読み終えると突然後悔をして、「②わたしの息子は剛強であったが、このように忠義の心も備えておったのだ。なんと愛おしいことか」と言った。そこですぐに刑の執行を停止するよう命じた時には、（劉封は）早くも斬られ、すでに首はもう堦の下に献上されていた。玄徳は慟哭して「わたしはとっさに軽率なことをして股肱の臣を失ってしまった」と言った。（すると）③孔明は「後嗣（劉禅）が長らく安泰であるためには、その者を殺して何を惜しむ必要がありましょう。大事をなす者が、女々しい心など抱いてよいのでしょうか」と言った。玄徳は「たとえのちにわたしの子供を殺すことがあったとしても、④今日忠義の者を失ったことが耐えられないのだ」と言った。文官と武官たちは玄徳の言葉を聞き、涙を流さない者はいなかった。武士は、「⑤劉封は刑に臨み、ただ孟子度の言を聞き入れなかったことが悔やまれる、そうすればこんな目に遭うことはなかった、と言っておりました」と奏上した。玄徳は泣きながら、「⑥息子はあの世で、必ずやわたしを恨むであろう」と言った。漢中王は関公のことを思

い、さらに劉封のことを惜しみ、ついに床に伏せてしまい、挙兵して、報復して恨みを晴らすこともできなかった。（一三）

この場面を毛宗崗本 第七十九回は、次のように書き換えている。

> 劉封は書面を見るや大いに怒り、「この賊はわたしに叔父と甥の義を誤らせ、父と子の親を裂き、わたしを不忠不孝の者にしようというのか」と言った。そこで書面を粉々に破り、使者を斬り棄てた。……〔①削除〕左右の者に命じて（劉封を）引き出させ斬らせた。【このとき（劉封は）孟達の言うことを聞いて関公を助けなかったことを後悔し、一方で孟達の言うことを聞かずに魏に降参しなかったことを後悔している。】漢中王はすでに劉封を殺したが、❶そのあとで孟達が劉封に降参することを勧めたのに、（劉封が）その書面を破り使者を斬り棄てた事を知り、心中とても後悔した。〔②から⑥削除〕また関公の死に深く心を痛めたので、とうとう病気になり、兵を束ねたまま動かなくなった。（一四）

李卓吾本では、劉備が②「わたしの息子は剛強であったが、このように忠義の心も備えておったのだ」と述べ、劉封に「忠義の心」があったことを劉備自身が述べている。これに対して、毛宗崗本は、劉封の発言である「不忠不孝の者」は継承しながらも、②を削除することにより、劉封が忠義であろうとする発言を劉備が認めていないことにして、異姓養子である劉封の「忠義」を封印する。（一五）

また、李卓吾本では、諸葛亮が、①「のち必ず子孫に禍が起こります」と述べ、将来に禍根を残さないため劉封を処刑すべきだと進言している。李卓吾本の諸葛亮は、処刑の後に劉備が劉封の「忠義の心」を惜しむことに対して、③「大事をなす者が、女々しい心など抱いてよいのでしょうか（作事業者、豈可生児女之情耶）」と説き、劉備の劉封への思いを「女々しい心」として否定する。これに対して、毛宗崗本は、李卓吾本の①と③をともに削除する。それにより、諸葛亮が劉封の処刑を積極的に主導した、という李卓吾本の諸葛亮像を大きく変更するのである。

さらに、李卓吾本では、劉封が死に臨んで、⑤孟達の言葉を聞かなかったことを悔やむ、という『三國志』劉封傳を踏まえた叙述がなされる。[二六] その上で、李卓吾本は、⑥「息子はあの世で、必ずやわたしを恨むであろう」という劉備の泣き言を加える。これにより、劉封の最期の言葉と、『三國志』劉封傳にはない④劉備の泣き言とを結びつけ、劉封が孟達の言に従わず、自分に背かなかったことに、劉備が思いを寄せて泣いたことを明らかにするのである。これに対して、毛宗崗本は、『三國志』劉封傳に基づく李卓吾本の⑤を削除し、④劉備の泣き言も削除して、劉備が劉封の処刑後、後悔して泣くことはない。

また、毛宗崗本は、李卓吾本では死を賜ってすぐに知ることになる、劉封が孟達の使者を斬ったことも、❶賜死後しばらくは知らされていなかったと設定する。しばらくしてから使者を斬ったことを聞き、後悔することで、劉備の仁徳に傷をつけないように書き換えているのである。もちろん、李卓吾本が採用した①諸葛亮が劉封の処刑を主張したことも、『三國志』劉封傳に基づくにもかかわらず、賜死理由からは除外される。これらの書き換えを通じて、毛宗崗本は、劉備と諸葛亮の無謬性を守ろうとしているのである。[二七]

李卓吾本の諸葛亮への批判は、總評で述べられる。[二八] 李卓吾本 第七十九回の總評は、次のように述べている。

諸葛亮はまことに犬か豚であり、まことに奴才であり、まことに千万の世の罪人である。かれはどうして嘗て蜀の柱石となれたのであろう。もし真心から蜀のためを思えば、自ら劉封殺害を勧めるはずはない。つまり劉封殺害を勧め、(劉備の)手をかりて蜀の爪牙を切り取ろうとしたのは、実は密かに図るところがあったのである。愚かなり玄徳、どうしてこれを分からなかったのであろうか。劉封は忠義である。玄徳は知らずにこれを殺した、その罪はなお許すべきである。孔明は知りながらこれを殺した、その罪は誅を免れることはできない。さらに

（その罪を）言葉によって飾ろうとしている。まことにこれは小人の過ちである。（二九）

李卓吾本は、劉封の忠義を褒め、それを知りながらあえて劉封を殺した諸葛亮を激しく非難する。「諸葛亮はまことに犬か豚であり、まことに奴才であり、まことに千万の世の罪人である」との罵詈雑言は、中国歴代の諸葛亮評価の中でも珍しい低評価である。（三〇）これに対して、諸葛亮を「智」絶と高める毛宗崗本 第七十九回の總評では、劉備が劉封に死を賜ったことを次のように論じている。

> 劉封には罪があるといっても、先主がこれを殺したことは、また当を得ない部分がある。劉封が関公を救わなかったことは、罪とすべきである。曹氏に降らなかったことは、許すべきである。後に孟達を拒んだことは、嘉すべきである。前に孟達の言を聴いたことを悔やんだことは、諒とすべきである。（劉備が）一人の義弟を失い、一人の義児を殺したことは、まことに計の誤りである。これを殺そうと考えて、すぐに召してこれを殺さず、軍隊を失い地を失わせ、その罪を重ねさせたことは、先主に三つの過失があったからである。かれは自ら罪を得たことを知りながら兵を外に率いても、魏に降る心はないと安心していた。その算を失したことの一である。一人の劉封を徐晃・夏侯尚・孟達の軍にあて、その敵わないことを明らかに知りながら、わざと派遣し、劉封ならびに五万の兵を棄てた。その算を失したことの二である。孟達がすでに去ったのに、別の将に上庸を守らせることなく、申耽・申儀の反乱を招き、劉封に進退の道をなくさせた。これによって劉封ならびに上庸の地を棄てることになった。その算を失したことの三である。この三失があるので、先主がついにこれを悔やむのももっともなのである。（三一）

毛宗崗本は、劉封を全面的に否定することは避けながらも、劉封を忠義とする李卓吾本の評を取らない。その上で、劉備の「三失」を挙げ、劉備が悔やむべきは、劉封を失ったことだけではなく、「三失」にあるとする。劉封の重要性を低下させているのである。

そもそも陳寿の『三國志』には、諸葛亮が劉封の「剛猛」を恐れ、劉備にこれを除くよう勧めたことが明記されている（三二）。李卓吾本の諸葛亮像の方が、史書のそれに近いと言ってよい。毛宗崗本は、劉備と諸葛亮の無謬性を守るために、史書の記述を離れてまでも、異姓養子である劉封の像を書き換えているのである。

曹操を異姓養子の子と批判しながらも、史実の劉備が異姓養子の劉封を収めていることについて、毛宗崗本は、李卓吾本よりも劉封を貶める表現を用いることで対応した。律で禁じられていた異姓養子を嗣として養子にした劉備が、異姓養子の死去を嘆く場面を削り、劉備の死後、劉禅のもと独裁権を振るう諸葛亮が、劉封殺害を進言したことも削除した。こうした書き換えを可能にしたものは、異姓養子を取ることは行われていたが、それは本来行うべきではない、という中国近世の社会通念であった。毛宗崗本は、かかる社会通念を背景とした表現技法を用いることで、異姓養子劉封の忠義を描かなかったのである。

おわりに

中国近世において、異姓養子を取り、宗族の秩序を乱すことは、律により禁止されていた。それでも、社会の実態として、継嗣の確保のため異姓は養子に取られたが、それは望ましくないという社会通念も根強く存在した。これに対し、同姓養子は、たとえ異宗の者であっても許されるとされていた。『三國志演義』において、関羽と劉備の二人の養子は、対照的な生き方を見せる。異姓養子である劉封は、関羽を見殺しにし、劉備により処刑される。一方、同姓養子の関平は、関羽とともに忠義を尽くし、関羽と劉備のために戦死する。

劉封が関羽を救わなかったことは、史実では弁明の余地があり、『三國志』には、諸葛亮が劉封の処刑を主導したことが記される。李卓吾本は、毛宗崗本よりも史書に近く、劉封の忠義を主張し、諸葛亮を激しく非難する。毛宗崗本は、異姓養子は律で禁じられ、本来行うべきことではない、という中国近世の社会通念を背景に劉封を貶め、劉備が異姓養子を取ることを諫めた関羽を賛美する。異姓養子の子である曹操に繋がる異姓養子劉封の忠義を封印するのである。さらに、毛宗崗本は、李卓吾本にある諸葛亮への非難およびその論拠をすべて削除する。異姓養子は律で禁じられ、本来行うべきことではない、という社会通念が、諸葛亮・劉備の無謬性を守る毛宗崗本のこれらの表現を支えた。一方、関平は、史実では関羽の実子でありながら、『三國志演義』は嘉靖本以来、これを養子とし続けた。そこには、同姓者は養子として望ましいという社会通念が存在した。加えて、同姓養子である関平を関羽が主体的に迎えたと書き換えることで、関羽の義を強調するのである。

このように、毛宗崗本は、中国近世における養子に関する社会通念を利用して、関羽・諸葛亮・曹操という「義」絶・「智」絶・「奸」絶の人物描写をそれぞれ鮮明に表現しているのである。

《 注 》

（一） 族譜については、牧野巽《一九四九》、多賀秋五郎《一九六〇》・《一九八一》、常建華《一九九八》、費成康《一九九八》、徐建華《二〇〇二》、王鶴鳴《二〇一〇》などを参照。

（二） 今人好通譜、往往非族認族。試觀桃園三義、各自一姓、可見兄弟之約、取同心・同德、不取同姓・同宗也（毛宗崗本 第一回 總評）。

（三）族譜を併せて同族とする通譜については、多賀秋五郎《一九六〇》を参照。吉原和男・鈴木正崇・末成道男（編）《二〇〇〇》もある。

（四）同族から選ばれ息子に擬制される養子は「嗣子」「継子」と呼ばれ、承継を目的とせず恩養的に迎え入れられる養子は「義子」と呼ばれる（滋賀秀三《一九六七》第三章第一節・第六章第二節）。本章は、それらの総称として「養子」という日本語を使用する。

（五）曹操のほか、呂布もまた異姓養子であるかにみえる。しかし、呂布は、毛宗崗本 第三回に、「義児」と表現される。すでに『三國志平話』より「義児」と表現されている呂布は、異姓養子として扱うよりも、中国中世の軍隊における義兄弟・仮子関係より考えるべきであろう。矢野主税〈一九五一〉、谷川道雄〈一九八〇〉を参照。

（六）百忙中忽入劉曹二小傳。一則自幼便大、一則自幼便奸。一則中山靖王之後、一則中常侍之養孫。低昂已判矣（毛宗崗本 第一回 總評）。

（七）明代における継嗣の重要性と、その実態がどのように白話小説に反映しているかについては、仙石知子〈二〇〇一〉を参照。

（八）一、無子、當以兄弟子爲後。不宜尊卑失序、即無兄弟子、亦宜於近支中、昭穆相當者立之。書曰繼子某、本名下、書曰某公子、出繼某公爲嗣。若乞養異姓、致淆氏族、剷而屏之（『山陰陡亹朱氏宗譜』浙江紹興、六巻、朱福青等續修、光緒二〇年（一八九四年）序、思成堂木活字印本）。本書で引用する族譜は、すべてユタ系図協会所蔵のマイクロフィルムによる。なお、族譜には、通譜が行われ信憑性に欠ける部分もあるが、本書では、宗族内の秩序統制を目的に書かれた「族規」「例言」という、改竄の可能性が低い部分を用いた。

（九）其乞養異姓義子、以亂宗族者、杖六十。若以子與異姓人爲嗣者、罪同、其子歸宗（『大清律例』巻八 戸律 立嫡子違法）。

（一〇）一、乞養　凡三十歳外無子者、族內自親至疎、亦無可承繼、方許收養異姓淸白之後爲子。限至五歲、方得入繼。如過五歳、不得收養。倘有子孫可以承嗣者、不得貪多濫收異姓（『張氏族譜』廣東中山、三巻、張建孚等編、咸豐八（一八五八）年、鐵城袁思刊本）。

（一一）劉泌乃長沙人也、亦是漢室宗親、遂請玄德到家、設宴。時有外甥寇封侍立于側、玄德見封①人品壯觀、聲音清喨。玄德問泌曰、此何人。泌答曰、此吾之甥男寇封也。②精熟武藝、父母雙亡、泌乃母舅、在此③倚傍學業。本羅睺《ママ》寇氏之子也。玄德④欲過房爲嗣。劉泌欣然從之、遂使其甥拜玄德爲父、改名劉封。玄德帶回、令拜雲長・翼德爲叔。雲長曰、兄長既有子、何必用螟蛉。後必有亂也。玄德曰、吾待⑤爲子、彼必待我⑥爲父、有何亂也。雲長不悅（李卓吾本 第三十六回）。

（一二）那劉泌乃長沙人、亦漢室宗親、遂請玄德到家、設宴相待。只見一人侍立於側、玄德視其人❶器宇軒昂、因問泌曰、此何人。泌曰、此吾之甥寇封、本羅侯寇氏之子也。因父母雙亡、故依於此。玄德❷愛之、❸欲嗣爲義子。劉泌欣然從之、遂使寇封拜玄德爲父、改名劉封。【忙中挾敍劉封承嗣事、卻並非閑筆。】玄德帶回、令拜雲長・翼德爲叔。雲長曰、兄長既有子、何必用螟蛉。後必生亂。【❹雲長收關平爲子、而獨不欲玄德收寇封者、臣之子無爭立之嫌、君之子則有爭立之嫌故也。】玄德曰、吾待之❺如子、彼必事吾❻如父、何亂之有。雲長不悅。【❼爲後孟達說劉封伏案。】（毛宗崗本 第三十六回）。

（一三）『三國志』には、劉備が劉封を「愛」したという記述はない。『資治通鑑』巻六十九、『資治通鑑綱目』巻十四には、劉封の死去を記す条の近くに、それぞれ「王甚器愛之」、「曹丕愛之」という記述があるが、「之」はともに孟達のことを指す。『綱鑑』には、記述がなく、上田望〈一九九八b〉が、毛宗崗本が材料を得たとする、これらの本から劉封を「愛」した、という表現を継承したわけではない。毛宗崗本独自の書き換えと考えてよいだろう。

（一四）其有愛繼外姓抱養血嬰、冒充己子者、須各房分長及族中公正之人、合辭呈明（『毘陵薛墅呉氏族譜』江蘇武進、合二十三巻、呉晉等重修、民國二十二年（一九三三年）、履成堂活字印本）。

（一五）「過房」という語彙は、承継を目的に迎え入れられた養子「嗣子」「継子」に対して用い、「乞養」という語彙は、異姓の「義子」の収養行為に対して用いられた（滋賀秀三《一九六七》第六章第二節）。仁井田陞《一九四二》第六章第四節も参照。

（一六）井上泰山・大木康・金文京・氷上正・古屋昭弘《一九八九》の「I解説篇」（金文京執筆）によれば、元代までは関平を養子とする創作はなされていないという。竹内真彦〈二〇〇八〉も参照。

（一七）随喚二子出拜。雲長曰、二子何名。①答曰、長男關寧、學讀書。次男關平、學武藝。……雲長迎門接拜、執手啼哭不止。關定領二子、拜于草堂之前。玄德問其姓名。②雲長曰、此人與弟同姓、欲令次子跟弟同去。玄德曰、年幾何。關定答曰、次子關平年一十八歲。③玄德曰、既長者有心令子跟雲長、吾弟又無子嗣。某願求令嗣與雲長、爲嗣若何。關定曰、若蒙主盟、願聽嚴令。玄德致謝。④關平自此、以雲長爲父。……⑤又添子龍、玄德歡喜無限、連飲數日、以慶賀兄弟再見之喜（李卓吾本第二十八回）。

（一八）遂命二子出見。【又遇兩少年。此處且不敍明二子、妙。】……關公迎門接拜、執手啼哭不止。【劉關至此方才相見。啼哭二字宛然孺慕之誠。】關定領二子拜於草堂之前。玄德問其姓名。❶關公曰、此人與弟同姓、有二子。長子關寧、學文。次子關平、學武。【二子姓名學業、至此方補出、❷卻用關公代說、妙。郭常之子不肖、關定之子又賢、又復間間相對。】関定曰、今愚意欲遣次子跟随関将軍、未識肯容納否。【郭子不肖而郭常乞留之。関子賢而関定欲遣之。畢竟郭常不脱常情、關定自有定見。】玄德曰、年幾何矣。定曰、十八歲矣。❸玄德曰、既蒙長者厚意。吾弟尚未有子、今卽以賢郎爲子、若何。【❹此從同姓上想出。異姓者既爲兄弟、同姓者豈不當爲父子耶。】關定大喜、❺便命關平拜關公爲父、呼玄德爲伯父。【關公本爲尋兄、忽然得子。玄德方見一弟、又認一侄、奇文奇事。❻前玄德於途中遇殺妻爲食之劉安、今關公於途中遇遣子爲嗣之關定。亦遙相映照。】……❼又新得了趙雲、關公又得了關平・周倉二人、歡喜無限、連飲數日。【其實可喜。】（毛宗崗本　第二十八回）。

（一九）劉安については、本書第七章を参照。

（二〇）中国近世において、同姓の者が継嗣の適格者として律に掲げられていたことについては、滋賀秀三《一九六七》第三章第一節を参照。

（二一）達笑曰、公以彼爲叔、①彼以公爲草芥耳。昔者漢中王登位之時、欲立後嗣、問于孔明。孔明曰、此家事也。問于關・張可矣。王遂致書遣人往荊州問于關公。②彼勃然曰、立嫡不立庶、古之常理。又何必問于我乎。封乃螟蛉之子、使住山城之遠、免遺禍于親骨肉也。以此觀之、安得不以公爲草芥乎。天下皆知、公何隱耶（李卓吾本 第七十六回）。

（二二）達笑曰、將軍以關公爲叔、❶恐關公未必以將軍爲侄也。某聞、漢中王初嗣將軍之時、關公卽不悅。【照應前文。】後漢中王登位之後、欲立後嗣、問於孔明。孔明曰、此家事也。問關・張可矣。漢中王遂遣人至荊州問關公。❷關公以將軍乃螟蛉之子、不可僭立、【補前文之所未及。】勸漢中王遠置將軍於上庸山城之地、以杜後患。【此是孟達挑搆之語。】此事人人知之、將軍豈反不知耶。❸何今日猶沾沾以叔侄之義、而欲冒險輕動乎。【如此挑搆阻撓、可恨可惡。】（毛宗崗本 第七十六回）。

（二三）劉封看畢大怒曰、此賊悞吾叔侄之義、又間吾父子之親、使吾爲不忠不孝之人也。遂扯了書、斬其使。……玄德猶予未決。忽孔明入、玄德問曰、辱子如此、何法治之。①孔明附耳低言曰、此子極其剛強。今不除之、後必生禍於子孫也。玄德遂令左右推出斬之。又問隨封將士、衆皆將孟達說封之事、及劉封扯書斬使之事一一奏稱、又將扯毀的書信、呈與玄德。玄德看畢急回心曰、②吾兒雖然剛強、有此忠義之心也。凜然可愛。便叫留人之時、卻早斬、已獻首級于堦下。玄德慟哭曰、孤一時造次廢股肱矣。③孔明曰、欲嗣主久遠之計、殺之何足惜也。作事業者、豈可生兒女之情耶。玄德曰、縱使他日殺孤之子、④孤不忍今日廢忠義之人也。文武聞之、無不下淚。武士奏曰、⑤劉封臨刑、但云悔不聽孟子度之言、果有此危矣。玄德泣曰、⑥孤兒至九泉之下、必痛恨於孤矣。漢中王思想關公、更惜劉封、致染成病、不能興兵、報仇雪恨（李卓吾本 第七十九回）。

（二四）劉封覽書大怒曰、此賊誤吾叔侄之義、又間吾父子之親、使吾爲不忠不孝之人也。遂扯碎來書、斬其使。……〔①削除〕命左右推出斬之。【此時悔聽孟達之言而不救關公、又悔不聽孟達之言而不降魏矣。】漢中王既斬劉封、❶後聞孟達招之、毀書斬使之事、心中頗悔。〔②〜⑥削除〕又哀痛關公、以致染病、因此按兵不動（毛宗崗本 第七十九回）。

（二五）笠井直美（一九九二）は、『水滸伝』における忠義の国家への収斂を主張するとともに、小説における忠義の特殊性を説くが、『三國志演義』には適用できない。

（二六）『三國志』巻四十 劉封傳に、「先主 封の達に侵陵せられ、又 羽を救はざるを責む。諸葛亮 封の剛猛なるを慮り、易世の後、終に制御し難ければ、先主に勸め、此に因りて之を除かんとす。是に於て封に死を賜ひ、自裁せしむ。封 歎きて曰く、「孟子度の言を用ひざるを恨む」と。先主 之が爲めに流涕す（先主責封之侵陵達、又不救羽。諸葛亮慮封剛猛、易世之後、終難制御、勸先主、因此除之。於是賜封死、使自裁。封歎曰、恨不用孟子度之言。先主爲之流涕）」とあり、陳寿は劉封が自殺させられた理由として孟達に敗退し、関羽を救わなかったことのほか、諸葛亮が勧めたことを挙げている。

（二七）毛宗崗本の劉封の処刑場面が改作されていることについては、陳翔華《一九九〇》上編第九章「二、毛本《三国志演義》対諸葛亮形象的修改和批評」においてすでに指摘されており、毛宗崗本が文字の修訂を通して、諸葛亮の言動や行動が、父子の間における封建倫理に背かないような記述にした、と論じられている。

（二八）李卓吾本 第七十六回 總評では、劉封は関羽を救えなかったものの、その情には許すべきものがある、とする。なお、これに対して、毛宗崗本 第七十六回 總評は、劉備の養子である劉封を許すことはできないと厳しく断罪している。

（二九）諸葛亮眞狗彘也、眞奴才也、眞千萬世之罪人也。彼何嘗爲蜀渠。若眞心爲蜀、自不勸殺劉封矣。即其勸殺劉封、乃知借手剪蜀爪牙、實陰有所圖也。蠢哉玄德、何足以知此。劉封忠義。玄德不知而殺之、罪猶可原。孔明知而殺之、罪不容誅矣。更將言語文飾。眞是小人之過也（李卓吾本 第七十九回 總評）。

（三〇）中国歴代の諸葛亮評価については、王瑞功（編）《一九九七》、渡邉義浩《一九九八》を参照。

（三一）劉封雖有罪、而先主殺之、亦未得其當也。其不救關公也、可罪。其不降曹氏也、可原。其拒孟達於後也、可嘉。則其悔聽孟達於前也、亦可涼。而喪一義弟、亦殺一義兒、誠計之左矣。且既欲殺之、不卽召而殺之、而使喪師失地、以重其辜、則先主有三失焉。彼自知獲戾而將兵於外、安保其無降魏之心。其失算者一。以一劉封當徐晃・夏侯尚・孟達之師、明知其非敵而故遣焉、是棄劉封幷棄五萬人。其失算者二。孟達已去、不更令別將以守上庸、而至有申耽・申儀之叛、使劉封進退無路。是棄劉封幷棄上庸之地、其失算者三。有此三失、宜先主之終悔與（毛宗崗本 第七十九回 總評）。

（三二）注（二六）に掲げた『三國志』巻四十 劉封傳。なお、諸葛亮と劉備との関係が、毛宗崗本に描かれるような信頼と忠義との関係によって結ばれていないことは、渡邉義浩〈一九八八〉を参照。

第四章　曹操の遺令

はじめに

『三國志演義』は、政治や戦いに関する場面を中心に描いていることから、登場する女性の数は決して多いとは言えない。そのため、『三國志演義』は、女性を排除した男性のみに視点を置いた小説である、とされる場合もあり、作品の中に描かれた女性像には、あまり関心が持たれてこなかった。しかし、『三國志演義』の通行本となった毛宗崗本では、義を敷衍するという『三國志演義』の特徴を補強するために、重要な役割を与えられている女性の表現が確認できる。（一）『三國志演義』は、女性を付随的に登場させる、ただの軍談小説ではない。むしろ、女性像に注目することによって、物語世界のさらなる深い理解を可能にする小説なのである。

『三國志演義』における女性に関する記述が、物語世界を豊かにする上で重要な役割を果たしている事例の一つに、曹操の臨終場面の描写がある。毛宗崗本の曹操臨終の場面には、曹操が名香を家の者たちに分け与えるよう遺言する様子が描かれている。しかし、毛宗崗本以前の『三國志演義』には、そのような場面は見られない。したがって、これは毛宗崗本が、『文選』に収録される晉の陸機の「弔魏武帝文」を典拠に、書き加えたものと考えられる。さらに、陸機の「弔魏武帝文」の中では、香を分け与える対象は「夫人」であるが、毛宗崗本では「侍妾」に書き換えられている。毛宗崗本は、なぜ「夫人」を「侍妾」に書き換えたのだろうか。

本章は、毛宗崗本において、名香を分け与える場面が加えられ、しかも分与の対象が書き換えられた理由を考察する。その際、明清時代に書かれた律令・裁判記録・随筆などを資料として、明清時代における妾への遺贈に関する社会通念との関係を検証するという方法を用いる。毛宗崗本は、当該時代における妾への遺贈に関する社会通念を利用することで、『三國志演義』において高い文学性の実現を試みているのである。

一、曹操臨終の表現

曹操臨終の場面は、毛宗崗本では、第七十八回「治風疾神醫身死　傳遺命奸雄數終」に描かれている。神医の華佗を殺害した後の曹操は、病がいよいよ悪化し、ある日、息をするのも苦しく、目も見えなくなった。曹操は、曹洪・陳羣・賈詡・司馬懿を呼び、後事を託す。曹洪らが、「よく静養なされば、病は必ずよくなります」と言うと、曹操は次のように答える。李卓吾本との細かい相違があるので、原文を掲げたのち、日本語訳を示そう。

操曰、孤縱橫天下三十餘年、羣①雄皆滅、止有江東孫權、西蜀劉備未曾勦除。孤今病危、②不能再與卿等相敍、特以家事相託。【但言家事、而不言國事、是老賊奸猾處。】孤長子曹昂、劉氏所生、不幸早年③歿於宛城。【又將前事一提。】今卞氏生四子、丕・彰・植・熊。孤平生所愛第三子植、爲人虛華、④少誠實、嗜酒放縱、因此不立。次子曹彰、勇而無謀。四子曹熊、多病難保。惟長子曹丕、篤厚恭謹、⑤可繼我業。卿等宜輔佐之。【但言立丕自繼、更不說到禪代事、奸滑之極。】⑥曹洪等涕泣領命而出。❶操令近侍取平日所藏名香、分賜諸侍妾。且囑曰、吾死之後、汝等須勤習女工、多造絲履、賣之可以得錢自給。【不知操者、但謂其兒女情長、英雄氣盡。】又命諸妾多居於銅雀臺中、毎日設祭、必令女伎奏樂上食。【劉表之妻妒及於鬼、恐其以鬼悦鬼也。今操之遺命又欲以人悦鬼。】又❷遺命於彰德府講武城外、設立疑塚七十二、勿令後人知吾葬處。恐爲人所發掘故也。【以此自防、亦甚苦矣。若使後人將七十二塚盡掘之、爲奈何。】⑦囑畢、長嘆一聲、淚如雨下。須臾、氣絶而死（毛宗崗本 第七十八回）。

曹操が言うには、「わしは天下を駆けめぐり三十余年もの間、群①雄たちをみな滅ぼしたが、ただ江東の孫権、西蜀の劉備だけは未だ除かれていない。だがわしの病も回復の見込みはないので、②そなたたちと話をするのもこれが最後になるだろうから、今日は特に家のことを頼んでおこうと思う。【ただ家の事だけを言い、国の事は言わないのは、老賊のずる賢さである。】わしの長子曹昂は、劉氏が生んだ子供だが、不幸にも早くに宛城で③歿《し》んだ。【また前のことを持ち出そうと言うのか。】今は卞氏の生んだ四人の息子、丕・彰・植・熊がいる。わしはかねてから第三子の植を可愛がってきたが、人となりに浮ついたところがあり、④誠実さに欠け、酒を飲んで勝手な行いをするので、後を継がせるわけにはいかない。次子の曹彰は、勇敢であるが無謀である。四子の曹熊は、体が弱く無理であろう。ただ長子の曹丕だけが、温厚篤実な性格であるから、⑤わしの後を継がせてもよいであろう。卿たちが輔佐してやって欲しい。」【ただ曹丕を立て自分の後を継がせることだけ言い、禅譲の事を言わないとは、狡猾の極みである。】⑥曹洪らは涙を流して曹操の命令を聞き入れその場を離れた。❶曹操は近くに控えていた者に平素所蔵していた名香を持ってこさせると、侍妾たちに分け与えた。そして命じて、「わしが死んだ後、おまえたちは真面目に針仕事を習い、絹の靴を作って、これを売ってその金で暮らしていくがよい」と言った。【曹操が、ただ児女の情が長いことだけを思い、英雄の気質が尽きているということなのかもしれない。】また妾たちの多くを銅雀台に住まわせ、毎日祭壇を準備して、女伎に演奏させて供物を捧げるように言い渡した。【劉表の妻は鬼（になった前妻の陳氏）を嫉妬して、鬼（の陳氏）が鬼（になった劉表）を喜ばせることを恐れた。

いま曹操の遺命はまた（生きている）人によって鬼（となる自分）を喜ばせようとするものである。】また❷彰徳府講武城の外に、偽の墓を七十二造り、自分が埋葬されている場所を後人に知られないようにせよとも遺命した。人に墓を掘り返されることを恐れたからである。【このようにして防ごうとしても、甚だつらいだけだ。もし後人が七十二箇所の墓をすべて掘り返したら、もともこもない。】⑦言い終わると、長い溜め息をつき、涙を雨のように流した。しばらくすると、曹操は息絶えて死んだ。

次に、毛宗崗本と比較しながら、李卓吾本の同一場面を原文だけ掲げよう。毛宗崗本と異なる部分には、毛宗崗本と呼応する番号を付した傍線を引いた。李卓吾本 第七十八回「曹操殺神醫華佗　魏太子曹丕秉政」に、次のようにある。

操曰、孤縦横天下三十餘年矣。羣①兇皆滅、止有江東孫權、西蜀劉備未曾收復。孤今病危、②必然難逃、今以大事囑汝四人。孤長子曹昂、劉氏所生、不幸早年③沒於宛城。今卞氏生四子、丕・彰・植・熊。孤平生所愛第三子植、爲人虛華④少於誠實、嗜酒放肆、因此不立。次子曹彰、勇而無謀。四子曹熊、多病難保。惟長子曹丕、篤厚恭謹、⑤才智兼全。可任大事。汝等宜輔佐之。⑥各懷忠義之心、以圖悠久之計、勿得怠慢。⑦言訖、長嘆一聲、涙如雨下。氣絶而亡。

比較をすると、当該箇所における毛宗崗本の改変は、①～⑦の七箇所に及ぶことが分かるが、その改変には軽重がある。たとえば、④「於」の字を省いたり、③「歿」を「没」、④「肆」を「縦」、⑤「汝」を「卿」、⑦「言訖」を「囑畢」に改め、⑦「須臾」を加えるといった表現上の簡単な書き換えには、それほどの意図はないと思われる。しかし、同じ改変であっても、①「兇」を「雄」、⑦「亡」を「死」に書き換えていることには、曹操を貶めようとする明確な意図がある。曹操が打倒した群雄を「兇」ではなく「雄」に書き換えることからは、「兇」は曹操である、との主張を読み取ることができ、曹操の死去を「亡」から「死」に書き換えることは、貶義となるからである。さらに、②「特以家事相託」を加えて、「但言家事、而不言國事、是老賊奸猾處」という評を付し、曹操が国事よりも家事を大事にしたことを批判し、曹操の後継者の曹丕が、⑤「才智兼全。可任大事」であるとの字句を削って、曹操のみならず、魏の建国者である曹丕の評価をも貶めているのである。

こうした毛宗崗本の書き換えの中で、最も注目に値するものが、⑥「各懷忠義之心、以圖悠久之計、勿得怠慢」を「⑥曹洪等涕泣領命而出。❶操令近侍取平日所藏名香、分賜諸侍妾。且囑曰、吾死之後、汝等須勤習女工、多造絲履、賣之可以得錢自給。【不知操者、但謂其兒女情長、英雄氣盡。】又命諸妾多居於銅雀臺中、毎日設祭、必令女伎奏樂上食。【劉表之妻妒及於鬼、恐其以鬼悅鬼也。今操之遺命又欲以人悅鬼。】又❷遺命於彰德府講武城外、設立疑塚七十二、勿令後人知吾葬處。恐爲人所發掘故也」と改変している点である。第七十八回の題目の後半を李卓吾本の「魏太子曹丕秉政」から「傳遺命奸雄數終」に改めていることからも、毛宗崗本が曹操の「遺命」を重視していることが窺えよう。

曹操の臨終場面に、名香を分け、履を売るよう指示する話を書き加えたことについては、毛宗崗自身が凡例の中で言及している。毛宗崗本の首巻に掲げられた凡例には、毛宗崗本が、以前からあった『三國志演義』のテキストを改訂した際、どこをどのように改訂したのかが詳しく記されており、それによると、毛宗崗本は、女性に関して六つの場面を書き換えていることが分かる。[二] 第七十八回に見られるこの場面も、その中の一つである。書き換えに言及している部分の凡例は、以下のとおりである。

一、記事には欠かすことのできないもの、たとえば「関公 燭を秉って旦に達る」、「管寧 席を割り坐を分く」、「曹操 香を分け履を売らしむ」、「于禁 陵廟に画を見る」、さらには「武侯夫人の才」、「康成の侍児の慧」、「鄧

艾 鳳兮の対」、「鍾会の不汗の答」、「杜預の『左傳』癖」のような話は、俗本ではみな削り去って記述していない。今すべて古本に従ってこれらをとどめ、読者が全貌を窺うことができるようにした。(三)

これらの中の「曹操 香を分け履を売らしむ（曹操分香賣履）」が、先に引用した毛宗崗本 第七十八回の番号⑥と❶を付した傍線部分の改変にあたる。毛宗崗は、「俗本」では削られているけれども、「古本」によって記録した、と述べているが、毛宗崗が依って記録したとする「古本」なる書物は、実際には存在しなかった。金文京によれば、「古本というのは、毛宗崗がこうであらねばならないと考えたテキストのことで、実際にそういうものが存在するわけではな」く、毛宗崗が「理想とする、しかし現実には存在しないテキストを古本と」称して、「それによって現実に存在するテキストを俗本として批判し、改訂を加えた」のだという。(四)

毛宗崗本に書き加えられた「曹操分香賣履」の場面において、曹操が述べた香を分ける話は、陸機の「弔魏武帝文」を典拠として毛宗崗が取り入れたものと考えられる。続いて、その論拠について述べたい。

二、毛宗崗本の「曹操分香賣履」と陸機の「弔魏武帝文」

曹操が臨終の際に残したとされる「遺令」は、西晉の陳寿が著した『三國志』巻一 武帝紀の中に、次のように記されている。

天下はまだ安定していないので、古の葬礼に倣うことはできない。埋葬が終わり次第、みな喪に服すのをやめよ。将兵は駐屯地を離れてはならず、役人はそれぞれの職務を遂行せよ。入棺の時は平服を着せ、金や玉といった副葬品を埋葬する必要はない。(五)

と記される。堀敏一《二〇〇一》によれば、曹操は臨終の際、実際にはもっと長い言葉を残したが、武帝紀には、その中の最も重要な部分だけが記録されているに過ぎず、曹操の遺令に関する記録は、他の多くの書物の中に断片的に残存している、という。それら散在している記録を集めたものが、清の厳可均の『全三國文』巻三 魏武帝「遺令」であり、現存する曹操の「遺令」の全文に最も近いものとされている。厳可均が輯めた「遺令」には、次のように書かれている。

[a]わたしは夜半気分がすぐれず目が覚めた。明け方になって、粥を飲み汗が出て、当帰湯を服用した。わたしは軍中では軍法に従ってことを行ってきたがそれは正しかったであろう。しかし些細なことで怒ったりし、大きな失敗をした。これを真似てはならない。[b]天下はまだ安定していないので、古の葬礼に倣うことはできない。[c]わたしは頭痛持ちで、昔から頭巾をかぶっていた。わたしが死んだ後、死に装束も生前と同じ服装にせよ。それを忘れてはならぬ。[b]文武百官の殿中における追悼は、十五回泣き声を出してくれればそれでよい。埋葬が終わり次第みな喪に服すのをやめよ。将兵で駐屯している者は、駐屯地を離れてはならず、役人はそれぞれの職務を遂行せよ。[d]入棺の時は平服を着せ、鄴城の西の丘にある、西門豹の祠堂近くに埋葬せよ。金や玉といった副葬品を埋葬する必要はない。[e]わが婢妾と歌姫たちには苦労をかけるが、銅雀台に控えさせ、よく待遇せよ。銅雀台には六尺の牀を準備し、細くてあらい布の帳をかけ、朝夕乾し肉と乾燥させた飯の類を供えよ。月の一日と十五日は、朝から正午まで、その帳の中に向かって伎楽を奏でよ。汝らは時々に銅雀台に登り、わたしの眠る西陵の墓地を眺めるように。[f]余った香は夫人たちに分けてよい。祭祀は命じない。[g]仕事のない妾たちは、組紐の履の作り方を学びそれを売ればよい。[h]わたしが官を歴任して受けた綬は、みな蔵の中に保管せよ。わたしの余った衣服は、別の場所にしまってよい。もしできなければ、兄弟で分けるがよい[六]。

現存する曹操の「遺令」に関する記述は、傍線部a〜hを附して分類した八つの内容に大別できる。箇条書きで整理すると以下のようになる。

a　夜半に目が覚め、具合が悪く、当帰湯を服用していた。
b　天下は平定してないので、葬儀は簡略にせよ。埋葬が終わり次第、喪服を脱げ。
c　生前頭痛持ちで頭巾をかぶっていたので、同じ装束にせよ。
d　納棺の際には平服を着せ、西門豹の祠堂近くに埋葬せよ。副葬品は不要である。
e　銅雀台に婢妾を控えさせ、法要を行い、時々に銅雀台に登って墓を望み思いを馳せよ。
f　余った香は夫人たちに分けよ。
g　仕事のない妾たちは履を作って売れ。
h　綬は保管し、衣服は兄弟で分けてもよい。

厳可均によれば、これらの資料は、次の(1)〜(13)の十三箇所より輯録したという。(七) a〜hまでの対応関係とともに、時代順に掲げると次のようになる。

(1)（西晉）陳壽『三國志』巻一　武帝紀(八)　b　d
(2)（西晉）陸機「弔魏武帝文」（『文選』巻六十　弔文）　b　e　f　g　h
(3)（劉宋）劉義慶『世説新語』言語第二(九)　e
(4)（南齊）沈約『宋書』巻十五　志第五　禮二(一〇)　b
(5)（唐）杜佑『通典』巻第八十　禮四十　凶禮二(一一)　b
(6)（唐）虞世南『北堂書鈔』巻一百三十二　服飾部一　帳(一二)　e

(7)（北宋）李昉『太平御覧』巻五百 人事部一百四十一 奴婢[一三] e
(8)（北宋）李昉『太平御覧』巻五百六十 禮儀部三十九 塚墓[一四] e
(9)（北宋）李昉『太平御覧』巻六百八十七 服章部四 幘帽[一五] c
(10)（北宋）李昉『太平御覧』巻六百九十七 服章部十四 履[一六] g
(11)（北宋）李昉『太平御覧』巻六百九十九 服用部一 帳[一七] e
(12)（北宋）李昉『太平御覧』巻八百二十 布帛部七 布 火浣布[一八] e
(13)（北宋）李昉『太平御覧』巻八百五十九 飲食部十七 糜粥[一九] a

これらの中で、b・e・f・g・hという最も多くの部分を記述しているものが、(2)『文選』に収録された陸機の「弔魏武帝文」である。そして、f「余った香は夫人たちに分けよ」という香についての話は、「弔魏武帝文」の中にしか見られないことから、毛宗崗本が、『文選』の「弔魏武帝文」を参照して、香を分け与える話を書き加えたことが分かるのである。

次に、毛宗崗本が「分香賣履」の話を取り入れた理由を明らかにするために、陸機がどのような意図で「弔魏武帝文」を著したのかを、「分香賣履」の記述に注目しながら検討したい。

陸機（二六一～三〇三年）は、三国の孫呉が滅ぼされた後、西晉に仕えた[二〇]。陸機が、「弔魏武帝文」を著したのは、元康八（二九八）年、曹操の死後、七十八年後にあたる。「弔魏武帝文」は、六朝時代の末、梁の劉勰が著した『文心雕龍』哀弔篇の中に題目が、そして、『文選』に全文が採録され、「弔文」の代表的作品とされている。

「弔魏武帝文」は、陸機が曹操の遺令を目にした驚きと嘆きから始まる。

元康八（二九八）年、わたしは尚書郎から、著作郎になり、宮中の秘閣に出入りするようになって魏の武帝の遺

令を目にした。遺令を見たわたしは愕然として溜め息を漏らし、しばらくの間心を痛め思った。[二一]

その理由は、次のとおりである。

魏の武帝が継嗣曹丕に遺言し、四人の息子たちに教えを残す様子からは、国を治める計略は遠大で、家を盛んにする教えもまた弘大であることが分かる。また武帝は、「わたしは軍中では軍法に従ってことを行ってきたがそれは正しかったであろう。しかし些細なことで怒ったりし、大きな失敗をした。これを真似てはならない」と言っている。立派である。これこそ達人の正しい言葉である。女児を抱き末っ子の曹彪を指さして、四人の息子に向かって、「おまえたちに面倒をかけるが」と言って、泣いた。痛ましいことだ。先には天下を治めることを責務としながら、今は死に臨んで人に可愛い我が子の世話を頼むのである。命が尽きれば何もかもなくなってしまい、亡くなってしまえば何も残すことはできない。しかし閨房の女性たちに女々しく心惹かれ、家の者たちがすべき事にまで気を配るのは、あまりにも細かすぎないだろうか。また武帝は、「わが婕妤（女官）・妓人（歌姫）は、みな銅爵台に控えさせよ。銅爵台の上に八尺の床と細くてあらい布の帳を用意し、朝夕乾し肉と乾燥させた飯の類を供えよ。月の一日と十五日は、いつも帳に向かって歌舞を行うように。汝らは時々銅爵台に登り、わたしの眠る西陵の墓地を眺めよ」と言った。さらに「余った香は夫人たちに分けてよい。仕事のない妾たちは、組紐の履の作り方を学びそれを売ればよい。わたしが官を歴任して受けた綬は、みな蔵の中に保管せよ。わたしの余った衣服は、別の場所にしまってよい。もしできなければ、兄弟で分けるがよい」と言った。結局兄弟はこれを分けてしまった。死ぬ者はあとに残る者に要求すべきではないし、あとに残された者は死んでいった者の言葉に背くべきではないのだ。[二二]

陸機が曹操の遺令を驚きかつ嘆いたのは、傍線部と波線部にあるように、天下の英雄たる曹操が、死に臨んで閨房の女性たちに女々しく心惹かれ、夫人に名香を分けることを言い遺し、妾たちがすべきことにまで気を配っていることを、あまりにも細か過ぎると思ったためである。陸機は、これを次のように批判する。

わが身の外にあるものに心を惑わせ、閨房の女性たちに対する思いを細かく言い残すことは、賢人としてあるべき姿ではないであろう。（わたしは）大いに憤りを感じ胸の思いが溢れんばかりになって遂《かく》て弔いの文を書くことにしたのである。[二三]

陸機は、曹操が女性たちに細かく気を配ることを賢人としてあるべき姿ではないと批判するのである。さらに、陸機は次のように続ける。

（曹操が）家族の将来に心を奪われたことが（わたしには）惜しまれ、遺言が細かくつまらぬものであったことが（わたしには）恨まれる。広大な志を履の飾りに歪められ、清らかな精神を余った香に汚されてしまった。[二四]

陸機は、曹操の「分香賣履」について、閨房の女性たちに思いを細かく言い残し、女々しく、賢人らしからぬ行為だ、となかば憤りを感じながら悲嘆しているのである。[二五]

それでは、毛宗崗本も、やはり陸機と同じように、「分香賣履」の話を女々しい賢人ならざる行為として理解し、曹操の女々しさを強調するために、『三國志演義』に取り入れたのであろうか。次に、毛宗崗本の「分香賣履」に対する考えを検討したい。

毛宗崗本は、第七十八回の總評で、改変をした「分香賣履」の場面について、次のように述べている。

ある人は曹操の分香賣履の令を見て、（曹操は）平生は奸偽の人だったのに、死に及んで真情を見せたと思うかもしれない。（しかしそのような見方は）これが曹操の真情ではなく、意外にも曹操の偽りだということに気がついていないものなのだ。死に及んで真を見せたのではなく、死に及んでもなお偽りを見せたのである。臨終の遺命は、禅譲よりも大事なことはない。それなのに家の者や婢妾の身のふり方については詳しく言い渡しながら、禅譲の事は何一つ口にせず、後世の人々に、自分は国を簒奪する心がないのだと信じ込ませ、子孫は悪名を蒙るけれども、自分はそうならないように避けようとしたのであり、これは自らを周の文王にしようとしたためである。（周の文王は殷を奪う意志がないため、武王に禅譲を言い遺さなかったが、曹操は漢を簒奪する意志がありながら、表面的に周の文王を気取ったのである）その意図は天下の後世の人々をすべて欺こうとすることにあり、天下の後世の無知な人々は、このため騙されることになったのである。曹操は誠に奸雄の最たるものである。曹操の生涯には真実などなく、死に及んでもなお偽りであったことは、（禅譲を隠すために言い遺した）分香賣履がまさにそれである。[二六]

毛宗崗本は、曹操が死に臨んで「侍妾」たちに名香を分け、履を売って生活するよう命じたこと自体を、女々しい行為とは捉えない。臨終の遺命として、これ以上大事なことはない禅譲の意図を隠すために「分香賣履」を述べたことを「偽」と批判しているのである。

両者の見方が分かれる理由は、それぞれの時代における禅譲に対する価値観の違いがある。陸機は、曹操の積みかさねた「魏武輔漢の故事」という手順に基づく禅譲が、当然のように行われた時代に生きた。[二七]そのため陸機は、曹操が禅譲による簒奪を隠すために、「分香賣履」を述べたとは捉えず、夫人や妾などの女性に言及したことを「女々しい」と批判した。これに対して、毛宗崗本がまとめられた清では、禅譲は北宋を最後に行われなくなってすでに久しかった。また、清代において漢は、鄭玄に代表される経学が盛んな尊重すべき「古典」国家でもあった。その漢を滅ぼすための禅譲の準備を一方で行いながら、「分香賣履」について述べる曹操は、偽りの存在として唾棄すべき悪だったのである。したがって、總評は続けて、厳しく曹操を批判する。

臨終になって真実がなく、死後もなお偽りであったことは、七十二の偽の墓を造ったことがまさにそれである。生きている曹操が人を欺くのは不思議ではないが、死んだ曹操が人を欺くのは不思議である。一人の偽曹操が人を欺くのは大して不思議なことではないが、無数の偽曹操が人を欺くのは更に不思議なことである。曹操の死は、偽と真を混乱させ、無数の偽曹操を生み出したが、その中にかえって一人の真実の曹操がいる。曹操の人生には、偽りがあって真実がなく、人は（禅譲を分香賣履で欺こうとした）ただ一人の偽りの曹操を見られるだけで、一人の真実の曹操を確認するところまでに至らなかった。ただ死んだ曹操が偽りなだけではなく、生きた曹操もまた偽りであった、ただ偽りの曹操が偽りだっただけでなく、真実の曹操もまた（自らの目的を隠す）偽りの存在であったのであり、その生は死により幻となったのである。（二八）

毛宗崗本は、先に改変を指摘した毛宗崗本 第七十八回の番号❷を付した「七十二の偽の墓を作った」ことをも論拠にしながら、「偽」を本質とする曹操が、死に臨んで自らの「偽」という真実の姿を隠すために、「分香賣履」という善行を行い、あたかも七十二の「偽」の墓を作って真実の墓を隠そうとしたように、禅譲の準備という「悪」を隠そうとした、と曹操を激しく攻撃するのである。

毛宗崗本が、漢を滅ぼす準備を実際の簒奪以上に「偽」として憎んでいることは、毛宗崗本 第七十八回の評にも次のように記されている。

侍中の陳群らは、「漢室は衰微してすでに久しく、殿下の功徳は巍《たか》く、民が仰ぎ望むところでございます。いま孫権が自ら臣下の礼をとって帰順したのは、天人の応であり、気の異なるもの（である夷狄の孫権）も（帝位に即いてほしいとの）声を等しくしております。殿下は天に応じ人に従い、早々に大位を正されますように」と上奏した。【荀彧と荀攸にはまだ良心があったと追憶させる言葉である。】曹操は笑いながら、「わしは長年漢に仕え、民にも功徳を施してきたとはいえ、王という位に就き、人臣を極めた以上、他にはもう望みなどない。もしわしに天命があるとすれば、わしは周の文王となろう」と言った。【曖昧（な態度）である。（漢を）簒奪することを、曹丕に押しつけている。】(二九)

毛宗崗本は、曹操が自ら漢の簒奪を行わず、息子の曹丕に託したことを「はっきりしない態度」として非難している。毛宗崗本は、「分香賣履」の場面を、禅譲を計画しながら、あえて遺言をせず、香を分けるという善行により、その野望を隠したことが「偽」に他ならない、と曹操を非難する目的で書き加えたのである。

曹操の「偽」を強調するためには、「偽」として行った「分香賣履」が善行であると、より効果があがる。毛宗崗本が著された時代において、「分香賣履」が、陸機の述べるような女々しい行為ではなく、むしろ善行であった、と読者に認識させるためには、香を分ける相手の設定を変える必要があった。陸機の文では「夫人」となっている香を分ける相手を「侍妾」に変えたのは、「夫人」よりも「侍妾」に香を分けることに、さらなる善行と認識できる効果があったためではないだろうか。

こうした問題意識より、節を改めて明清時代における妾の遺贈問題について考察し、香を分与する相手を「侍妾」に書き換えた目的について論じていきたい。

三、妾への遺贈に込められる愛

毛宗崗本は、陸機の「弔魏武帝文」において、「餘香可分與諸夫人（余った香は夫人たちに分けてよい）」とある箇所を、「分賜諸侍妾（侍妾たちに分け与えた）」と書き換えた。曹操が香を分け与えようとした相手を「夫人」ではなく

「侍妾」としたのである。「夫人」とは、妻のことであり、「侍妾」とは、妾のことである。[三〇] 妻に香を分け与えることと、妾に分け与えることに、どのような違いがあったのだろうか。それを明らかにするためには、夫が死亡した後の妻と妾の財産権のあり方が手がかりとなろう。夫が死亡した後の妻の財産権について、『明會典』は、次のように規定している。

> およそ婦人で夫が死亡し息子がなく、守節をする者は、夫の分の財産を承ける。族長に昭穆相当なるものを選んでもらい継嗣を立てなければならない。再婚する者は、夫の家の財産並びに嫁ぐ際に持って出た粧奩は、前夫の家の持ち物とすることを許す。[三一]

『明會典』は、夫の死後、妻に後継ぎとなる子供がいないのであれば、守節をするという条件のもと、夫に属していた財産の所有権は妻が有すると規定している。[三二] 同様の条文は、毛宗崗本が著された清代に発布された『大清律例』の中にも見える。[三三] また、『大明令』戸令には、次のような規定がある。

> およそ婦人で夫が死亡し息子がなく、守節をする者は、養老分の財産を承ける。族長に昭穆相当なるものを選んでもらい継嗣を立てなければならない。再婚する者は、夫の家の財産並びに嫁ぐ際に持って出た粧奩は、前夫の家の持ち物とすることを許す。[三四]

『大明令』戸令には、夫の死後、守節する妻には、「養老分」と表記される生きていくための生活費を渡す場合のあったことが明記されている。ここで問題となるのは、これらの条文の中の「凡婦人夫亡無子」の「婦人」という用語に、妾を含むか否かである。これについては、中華民国初期の最高法院である大理院で下された判決文の中に詳しく述べられている。

> 律（『大清律例』）の意を鑑みるに、ここで言う夫が死亡し守節をする、息子のいない婦人とは、自ずから正妻を

指して言うのであり、故にまた正妻であるというだけで、その夫の得るべき分を承けることができるのである。妾は当然そこに当てはまらない。(三五)

「大理院判決例」によれば、『大清律例』における「婦人」とは、妻だけを指し、妾はそれに含まれなかったことが分かる。(三六)

以上のように、妻は、継嗣となる子供がいなくても、守節をすれば、継嗣が立てられるまでの間ではあるが、夫の残した財産の所有権を持つことができた。また、生活費としての養老財産を受け取ることもあった。これに対して、明清の律には、主人を亡くした妾の財産権に関する条文はなく、妾は主人の財産を受け取る正規の権利を有していなかったことが分かるのである。(三七)

ただし、妾は、主人の死後、扶養される権利は有していた。主人の死後、妻は妾を扶養する義務を負い、継嗣がいれば、継嗣が妾を扶養する義務を負うものとされていた。

妾は、家長の死亡後、家長の家属に対して、扶養してもらう権利を主張することができるが、その場合は守節をすることを要件とする。もし守節することができないならば、扶養の権利を要求することはできない。(三八)

「大理院判決例」の八年上字第五七五號によれば、妾は、守節をして家に留まるという条件のもと、死んだ主人の財産を引き継いだ者に扶養されるという権利を有していた。「大理院判決例」の四年上字第一六九一號には、

妾媵は家属の一員である。もし家長が死亡すれば、承継人あるいは遺産を管理する他の者が、当然これを扶養する義務を負う。強制的に再婚させようとしたり追い出して世話をしないということがあってはならない。(三九)

「大理院判決例」の四年上字第一六九一號によれば、妾を強制的に再婚させたり、追い出したりすることが禁じられていた。主人が死んだ後の妾の生活は、ある程度保障されていたのである。(四〇)

妾は家属であるため、夫の死亡後、もとより妻と同居し、妻の監督を受けることを原則とする。[四一]ただし、「大理院判決例」の十年上字第四四九號によれば、妾は妻と同居し、妻のもとで生活することが原則とされていた。しかし、実際には、妻が、夫の愛情を受けていた妾を扶養することは、難しかったようである。

具体的な事例を検討しよう。（明）呉寛『家藏集』巻六十六「顧恭人鄒氏墓記」に、次のように記録されている。

> 顧恭人鄒氏は、故《もと》の進士で監察御史を贈られた顧巽の婦《つま》であった。……ある日、顧公が家に戻ると若い侍女がいた。恭人に尋ねると、「わたくしは以前よりあなたに妾を納れて子供を多く作って欲しいとお願いしておりました。このむすめがそうなのです」と言った。後に顧公は御史となり任地である山東へ行った。奸を摘発し貪欲なる輩たちを次々に捕らえ、名声は高まるばかりだった。恭人は人の恨みを買うことを恐れ、一日中家に鍵をかけ人との往来を避けた。顧公が亡くなっても無事に過ごしたので、その賢智を称えない人はなかった。恭人はもともと嫉妬をせず、妾に衣服や道具を与えるには、みな自分と同じものとし、妾の子女への待遇も、みな自身が生んだ子供のようにした。[四二]

進士贈監察御史であった顧公の妻で「賢智」を称えられていた鄒氏は、顧公の死亡後も、妾に対して家財道具や衣服などみな自分と同じものを与えたが、ここではそれが高く賞讃されている。夫の死亡後に妾を虐待せず、面倒をみることは、実際には非常に難しいことであったからこそ、鄒氏の行いは、栄えあるものとして賞讃されているのであろう。妻が妾の人格を尊重し、扶養することは決して容易ではなかった。

そうした中、妾が主人の財産の一部を受け取る例外があった。[四三]それは、妾が財産を管理するようにとの遺言を主人が残した場合である。[四四]「大理院判決例」を検討しよう。七年上字第一二二〇號には、次のように規定される。

> 被承継人死亡後、継嗣が立てられるまで、現存する遺産は、被承継人の妾が当然に管理権を有するわけではない

が、しかし被承継人が遺言によって妾が遺産を管理するよう指定していた場合、またその他に管理権を有する者がまったくいない時には、妾が遺産を管理する権利を有するものと認めるべきである。[四五]

また、「大理院判決例」十年上字第五三九號には、次のように述べられている。

妾は家の主人の遺産に対して、もとより当然に遺産を継承する、あるいは分与を受ける権利はない。しかし家の主人は自ら持つ財産の範囲内で、遺贈行為によってその妾に授与することは、法の許さぬところではない。[四六]

これらによれば、被承継人の死亡後、継嗣が立てられるまで、本来、妾が管理権を持たないことを確認したうえで、例外として、妾は遺産を管理することを認められ、また主人の私産であれば遺言により贈られたことが分かる。遺言による財産贈与には、多くの条件が付いていたため、妾に遺贈することは難しい。妾が財産の管理に当たる事例は、よほどの理由がある場合の稀なケースであったと考えられるのである。

また、妾が子供を生んでいる場合、例外的に主人の財産の一部を受け取ることもあった。清代の裁判記録には、子供のいる妾に、死亡した主人の財産の一部を渡した記録がある。清の光緒年間に陝西省で知県の任にあった樊増祥（一八四六〜一九三一年）がまとめた裁判記録文書『樊山政書』巻五に収録される「批蒲城縣陳令稟（蒲城県の陳県令が処理にあたった訴状に回答した裁判処理記録）」には、次のように記されている。

上申書により、すでに趙氏の家の争いについては、全貌が明らかになっている。この案件はこれ以上調査する必要はなく結審している。趙鼎五は県令の職務にあたっていた中州で死亡した。のちに妻と妾と息子が残された。息子は妾が生んだ子供である。汴にいた時にすぐに財産分与に関する争いとなったため、同郷の官が妻妾と息子のそれぞれに六千金ずつ分け、（趙鼎五の）埋葬費用の一千金として妻と妾それぞれに五百金を残しておくようにさせた。[四七]

ここでは、子供のいる妾が、妻と同額の財産を受け取ったことが記録されている。[四八] この事例では、正妻に子はなく、妾にのみに子があったため、妾への財産分与が行われた。しかし、訴訟が起こされているように、正妻側には到底容認できる財産分与ではなかった。妾には財産分与がなされない、という原則が明清時代に存在したことを理解できよう。

以上のように、主人の死後、妾が財産を受け取ることは、原則として不可能であった。それでもなお行われた妾への遺贈は、妾の行く末を案じてなされることが多く、その動機は主人の妾への愛情にあった。（清）李漁・陳百峰『千古奇聞』巻六 土集 副室類「死不負遺」という随筆には、それは次のように描かれている。

王氏は、名を菊香といい、新安衛の舎人管竽の妾である。竽は病気で死ぬ際、密かに（王氏に）金を渡したが、これを知るものは誰一人いなかった。家の者は王氏に子供がいないことを理由に、よそへ嫁がせようとした。王氏は号泣して、「天よ。わたしは賤しい身分でありますが、どうして節を守らずに主君に背いてそれに耐えるなどということができましょうか」と言った。しばらくして服喪期間が終わろうというころ、自分の身を保つことができないことを悟り、（王氏は）他にこと寄せて、棺と経帷子を準備した。そして密かに毒を飲むと、家の者たち一人一人に謹んで別れの言葉を述べた。（王氏は）竽が遺した金を取り出し、家の者たちに正妻の生んだ子供の扶養を頼んだ。家の者たちは急いで王氏を助けようとしたが、王氏は目を見開いて、「わたしがやるべき事は終わったのですから、そっとしておいて下さい」と言った。（王氏は）ついに死んでしまった。[四九] 周怡（号、訥渓）がこれを伝えた。[五〇]

小説よりも社会の実態に近いであろう随筆の『千古奇聞』では、主人が財産継承権のない妾に金を渡したことを伝えている。子のない妾の王氏が自分の死後には嫁がされてしまう、と主人の管竽は考えたのであろう。王氏が自立していけるだけの金をこっそりと渡した。王氏は、そこに管竿の愛を感じたに違いない。その愛に応えるため、命を棄て、自分の養老のために残された金で正妻の子を養って欲しいと願ったのである。

『千古奇聞』には、李漁か陳百峰の評が附されているが、ここでは、陳百峰の評がつけられている。

陳百峰氏が言うには、管竿が亡くなる時にあたって、密かに菊香に金を与えたのには、二つの思いがあったという。一つには菊香を愛していたので密かに多くの金を遺してやりたいと思ったからで、一つには菊香を誘って明らかに殉じさせようと思ったからである。その思いは実に深いものではないか。菊香は毒をあおり遺してもらった金を出して、家の者たちに嫡子の扶養を頼んだが、これは竿の意志の大方を受け継いだ行動であると言えよう。竿が菊香にゆだねた二つの選択肢において、菊香の行動は決して天と敬う竿に背いたものではないと言ってよいであろう。(五一)

評によれば、陳百峰もまた、菊香への遺贈は、管竿の愛情によってなされたものだ、と考えている。妾への遺贈は、主人がどれだけ妾を愛おしく思い、行く末を案じていたかを表す善行だったのである。

前述のように、陸機が著した「弔魏武帝文」では、香を分けた相手は「夫人」だったが、毛宗崗本は、それを「侍妾」に改めた。「夫人」すなわち妻であれば、名香という財産を分与することは珍しくない。しかし、通常、財産を分与されない「侍妾」すなわち妾に対する分与となれば、曹操の「分香」は残された妾たちに向けた愛情表現となる。財産継承権のない不安定な立場にあった妾に対する遺贈行為は、愛情によって行われるという点で、正規の財産継承権を有していた妻に対する場合よりも、善行として受け取られる、という明清時代の社会通念を小説の表現技巧として用いているのである。

かかる社会通念が存在したからこそ、当時の読者は、曹操の「分香賣履」の場面を読んだ時に、香を分けた相手が

「侍妾」となっていれば、「夫人」である場合よりも、一層善い行いとして理解し得た。しかもそれが「偽」であることを、毛宗崗本は總評において強調している。「古本」として『文選』の名文を取り入れ、その字句を改めることにより、毛宗崗本は、明清時代に財産分与の対象ではなかったという妾に対する社会通念を利用し、「悪役」曹操の「偽」を表現しているのである。

おわりに

毛宗崗本が、曹操の香を分ける行為に伴う善行の対象を、「妻」から「妾」に書き換えることで、曹操の善行を一層高めて描いた。その理由は、第七十八回の總評の中で繰り返し述べるように、曹操の遺言はすべて、曹操の「偽」なる性格を顕著に表すもので、簒奪の野望を胸に抱きながら口には出さず、それを隠そうとして香を分けることを持ち出したに過ぎないことを表現するためである。毛宗崗本は、臨終の場面における曹操を、禅譲による簒奪という許し難い「大悪」を胸に秘めながら隠そうとする極悪人として描きたかった。そこで、毛宗崗本は、人々が心から感心し、深い同情を寄せそうな行いによって、禅譲を目指す野望を隠して人を欺く、という曹操のずる賢さを強調するために、香を分ける行為を付加し、妻を妾に改めたのである。

毛宗崗本は、曹操の「奸」絶を強調するために、臨終場面に禅譲を隠す曹操の「偽」を暴き、善玉劉備と悪玉曹操という人物像を描き分けようとした。そのために、妾への遺贈に対する明清時代の社会通念を利用した。こうして曹操臨終の場面は、曹操の極悪非道ぶりが鮮明に描き出されることになったのである。

《 注 》

（一）渡邉義浩・仙石知子《二〇一〇》のほか、本書第六章を参照。

（二）凡例については、本書序章を参照。また、六つの場面のうち、曹操の娘の曹皇后が漢の簒奪に抵抗する場面と、劉備の妻である孫夫人が殉死する場面については、本書第六章で考察する。

（三）一、事不可闕者、如關公秉燭達旦、管寧割席分坐、曹操分香賣履、于禁陵廟見畫、以至武侯夫人之才、康成侍兒之慧、鄧艾鳳兮之對、鍾會不汗之答、杜預左傳之癖、俗本皆刪而不錄。今悉依古本存之、使讀者得窺全貌（毛宗崗本 首卷凡例第三條）。

（四）金文京《二〇一〇》は、毛宗崗が凡例で俗本を『演義』、自らの古本を『三國志』と呼び分けていることにも注目している。なお、明清小説における「古本」という用語の使用法については、小川環樹《一九五三》第一冊の「解説」を参照。

（五）天下尚未安定、未得遵古也。葬畢、皆除服。其將兵屯戍者、皆不得離屯部、有司各率乃職。斂以時服、無藏金玉珍寶（『三國志』巻一 武帝紀）。

（六）[a]吾夜半覺小不佳。至明日、飲粥汗出、服當歸湯。吾在軍中持法是也。至千小忿怒、大過失、不當效也。[b]天下尚未安定、未得遵古也。[c]吾有頭病、自先著幘。吾死之後、持大服如存時。勿遺。[b]百官當臨殿中者、十五舉音。葬畢便除服。其將兵屯戍者、皆不得離屯部。有司各率乃職。[d]斂以時服、葬于鄴之西岡上、與西門豹祠相近。無藏金玉珍寶。[e]吾婢妾與伎人皆勤苦、使著銅雀臺、善待之。于臺堂上安六尺牀、施繐帳、朝晡上脯糒之屬。月旦十五日、自朝至午、輒向帳中作伎樂。汝等時時登銅雀臺、望吾西陵墓田。[f]餘香可分與諸夫人。不命祭。[g]諸舍中無所爲、可學作組履賣也。[h]吾歷官所得綬、皆著藏中。吾餘衣裘、可別爲一藏。不能者、兄弟可共分之（（清）嚴可均（輯）『全三國文』巻三 魏武帝）。なお、曹操の「遺令」に現れた陸機の君主観については、渡邉義浩〈二〇〇〇a〉を参照。

（七）fとgの間にある「不命祭」は、嚴可均が挙げている①～⑬の書物には見られない。（宋）郭茂倩（輯）『樂府詩集』巻三十一の張正見「銅雀臺」に、「一曰、銅雀妓鄴都故事曰、魏武帝遺命諸子曰、吾死之後、葬於鄴之西岡上與西門豹祠相近、無藏金玉珠寶。餘香可分諸夫人、不命祭」とあり、厳可均はこれを参考にしたと思われる。

（八）二十五年春正月、至洛陽。權擊斬羽、傳其首。庚子、王崩于洛陽、年六十六。遺令曰、天下尚未安定、未得遵古也。葬畢、皆除服。其將兵屯戍者、皆不得離屯部、有司各率乃職。斂以時服、無藏金玉珍寶。諡曰武王。二月丁卯、葬高陵（『三國志』巻一 武帝紀）。

（九）王子敬語王孝伯曰、羊叔子自復佳耳、然亦何與人事、故不如銅雀臺上妓。魏武遺令曰、以吾妾與妓人皆著銅雀臺上、施六尺牀、繐帳、月朝十五日、輒使向帳作伎（『世説新語』言語第二）。

（一〇）魏武臨終遺令曰、天下尚未安定、未得遵古。百官臨殿中者、十五舉音。葬畢便除服、其將兵屯戍者、不得離部。帝以正月庚子崩、辛丑即殯。是月丁卯葬、葬畢反吉、是爲不踰月也（『宋書』巻十五 志第五 禮二）。

（一一）魏武帝遺詔、百官當臨殿中者、十五舉音。葬畢便除。文帝崩、國内服三日（『通典』巻第八十 禮四十 凶禮二）。

（一二）向帳作伎。魏武帝遺令云、以吾妾與妓女皆着銅雀臺、於臺上施六尺帳繐、月朝十五日、輒使向帳作伎（『北堂書鈔』巻一百三十二 服飾部）。

（一三）魏武遺令、吾婢皆勤苦、使着銅雀臺、善待之（『太平御覽』巻五百 人事部一百四十一 奴婢）。

（一四）魏武帝遺令曰、汝等時時登銅雀臺、望吾西陵墓田（『太平御覽』巻五百六十 禮儀部三十九 塚墓）。

（一五）魏武遺令曰、吾有頭病、自先着帽幘。持大服如存時、勿遺（『太平御覽』巻六百八十七 服章部四 幘帽）。

（一六）魏武帝遺令曰、諸舍中可學作組履、賣之（『太平御覽』巻六百九十七 服章部十四 履）。

（一七）魏武遺令曰、吾與妓女皆着銅雀臺上、施六尺牀、練帳、月朝十五、輒向帳作樂（『太平御覽』巻六百九十九 服用部一 帳）。

（一八）魏武遺令曰、銅雀臺上、安六尺牀、施繐帳、月旦十五日、向帳作妓。汝等時時登銅雀臺、望吾西陵墓田（『太平御覽』巻八百二十 布帛部七 布 火浣布）。

（一九）魏武遺令曰、吾夜半覺小不佳、至明日、飲粥汗出、服當歸湯（『太平御覽』巻八百五十九 飲食部十七 糜粥）。

（二〇）『晉書』巻五十四 陸機傳に基づく。また、陸機の生涯とその文学作品については、渡邉義浩〈二〇一〇b〉・〈二〇一三〉を参照。なお、佐藤利行《一九九五》もある。

（二一）元康八年、機始以臺郎、出補著作、游乎祕閣而見魏武帝遺令。愾然歎息、傷懷者久之（『文選』巻六十 弔文 魏武帝文一首幷序、以下出典は省略）。

（二二）觀其所以顧命冢嗣、貽謀四子、經國之略既遠、隆家之訓亦弘。又云、吾在軍中持法是也。至於小忿怒、大過失。不當效也。善乎。達人之讜言矣。持姬女而指季豹、以示四子曰、以累汝、因泣下。傷哉。曩以天下自任、今以愛子託人。同乎盡者無餘、而得乎亡者無存。然而婉孌房闥之內、綢繆家人之務、則幾乎密與。又曰、吾婕妤・妓人、皆著銅爵臺。於臺堂上施八尺牀繐帳、朝晡上脯糒之屬。月朝十五、輒向帳作妓。汝等時時登銅雀臺、望吾西陵墓田。又云、餘香可分與諸夫人。諸舍中無所爲、學作履組賣也。吾歷官所得綬、皆著藏中。吾餘衣裘、可別爲一藏。不能者、兄弟可共分之。既而竟分焉。亡者可以勿求、存者可以勿違。

（二三）若乃繫情累於外物留、曲念於閨房、亦賢俊之所宜廢乎。於是遂憤懣而獻弔云爾。

（二四）惜內顧之纏緜、恨末命之微詳。紆廣念於履組、塵淸慮於餘香。

（二五）矢嶋美都子《二〇〇二》は、陸機は遊宦して高位を求め続けたのであり、堅物でもあった。それで室家を思うことを作品や遺言に残さなかったし、曹操の遺言に女々しく私生活の細かいことが残されているのに憤り悲しみを覚えたとも考えられる、と述べている。

（二六）或見曹操分香賣履之令、以爲平生奸僞、死見眞性。不知此非曹操之眞、乃是曹操之僞也。非至死而見眞、乃至死而猶僞也。臨終遺命、有大於禪代者乎。乃家人婢妾無不處置詳盡、而獨無一語及禪代之事、是欲使天下後世、信其無簒國之心、於是子孫蒙其惡名、而己則避之、卽自此周文之意耳。其意欲欺盡天下後世之人、而天下後世之無識者、乃遂爲其所欺。操眞奸雄之尤哉。曹操平生無眞、至死猶假、則分香賣履是也（毛宗崗本 第七十八回 總評）。

（二七）石井仁《二〇〇〇》は、曹魏の建国を息子の曹丕に委ね、曹丕のために殊礼を積み重ねて禅譲への地ならしをしておく曹操の「魏武輔漢の故事」が、禅譲の手本とされ、北宋の太祖である趙匡胤が即位する九六〇年まで踏襲されることを指摘している。

(二八) 臨終無眞、死後猶假、則疑塚七十二是也。以生曹操欺人不奇、以死曹操欺人則奇矣。以一假曹操欺人不足奇、以無數假曹操欺人則更奇矣。然曹操之死、以假混眞、雖有無數假曹操、其中卻有一眞曹操。曹操之生、有假無眞、人只見得一假曹操、到底不曾認得一眞曹操。不獨死曹操是假、卽活曹操亦是假、不獨假曹操是假、卽眞曹操亦是假、是其生亦幻於其死云(毛宗崗本 第七十八回 總評)。

(二九) 侍中陳群等奏曰、漢室久已衰微、殿下功德巍巍、生靈仰望。今孫權稱臣歸命、此天人之應、異氣齊聲。殿下宜應天順人、早正大位。【令人追思荀彧・荀攸尚有良心。】操笑曰、吾事漢多年、雖有功德及民、然位至於王、名爵已極、何敢更有他望。苟天命在孤、孤爲周文王矣。【隱然。以簒逆之事、留與曹丕。】(毛宗崗本 第七十八回 評)。

(三〇) 侍妾は、姫妾・小妻・次妻とも言い、妾を指す呼称である。それぞれの呼称の違いについては、仁井田陞《一九四二》の七二〇頁、滋賀秀三《一九六七》の五五七頁～五六〇頁を参照。なお、本章では、妾の所有者を主人と表記し、妻の配偶者を夫と表記する。

(三一) 凡婦人夫亡無子、守志者、合承夫分。須憑族長擇昭穆相當之人繼嗣。其改嫁者、夫家財產及原有粧奩、並聽前夫之家爲主(『明會典』巻二十)。『明會典』は、申時行(等撰)、萬曆重修『明會典』(中華書局、二〇〇七年)に依拠した。

(三二) ただし、それは継嗣である息子が、亡父の所有していた財産を承継するのとは異なる。継嗣が立てられるまでの間、妻は夫の代わりに財産を一時的に保持するに過ぎず、正規の継嗣が立てられれば、夫の財産所有権は、すべて継嗣が有するものとされていたことについては、滋賀秀三《一九六七》の第四章第一節を参照。

(三三) 『大淸律例』巻八 戶律 戶役 立嫡子違法。

(三四) 凡婦人夫亡無子、守志者、合承老分。須憑族長擇昭穆相當之人繼嗣。其改嫁者、夫家財產及原有粧奩、並聽前夫之家爲主(『大明令』戶令)。『大明令』は、注(三一)所掲『明會典』附載本に拠った。

（三五）尋繹律意、所謂夫亡無子、守志之婦人、自指正妻而言、故亦惟正妻、始可承受其夫應得之分。妾則當然不在此限（「大理院判決例」の六年上字第一八四號）。この資料は、滋賀秀三《一九六七》の五六一頁に引用されている。滋賀によれば、大理院判決例における「現行の律」とは、『大清律例』のことを指すため、この「大理院判決例」は、『大清律例』の解釈である、という。また、「大理院判決例」には、四年上字第一九八八号に、「妾之身分、非妻所可同論。故律載、婦人夫亡無子、守志、合承夫分之條、不能遽予援用」とあるように、夫の得るべき分を承けるとの条文には、やはり妾が当てはまらない、と述べた判決文も見られる。

（三六）なお、滋賀は、清末の沈家本が、この判決文における「婦人」に妾が含まれるとの見解を提示していることを取りあげ、これを批判している。滋賀秀三《一九六七》五七三頁の注（五一）を参照。また、程郁《二〇〇六》一五五頁にも、『大清律例』の条文における「婦人」に妾が含まれる、とある。

（三七）ただし、宋代の事例ではあるが、『宋刑統』巻十二 戸婚律 卑幼私用財には、「寡妻妾無男者、承夫分」という条文が見えるが、「妾」の字は後人の加筆であるとの指摘がある。この条文の解釈については、中田薫〈一九四三〉、滋賀秀三《一九六七》二六二頁の注（一六）、古橋紀宏〈二〇〇三〉の注（四）を参照。

（三八）爲人妾者、於其家長故後、對於家長之家屬、雖得請求扶養、要必以孀居守志爲要件。若不能孀守、卽不得有請求扶養之權利（「大理院判決例」の八年上字第五七五號）。

（三九）妾媵爲家屬之一員。若其家長亡故、則承繼人或其他管理遺產之人、當然對之負養贍之義務。不能逼令改嫁或逐出不顧（「大理院判決例」の四年上字第一六九一號）。

（四〇）なお、主人死亡後の妾の扶養義務については、滋賀秀三《一九六七》第六章第一節を参照。なお、滋賀は、「大理院判決例」四年上字第九四〇号「爲人妾者、若仍爲其家長守志、則其家長之承繼人、或承夫分之婦、應負養贍之義務。」を引用し、「妾の服従と夫の扶養という相互関係が、夫の死後は、これに代位する妻と妾の間に移される」と述べている。

（四一）妾爲家屬、於夫亡後、固以與妻同居、受妻之監督爲原則（「大理院判決例」の十年上字第四四九號）。

(四二) 顧恭人鄒氏、爲故進士贈監察御史巽之婦。……他日、公歸見少女侍。問之曰、吾嘗請于公欲置妾以冀多子。此其人也。後公爲御史出巡山東。摘奸擊貪、聲聞烈烈。恭人恐爲怨家中傷、終日鑰門不通人蹟。而公卒保無事、人莫不賢智之。恭人素不妒、與其妾處服用、必與己等、而侍其子女、皆若己出(『家藏集』卷六十六 顧恭人鄒氏墓記)。『家藏集』は、上海古籍出版社刊、一九九一年版を使用した。なお、恭人とは夫が四品官の場合に与えられる女性の封号である。

(四三) 主人の死後、子供のいる妾が主人の残した財産を受け取る場合があったことについては、滋賀秀三《一九六七》五六六頁～五六七頁を参照。

(四四) 程郁《二〇〇六》一五二頁は、遺言があれば娘しかいない妾であっても財産の一部をもらい、娘を連れて再婚することができた、と指摘している。

(四五) 被承繼人亡故後、未立繼前、其所有遺產、雖非被承繼人之妾當然有管理權、但經被承繼人遺囑指定管理遺產、或並無其他有權管理之人、亦應認妾有管理遺產之權(「大理院判決例」七年上字第一二二〇號)。滋賀秀三《一九六七》五六三頁。ただし、遺言書が公平でなければならないことについて、(南宋)袁采『袁氏世範』睦親に、「遺囑之文、皆賢明之人爲身後之慮、然亦須公平、乃可以保家。如㧞於悍妻黠妾、因於後妻愛子中有偏曲厚薄、或妄立嗣、或妄逐子、不近人情之事不可勝數。皆所以興訟破家也。」とあり、遺言をめぐって妻と妾の抗争が行われたことが予想され、財産分与に関する遺言は、慎重に行われていたと思われる。

(四六) 妾對於家主遺產、固無當然承受、或分析之權。然家主於自有財產相當範圍內、以遺贈行爲授與其妾、則非法所不許(「大理院判決例」十年上字第五三九號)。なお、仁井田陞《一九八一》によれば、南宋の裁判記録集『名公書判清明集』にも、遺言で誰に渡すか指定できる財産は、家長自身の私産で、かつ財産承継人が自分しかいない場合にのみ、緦麻以上の親族に限定して遺贈することができたという。

(四七) 據稟、已悉敍述趙氏家事、歷歷如繪。此案可不訊而結也。趙鼎五作令中州故。後遺一妻一妾一子。子爲妾出。在汴時即以爭財搆衅、經同鄉官秉公分析妻妾與子各六千金、葬費一千嫡庶各存五百(『樊山政書』卷五 批蒲城縣陳令稟)。『樊山政

書』は、近代中国史叢刊六四六、樊增祥（撰）『樊山政書』（宣統二年、金陵湯氏鉛印本）を使用した。なお、明清における訴状の形式については、滋賀秀三《一九八四》第三節第一節を参照。

（四八）本章では、息子を生んだ妾が財産を受け取る事例を挙げたが、程郁《二〇〇六》の一四六頁には、娘のいる妾が死んだ主人の財産の一部を受け取る事例が挙げられている。

（四九）周怡の名は、『明儒學案』巻二十五に見える。

（五〇）王氏、名菊香、新安衞舍人管竿妾也。竿病且死、私付之金、人莫之知。家人以王無子、因欲嫁之。王號哭曰、天乎。妾雖微、胡不能守而忍負主君乎。久之將免喪、度不能自全、因以他故、預制棺衾。乃潛仰葯、遍與家人拜訣。出竿遺金、托家督撫其嫡孤。家人欲急救之、王張目曰、吾事畢矣、勿亂我也。遂卒。周訥溪怡爲之傳（『千古奇聞』巻六 士集 副室類 死不負遺）。なお、『千古奇聞』は、『李漁全集』（浙江古籍出版社、一九九二年）第九冊所収の単錦珩（校勘）『千古奇聞』を使用した。

（五一）陳百峰氏曰、管竿當易簀時、以金密與菊香、其意有二。一則愛之而陰欲加厚、一則誘之而陽欲使殉。其思深哉。菊香仰葯出金、托家撫嫡、大都能承竿意。于二者之間、可謂不負所天矣（『千古奇聞』巻六 士集 副室類 死不負遺）。

第五章　諸葛亮の智

はじめに

「三國志」物語の最高潮は、赤壁の戦いで東風を呼ぶ諸葛亮の呪術にある。しかし、魯迅《一九五七》は、『三國志演義』における関羽の描き方を絶賛する一方で、「諸葛亮の多智を描いて妖に近くなっている（狀諸葛之多智而近妖）」と批判する。魯迅が批判するような諸葛亮の神格化は、『三國志演義』で突如成立したものではなく、時代を追って形成されたものである。[一]『三國志演義』の通行本である毛宗崗本は、そうした諸葛亮の神格化の流れを受けて、諸葛亮を三絶の一人「智」絶として主役に位置付けた。

『三國志演義』の源流と位置付けられる『三國志平話』において、すでに「神仙」として描かれていた諸葛亮像は、毛宗崗本において、どのように「智」絶という人間に変容していくのであろうか。

本章は、毛宗崗本に描かれた諸葛亮像を追究することを通じて、毛宗崗本の表現の特徴を探る。とりわけ、李卓吾本の段階において現れていた、本文と評との矛盾にどのように対応したのかを考察する。それにより、多くの『三國志演義』の版本の中で、毛宗崗本が通行本と成り得た理由を明らかにしていくものである。

一、神格化された諸葛亮像

三国に続く両晋南北朝から伝説化が始まった諸葛亮像は、唐代より神格化されていく。唐代の仏教説話に残る諸葛亮像は、超人的な能力を発揮する鬼神として描かれていた（渡邉義浩《一九九八》）。元の至治年間（一三二一～一三二三年）に福建省建安の書肆虞氏が刊行した『三國志平話』[二]では、諸葛亮は登場時より神仙として描かれる。

> 諸葛はもともと一神仙であり、わかいときから業を学び、青年に至る時には、覧《み》たことのない書物は無く、天地の機枢に達し、神鬼もその志を度ることが難しかった。風を呼び雨を喚《よ》び、豆を撒いて兵をつくり、剣を揮って河をつくった。司馬仲達はかつて「（諸葛亮の軍は）やってくれば襲ってはならず、止まっていても（安心して）守ることはできず、孤立しても包囲することはできない。（諸葛亮が）人なのか、神なのか、仙なのかをいまだに知ることができない」と言った。[三]

『三國志平話』における諸葛亮は、好敵手である司馬懿（司馬仲達）の口を借りて、人であるか、神であるか、仙人であるかが分からないと言われている。そうした諸葛亮の神性は、豆を撒いて兵を作り、風を起こし雨を降らせる、という諸葛亮の術に現れている。こうした諸葛亮像は、戦いの最中に様々な道術を使いこなす『三國志演義』の諸葛亮像の原型と言えよう。

すでに唐代において、諸葛亮は自らの死去を一盛りの土と鏡によって隠すことができると描かれていた。[四]元の『三國志平話』では、さらに神格化が進展し、神仙としての諸葛亮像が完成したのである。『三國志平話』の諸葛亮は、自らの死に臨んで、鬼神を使者として司馬懿に送り、三国の滅亡と司馬氏による天下統一を予言している。諸葛亮の神格化は、ここで頂点を迎えたのである。

そして、『三國志平話』では、諸葛亮は赤壁の戦いにおいて、次のような所作により風を呼ぶ。

> さて軍師（諸葛亮）は衆軍が夏口に至るころあいを見計らっていた。諸葛亮は台に登り、西北に火が起こるのを望見した。すると諸葛亮は黄色の衣を着け、ざんばら髪に裸足となって、左手に剣を取り、叩歯して呪法を行った。すると大風が吹き始めた。(五)

諸葛亮が呪法を唱える際に行っている「叩牙（叩歯）」は、上下の歯をカチカチとかみ合わせる道教の破邪（魔物を払う）の術法である。(六)諸葛亮が風を呼ぶという表現の背景に、道教の経義を求め得る理由である。すでに渡邉義浩が指摘しているように(七)、明代の『正統道藏』に収録される『祕藏通玄變化六陰洞微遁甲眞經』は、そうした道教経典の一つである。渡邉義浩〈二〇〇八〉によれば、『祕藏通玄變化六陰洞微遁甲眞經』に記された道術を会得すると、符籙を用いて六丁・六甲の神兵を操り、風・雲・雷・雨を呼び、縮地の法を行うことができるという。これらは、すべて諸葛亮の使う道術である。

諸葛亮も会得したと経典内に明記してある『祕藏通玄變化六陰洞微遁甲眞經』に基づき風を呼ぶには、「呼風符」という符籙を書く。そして、神を呼ぶために「発爐」という所作を行い、結界を作って聖域を生み出すため「罡歩」（禹歩）を行う。そののち、破邪のため「叩歯」を行ったのちに、呪文を唱える。『三國志平話』の諸葛亮が、呪法を行う前に叩歯をするのは、こうした道教儀礼の所作のなごりである。『三國志平話』は、諸葛亮の神格化のために、道教の術法を身に付けさせているのである。

『三國志平話』が、道教の経義をその背景に有したことは、木牛・流馬に関する記述からも窺い得る。『三國志』巻三十五 諸葛亮伝注に引く『諸葛亮集』に、細かい寸法を記載する木牛・流馬は、諸葛亮の発明にかかる兵糧輸送道具であり、『三國志平話』だけではなく、毛宗崗本にも描かれる。『三國志平話』も毛宗崗本も、諸葛亮の用いる木牛・流馬を盗ませた司馬懿が、分解して作り方を模倣する部分までは共通した叙述を持つ。そののち、『三國志平話』では、司馬懿が模倣した木牛・流馬は、木槌で叩いても数歩動いただけで止まってしまう、と設定される。これに対して、諸葛亮の木牛・流馬は、一度叩けば三百歩の距離を進むことができる秘訣を探るため、司馬懿は、諸葛亮の武将である周倉に酒を飲ませ、その秘密を聞き出す。

司馬懿は、「(そなたに) 多くの金銀財宝を与えよう。諸葛亮の木牛・流馬は、一度叩けば三百歩あまりを進む。(しかし) わたしが木牛・流馬を造ったところ、一度叩いても数歩の距離しか進まぬ。どんな秘訣があるのか、そなたがわたしに教えてくれれば、わたしはそなたに億貫の金銀財宝を与えよう。そなたの一族はみな富貴となれるぞ」と言った。周倉は笑って、「軍師 (孔明) の木牛・流馬は、木槌を持つ者がみな『木牛流馬經』を唱えているのです」と言った。(八)

司馬懿は、周倉に依頼したものの、結局『木牛流馬經』という経典を手に入れることができず、せっかく造った木牛・流馬を使いこなせなかった。『三國志平話』では、木牛・流馬が一度叩くだけで三百歩を進む動力は、経典に求められている。すなわち、諸葛亮の道術の背景にある道教経典こそ、木牛・流馬を動かし、諸葛亮を神秘化する原動力とされているのである。

これに対して、毛宗崗本では、諸葛亮の道術に合理的な説明が試みられている。毛宗崗本は、司馬懿の模倣した木牛・流馬は、順調に穀物を輸送していたが、舌をひねることにより突然動かなくなる、と設定する。そして諸葛亮は、それを神兵である六丁・六甲が行ったと装うことで、司馬懿を翻弄したとされるのである。

諸葛亮はまた張嶷を呼んで、「なんじは兵五百を率いて、みな六丁・六甲の神兵に扮させ、鬼の顔に獣の身体とするのに、五彩を用いて色を塗り、それぞれ怪異な身なりとなったうえで、片手に刺繍をした旗、もう片手に宝剣を持て。身には瓢《ふくべ》をかけ、その内に煙と火が出るものを入れ、山陰《やまかげ》に伏せよ。木牛・流馬の到着する時を待ち、煙と火を放ち、一斉に押し出して、牛と馬を駆って引き取ってこい。魏人はこれを見て、必ず神鬼かと疑い、追っては来まい」と命じた。(九)

毛宗崗本は、『三國志平話』では道教経典で動いていた木牛・流馬を、舌の構造により動かなくなったと合理的に説明することにより、諸葛亮の「妖」を取り除く。しかも、その際に毛宗崗本は、諸葛亮が纏ってきた鬼神を操る印象を一方で残存させる。すべてを合理的に説明すれば、物語としての面白みが消えてしまうからである。諸葛亮自体の「妖」を排除するために、「六丁・六甲の神兵」を張嶷の部下が装ったものと説明したうえで、魏人にはそれを「神鬼」と疑わせて撤退させ、諸葛亮の鬼神を操る印象を残しているのである。

このように毛宗崗本は、諸葛亮像がかつて纏っていた「神仙」としての姿を、「義」絶関羽(一〇)・「奸」絶曹操(一一)と並ぶ毛宗崗本の主役である「智」絶としての姿へと改変していく。諸葛亮像の「妖」の要素を弱めることにより、物語の合理性を高めようとしているのである。ただし、全能の「神仙」であった諸葛亮を人間へと書き換えることにより、諸葛亮像は揺らぎを生ずる。毛宗崗本は、その揺らぎを修正して「智」絶としての諸葛亮像を完成していくのである。そうした毛宗崗本の表現の特徴を考えるために、毛宗崗本が種本とした李卓吾本における諸葛亮の表現から検討を続けていこう。

二、非難される諸葛亮

本書第一章で、『三國志演義』における劉備の表現について検討した際、李卓吾本は、毛宗崗本に比べ、表現の統一性が欠けることを指摘した。李卓吾本における諸葛亮の表現についても、同様の傾向が見られる。李卓吾本は、諸葛亮の忠誠を「無二」であると評価する記述が多い。ところが、たとえば、劉備が諸葛亮に劉禅を託し、劉禅がその地位に相応しくない時には、「君自ら取るべし」と言った遺言に関わり、李卓吾本は諸葛亮を非難する評を付けているのである。

こうした矛盾が典型的に現れるため、本書第三章で検討した事例ではあるが、劉備の養子である劉封に関わる場面を取りあげよう。李卓吾本は、関羽を見殺しにした劉備の異姓養子である劉封の処罰を諸葛亮が主張し、積極的に死に追い込んだことについて、總評で次のように述べている。

> 諸葛亮はまことに犬か豚であり、まことに奴才であり、まことに千古の罪人である。……劉封は忠義である。玄徳は知らずにこれを殺した、その罪はなお許すべきである。孔明は知りながらこれを殺した、その罪は誅を免れることはできない。さらに（その罪を）言葉によって飾ろうとしている。まことにこれは小人の過ちである。[一二]

李卓吾本は、劉封の忠義を褒め、それを知りながらあえて劉封を殺した諸葛亮を激しく非難している。「諸葛亮はまことに犬か豚であり、まことに奴才であり、まことに千古の罪人である」との罵詈雑言は、中国歴代の諸葛亮評価の中でも珍しい低評価である。

もちろん、諸葛亮を「智」絶と高める毛宗崗本は、諸葛亮を擁護し、劉封を忠義とする李卓吾本の評を取らない。

その上で、劉備の「三失」を挙げ、劉備が悔やむべきは、劉封を失ったことだけではなく、「三失」にあるという。劉封の重要性を低下させることで、諸葛亮を守ろうとしているのである（本書第三章）。しかし、そもそも陳寿の『三國志』巻四十　劉封傳には、諸葛亮が劉封の「剛猛」を恐れ、劉備にこれを除くよう勧めたことが明記されている。李卓吾本の諸葛亮像の方が、史書のそれに近いのである。毛宗崗本は、劉備と諸葛亮の無繆性を守るために、史書の記述を離れてまでも、異姓養子である劉封の像を書き換えていると言えよう。

このように、諸葛亮の無繆性を守るため、毛宗崗本が書き換えを行った場面としては、諸葛亮が魏延を司馬懿父子と共に焼き殺そうとした葫蘆谷の戦いがある。戦いの描写を検討する前に、魏延の出仕時の表現から検討しよう。史実においても、諸葛亮の死後、蜀漢に反旗を翻した魏延は、李卓吾本・毛宗崗本ともに、すでにその登場の場面から、反骨を理由に諸葛亮に斬られそうになっている。その描写を李卓吾本から見ていこう。

> 玄徳は魏延が斬られそうなのを見て、急いで命じてこれを止《と》めた。孔明に問うて、「降服した者を誅し帰順した者を殺すことは、大いなる不義である。魏延は功まであるのに、罪無き人を、なにゆえ殺すのであるか」と言った。孔明は、「その禄を食みながらその主を殺すのは、不忠です。その土に居りながらその地を献ずるのは、不義です。わたしが魏延を見るに頭の後ろに反骨があり、久しき後には必ず反します。このため先にこれを斬り、禍根を絶つのです」と言った。〔孔明の此の行為は、本当に魏延を殺そうとはしていないことを知るべきである。ただ玄徳が魏延とよい関係を結び、魏延を安心させただけである。豪傑の行動はこういうものである。着目せよ。〕後に史官に詩があり、「己を知り人を知るは乃ち聖賢、先づ明らかに預暁し心伝を得たり、臥竜の相法天下に高く、曾て長沙に向《おい》て魏延を識る」と歌っている。玄徳は、「この人を斬るようなことは、漢を安んずるための上計ではない」と言い、つとめてこれを許すように勧めた。（一三）

李卓吾本では、魏延の反骨を見た諸葛亮は、これを斬ろうとしたが、劉備が止めたので斬らなかった、とする。そのうえで、李卓吾本は評をつけ、諸葛亮は「本当に魏延を殺そうとはしていな」かった。劉備が魏延に温情をかけ、「よい関係を結べるよう」に、あえて反骨を理由に斬ろうとしたのである、と諸葛亮を高く評価している。たしかに、この場面に対する批評としては、優れた理解と言えよう。（一四）

しかし、こののち葫蘆谷の戦いでは、諸葛亮は魏延の誅殺を計る。反乱を起こすであろうという諸葛亮の予言通り、史実でも諸葛亮の死後に魏延は反乱を起こしている。その防止のためには、葫蘆谷の戦いで魏延を謀殺するのであれば、降服時に有無を言わさず斬っておけばよかったはずである。これについて、李卓吾本はどのように整合的に解釈するのであろうか。

北伐において司馬懿と対峙していた諸葛亮は、魏延をおとりとして葫蘆谷に司馬懿を誘い出し、司馬懿もろとも魏延を焼き殺そうとした。しかし、突然の大雨によって火は消え、司馬懿と魏延を焼き殺す策は失敗におわる。魏延は怒り、諸葛亮に事情の説明を求める。

魏延は、「馬岱が葫蘆谷口の塁を断とうとし、もし天が大雨を降らせなければ、延は五百の兵と共に、みな谷中に焼け死ぬところであった」と告発した。孔明は大いに怒って、馬岱を呼び、「文長こそはわたしの大将である。わたしが初めおまえに令を下したとき、ただ司馬懿を焼けと命じたはずだ。どうして文長を焼こうとしたのか。谷中に苦しみ、幸いにも劉禅さまの福によって、天が驟雨が降らせ、雨がわずかに命を保たせたものの、それでも手抜かりは免れない。わが右腕を失うところであった」と深く責めた。（一五）

諸葛亮は、魏延殺害の失敗の責任を馬岱に押しつけ、これを斬ろうとしている。泣いて馬謖を斬ったとき、自ら丞相から右将軍に格下げした諸葛亮と同一人物とは考え難いほどの人物描写の揺らぎである。ここでは小説として保つべき人物描写の一貫性が崩壊している。

しかも、李卓吾本は、諸葛亮像の矛盾を放置したまま、揺らぎを補正することはない。それは、李卓吾本が継承した本文そのものが持つ矛盾に起因するもので、李卓吾本の著者はそれに合わせて、その場面を読むための評をつけているためである。したがって、諸葛亮を絶賛していたことなど覚えていないかのように、魏延を殺そうとした責任を馬岱に転嫁した諸葛亮を李卓吾本は總評で厳しく批判する。

孔明が全く王道を歩む人ではないことは、（この場面を見れば）その他を論ずるまでもない。魏延を謀殺しようとする一事は、まっとうな人間の所業ではない。もし魏延に罪があれば、明らかにその罪を正せばよいのである。どうして司馬懿父子と同一視することがあろうか。このとき驟雨が大いに降り注いだのは、司馬懿父子を救っただけではなく、実は魏延を救ったのである。そもそも（孔明が大雨により計略の実現しなかったことを嘆いて言った）「事を謀るは人に在り、事を成すは天に在り（謀事在人、成事在天）」の八文字のようなものは、孔明の恥ずべきくだらない言葉である。どうして真実の格言などであろうか。誰が孔明の胸中に定見があると言ったのであろう。ただ国事だけではなく、天の時を識らず、そのうえ我が身のことでさえ、天の命を知らず、星に延命を祈っている。（そのようなことは）どうして識者のなすべきことであろうか。（一六）

このように、李卓吾本は、「王道を歩む人ではない」と厳しく諸葛亮を批判している。魏延を騙し討ちで焼き殺そうとし、それが失敗すると責任を馬岱に押しつけたことは「まっとうな人間の所業ではない」というのである。

劉封処罰の事例と同様、この場面だけの批評として見れば、李卓吾本の批判は当を得ている。しかし、三顧の礼を受けた諸葛亮が、遺孤を託された先帝の恩に報いるため、命をかけて曹魏に北伐を続けることが、「三国志」物語の中核であるならば、このような諸葛亮への批判は、的外れなものとなる。

すなわち、李卓吾本は、嘉靖本を初めとする「三国志」物語を所与のものとして改変することなく、本文に矛盾があっても、それぞれの箇所でそれに応じた評を付けて、自らの感想を述べているのである。これは経典に注釈を付ける態度にも似て、常識的な評の付け方であった。他の明清小説の評本も、物語を書き換えてまで、人物表現の一貫性を保ち、また自らの理想に合わせて評をつけようとするものは多くはない（一七）。

これに対して、毛宗崗本は、物語の矛盾を解消するために、本文そのものを書き改め、理想とする「智」絶諸葛亮の人物像を一貫したものとして「創作」する。李卓吾本、あるいはその他の評本とは、物語に対する立ち位置が大きく異なる。毛宗崗本は、所与の物語を批評する李卓吾本に対して、改変により物語を「創作」しているのである。

毛宗崗本は、自ら書いた解説である「讀三國志法」の中で、「三絶」と称する物語全体の主役を定めると共に、「凡例」において葫蘆谷の戦いを書き改めるべきことを次のように述べている。

一、後人が捏造したことで、俗本演義にはなくて今日の伝奇にはある話がある。たとえば、「関公 貂蟬を斬る」・「張飛 周瑜を捕らう」のような類が、誤りであるのは、今の人も知っていることである。古本三国志にはないのに俗本演義にはある話がある。たとえば「諸葛亮 魏延を上方谷に焼かんと欲す」・「諸葛瞻 鄧艾の書を得て猶予して未だ決せず」の類が、誤りであるのは今の人には知られていない。誤りであることを知らずに、古人を甚だしく不当扱いにしてはならない。今すべて削り去って、読者がでたらめな記述でまちがわせられないようにした（一八）。

毛宗崗本の「凡例」にみえる「俗本演義」とは、直接的には李卓吾本を指し、「古本三国志」とは、毛宗崗本がかくあるべしと考える『三國志演義』、すなわち毛宗崗本『三國志演義』を指す。毛宗崗本は、本来「諸葛亮 魏延を上方谷に焼かんと欲す」という話は、そもそも誤りであり、このためすべて削り去って、読者がでたらめな記述でまちがわせられないようにした、というのである。

魯迅《一九五七》は、毛宗崗本が本文を改めることについて、「金人瑞が『水滸傳』および『西廂記』を改作した手本にならって、旧来のテキストに即してあまねく手を加えて改めた」と、その理由を『水滸傳』や『西廂記』の影響に求める。本文改変の外的要因として考えてよい。しかし、外的な影響だけで毛宗崗本は本文を改めたわけではあるまい。様々な物語の組み合わせと改変によって成立した『三國志演義』が抱え込んでいた矛盾、その矛盾を解消して自らの理想とする物語を新たに創り出すという意味での「創作」をしたい、という創作意欲を持っていたのである。こうした内的な創作意欲こそ、毛宗崗本が本文を改作していった本源的な理由と考えられる。

葫蘆谷の戦いにおいて魏延を焼き殺そうとする場面は、李卓吾本で二葉に及ぶ。そのすべてを削除した毛宗崗本は、魏延を騙し討ちで焼き殺そうとし、それが失敗すると責任を馬岱に押しつけたという「王道を歩まない」諸葛亮像と、本来の諸葛亮像との矛盾に苦しむことはないのである。

三、学んで至る「智」絶

それでは毛宗崗本は、物語をあえて「創作」することにより、いかなる諸葛亮像を描こうとしたのであろうか。「智」絶諸葛亮の「霊異の術」について、毛宗崗本は諸葛亮が薨去する第一百四回の總評の中で、次のように説明している。

ある人は（諸葛）武侯は霊異の術、たとえば八陣図や、木牛・流馬の類のようなものを持ち、神や仙に近いにも拘らず、ついに死を免れなかったのはなぜかと疑問を抱いている。それは、武侯は左慈や李意の類ではないためである。長生や不死は、世を出でて神仙になることである。生と死があるものは、世の中で聖賢となるものである。聖賢の道を学べば真実を失うことはなく、神仙を学べば多くは妖妄に至る。武侯は神仙という知ることのできないもので、天子に疑いを示すのではなく、正しく聖賢の知らなければならないもので、天下に法《のっと》るべき道を示したのである。(一九)

毛宗崗本は、諸葛亮が「聖賢の道を学」んで「真実を失うこと」なく、「八陣図や木牛・流馬」のような「霊異の術」を身につけた、と主張する。すなわち、諸葛亮は、学んで至った「智」絶なのである。言うまでもなく、朱子学の「格物致知」、学んで聖人に至る方法論に依拠して(二〇)、諸葛亮は「智」絶になったとしているのである。その際、毛宗崗本が、「左慈や李意」のように、「神仙を学」んだのではない、とすることは、従来からの「神仙」としての諸葛亮像とは一線を画す。諸葛亮はあくまでも人間の「智」を極めて「智」絶なのであり、「妖妄」ではない。魯迅はそれでも、毛宗崗本を「妖に近い」と批判するが、それ以前の『三國志演義』、あるいは『三國志平話』では、諸葛亮は「妖」そのものであった。毛宗崗本は、そうした諸葛亮像に代わって、朱子学の「格物致知」に基づき、天下の法るべき「聖賢」の道を天下に示すため、学んで「智」絶に至ったという諸葛亮像を創造したのである。

したがって、毛宗崗本では、赤壁の戦いにおいて風を呼ぶ方法も、諸葛亮が修行により「神仙」となって会得した術を使うのではない。あくまで書物を学んで身につけたものとされている。東南の風が吹かないと火攻めができず、気の病に苦しむ周瑜に対して、諸葛亮は次のように処方箋を示す。

孔明は言った、「亮《わたし》は不才ですが、かつて異人より、奇門遁甲天書を伝授され、風を呼び雨を喚ぶことができます。【雲は竜に従い、風は虎に従う。孔明は臥竜であるが、また虎となり嘯《うそぶ》けるのである。】都督(周瑜)がもし東南の風をお望みなら、南屏山に一つの台《うてな》を築いてください。名づけて七星壇といい、高さは九尺、三層につくり、百二十人に旗をもたせてまわりをめぐらせます。亮は台上で法を行い、三日三晩東南の大風を借りて、都督の用兵をお助けしますが、いかがでしょうか」。【病のときには風を遠ざけることを貴ぶものだが、今はかえって風によって病を治している。三日の風はおそらく、七年の艾《もぐさ》に勝るであろう。】周瑜は、「三日三晩はおろか、ただ一夜の大風があれば、大事を成すことができます。ただ事は目前に迫っており、遅れることはできません」と言った（二二）。

このように、毛宗崗本の諸葛亮は、「叩歯」の後に呪文を唱える呪術によって風を呼ぶ『三國志平話』のようではなく、異人から伝授された『奇門遁甲天書』を学んだ叡智の結果として風を呼ぶ。これに対して、李卓吾本では、諸葛亮が学んだ書物は『八門遁甲天書』とされ、それに基づいて行い得ることは、「上は風を呼び雨を喚《よ》び、鬼を使役し神を駆使することができ、中は陣を布し兵を排列し、民を安んじ国を定めることができ、下は吉に趍《はし》り凶を避け、身を全うし害を遠ざけることができる（上可以呼風喚雨、役鬼驅神、中可以布陣排兵、安民定國、下可以趍吉避凶、全身遠害）」とされている。ここには、きわめて多くの「妖」術を使う「神仙」としての諸葛亮像が残存している。先に掲げた『祕藏通玄變化六陰洞微遁甲眞經』のような書籍に記される諸葛亮像が、李卓吾本には未だ反映しているのである。

毛宗崗本は、その中から「風を呼び雨を喚ぶこと」だけを学んだ結果として掲げ、道教の方術をそのまま載せることもしなかった。このため、七星壇は、下段には二十八宿の星を描いた旗を立てそれぞれ七宿ごとを四方に配し、中段には『易經』の六十四卦を表す黄旗六十四面を八方に分けて立てている。すなわち、歴代の正史の天文志や五行志に記されてきた二十八宿に基づく天文占や儒教経典の『易經』に基づく六十四卦を用いることで、道教色を断ち切ろうとしているのである。そして、毛宗崗本は總評で「諸葛祭風」を次のように説明する。

孔明の祭風は、そもそも孔明の用兵である。剣を持ち壇に登り、厳粛に号令することは、あたかも将に命ずるようである。二十八宿と六十四卦を用いることは、あたかも陣を布くようである。下段に青・紅・黒・白の四列の旗を並べることは、あたかも四路の奇兵のようであり、中段に五色の間に八方を分布させることは、あたかも八路の奇兵のようである。上段に四人を左右の両翼に分けることも、またあたかも両陣の奇兵のようである。まだ兵を用いていないが、兵を用いていることと同じである。ただの一百二十人が、千軍・万馬の勢と異ならない。かれの視点からみれば（曹操の）八十三万の大軍など、腐敗した草や葦のようなものに過ぎず、繋いでこれを挫くことに、たいした力を費やすこともない。（二二）

このように毛宗崗本は、総評において諸葛亮の祭風を兵法に準えることで合理的に説明しようと試みている。それが成功しているか否かはひとまず置き、毛宗崗本が道術の合理化に努め、道教との関わりを減らそうとしたことは首肯できよう。（二三）諸葛亮は「智」絶であって、「妖絶」でも「魔絶」でもない。諸葛亮の道術は、黄巾の張宝たちが使う妖術とは起源を異にするのである。（二四）

そうした違いを明確にするため、毛宗崗本は、諸葛亮の「智」術が現れる部分には、細かい叙述にまで配慮を行き渡らせる。たとえば、諸葛亮が入蜀の際に、呉からの侵攻に備えるため、石で建造した「八卦陣」に閉じ込められた陸遜を黄承彦が救助する場面は、李卓吾本では次のように描かれていた。

忽然と一人の老人が馬前に立ち、笑いながら、「将軍はこの陣から出ることをお望みか」と言った。陸遜は、「願わくはわたしめをここから出していただきたい」と答えた。老人は杖をつきながら、徐々に進み、そのまま石陣より出て、一度も迷うこともなく、（陸遜を）送って山坡の上に至った。陸遜は尋ねて、「ご老人はどなたでしょう」と言った。老人は、「わしは黄承彦である。むかし婿の諸葛孔明が四川に入るとき、ここに石陣を布《し》いて、八陣図と名づけた。八門をつくるのに、遁甲を按じて、休・生・傷・杜・景・死・驚・開とした。毎日毎時、変化して窮まりなく、十万の精兵に匹敵できる。去る時に臨み、わしに言い置いて、「後に東呉の大将が陣中に迷い込むことがあるので、出してやらぬように」と言った。わしはこの山に隠れ、専ら道義を学んでいるが、今しがた山の上にいると、たまたま将軍が死門から入っていくのが見え、この陣を知らないため、必ず迷うと思った。わしは忍びず、とくに生門から出したのである」と答えた。〔此の事を論ずるのであれば、ただ娘が醜であるだけでなく、娘の父もまた醜である。〕陸遜は、「あなたはかつてこれを学ばれたのですか」と尋ねた。黄承彦は、「変化無窮のものなので、学ぶことはできぬ」と答えた。陸遜は慌ただしく馬から降りて、拝礼感謝して帰った。左右の者は、「この者をどうして殺さないのです」と尋ねた。陸遜は、「この方は仁者の人である」と言った。(二五)

陸遜が黄承彦のことを「仁者」と褒めることは、嘉靖本から同じである。したがって、李卓吾本の本文では、陸遜の「仁者」という褒め言葉をそのまま受けて、黄承彦を褒めていることになる。ところが、評では、諸葛亮の言葉を無視して敵の陸遜を救った黄承彦に対して、「娘が醜であるだけでなく、娘の父もまた醜である」と述べ、娘の黄夫人の「醜女」と同様、父も「醜」い心の持ち主であったと非難しているのである。李卓吾本の評と本文とが矛盾していることを理解できよう。

李卓吾本までの『三國志演義』において、黄承彦の評価が高い理由は、黄承彦が黄夫人を通じて諸葛亮に「八卦陣」を教えたという民間伝承が今日にも残ることにも現れている。(二六)このため、李卓吾本では、黄承彦は「山に隠れ、専ら道義を学んでいる」人物として描かれているのである。

これに対して、毛宗崗本は、黄承彦が「山に隠れ、専ら道義を学んでいる」との記述、および陸遜の「仁者」という褒め言葉を次のように削除している。

忽然と一人の老人が馬前に立ち、笑いながら、「将軍はこの陣から出ることをお望みか」と言った。【不思議の極みだ。】陸遜は、「願わくはわたしめをここから出していただきたい」と答えた。老人は杖をつきながら、徐々に進み、そのまま石陣より出て、一度も迷うこともなく、（陸遜を）送って山坡の上に至った。陸遜は尋ねて、「長者はどなたでしょう」と言った。老人は、「わしは諸葛孔明の岳父の黄承彦である。【先主が草廬に三顧したとき、たまたま黄承彦に出会った。これまでどこに居たのか知らないが、ここに至って忽然と姿を現した。】むかし小婿が四川に入るとき、ここに石陣を布《し》いて、八陣図と名づけた。八門をつくるのに、遁甲を按じて、休・生・傷・杜・景・死・驚・開とした。毎日毎時、変化して窮まりなく、十万の精兵に匹敵できる。【孔明の言う、十万の兵（を隠している）という語に応じている。】去る時に臨み、わしに言い置いて、「後に東呉の大将が陣中に迷い込むことがあるので、出してやってはならぬ」と言った。【妙である。】わしはたまたま山の上から見ており、将軍が死門から入っていくので、この陣を知らないため、必ず迷うと思った。【面と向かって馬鹿にしている。】わしは平生から善を好んでいるので、将軍がここに亡くなるのを忍びず、とくに生門から出したのである」と答えた。【孔明は陸遜が死ぬ運命ではないと知っていたので、恩恵を岳父に与えてやろうとした。】陸遜は、「あなたはかつてこの陣法を学ばれたのですか」と尋ねた。黄承彦は、「変化無窮のものなので、学ぶことはできぬ」と答えた。陸遜は慌ただしく馬から降りて、拝礼感謝して帰った。【関公は華容道で義もて曹操を釈《ゆる》した。これは黄承彦が魚腹浦で義もて陸遜を釈したものである。（二七）】

毛宗崗本は、黄承彦を「仁者」と褒める陸遜の言葉を削除する代わりに、黄承彦が陸遜を逃がした理由を「平生から善を好」むことに求める。そのうえで、「孔明は陸遜が死ぬ運命ではないと知っていたので、恩恵を岳父に与えてやろうとした」と述べ、黄承彦が陸遜を逃がすことを諸葛亮には予測できていたこと、その上で岳父に恩恵を施そうとした、とする。そして、さらに評をつけて、華容道では曹操が死なないと知っていた諸葛亮が、関羽に義によって曹操を許させ、関羽の情を果たさせようとしたのと同じである、と説明する。この結果、李卓吾本が持っていた本文と評との矛盾を解消し、諸葛亮が岳父に約束を破られ、敵を逃がされたという汚点の解消に成功しているのである。

　このように毛宗崗本は、本文を改変することにより、李卓吾本の段階ですでに生じていた本文と評の矛盾を解消し、「三絶」の一人諸葛亮の人物像を一貫させた。こうした意味において、毛宗崗本は、「三國志」物語の展開における内的必然性より生まれたものと考えられるのである。

おわりに

　毛宗崗本は、諸葛亮を三絶の中の「智」絶として表現するため、諸葛亮の行動に一貫性を持たせ、諸葛亮の無謬性を保つために物語を書き換えた。そして、それを「古本」に基づいて校訂しただけである、との立場を取りながら、自らが改変した文章に自ら評をつけた。そのような毛宗崗本の評の中には、時として自らの書き換えを賛美するものも含まれる[一八]。毛宗崗本は、物語を自らの理想の姿に書き換え、評をつけることにより、「三絶」という主役の人物像を一貫して描き出した。こうして、「三絶」という物語の核を備えた毛宗崗本は、『三國志演義』の通行本として普及していったのであろう。

　一方、李卓吾本は、所与の物語の場面に応じた評をその場限りで付けている。諸葛亮の忠義を賛美しながら、口を極めて非難する評を付けるのはそのためである。常に悪として描かれることが多い「奸」絶の曹操、すでに神格化されていて所与の物語の中でも悪い行為の存在しない「義」絶の関羽に比べて、諸葛亮は李卓吾本の段階において、なお疑問の生ずる行動を取る部分が残存していた。このため、「三絶」の中では、諸葛亮像の李卓吾本と毛宗崗本との違いが、大きく現れたのである。

これは、自らの理想の物語を創造していく毛宗崗本が、所与の物語に評を付けるだけの李卓吾本をやがて駆逐し、通行本としての地位を確立した理由の一端である。

《注》

（一）諸葛亮像の時代的な変遷については、渡邉義浩〈一九九八a〉。また、中国歴代の諸葛亮評価については、王瑞功（編）《一九九七》を参照。『三國志演義』における諸葛亮像については、陳翔華《一九九〇》・余蘭蘭〈二〇〇二〉を参照。

（二）『三國志平話』については、二階堂善弘・中川諭（訳注）《一九九九年》、立間祥介（訳）《二〇一一年》を参照。

（三）諸葛本是一神仙、自小學業、時至中年、無書不覽、達天地之機、神鬼難度之志。呼風喚雨、撒豆成兵、揮劍成河。司馬仲達曾道、來不可□〔襲〕、□〔坐〕不可守、困不可圍。未知是人也、神也、仙也（『三國志平話』巻中）。なお、欠文は□で表し、〔 〕は二階堂善弘・中川諭（訳注）《一九九九年》にしたがって、『三分事略』により補った。

（四）大覺（撰）『四分律鈔批』（『續藏經』第一輯第六十八）にみえる。渡邉義浩《一九九八》を参照。

（五）後說軍師度量衆軍到夏口。諸葛上臺、望見西北火起。却說諸葛披著黃衣、披頭跣足、左手提劍、叩牙作法、其風大發（『三國志平話』巻中）。

（六）叩歯考については、西岡弘〈一九七九〉などを参照。

（七）渡邉義浩〈二〇〇八〉。また、映画「レッドクリフ」で諸葛亮を演じた金城武が、『祕藏通玄變化六陰洞微遁甲眞經』に記される神を降ろす「発爐」というポーズを取って風を呼んでいることは、渡邉義浩〈二〇〇九〉を参照。

（八）司馬言、多與金珠財寶。諸葛木牛・流馬、打一杵可行三百餘歩。我造木牛・流馬、打一杵只行數歩。有甚法度、你説與我、我與你萬萬貫金珠。可受滿家富貴。周倉笑曰、軍師木牛・流馬、提杵人皆念木牛流馬經（『三國志平話』巻下）。

（九）孔明又喚張嶷吩咐曰、汝引五百軍、都扮作六丁・六甲神兵、鬼頭獸身、用五彩塗面、妝作種種怪異之狀、一手執繡旗、一手仗寶劍。身掛葫蘆、內藏煙火之物、伏於山傍。待木牛・流馬到時、放起煙火、一齊擁出、驅牛馬而行。魏人見之、必疑是神鬼、不敢來追趕（毛宗崗本 第一百二回）。

（一〇）「義」絶関羽の表現については、本書第二章・第八章を参照。

（一一）「奸」絶曹操の表現については、本書第四章を参照。

（一二）諸葛亮眞狗彘也、眞奴才也、眞千萬世之罪人也。……劉封忠義。玄德不知而殺之、罪猶可原。孔明知而殺之、罪不容誅矣。更將言語文飾。眞是小人之過也（李卓吾本 第七十九回 總評）。

（一三）玄德見斬魏延、急命止之。問孔明曰、誅降殺順、大不義也。魏延乃有功、無罪之人、何故殺之。孔明曰、食其祿而殺其主、是不忠也。居其土而獻其地、是不義也。吾觀魏延腦後有反骨、久後必反。故先斬之、以絶禍根。〔要知孔明此舉、非眞欲殺魏延也。特爲玄德結一好緣于延、以安延反側耳。豪傑擧動如此。着眼着眼。〕後史官有詩曰、知己知人乃聖賢、先明預曉得心傳、臥竜相法高天下、曾向長沙識魏延。玄德曰、若斬此人、非安漢上之計也、力勸免之（李卓吾本 第五十三回）。

（一四）これに対して、毛宗崗本は、總評で「魏延が初めて降服したとき、孔明はすでに殺そうとする志があった（魏延初降、孔明已有欲殺之志）」と述べて、諸葛亮はこの場で諸葛亮を殺そうとしたと述べている。毛宗崗本の解釈は、こののち諸葛亮が、自らの死後、馬岱に策を遺して魏延を斬らせたことと一貫している。

（一五）魏延告曰、馬岱將葫蘆谷口壘斷、若非天降大雨、延同五百軍、皆燒死谷中。孔明大怒、喚馬岱深責曰、文長乃吾之大將也。吾當初授汝令時、只教燒司馬懿。如何將文長也。困于谷中、幸朝廷福、大天降驟、雨方纔保全、倘有踈虞。又失吾右臂也（李卓吾本 第一百三回）。

（一六）孔明定非王道中人、勿論其他。卽謀害魏延一事、豈正人所爲。如魏延有罪、不妨明正其罪。何與司馬父子一等視之也。此時驟雨大注、不惟救司馬父子、實救魏延也。若夫謀事在人、成事在天八箇字、乃孔明羞慙無聊之語耳。豈眞格言哉。誰云孔明胸中有定見哉。不惟國事、不識天時、亦且身事、不知天命、禱星祈命。豈有識者之所爲哉（李卓吾本 第一百三回）。

（一七）『水滸傳』の版本ごとの書き換えと評については、たとえば、北村真由美〈二〇〇二〉・〈二〇〇四〉などを参照。

（一八）一、後人捏造之事、有俗本演義所無而今日傳奇所有者。如關公斬貂蟬・張飛捉周瑜之類、此其誣也、則今人之所知也。有古本三國志所無而俗本演義所有者。如諸葛亮欲燒魏延於上方谷・諸葛瞻得鄧艾書而猶予未決之類、此其誣也、則非今人之所知也。不知其誣、毋乃冤古人太甚。今皆削去、使讀者不爲齊東所誤（毛宗崗本 凡例）。

（一九）或疑武侯有靈異之術、如八陣圖、木牛・流馬之類、幾於神矣・仙矣、而終不免於一死者何也。曰、武侯非左慈・李意之比也。長生不死、爲出世之神仙。有生有死、爲入世之聖賢。學聖賢則不失爲眞實、學神仙則多至於妖妄。武侯不以神仙之不可知者、示天下以可疑。正以聖賢之無不可知者、示天下以可法耳（毛宗崗本 第一百四回 總評）。

（二〇）「格物致知」など朱子学の基本については、溝口雄三《二〇一〇》・土田健次郎《二〇一一》を参照。

（二一）孔明曰、亮雖不才、曾遇異人、傳授奇門遁甲天書、可以呼風喚雨。【雲從竜、風從虎。孔明爲臥竜、又爲嘯虎矣。】。都督若要東南風時、可於南屛山建一臺。名曰七星壇、高九尺、作三層、用一百二十人手執旗旛圍繞。亮於臺上作法、借三日三夜東南大風、助都督用兵、何如。【病貴驅風、今反以風治病。蓋三日之風、勝於七年之艾矣。】。瑜曰、休道三日三夜、只一夜大風、大事可成矣。只是事在目前、不可遲緩（毛宗崗本 第四十九回）。

（二二）孔明之祭風、其孔明之用兵乎。杖劍登壇、號令嚴肅、彷彿與命將相似。按二十八宿與六十四卦、彷彿與布陣相似。下一層以青・紅・黑・白分列四方旗幟、彷彿與四路奇兵相似、中一層又以五色間雜分布八方、彷彿與八路奇兵相似。上一層以四人分左右兩翼、又彷彿與兩陣奇兵相似。雖未用兵、而有同於用兵者。只一百二十人、不異千軍・萬馬之勢。其視彼八十三萬大軍、不啻如腐草敗葦、繼而折之、眞不費力矣（毛宗崗本 第四十九回 總評）。

（二三）もちろん「智」絶諸葛亮の表現の中に、呪術性は残存している。風を呼ぶときに、諸葛亮は道衣を着ている。毛宗崗本

第四十九回に、孔明は「身には道衣をつけ、裸足でざんばら髪にし、(七星)壇の前に来た(身披道衣、跣足散發、來到壇前)」とある。

(二四) 毛宗崗本 第一回では、朱儁の指揮下の劉備が、黄巾の首領張角の弟である張宝と戦った際に、その妖術に苦しめられたことを描く。その際、劉備は朱儁の命により、豚・羊・犬の血や汚物を集め、それを浴びせかけて妖術を破る。『水滸傳』や『西遊記』に多く現れるこうした妖術使いとの戦いは、『三国志演義』では珍しい場面である。諸葛亮も「霊異の術」を駆使するが、「妖術」ではないため、それが血や汚物で破られることはない。渡邉義浩《二〇一一b》は、それを諸葛亮が学んで得た「智術」と、黄巾の「妖術」という起源の違いによって説明している。

(二五) 忽見一老人立于馬前、笑曰、將軍欲出此陣乎。遜曰、願老者引出之。老人策杖、徐徐而行、逕出石陣、並無所礙、送至山坡之上。遜問曰、老者何人也。老人答曰、老夫乃黄承彥也。昔小婿諸葛孔明入川之時、于此布下石陣、名八陣圖。反復八門按遁甲、休・生・傷・杜・景・死・驚・開也。毎日毎時、變化無端、可比十萬之精兵也。臨去之時、曾分付老夫道、後有東吳大將迷于陣中、莫引而出之。老夫隱于此山、專學道義、卻纔于山岩之上、忽見將軍從死門而入、料想不識此陣、必然迷矣。老夫不忍、特自生門引出也。〔若論此事、不獨女醜、丈人亦醜也。〕遜曰、公曾學否。黄承彥曰、變化無窮、不能學也。遜慌忙下馬、拜謝而回。左右問曰、此人何不殺之。遜曰、此仁者之人也(李卓吾本 第八十四回)。

(二六) 諸葛亮の妻の父である黄承彦は、現代に伝承される「三国故事」では、八卦陣の図を授けた方術家として描かれる。「黄夫人は、八卦陣の図を一枚描き、この陣立てが破れますか。軍師になる才能があるか試して差しあげますわと手渡した。孔明は一目見るやびっくり。よほどの玄人でなければ書けない図なのである。一カ月掛かってようやく孔明が八卦陣を破ると、夫人はにっこり微笑んで、父から教わった陣立ての一つ一つを夫に教えた。こうして孔明は、文武に通じるようになった(湖北省群衆芸術館(編)《一九八六》)。渡邉義浩《二〇〇二》も参照。

(二七) 忽見一老人立於馬前、笑曰、將軍欲出此陣乎。【奇絶】遜曰、願長者引出。老人策杖、徐徐而行、径出石陣、並無所碍、送至山坡之上。遜問曰、長者何人。老人答曰、老夫乃諸葛孔明之岳父黄承彦也。【先主三顧草廬時、曾遇黄承彥。一向不知下落、至此忽然照應出來。】昔小婿入川之時、於此布下石陣、名八陣圖。反復八門、按遁甲、休・生・傷・杜・景・死・驚・開。毎日毎時、變化無端、可比十萬精兵。【應孔明所言、十萬兵之語。】臨去之時、曾分付老夫道、後有東吳大將迷於陣中、莫要引他出來。【妙。】老夫適於山巖之上、見將軍從死門而入、料想不識此陣、必爲所迷。【當面嘲笑。】老夫平生好善、不忍將軍陷沒於此、故特自生門引出也。【孔明知陸遜不該死的、卻留個人情與丈人做。】遜曰、公曾學此陣法否。黃承彥曰、變化無窮、不能學也。遜慌忙下馬、拜謝而回。【關公在華容道義釋曹操。此則是黃承彥在魚腹浦義釋陸遜矣。】(毛宗崗本 第八十四回)。

(二八) たとえば、赤壁の戦いの際、曹操が「二喬」を奪うために来た、と諸葛亮が周瑜に説明するため曹植の「銅爵台の賦」を引用する場面がある。そこで、毛宗崗本は自ら曹植の賦を改変したうえで、それを諸葛亮の巧みな言い換えであると述べていることは、渡邉義浩・仙石知子《二〇一〇》を参照。

第六章　貂蟬の孝と義

はじめに

『三國志演義』に描かれている女性の中で最も異彩を放ち、かつ物語において重要な役割を果たす女性として描かれているのは貂蟬であろう。貂蟬は、漢の太師として実権を握っていた董卓と、その養子であった呂布とを仲たがいさせ、呂布に董卓を殺害させるために計画された「連環の計」の場面で活躍をする女性である。貂蟬は、史書の中にその名を確認できない架空の女性であるが、『三國志演義』以前の三国の物語（北宋における講談「説三分」や、元代に刊行された『三國志平話』など）にはすでに登場している。『三國志演義』の作者たちは、以前より語り継がれ、読まれてきた三国の物語に登場する貂蟬を『三國志演義』にも取り入れ、作品をまとめたが、それ以前の三国の物語における貂蟬と比較してみると、いくつかの異なる点がみられる。その一つが貂蟬の身分である[一]。

たとえば、元代にまとめられ『三國志演義』に大きな影響を与えたとされる『三國志平話』では、貂蟬は呂布の妻として登場するが、これに対して『三國志演義』では、嘉靖本より王允の屋敷の歌伎と設定され、李卓吾本・毛宗崗本もこれを継承している。また、『三國志演義』には、貂蟬の最期の場面はみられないが、三国の物語を扱った雑劇や口唱文学の中には、貂蟬が関羽によって斬られる場面を持つ話もあり[二]、貂蟬の身分の違いと同じく、その最期に関する描写にも違いがみられるのである。『三國志演義』の作者たちは、なぜ貂蟬を王允の屋敷の歌伎として登場させ、また関羽に斬られるという場面を作品に取り入れなかったのであろうか(三)。

呂布の妻である貂蟬が、董卓と関係を持つことは、不貞となる。このために、貂蟬が登場する物語の中には、貂蟬は不貞を犯した女性として、関羽により斬られるものがあると考えてよい。(明)『風月錦嚢』精選續編賽全家錦「三國志大全」(四)に描かれる関羽に斬られる貂蟬像の概略を掲げよう。

関羽は、呂布を捕らえた張飛を賛嘆する。その様子を見ていた貂蟬は、関羽にまみえ、その歓心を買うことに努める。保身のためにおべっかを使って関羽に気に入られようとしたのである。関羽は、月夜に『春秋左氏傳』を読みながら、呂布も美女の貂蟬のために身を滅ぼしたことに思いを致す。一方、貂蟬は、手のひらを返したように、もとの夫である呂布の悪口を言い、関羽・張飛を褒め続ける。関羽は、貂蟬が呂布を誤らせたこと、および夫を裏切ったその不貞ぶりを責める。結局、このような不義な貂蟬を生かしておいては禍のもとになると考えた関羽は、貂蟬を斬り殺す。

ここに描かれる貂蟬は、不貞を恥じぬばかりか、もとの夫である呂布の悪口を言い、関羽・張飛に媚びる悪女とされ、関羽によって斬られている。

こうした貂蟬が斬られる話に対して、毛宗崗本の第八回 總評では、次のような批判が記されている。

しかるに貂蟬という女子を、どうして麒麟閣や、雲台に描いて後世まで名を知らしめようとしないのか。最も恨むべきことは今の人がでたらめに伝えている関羽が貂蟬を斬るという話である。そもそも貂蟬には斬られるべき罪はなく、むしろ褒め讚えられるべき功績があるので、ここにそれを特別に記しておくことにした(五)。

毛宗崗本は、貂蟬の功績を讚えた上で、関羽に斬られる話はでたらめだと述べられている。また、毛宗崗本では

「連環の計」を成功させた後の貂蟬は、呂布の妾となり(第十六回)、呂布が曹操に殺害された後、呂布の正妻厳氏たちとともに曹操の手によって許都へ送られる様子が描かれているが(第二十回)、その後の貂蟬に関する描写は一切みられない。これについて毛宗崗本は、第九回の總評で、次のように評している。

呂布が死んだ後、貂蟬はついに行方知れずとなる。なぜか。それは成功者は退くからである。神龍は首がみえても尾がみえない(ように全貌が明かされない)ので尊く、行方が分からなくなるところこそ妙味なのである。(六)

「連環の計」を成功させる中で、貂蟬は董卓と呂布の二人と関係を持った。「二夫にまみえず」生きることを理想とする倫理道徳にそぐわない行動をした貂蟬を、毛宗崗本はなぜ、功績のある女性として高く評価するのであろうか。このような毛宗崗本の貂蟬に対する評価は、恐らく当時の女性の貞節に関する社会通念における階層性の問題に由来すると思われる。

そこで本章では、『三國志演義』において、貂蟬がなぜ呂布の妻ではなく歌伎として描かれ、関羽に斬られる場面が取り入れられなかったのか、という問題を貞節の階層性より解明したい。さらに、「連環の計」の場面に反映している明清時代の女性に関する社会通念を考察することにより、毛宗崗本が貂蟬を高く評価する理由も解明したい。

一、『三國志演義』において貂蟬が呂布の妻ではない理由

(一)『三國志平話』と『三國志演義』における貂蟬の身分の違い

『三國志演義』において貂蟬は、司徒王允の屋敷の歌伎という身分で登場する。しかし、『三國志演義』以前の三国の物語の中では、貂蟬は呂布の妻となっている場合が多い。ここでは、『三國志平話』と『三國志演義』におい

て、貂蟬の身分がそれぞれどのように書かれているのかを検討したい。『三國志平話』では、貂蟬は呂布の妻と設定されている。

王允は帰宅すると馬から降りた。足の向くまま屋敷の裏にある小さな庭園へ行くと、そこに座って一人つぶやいた。「献帝は懦弱で、董卓は権力をほしいままにしている。これでは天下は危うい」。するとそこに一人の婦人が香を焚いているのが見えた。婦人はつぶやいた。「故郷へ帰ることができないので旦那様に会うこともかなわない。香を焚いてもっと祈りましょう」。王允はつぶやいた。「わたしは国のことで憂いているが、この婦人は何を祈っておるのだろう」。王允は問いただきずにはおられず庭園を出ると、「ご婦人は何のために香を焚いて祈っておられるのか、本当のことを聞かせてもらえないだろうか」といった。貂蟬は慌てて跪き、敢えて隠そうともせずに事情を話し始めた。「わたくしは姓は任、幼名を貂蟬と申します。夫は呂布です。臨洮府で離ればなれになり、今まで会えずにおります。それ故ここでこうして香を焚いて祈っていたのでございます」。王允は大いに喜んだ。漢の天下を救うのはこの婦人であると。(七)

これに対して、『三國志演義』に貂蟬が登場するのは、王允が董卓の横暴さに耐えかね、大臣たちを屋敷に集め、曹操に董卓殺害の大業を委ねるが失敗に終わり、それを知ったのち、自分の屋敷の庭園で漢の行く末を案ずるという場面である。王允の前に貂蟬が現れたことで、王允は「連環の計」という妙計を思いつく。毛宗崗本 第八回には、次のように書かれている。

司徒の王允は屋敷に帰ってからも、昼間の出来事をずっと考え、不安が胸をよぎるばかりであった。夜も更け月明かりの下を、杖を手にしてうしろの園へ回ると、荼蘼《とび》の棚のところで、天を仰いで涙をこぼした。すると突然牡丹亭のところに人の気配がして、長いため息をついている者がいる。王允がひそかに歩み寄ってみると、屋敷の歌伎の貂蟬であった。彼女は幼いころこの屋敷へ入れられ、歌や舞の手ほどきを受け、歳は十六で、芸事に優れまた非常に美しく、王允は実のむすめのように彼女の面倒をみていた。(八)

このように、『三國志平話』では、「わたくしは姓は任、幼名を貂蟬と申します。夫は呂布です」と、貂蟬は呂布の妻という設定になっており、『三國志演義』では、「屋敷の歌伎の貂蟬であった」と、王允の屋敷の歌伎という設定になっている。こうした貂蟬の身分設定の違いは、中国近世における女性の貞節に関する社会通念における階層性の違いを小説の表現に利用したことによる。女性の貞節に関する社会通念を中国近世の族譜から検討しよう。

（二） 族譜からみた女性の身分により異なる貞節の期待

毛宗崗本が著された清代は、明代同様、女性の貞節観念が強く謳われた時代であり、死んだ夫や婚約者に貞節を誓い「二夫にまみえず」生きることが女性の理想であるとされていた。董卓と呂布の二人と関係を持った貂蟬は、そのような理想的女性のあり方からみれば、不貞を犯した女性として軽視される存在であったはずである。それにも拘らず、毛宗崗本は貂蟬を不貞の女性とは見なさない。それは、女性の貞節への期待の程度が、女性の身分の差、尊卑の違いにより異なっていたためである。

貞節の期待の程度が、女性の身分により異なっていたことは、中国近世に著された族譜の凡例から窺われる。族譜編纂の隆盛期は、明末清初ごろであるとされ、毛宗崗が生きた時代ともほぼ一致し、利用する族譜はほとんどが江南地域周辺のもので、毛宗崗の出身地もまた江蘇であることから、地域的にも齟齬が生じにくい。それでは、族譜より、貞節への期待の大きさが、妻と妾とでは異なることを確認したい。

妻と妾は、尊卑の差のある間柄であり、それを明確に区別すべきことは、明・清の律にも規定されていた。(九)妾は妻よりも身分が低く、財産継承や祭祀の権利を有していなかった。妾は、人としての尊厳性を保障された確かな地位にはない者であったともいえよう。(一〇)（江蘇）『雲陽仁濟匡氏家乘』巻之一　家訓では、律と同様、妻妾の身分差を明確に区別するよう規定した文章がみられる。

　妻妾を正す　妻という言葉は斉である。夫と徳を斉《ひと》くするという意味である。妾という言葉は接である。夫の後継ぎを接《つな》ぐという意味である。故に妻が優先であり妾は後続であり、妻は尊重され妾は卑しまれるのである。(一一)

このような規定から、妻は妾よりも身分が高い者とされていたことが分かる。妻が妾よりも身分の高い者とされていた理由は、（浙江）『四明慈水孔氏三修宗譜』新例には、次のように述べられている。

　婚姻はとりわけ人倫で最も重要なことである。もっとも宗法が重視していることである。故に婦を娶れば必ず某氏を娶ると書く。むすめは必ず某氏に嫁ぐと書く。代々の婚姻を記し姻戚関係を重んじるためである。(一二)

妻が妾よりも身分の高い者とされていた理由は、結婚が人倫で最も重要と捉えられていたためである。妻は、夫と義で結ばれた存在として重視され、妾とは立場の異なる者とされていたのである。(一三)これに対して妾は、後継ぎを得ることを目的に娶られるものであったことから、子供を生んでいない妾は、族譜に記録されないのが一般的であった。しかし、（浙江）『蕭山芹沂何氏宗譜』巻首　凡例には、異なる規定も見られる。

　およそ養子で姓名を偽っている者は書かなかった。姦通によって生まれた子供は書かなかった。僧になった者は書かなかった。婦人で離婚された者は書かなかった。妾で子供を生んでいない者は書かなかった。もし孤児を成人になるまで育て上げ、節を守って旌表の年限に達し旌表を受けた者がいれば、これも書いた。節義を重んじるからである。(一四)

『蕭山芹沂何氏宗譜』には、子供を生んでいない妾は原則として記録しないが、節を守り抜いた場合には、その節義を重んじ族譜に書くよう規定されていた。[一五] さらに、（江蘇）『毘陵呂氏族譜』巻二十一 小傳二 列女には、守節をした妾の伝が掲載されており、そこには、次のように記されている。

沈氏は西亭公の側室である。公が亡くなると、沈氏は十九歳であったが、妻妾には尊卑の違いがあるが、守節には二理はないといった。かくて節を守り通すことを誓い、八十三歳でこの世を去った。[一六]

妾の守節は、妻と同じように賞讃されるもので、そこに差異はない、と捉えられていた宗族のあったことが分かる。守節が尊ばれるという点については、妻と妾には差がなかったといえよう。しかし、それぞれにかけられていた貞節の期待という点において、妻と妾には大きな違いがあったのである。

族譜の中には、夫の死亡後に再婚をせず、節を守り抜くことが妻たる者の理想的なあり方である、と述べた文章が掲載されていることが多い。[一七] しかし、その一方で、妻が再婚した場合の記録方法に言及した文章もみられる。たとえば、（江蘇）『錫山平氏宗譜』巻首 條例には、次のように記されている。

宗族内に夫が死亡し再婚した者は、夫のところに配某氏と註記せよ。某の字により再婚という行為を蔑むこと。もし子がいるならばその子の名は註記せよ。[一八]

このように、妻が再婚した場合、姓を某の字に書き換え、再婚の事実を貶めるといった記録上の処罰を与えていた宗族があった。妻は、守節への期待が大きいため、再婚によって宗族を出た場合、姓が削除されるなど族譜の記載方法により貶められたのである。これに対して、妾は、子が無ければ族譜に記録が無いため、宗族を出ることになっても、記録上の処罰が与えられることはなかった。これは妾が主人のもとを離れ、他者のところへ行くことが、妻の再婚とはまったく次元を異にする問題として捉えられていたことを表すものである。[一九]

また、（江蘇）『白石劉氏四修族譜』巻一 例言には、再婚と子供の記録について、次のように記載されている。

再婚で宗を出た婦は義と廟が断絶する。もともとわが宗族の婦とみなしてはならない。しかし子を母のいない人間にするのは忍びないので、その姓と生年はやはり書き残し、没年埋葬地は書かないようにせよ。(二〇)

妻が再婚をしても子供がいれば、その子供のために姓や没年の記録は残しておくよう規定する宗族があった。このように妻が再婚により宗族を出ても、子供のためにある程度の記録を残す規定を持っていた宗族は非常に多い。しかし、中には、(江蘇)『雲陽張氏宗譜』巻之一 書法に、次のような記載もある。

妻で再婚する者は、恩義がすでに断絶しているので、例としては族譜に記録しない。ただし離縁した場合でも、子に母がなしという義はないため、某氏及び生年だけは書いた。しかし卒年と埋葬地を書かないことで、区別を示した。ただし淫乱の罪を犯し離縁させられた婦は、子がいようとも書かない。(二一)

ここでは、再婚する理由が、不貞によるものならば、妻に子供がいようとも書かないと規定されている。妻の不貞がいかに重大な事象として捉えられていたかを示すものである。族譜の中には、妻の不貞行為に言及したこのような規定は他にもみられるが、妾の不貞を戒めるような文章や、不貞を犯した場合の記録方法に言及した規定は、管見の限り見当たらない。妻の失節の方が、妾の失節よりも重大な事象として捉えられ、妾には妻のような大きな貞節への期待はかけられていなかったことを理解できよう。

(三) 小説からみた婢女・妓女・歌伎の貞節

女性の身分によって貞節への期待の程度が異なるものであったのであるならば、妾よりも身分の低い婢女に対する貞節の期待は、さらに小さなものであったはずである。明清小説の中には、妻妾が節を破ったために不幸となり、婢女が節を全うしたことで、幸運を手にするという話がみられる。(清)李漁『連城璧』未集「妻妾敗綱常 梅香完節操」は、夫に不再嫁を誓った妻と妾が、夫の死亡という誤報を信じて子供を残したまま再嫁し、一方で、守節の期待などかけられていなかった婢女が、家に残り身を粉にして主人の子供を育て上げ、後に戻ってきた主人の妻となって幸せになる、という話である。その中で、夫から、自分が死んだら再婚するか、と問われた妻の羅氏は、自分は結髪の妻であるから当然、節を守り再婚などしないが、妾の莫氏と婢女の碧蓮は守節などしないはずだ、と答える。すると妾の莫氏は、憤慨して次のように答えている。

　結髪の夫婦や、結髪の夫婦じゃないのが何だっていうんです。奥さまは人を見下し過ぎです。奥さまは子供を生んでいないのに、節を守るといいましたが、私なんて子供を生んでいるですからね、血を分けた子供がいるんですから、再婚なんてできやしませんよ。昔から守節する妻妾はいても、守節する婢女なんていませんよ。私たち三人の中で、出て行けるのは碧蓮だけですよ。(二二)

賤しい身分の婢女だけが家に残って守節をし、主人の子供を育て上げるという意外性が取り入れられたこの作品は、婢女に対して貞節の期待などかけられていなかった、という実態があったからこそ、物語世界が成り立つ。かかる明清小説より、婢女の守貞への期待が低かったという当時の社会の実態を垣間見ることは許されよう。(二三)

また、『剪灯新話』巻之三 愛卿傳は、浙江省嘉興の名妓である愛卿が、同郡に住む趙に見初められて妻となるが、趙が任地へ赴いている時に楊完の部下、劉万戸に家を占拠され、身を汚されることを恐れて首をくくって命を絶ち、その後、男の子として再び生まれ変わる、という話である。郷里へようやく戻ってきた趙は、愛卿が年老いた姑を献身的に看病し、その後、操を守って自害したということを知る。そして、愛卿の墓前で、一目だけでもいいから顔をみせて欲しいと祈る。するとある晩、愛卿は別れの言葉を述べるため、趙の前に姿を現し、次のようにいう。

　私はもともと娼家の生まれで、良家の娘ではありません。山鳥か野鴨のように、家には飼われず、道端の柳か垣根の花のように、誰にでも好き勝手に折られるような身の上でした。門口に寄りかかって媚びを売ることは知っていても、古いしきたりを守る良家の嫁の心がけなど知るよしもございませんでした。言葉巧みに甘い言葉をささやき、新しい客を迎えては旧い客を送り出し、東のお宅で食事をしたと思えば、西のお宅で一夜を明かす、それが昔からの芸妓の習わしでした。張さんの女房になれば李さんの妻にもなる、そんな浮き雲のような生活を送っていたのです。(二四)

趙の妻となってからの愛卿は、貞淑な妻として婦道を守り、礼に背くようなことは一切しなかった。しかし、妓女であったころの生活を回顧し、多くの男性客を迎え入れるのが妓女の習わしで、自分もまたそうであった、と述べている。愛卿は続けて次のようにいう。

幸いにもあなたに妻として迎えていただいてからは、昔の汚れは一切洗い流し、以前の過ちを改めて、水汲み粉挽きに精を出し、先祖にお供えする水草も自ら採って、先祖のお祭りにつとめ、お母様にも真心込めてお仕えいたしました。(二五)

妓女は、その職業柄、複数の男性と関係を持つことが習わしで、そもそも貞節を守る期待などかけられていない身分であった。しかし、愛卿は、趙によって、そんな妓女という身分から、貞節が強く求められる妻という身分へと格上げされたのである。女性の身分の尊卑の差によりかけられていた貞節の期待の大きさは異なるものであった、という実態が、趙に対する愛卿の深い感謝の気持ちを表現する上で利用されているのである。また、愛卿は賊から操を守るため自害したことについて、次のように述べている。

それは私自らが選んだことで、他人から強要されたことではございません。しかしこれも人の妻や妾という立場でありながら、夫に背いて家庭を捨てたり、地位や俸禄をいただきながら、君を忘れ国に背く者を辱める戒めとはなりましょう（一二六）。

この愛卿の言葉は、節を守り抜くという期待が、妻や妾といった身分の女性に対してのみかけられていた実態を描き出していると言えよう。

『三國志演義』で貂蟬の身分とされた歌伎の場合も、妓女と同じくその職業柄、かけられていた貞節の期待は、非常に小さいものであった。明末清初ころに書かれた無名氏撰『檮杌閑評』は、明代の悪名高き宦官、魏忠賢の物語である。第七回「侯一娘入京訪舊　王夫人念故周貧」には、高官の王老爺が、夫を亡くした歌伎の侯一娘に対して、人の妾になることを勧める場面がみられる。王老爺は、侯一娘に「昨日手紙がきて、妻を亡くしたということだった。あんたも今は夫を亡くして独り身、奴と一緒になれば良かろう（一二七）」と、妻を亡くした役者の魏雲卿の妾になることを勧めている。ところが、侯一娘は、夫を亡くす前から魏雲卿とすでに深い仲であった。王老爺は、侯一娘が夫の生きているころから不貞を犯していたことを知っていた。それにもかかわらず、侯一娘の不貞行為を責める様子はまったく描かれていない。王老爺は、吏科給事という高い身分であった。そうした高官である王老爺が、不貞を犯した侯一娘を咎めず、二人が一緒になることを勧める様子からは、歌伎には節を守る期待などかけられていなかった、という当時の社会の実態を窺うことができよう（一二八）。

女性の身分によって貞節の期待の程度が異なっていたことは、善書における女性の節に関連した功過格からも窺われる。（明）袁了凡『陰隲錄』不忠孝類には、「婢妾を幽繫すれば、一人ごとに一過となる（幽繫婢妾、一人爲一過）」、「人の妻女を謀略で汚した場合には、一人ごとに五十過となる（謀人妻女、一人爲五十過）」と書かれており（一二九）、婢女に対する淫行は、一過であるのに対して、妻女への淫行は五十過となっている。婢女の節が、妻女の節よりもずっと価値の低いものと捉えられていたことが分かる。

しかし、中には、婢女の節と一般の女性の節に同じ点数が付けられた功過格もみられる。（明）鄒廸光『勸戒全書』[三〇]に所収の「文昌帝君功過格」には、「婢女の節を守った場合は、百功（完一女婢節、百功）」、「婦女の節を守った場合は、百功（曲全一婦女節、百功）」と、婢女と一般の婦女の節を守った善行に対してそれぞれ同じ点数が付けられている。さらに、「処女、孀婦、尼僧を淫した場合は、三百過（淫一室女、孀婦、尼僧、三百過）」とあり、処女や孀婦といった女性の節が、婢女や一般の女性の節の三倍の価値があると捉えられていたことも分かる。

しかしながら、ほとんどの功過格では、女性の身分ごとに点数をつけており、女性の節の価値は、身分の差を基準に判断されることが多かったといえるのである。

以上のように、女性の貞節への期待の程度は、女性の身分が高くなるほど大きいものであった。逆に、婢女や妓女、歌伎といった女性に対しては、貞節の期待は、ほとんどかけられていなかった[三一]。『三國志演義』に描かれた貂蟬は、「連環の計」を成功へと導くために、董卓と呂布の二人と関係を持った。しかし、貞節の期待がかけられていない歌伎という身分に設定されることにより、その行為が不貞として非難されることはなかったのである。

関羽に斬られる話には、貂蟬が必ず呂布の妻であるという特徴がある。妻であれば「連環の計」の時点で、貂蟬は不貞を犯したことになる。したがって妻に設定されている貂蟬は、劉備あるいは関羽に言い寄り不貞を重ね、斬られていく。貂蟬が呂布の妻でなければ、関羽が貂蟬を斬る正当な理由はなくなり、不自然な描写となってしまうのである。貂蟬が妻という貞節をより強く求められた身分で「連環の計」に協力しているからこそ、夫以外の男性と関係を持った行為が不貞とみなされ、関羽によって成敗される場面も、当時の読み手や観衆に納得のいく場面となり得たのであろう。

二、貂蝉への高い評価よりみる貞節と孝

女性の貞節への期待が身分により異なっていたことで、『三國志演義』における貂蝉の不貞が許された理由を考察した第一節を受けて、第二節では、孝が貞節より優先される場合があったことを「連環の計」より論じていきたい。

毛宗崗本 第八回で、貂蝉は王允に向かって次のように言っている。

貂蝉は、「わたくしは旦那様から深いお情けをかけていただき、歌や舞を習わせていただいて、我が子のように礼をもってわたくしの面倒をみてくださいましたが、わたくしはこの身を粉にしても、万分の一のご恩返しすらできないと思っております。……もしわたくしに何かできることがございましたら、わたくしは死ぬこともいといません」と言った。【貂蝉いいぞ[三一]】。

ここには、「連環の計」に協力した動機が綴られている。貂蝉は、「歌伎」という奴婢であるから、主人である王允の命に束縛されて従ったのではない[三二]。王允が、礼をもって我が子のように自分を育ててくれたので、その恩返しができるならば、命をも投げ出す覚悟です、と貂蝉が述べていることから、「連環の計」における貂蝉の行動は、我が子のように自分を育ててくれた王允に対する孝であり、王允への報恩を形にしようとするものであったと言ってよい。貂蝉が毛宗崗本に高く評価される第一の理由はここにある。毛宗崗本の高い評価は、貂蝉の行動を育ての親に対する孝の実践と捉えたことに基づく。

明清時代において、貞節と孝が重要であることは、（安徽）『懐寧坨埂方氏宗譜』巻首上 家規には、次のように述べられている。

節孝を奨励する　婦女が全うすべきことは節であり、尽くすべきことは孝である。よって自身の身を慎み、舅姑や夫や息子によく事えることが、自然なことなのである。[三四]

族譜を保有するような大きな宗族に属していた女性たちにとって、ともに実践すべき重要な徳目であった。とりわけ、明清期は、女性の貞節が非常に強く謳われた時代であったことから、女性にとって、貞節こそが最も重視すべき徳目であったかのように語られてきた。しかし、実際には、貞節よりも孝の実践の方が、優先すべき徳目として重視されていたことは、（浙江）『四明慈水孔氏三修宗譜』巻一　祠規に挙げる族譜の規定によって明らかとなろう。

孝はあらゆる行いのはじめである。もし慎んで父母に事え、貧苦にめげず孝を尽くすこともまた喜びとせよ。もし悪い行いをして影響を残しても、おいしいものを食べさせてただ親を養わなければならない。經に、「五刑には三千の刑があるが、最も罪が重いのは不孝である」とあるように、子孫はこれを必ず戒めとすること。[三五]

この規定の中に記されている、「孝はあらゆる行いのはじめである（孝爲百行之先）」という言葉は、『孝經注疏』三才章の刑昺の疏の中にみられる、「孝は百行の首、人の常徳爲《た》り（孝爲百行之首、人之常德）」という経義がもとになっている。また、『孝經注疏』序の注に、「五孝の用は則ち別ありと雖も、而もに百行の源は殊ならず（雖五孝之用則別、而百行之源不殊）」とあり、さらに、その疏には、「正義に曰ふ、「五孝なる者は、天子・諸侯・卿大夫・士・庶人の五等の行ふ所の孝なり。此こに五孝の用を言ふは、尊卑 同じからざると雖も、而るに孝は百行の源爲れば、則ち其の致は一なり（正義曰、五孝者、天子・諸侯・卿大夫・士・庶人五等所行之孝也。言此五孝之用、雖尊卑不同、而孝爲百行之源、則其致一也）」とある。『孝經』およびその注疏において、身分に関係なく人が第一に行うべき徳目は孝である、と述べられていることが分かる。このことから、女性の貞節よりも孝の方が優先すべき徳目として重視されていたといえるであろう。[三六]

前節で述べたように、貞節への期待の大きさは、女性の身分により異なり、妻には非常に大きな貞節の期待がかけられ、妻の貞節は一番価値のあるものとされていた。しかし、最も優先すべき徳目である孝については、身分によってかけられていた期待や、実践したことによる価値が異なるものとされることはなかったのである。

貞節よりも孝が優先すべき徳目とされていたことは、『明史』巻三百一 列女 王妙鳳傳からも窺い得る。

王妙鳳は、呉県の人である。呉奎に嫁いだが、姑は淫乱だった。正統年間のこと、呉奎が商売で家を空けた時、姑は（情夫と）酒を飲み、妙鳳を犯すことを思いつき、妙鳳に奥の部屋まで酒を運んでくるようにいいつけた。（妙鳳は）何度も催促され、仕方なく酒を持って部屋に入った。情夫は妙鳳の腕をふざけてひねりあげた。妙鳳は憤慨して、刀を取り出し自分の腕を切り落とそうとしたが切れなかった。ふたたび切ると腕は切り落とされた。妙鳳の父母が役所に訴えようとしたが、妙鳳は「死ぬなら死ぬまでです。嫁が姑を訴えるなどという道理がどこにありましょう」と言った。十日あまりで妙鳳はこの世を去った。[三七]

王妙鳳は、姑の不倫相手に身を汚されそうになったにも拘らず、それを知って役所に訴え出ようとする父母に対して、「嫁が姑を訴えるなどという道理はない」と言い、姑への孝を貫いた。結果的に、王妙鳳は、貞節を汚されずにすんだ。その際、身を汚そうとした姑を訴えようとしなかったことから、王妙鳳の行動は、貞節よりも孝の実践を優先したものと言うことができる。ここに掲げられた王妙鳳の言葉は、孝が貞節よりも優先して実践されるべき徳目として重視されていたことを示すものである。

『三國志演義』に描かれている貂蝉は、かけられていた貞節の期待が小さかった歌伎という身分であったことにより、不貞を犯した女性と見なされなかった。また、それればかりではなく、貞節よりも優先すべき徳目であった孝を実践したことにより、毛宗崗から高く評価されているのである。ただし、王允は貂蝉にとって実父ではなく、あくまでも我が子のように礼をもって育ててくれた人物である。しかし、これも血のつながった親に対する孝の実践よりも、血のつながりのない者に対して行われる孝の実践の方が賞讃される、という風潮があったことから、貂蟬の王允への協力も、また賞讃されるべき行動として捉えられていたことが、次の伝によって分かるのである。

清の張永銓「徐孝女三割股説」は、移風の張の子、純孚の妻であった徐孝女が、父母のために股の肉を割き、父母に与えて命を救ったことを讃えた伝であるが、そこには、次のように記されている。

徐孝女なる者は、移風の張の子純孚の妻である。すでに張の妻となっているのに、どうして徐孝女と称されているのか。それは孝女が割股をして、父の徐心寰を二度助け、後妻である母の朱孺人を一度助けたからで、その孝は徐の家に対して行ったことなので、徐孝女と称されているのである。(三八)

このように徐孝女は、父母のために股の肉を割いて、父の徐心寰を二度助け、後妻の朱孺人を一度助けている。さらに、徐孝女については、清の陳鵬年も「徐孝女小傳」という伝を書いている。そこには、次のような評価が見られる。

その上むすめは継母に対して孝を尽くしたのであり、それは人情の至りである。およそ人という者は自身の父を愛し、また自身の母を愛するものである。継母という存在は、生母に尽くせなかった志を思い出させるので（子供は）父に事えるようになるものだが、むすめは継母に対してそれを行ったのであり、その孝は父の心を喜ばせただけでなく、あの世の母の慰めにもなったであろう。(三九)

陳鵬年は、徐孝女が血のつながりのない後妻の朱孺人に対して孝を尽くしたことを高く評価し、その行為を「人情の至り」と賞讃する。これは、実父母に対して孝を実践することよりも、血のつながりのない育ての親に対して孝を実践することの方が、賞讃に価する行為とみなされていたことを示す。この伝の記述から、貂蟬の孝の実践は、血のつながりのない育ての親である王允に対して行われたものであるために、非常に高く評価される行為としてみなされたと理解できるのである。

三、毛宗崗本に描かれた女性像からみた貂蟬

冒頭で述べたように、毛宗崗本 第八回の評には、「しかるに貂蟬という女子を、どうして麒麟閣や、雲台に描いて後世まで名を知らしめようとしないのか（而貂蟬一女子、豈不與麟閣、雲臺並垂不朽哉）」と書かれていた。麒麟閣とは、前漢の武帝が麒麟を獲た時に造らせた高殿のことで、雲台もまた宮中にあった高台のことである。そこに描かれているのは、いずれも漢に義を尽くした功臣たちであった。[四〇] すなわち毛宗崗本は、貂蟬を漢への義を尽くした功臣と認識しているのである。毛宗崗本が貂蟬を高く評価する第二の理由はここにある。妻妾よりも身分の低い歌伎貂蟬であったが、貞節への期待は小さくても、国への思いを抱くことはできたため、身を汚して大業を成し遂げたのである。毛宗崗は、その行為を漢への義を尽くしたものと捉え、高く評価したと言えよう。

本節では、毛宗崗本の貂蟬に対する高い評価が、貂蟬を漢への義を尽くした女性と捉えたことに基づくものであるという主張を補うため、毛宗崗本における他の女性像の特徴を取り上げたい。毛宗崗本は、以前からあった『三國志演義』のテキストを改訂した際、どこをどのように改訂したのか、毛宗崗本の首巻の「凡例」に詳しく記しており、それによると、毛宗崗本は、女性に関して六つの場面を書き換えていることが分かる。[四一] 紙幅の都合上、ここでは、それら六つのうち二つ場面を取り上げたい。

李卓吾本の第八十回には、華歆・李伏・許芝らが献帝に謁見して、魏王曹丕に位を譲るよう奏上するという場面が

ある。献帝の妻であり、曹操の娘であった曹皇后は、兄の曹丕が献帝に禅譲を迫ったことを知ると、激怒して献帝を次のように罵る。

曹皇后は大いに怒って、「あなたはわたくしの兄が国を奪い取る悪党だとでもいうのですか。あなたの高祖は豊沛のただの酒飲みで、無宿の輩でありながら、強奪によって秦朝の天下を奪い取ったではありませんか。わたくしの父は領土を一掃し、兄には数え切れないほどの大功があるのに、なぜ帝位に就いてはならないのです。あなたが皇帝になって三十年余りになりますが、わたくしの父と兄の力添えがなければ、あなたなど粉々になっていたことでしょう」と言った。言い終わると、すぐに車に乗って出て行ってしまった。献帝は大いに驚き、慌てて衣を替え大殿へ向かった。(四二)

一方、毛宗崗本は、第八十回に、曹皇后を次のように描いている。

曹皇后は大いに怒って、「わたくしの兄はそのような謀反を企てているのですか」と言った。【曹皇后は人として守るべき大切な道義を深く知り尽くしているが、女性が生まれながらに備えていることはない。】話がまだ終わらないうちに、曹洪と曹休が剣を帯びて入ってきて、献帝に大殿へのお出ましを請うた。曹皇后は激怒して、「すべてそなたたち逆賊が、富貴を望み、共謀して企てた謀略であろう。わたくしの父は広い領土を平定したことを誇りとし、その威厳は天下にとどろくほどでしたが、帝位を奪い取ろうとはなさりませんでした。なのに今わたくしの兄は魏王となっていくらも経っていないというのに、すぐに漢を奪おうと考えるなど、天がお怒りにならないはずはありません。」【これは孫夫人が呉を叱ったのよりも激しく、(四三)曹瞞老賊がかえってこのような賢女を生むとは思いもしなかった。】そう言い終わると、ひどく嘆き悲しみ奥へと入って行った。近くに控えていた者たちもみな涙を流してすすり泣いた。(四四)

李卓吾本では、曹皇后が兄の曹丕の肩を持ち、夫の献帝を罵る様子が描かれていた。これに対して毛宗崗本は、献帝に禅譲を迫る兄に対して曹皇后が指弾する様子を描き[四五]、曹皇后を実家である曹家に味方をする女性ではなく、嫁ぎ先である漢に味方をする女性として描いている。この場面の書き換えからは、曹皇后を漢への義を貫こうとする女性として描こうとした毛宗崗の意図が窺われる。

また、二つ目の女性像の書き換えは、夷陵で孫権と戦っていた劉備が、呉の陸遜によって敗れるという場面にみられる。毛宗崗本 第八十四回には、呉へ戻っていた孫権の妹であり劉備の妻であった孫夫人が、劉備が死んだという噂を聞いて殉死するという場面がみられる。

> 蜀の将校であった杜路・劉寧はともに呉に降服した。蜀の陣営に貯えられていた食糧や武器は、何一つ残らなかった。呉に降服した蜀軍の将校兵士の数は、無数に及んだ。この時孫夫人は呉におり、猇帝での敗戦を聞き、先主が戦いの最中に死んだという噂を信じ、車を長江へ駆り出させ、西を望んで慟哭するや、水の中に身を投げて命を絶った。【かつて夫人が呉の兵を叱りつけた時、なんと壮んであったことだろう。阿斗を抱いて呉へ帰ろうとした様子をみれば、以前のような志はすでにないかのようである。だが今先主のために嘆き悲しんで命を絶った様子をみれば、殉死をした思いは昔よりも強いことが分かるであろう。】のちの人がそこに廟を立て、梟姫祠と称されるようになった。またある人が孫夫人を嘆いて作った詩がある。先主 兵を白帝城に帰せしに、夫人 難を聞き 独り生を捐《す》つ。今に至るも江畔に碑遺る在り、猶ほ千秋に烈女の名を著す[四六]。

李卓吾本では、孫夫人が殉死をする場面は全く見られない。毛宗崗本は、この場面の書き換えについて、「凡例」に次のように記している。

> 「孫夫人 江に身を投げ死す」は、『梟姫傳』に詳しくみえるが、俗本ではただ呉へ帰ったと書かれているだけで

ある。今すべて古本に従ってはっきりと改めた(四七)。

孫夫人の殉死の場面は、毛宗崗本が、以前から伝えられていた話を作品の中に書き加えたものなのである(四八)。孫夫人が実家のある呉に居る時に夫である劉備の死を聞いて、蜀のある西の方角を見て慟哭して殉死する、という行為は、夫婦の義を貫こうとする孫夫人の意志を表すものである。しかし、また同時に、夫の劉備が漢の復興のためにその生涯を捧げ、命を落としていることから、劉備に殉じた孫夫人の行為は、漢への義を貫くことを意味するものともいえるであろう。毛宗崗本は、孫夫人の殉死の場面を取り入れることで、漢への義を貫く女性として孫夫人を描こうとしたのである。

以上の二つの場面において、毛宗崗本は二人の女性をともに漢への義を貫く人物として描いている。このことから貂蟬もまた同様に、漢への義を貫く女性として描かれていると考えてよい。毛宗崗本が、貂蟬をはじめ、曹皇后・孫夫人を漢への義を貫く女性として描いていることは、義を敷衍するという『三國志演義』の物語世界を強調する重要な役割を女性に果たさせようとしたことを意味する。『三國志演義』は、女性の登場人物が非常に少なく、活躍する場面も決して多くはない。しかし、少なくとも毛宗崗本の中には、義を敷衍する物語の性格を強調するという役割が与えられ、物語世界を構築する上で、重要な存在として描かれている女性が確認できるのである。

おわりに

『三國志演義』の中で貂蟬は、嘉靖本より王允の家の歌伎という身分に設定され、李卓吾本・毛宗崗本もこれを継承する。しかし、『三國志演義』以前の三国の物語の中には、貂蟬が呂布の妻という身分で描かれているものもある。『三國志演義』の作者たちが、貂蟬を呂布の妻ではなく、王允の屋敷の歌伎という身分で登場させた理由は、貂蟬を不貞を犯した女性として描きたくなかったためである。中国近世は、女性の貞節が強く謳われた時代であったが、女性に対する貞節の期待は、その身分により程度に差があった。族譜に収録される規定では、妻にかけられていた貞節の期待は非常に大きく、妾のそれは妻よりも小さいものであった。そして、婢女や妓女、歌伎といった女性に対する貞節の期待はさらに小さいものであったため、貂蟬は、歌伎という身分により、董卓と呂布の二人と関係を持っても不貞とみなされなかったのである。三国の物語を語る雑劇や講唱文学の中には、貂蟬が関羽によって斬られる場面を持つものがあり、それらの作品ではすべて貂蟬の身分は呂布の妻となっている。それは、貂蟬が呂布の妻でなければ、不貞の女性とみなされなかったからであり、関羽が貂蟬を斬る正当な理由がなくなってしまうからに他ならない。

毛宗崗本は評において、関羽が貂蟬を斬る話を厳しく批判し、貂蟬の功績を漢の功臣に準えて讃えた。それほどまでに毛宗崗本が、貂蟬を非常に高く評価する第一の理由は、「連環の計」における貂蟬の行動を、育ての親である王允に対する孝の実践と捉えるためである。族譜の中には、『孝經』の経義を典拠とする規定がみられ、孝は、貞節よりも優先して実践すべき徳目として重視されていた。さらに、血のつながった親に対する孝よりも、血のつながらない者に対して行われる孝の実践の方が賞讃されるという風潮から、貂蟬の王允への協力は賞讃に価する行動とみなされるのである。毛宗崗本により貂蟬が評価される第二の理由は、「連環の計」での協力が、漢への義と見なされるためである。毛宗崗本の中には、貂蟬のほか曹皇后・孫夫人など、漢への義を貫こうとする女性が確認できる。毛宗崗本は、「義」を敷衍するという『三國志演義』の物語世界を確立するために、女性像にも入念に手を加えたのである。

《 注 》

（一）貂蟬の身分の違いについては、以下の論考においても取り上げられている。高橋繁樹〈一九七四〉、李燕捷《一九九九》一九～二〇頁、沈伯俊《二〇〇〇》一〇二頁～一〇五頁、井上泰山〈二〇〇三〉、後藤裕也〈二〇〇三〉、楚愛華〈二〇〇五〉、王麗娟《二〇〇七》一三六頁～一五六頁、竹内真彦〈二〇〇七〉など。

（二）雑劇や口唱文学の中に現れる、貂蟬が関羽に斬られる場面については、伊藤晋太郎〈二〇〇四〉を参照。

（三）貂蟬が関羽に斬られるという話が『三國志演義』に取り入れられていない理由については、すでに複数の研究がある。たとえば、井上泰山〈二〇〇三〉は、何の抵抗もしない一人の人物を斬り殺したとあっては義士としての関羽像に傷が付いてしまうため「小説全体に流れる関羽のイメージを破壊させないため」に、関羽に貂蟬を殺させなかったと述べている。また、貂蟬が関羽に斬られる描写について、上田望〈一九九二〉は、関羽が貂蟬を斬るという話の背景には「女性を災いの元と見做す武装集団に普遍的な考え方があった」と論じ、貂蟬が女性であるがために関羽に斬られたのだろうとしている。また、伊藤晋太郎〈二〇〇四〉も、『三國志演義』以外では、貂蟬は呂布の妻という設定になっていることが多く、徹底的に不義不貞にして美貌で男を惑わす悪女として描かれているため、そのような悪女が、義を重んじ女色を好まない関羽によって成敗されるという物語の根底には「明らかに女性を禍の元とみなす思想がある」と指摘し、さらに『三國志演義』中に関羽が貂蟬を斬る場面が取り入れられていない理由を、『三國志演義』における貂蟬は、勇敢で機知に富み、義を重んじる女性として描かれているため「義を重んじる関羽がそのような貂蟬を斬るわけにはいかない」ので、関羽の人物像の矛盾を避けるために取り入れられなかったのだと論じている。

（四）（明）『風月錦囊』精選續編賽全家錦「三國志大全」は、孫崇濤・黄仕忠（校箋）『風月錦囊箋校』（中華書局、二〇〇〇年）に依拠した。

（五）而貂蟬一女子、豈不與麟閣、雲臺並垂不朽哉。最恨今人訛傳關公斬貂蟬之事。夫貂蟬無可斬之罪、而有可嘉之績、特爲表而出之（毛宗崗本 第八回 總評）。

（六）呂布去後、貂蟬竟不知下落。何也。曰、成功者退。神龍見首不見尾、正妙在不知下落（毛宗崗本 第九回 總評）。

（七）王允歸宅下馬。信步到後花園內、小庭園坐獨言。獻帝懦弱、董卓弄權、天下危矣。忽見一婦人燒香。自言。不得歸鄉故家長不能見面。焚香再拜。王允自言。吾憂國事、此婦人因甚禱祝。王允不免出庭問曰、你爲甚燒香對我實說。諕得貂蟬連忙跪下、不敢抵諱實訴其由。賤妾姓任、小字貂蟬。家長是呂布。自臨 府相失、至今不曾見面。因此燒香。丞相大喜。安漢天下此婦人也（『三國志平話』卷上）。

（八）司徒王允歸到府中、尋思今日席間之事、坐不安席。至夜深月明、策杖步入後園、立于荼蘼架側、仰天垂泪。忽聞有人在牡丹亭畔、長吁短嘆。允潛步窺之、乃府中歌伎貂蟬也。其女自幼選入府中、教以歌舞、年方二八、色伎俱佳、允以親女待之（毛宗崗本 第八回）。

（九）『大明律』第十 戶律三 婚姻 妻妾失序に、「凡そ妻を以て妾と爲す者は、杖一百。妻 在りて、妾を以て妻と爲す者は、杖九十。並びに正しきに改めよ。若し妻有りて更に妻を娶る者は、亦た杖九十、離異せしめよ。（凡以妻爲妾者、杖一百。妻在、以妾爲妻者、杖九十。並改正。若有妻更娶妻者、亦杖九十、離異。）」とあり、『大清律例』卷十 戶律 婚姻 妻妾失序に、「凡そ妻を以て妾と爲す者は、杖一百。妻 在りて、妾を以て妻と爲す者は、杖九十。並びに正しきに改めよ。若し妻有りて更に妻を娶る者は、亦た杖九十、後娶の妻は離異し、歸宗せしめよ。（凡以妻爲妾者、杖一百。妻在、以妾爲妻者、杖九十。並改正。若有妻更娶妻者、亦杖九十、〈後娶之妻〉離異、〈歸宗〉。）」とある。なお、『大清律例』は、集古齋主人（撰）『大清律例增修統纂集成』光緒二十年（一八九四年）刊本を使用し、小字による付加は、〈 〉により示した。

（一〇）ただし、建前的には妾は妻よりも劣位に置かれる者と規定されながらも、実生活では夫の寵愛を笠に着て家の中での実権を握る妾も存在していた。このことについては、仙石知子〈二〇〇六〉で論じた。

（一一）正妻妾 妻之爲言齊也。取其與夫齊德之義。妾之爲言接也。取其代夫接後之義。故妻先而妾後、妻尊而妾卑（江蘇『雲陽仁濟匡氏家乘』卷之一 家訓）。『雲陽仁濟匡氏家乘』は、十二卷、匡啟仁（等重修）、道光二十七年（一八四七年）、樂安堂木活字印本、Columbia University, East Asian Library 所藏。

（一二）婚姻乃人倫之大。尤爲宗法所重。故娶婦必書娶某氏。女必書適某氏。所以紀世姻而敦外誼也（『四明慈水孔氏三修宗譜』新例）。『四明慈水孔氏三修宗譜』は、二十巻首附各一巻、孔傳林・孔康鼎（等三修）、民國二十四年（一九三五年）、木活字印本、国立国会図書館所藏。

（一三）妻が夫と義で結ばれた関係として重視されていたことは、夫婦の義は離婚により絶たれると述べられた以下のような族譜に表れている。（安徽）『太原王氏族譜』巻首 凡例に、「婦人は再婚すれば義として廟と断絶する。ただ夫の伝の中に某氏とだけ記録し、生卒年月は註記せずに、（『春秋』の）微言とした。（婦人再醮義與廟絕。只於夫傳內書某氏、不註生故年月、以示微詞）」とある。

（一四）凡養子竊姓名者不誌。奸生子不誌。爲僧者不誌。婦人被出者不誌。妾無出者不誌。若能撫孤成立、及矢守年例得與旌表者、亦誌。所以重節義也（〔浙江〕『蕭山芹沂何氏宗譜』巻首 凡例）。『蕭山芹沂何氏宗譜』は、二十巻首一巻、何彤翰（等修）、光緒十九年（一八九三年）、木活字印本、Columbia University, East Asian Library 所藏。

（一五）類例として以下のような規定がある。前掲した（浙江）『四明慈水孔氏三修宗譜』新例に、「婦女の節孝は宗族に光栄をもたらすものの最たるものである。いま実際の概要を調査し詳しく列伝に掲載した。媵や妾であってもまたそうである。その志を嘉してその（身分の）卑賤は拘らなかった。（婦女節孝最於宗族有光。今經查實概予詳載或列傳。雖媵・妾亦然。嘉其志不計其微也。）」とある。また、（江蘇）『鎭江李氏支譜』凡例に、「副室（めかけ）に子が無ければ、例として書かなかった。ただ三十七世の義悦公の副室である陳氏は、若くから守節しながら、請旌に及ばずに没したので、とくに公の後に附してこれを表彰した。（副室無子、例不得書。惟三十七世義悅公副室陳氏、靑年守節、不及請旌而歿、特附公後以表彰之。）」とある。『鎭江李氏支譜』は、四巻、李寶鎔（等修）、光緒二十八年（一九〇二年）、敦本堂活字印本、Columbia University, East Asian Library 所藏。

（一六）沈氏西亭公側室。公歿、氏年十九、曰、妻妾有尊卑、守節無二理。遂矢志終其身、年八十三卒（〔江蘇〕『毘陵呂氏族譜』巻二十一 小傳二 列女）。『毗陵呂氏族譜』は、二十二巻首末附各一巻、呂金誠・呂嗣彬（等重修）、光緒四年（一八七八年）、木活字印本、国立国会図書館所蔵。

（一七）守節を推奨している規定として以下のようなものがある。（江蘇）『南匯王氏家譜』凡例に、「婦人の道は、一に従いて終わる。暖衣豊食している者は、当然再婚してはならないが、貧しい者でも、二心があってはならない。（婦人之道、從一而終。無論豐衣足食者、當之矢靡他、即貧乏者、亦不可有二心也。）」とある。『南匯王氏家譜』は、不分卷、王廣圻（等重修）、民國二十一年（一九三二年）、鉛印本、Harvard-Yenching Library 所蔵。また、（江蘇）『雲陽張氏宗譜』巻之一 凡例に、「孀婦が節を守り、貞女が操を立てる行為は、女徳ではもっとも難しいことである。（それは）一族の栄誉に止まらず、百世の模範となるに相応しい。そこで旌表の封典を授かった者がいれば、すべて家乗に掲載し、必ず別に伝を立て、その行為を表彰した。（孀婦守志、貞女立節、乃閫德所尤難。非惟一族之光、實爲百世之範。其有旌獎褒題者、備列家乘必當另爲立傳、以彰其行。）」とある。『雲陽張氏宗譜』は、十巻、張飛渚（等修）、光緒十三年（一八八七年）、亦政堂木活字印本、Columbia University, East Asian Library 所蔵。

（一八）其有夫死而再醮者、於其夫註以配某氏。以某字貶之。若有子者仍註以子名（（江蘇）『錫山平氏宗譜』巻首 條例）。『錫山平氏宗譜』は、十巻、平定國・平靜安（等輯）、同治十三年（一八七四年）、修齊堂木活字印本、国立国会図書館所蔵。

（一九）施永南は、妾の守貞について、妾は主人の財産の一部であり、主人が好きに追い出したり、他者に譲り渡したりすることができた。そのため妾は守貞の問題とは無縁であった、と指摘する。施永南《一九九八》第六章「妾的貞節問題」参照。

（二〇）出醮婦義與廟絕。原不得視爲吾家婦也。然亦不忍視其子爲無母之人、故仍存其姓書生年、不書沒葬（（江蘇）『白石劉氏四修族譜』巻一 例言）。『白石劉氏四修族譜』は、十四巻、劉春池（等修）、民國十四年（一九二五年）、藜閣堂刊本、『中華族譜集成 劉氏族譜巻』（巴蜀書社、一九九五年）所収。

（二一）室人再醮、恩義已絕、例不應書。但以有出者、子無無母之義、止書某氏及生庚。而不錄其卒葬、以示別也。惟以淫亂被出之婦、雖有子不書（（江蘇）『雲陽張氏宗譜』巻之一 書法）。

(二二) 結髮便怎的、不結髮便怎的。大娘也忒把人看輕了。你不生不育的、尚且肯守、難道我生育過的、反丟了自家骨血、去嫁別人不成。從古來只有守寡的妻妾、那有守寡的梅香。我們三个之中、只有碧蓮去得（『連城璧』未集）。『連城璧』は、大連圖書館藏本と佐伯文庫藏本を校合した『連城璧』（上海古籍出版社、一九九二年）を使用した。

(二三) （明）周楫『西湖二集』卷十「徐君寶節義雙圓」、鳩茲洛源子『一見賞心編』卷之四 重逢類「崔郊婢」などにも貞節を守る婢女が描かれている。

(二四) 妾本娼流、素非良族。山鷄野鶩、家莫能馴。路柳墻花、人皆可折。惟知倚門而獻笑、豈解舉案以齊眉。令色巧言、迎新送舊、東家食而西家宿、久習遺風。張郎婦而李郎妻、本無之性（『剪灯新話』卷之三 愛卿傳）。周夷（校注）『剪灯新話二種』（上海古典文学出版社、一九五七年）を使用した。『剪灯新話』に関しては、竹田晃・小塚由博・仙石知子（訳注）《二〇〇八》を参照。

(二五) 幸蒙君子求爲室家、卽便棄其舊染之汚、革其前事之失、操持井臼、採掇蘋蘩、嚴祀祖之儀、篤奉姑之道（『剪灯新話』卷之三 愛卿傳）。

(二六) 乃己之自取、非人之不容。蓋所以愧夫爲人妻妾、而背主棄家、受人爵祿、而忘君負國者也（『剪灯新話』卷之三 愛卿傳）。

(二七) 前日有書子來說、新喪了偶。你如今也是寡居、不如還與他做一對兒也好（無名氏撰『檮杌閑評』第七回）。『檮杌閑評』は、中國歷代禁毀小說海內外珍藏祕本集粹、第七輯・第二冊（双笛国際出版、一九九六年）を使用した。

(二八) 明の西周生『醒世姻緣傳』には、歌伎が娼妓と同列に扱われる様子が描かれている。作品の主要人物である晁源は八百両もの大金をはたいて晁家が家に置いていた女芝居の一座の歌伎、珍哥を妾にする。晁源はきつい女性である珍哥に頭が上がらず、妻の計氏が死亡すると、珍哥は家の中で妻のように振る舞うようになるが、周囲からはいつも娼妓扱いをされる。歌伎が貞節観念の薄い女性として娼妓同樣にみなされる場合さえあったという実態が描き出されているのだと思われる。

(二九) 袁了凡『陰騭錄』は、国立公文書館が所蔵する内閣文庫本を使用した。

(三〇) 鄒廸光『勸戒全書』は、国立公文書館が所蔵する内閣文庫本を使用した。

(三一) 『西湖二集』巻十九「俠女散財殉節」には、劉禹錫「誚失婢」の「鏡を把りて朝 猶ほ在り、香を添ふるも 夜 歸らず。鴛鴦 瓦を拂ひて去り、鸚鵡 籠を透かして飛ぶ。張公子を逐はず、卽ち劉武威に隨ふ。新たに知り正に相 樂しみ、此れより青衣を脫す（把鏡朝猶在、添香夜不歸。鴛鴦拂瓦去、鸚鵡透籠飛。不逐張公子、卽隨劉武威。新知正相樂、從此脫青衣）」という詩がみられる。このような、婢女の身持ちの悪さが皮肉られた詩は、婢女が貞節とは無縁の人間とみられていたことを窺わせるものである。

(三二) 蟬曰、妾蒙大人恩養、訓習歌舞、优禮相待、妾雖粉身碎骨、莫報萬一。……倘有用妾之處、萬死不辭。【好貂蟬】（毛宗崗本 第八回）。

(三三) 李卓吾本は、貂蟬に、「未嘗以婢妾相待」と語らせ、奴婢とは扱われていなかったことを明記し、さらに毛宗崗本は、その部分を「優禮相待」と書き換え、「婢妾」という文字そのものを削除している。

(三四) 獎節孝 婦女所當全者節、所當盡者孝也。故淑愼其身、善事舅姑與其夫子、其本然也（(安徽)『懷寧坨埂方氏宗譜』巻首上 家規）。『懷寧坨埂方氏宗譜』は、二十八巻首末各三卷、方德源（等五修）、光緒三十三年（一九〇七年）木活字印本、東洋文庫所藏。

(三五) 孝爲百行之先。苟能敬身以事父母、雖菽水亦歡。若爲非而遺累、卽甘旨徒養。經云、五刑之屬三千、而罪莫大於不孝、爲子孫者可不戒哉（(浙江)『四明慈水孔氏三修宗譜』巻一 祠規）。なお、「菽水」の話は、『禮記』檀弓下に、「經」は、『孝經』五刑章に基づく。

(三六) （明）謝肇淛『五雜組』巻八 人部四に、「むかしは、妻の節はそれほど重視されていなかった。よって「父は一人きりであるが、夫には誰でもなれる」という言葉があるのである。聖人が礼を定めたのは人の情に基づくもので、妻が夫に事えるのは、子が父に事え、臣が君に事えるのとは、もともと隔たりがあるのである。そのため現在国家の律令は不孝不忠に厳しいが、妻の再婚については、禁令がないのである。（古者、婦節。故其言曰、父一而已、人盡夫也。……聖人制禮本乎人情、婦之事夫視之、子之事父、臣之事君、原自有間。卽今國家律令嚴於不孝不忠、而婦再適者、無禁焉）」（国学珍本文庫、上海中央書店、二〇〇〇年）とある。謝肇淛が述べるように、律には、『大明律』第一 名例律 十惡に、「一に謀反と曰ひ、二に謀大逆と曰ひ、三に謀叛と曰ひ、四に惡逆と曰ひ、五に不道と曰ひ、六に大不敬と曰ひ、七に不孝と曰ひ、八に不睦と曰ひ、九に不義と曰ひ、十に內亂と曰ふ（一曰謀反、二曰謀大逆、三曰謀叛、四曰惡逆、五曰不道、六曰大不敬、七曰不孝、八曰不睦、九曰不義、十曰內亂）」とあり、不孝不忠に関する禁令はあったが、妻の再婚についての禁令はなかった。これは、『大清律例』も同じである。このことからも女性の貞節は最優先すべき徳目とされていたわけではなかったことが分かる。

(三七) 王妙鳳、吳縣人。適吳奎、姑有淫行。正統中、奎商於外、姑與所私飲、並欲汚之、命妙鳳取酒、挈瓶不進。頻促之、不得已而入。姑所私戲紾其臂。妙鳳憤、拔刀斫臂不殊。再斫乃絕。父母欲訟之官、妙鳳曰、死則死耳。豈有婦訟姑理邪。逾旬卒（『明史』卷三百一 列女 王妙鳳傳）。

(三八) 徐孝女者、移風張子純孚之淑配也。旣爲張氏婦、曷以稱徐孝女。日、孝女之割股也。救其父徐翁心寰者二、救其後母朱孺人者一、皆盡其孝于徐、故日徐孝女也（〈清〉錢儀吉〈纂〉『碑傳集』卷一百五十 列女二 孝淑〈中華書局、一九九三年〉）。

(三九) 且女之孝於繼母、尤人情之至。凡人愛我父、亦愛我母。繼母者、體前母未盡之志以事我父也、女奉繼母如此、其孝豈獨父心之予、亦慰其先母於泉下（〈清〉錢儀吉〈纂〉『碑傳集』卷一百五十 列女二 孝淑〈中華書局、一九九三年〉）。

(四〇) 麒麟閣には、宣帝が描かせた、霍光・張安世・韓增・趙充国・魏相・丙吉・杜延年・劉德・梁丘賀・蕭望之・蘇武など十一人の像が殿上に掲げられ（『漢書』卷五十四 蘇建傳附蘇武傳）、雲台には、後漢の明帝が描かせた鄧禹をはじめ二十八人の像が掲げられていた（『後漢書』列傳十二 論）。

(四一) 毛宗崗本の凡例については、中川諭《一九九八》の第二章第三節に訳注があり、そこには毛宗崗本の成立に直接的に関わっているとされる呉観明本と毛宗崗本との比較がなされている。

(四二) 曹皇后氏大怒曰、汝言吾兄爲簒國之賊。汝高祖只是豐沛一嗜酒匹夫、無籍小輩、尙且倚強奪刼秦朝天下。吾父掃清海內、吾兄累有大功、有何不可爲帝。汝卽位三十餘年、若不得吾父兄、汝爲齏粉矣。言訖、便要上車出殿。帝大驚、慌更衣出前殿（李卓吾本 第八十回）。

(四三) 曹操の幼名は阿瞞で（『三國志』巻一 武帝紀注引『曹瞞傳』）、ここでは「瞞（欺く）」と幼名をかけているのであろう。

(四四) 曹后大怒曰、吾兄奈何爲此亂逆之事耶。【曹后深明大義、不是女生外向。】言未畢、只見曹洪曹休帶劍而入、請帝出殿。曹后大罵曰、俱是汝等亂賊、希圖富貴、共造逆謀。吾父功蓋寰區、威震天下、然且不敢簒竊神器。今吾兄嗣位未幾、輒思簒漢、皇天必不祚爾。【此孫夫人之叱吳將更爲激烈、不意曹瞞老賊卻有如此一位賢女。】言罷、痛哭入宮。左右侍者皆歔欷流涕（毛宗崗本 第八十回）。

(四五) この部分の書き換えについては「凡例」に、「また「曹后 曹丕を罵る」は范曄の『後漢書』に詳しく書かれているのに、俗本は逆に誤って曹后を悪者の仲間と書いている。……今すべて古本に従ってはっきりと改めた。（又曹后罵曹丕、詳於范曄後漢書中、而俗本反誤書其黨惡。……今悉依古本弁定。）」と記されている。曹皇后については、『後漢書』本紀十下皇后紀下に伝がある。

(四六) 蜀將杜路・劉寧盡皆降吳。蜀營一應糧草器仗、尺寸不存。蜀將川兵、降者無數。時孫夫人在吳、聞猇帝兵敗、訛傳先主死於軍中、遂驅車至江邊、望西遙哭、投江而死。【當夫人怒叱吳兵之時、何其壯也。及觀其攜阿斗而歸、疑其志不如前。今觀其哭先主而死、則其烈不于昔矣。】後人立廟江濱、號曰梟姬祠。尙論者作詩嘆之曰、先主兵歸白帝城、夫人聞難獨捐生。至今江畔遺碑在、猶著千秋烈女名（毛宗崗本 第八十回）。

(四七) 孫夫人投江而死、詳於梟姬傳中、而俗本但紀其歸吳。今悉依古本弁定（毛宗崗本 凡例）。

(四八) 史書には、孫夫人の殉死に関する記述はみられないが、民間には、呉に戻っていた孫夫人が劉備の東征にともない蜀に連れ戻される途中、船が梟磯を通った時、劉備が白帝城で死んだことを知り悲憤して死んだという話があった。梟姬祠は、その民間伝説に基づいて安徽省蕪湖に立てられてた廟であり、劉備が梟雄と称されていたことに因んで名付けられたとされ

る。盛巽昌（補証）《二〇〇七》四八五頁、参照。

第七章　徐庶の母

はじめに

『三國志演義』は、義を敷衍する物語である。義という儒教の徳目は、忠義と並称されることが多い。しかし、毛宗崗本は、「義」絶関羽の表現の中で、忠を削除して、義を強調することが多かった(一)。忠よりも義を優先する表現が見られるのである。また、『孝經注疏』で「百行の先」と位置づけられる孝は(二)、時として忠と両立しない場合がある。『三國志演義』が題材とする三国時代には、忠孝先後論争と呼ばれる、忠と孝が矛盾した場合にどちらを優先すべきかという議論が、曹魏の文帝の朝廷で行われていた(三)。忠を強要しようとする曹丕に、邴原は憤然として孝の優先を貫く（『三國志』巻十一 邴原傳注引『原別傳』）。この邴原の逸話を『三國志演義』が収録することはない。それでは、『三國志演義』は、こうした義や孝との関係性の中で、どのように忠を表現したのであろうか(四)。

本章は、『三國志演義』における忠の表現の中から、とくに女性に関わる忠を検討することにより、毛宗崗本における忠の表現の一端を明らかにするものである。

一、忠孝の葛藤

三国時代に「忠孝先後論争」が行われたように、君主のために忠を尽くして死ねば、親を養う孝を尽くすことができなくなる。毛宗崗本は、母を捕らえられ、劉備のもとを去って曹操に仕えざるを得なくなる徐庶とその母の描写において、こうした忠と孝との葛藤を描き出す。曹仁の八門金鎖の陣を破った「単福」という新しい劉備の軍師が、徐庶であることを知る程昱は、徐庶を帰服させるために至孝な人となりを利用すべきであると曹操に進言する。毛宗崗本 第三十六回には、次のように書かれている。

程昱は、「徐庶は生まれつき親孝行な男です。【「忠臣を求むるには、必ず孝子の門に於てす」と。庶はすでに孝子であるので、曹操に用いられるはずはない。】幼くして父を亡くし、老いた母だけが生きています。今は弟の徐康もすでに死んでおります。老いた母の面倒をみる者はいません。丞相は人をやり徐庶の母を欺いて許昌に連れてこさせるのです。（母に）息子を呼ぶ手紙を書かせれば、徐庶は必ずこちらへ来ます。【丞相として徐庶を辟召するのではなく、母を理由に徐庶を招くのである。もとより徐庶が辟召に応じないことを知っているからである。】(五)

毛宗崗本は、『三國志』巻十四 程昱傳注に引く「徐衆の評」を典拠に、「忠臣を求むるには、必ず孝子の門に於てすと」と評をつける。この言葉は、『孝經緯』に基づくもので、漢代において儒教理念の根底に置かれた孝を臣下としての忠に転化していくための論理として用いられたものである。(六) 毛宗崗本は、忠孝を矛盾するものではなく、孝が忠へと繋がるものである、という立場を宣言する。そのうえでなお、両者の葛藤を描いていくのである。

程昱の助言のあと、曹操は人をやって徐母を連れて来させ、徐母に手紙を書くように勧める。そこで、曹操は徐母から劉備のことを聞かれ、劉備のことを悪く言う。それを聞いた徐母は怒り、曹操に硯を投げつけるが、この部分の表現が李卓吾本と毛宗崗本で次のように異なっている。李卓吾本から掲げよう。

徐母は両目をキッと見開いて、激しい口調で「あなたの話はまったくのでたらめ。玄徳様とは中山靖王の末孫、漢の景帝閣下の玄孫に当たり、尭舜の風があり、禹湯の徳を懐くお方であることは、わたくしもかねてより聞いております。〔素晴らしいご婦人だ。〕その上また遜って賢者を招き、②恭しく人を貴び、世の子供から老人、牛飼いや樵まで、みながその名を知っております。真に当世の英雄です。わが息子はこの方を助け、主を得ることができたのです。あなたは漢の丞相を名乗りながらも、実際には漢の賊ではありませんか。かえって玄徳様を逆臣と呼び、〔①聖婆聖母である。漢朝第一の忠臣である。〕自ら心に恥ずべきです。わが息子に明君に背き暗君に投じさせるようなことがあれば、万代の悪名を取らせるようなもの」と言った。言い終わるや、③筆を床に投げつけ、硯を手にすると曹操に投げつけた。（七）

以上の部分を毛宗崗本は、次のように書き換えている。書き換えの部分には、番号をつけた傍線を附し、李卓吾本の該当部分にも番号をつけて波線を附した。

徐母は激しい口調で、「あなたの話はまったくのでたらめ。玄徳様とは中山靖王の末孫、孝景皇帝閣下の玄孫に当たり、【玄徳が宗室であることを言っている。】遜って賢者を招き、❷恭しく人を貴び、仁との名声がもとより高いお方であることはわたくしもかねてより聞いております。世の子供から老人、牛飼いや樵まで、みながその名を知っております。真に当世の英雄です。【玄徳がいい人であることを言っている。】わが息子はこの方を助け、主を得ることができたのです。【美玉を泥中に汚したという（曹操の）話を論破する言葉だ。】あなたは漢の丞相を名乗りながらも、実際には漢の賊ではありませんか。【天子に奏上するという（曹操の）話を論破する言葉だ。】それを反って玄徳様を逆臣と呼び、【（劉備を朝廷に）背反する逆臣と呼ぶ（曹操の）話を論破する言葉だ。】わが息子に明君に背き暗君に投じさせようとするとは、自ら心に恥ずべし」と言った。【手紙を書かせて呼び返してほしい（という曹操の）話を論破する言葉だ。先ず口を極めて玄徳を賞賛し、後で口を極めて曹操を罵倒するのは、禰衡・吉平よりさらに痛快である。】言い終わるや、❸すぐに硯を手にして曹操に投げつけた。【この一つの石の硯は（張良が秦の始皇帝に）博浪で投げた椎にあたる。[八]】

二つの『三國志演義』の表現を比較すると、第一に李卓吾本は、①「聖婆聖母である。漢朝第一の忠臣である」という評をつけ、徐母を称賛している。これに対して、毛宗崗本は、徐母を「漢朝第一の忠臣」とする評を踏襲しない。徐母の忠への行き過ぎた賛美は、結果的に徐母を死に至らしめた徐庶の孝を貶めることになるためである。ここに、毛宗崗本の忠と孝への葛藤の一例を見ることができる。

第二に、毛宗崗本は、李卓吾本にはなかった、劉備が❷「仁」であるとの高い評価が加えられる。徐庶に母の元に帰る孝を優先させる劉備は、孝よりも高次の道徳である「仁」の名声高き者として描かれる。[九]この書き加えにより、劉備が君主にとって優先度の高いはずの忠ではなく、なぜ孝を優先したのかが明らかとされる。

第三に、李卓吾本は、曹操を罵倒したのち、③「筆を床に投げつけ」てから、硯を手にして曹操に投げつけた、とするが、毛宗崗本は、言い終わると❸「すぐに」硯を投げたとする。筆を投げ捨てる描写を削除することで、徐母の怒りを強調している。

このように、毛宗崗本は、徐母に対する「漢朝第一の忠臣」とする李卓吾本の評を踏襲しないが、けっして徐母の「忠」を貶めているわけではない。それは、毛宗崗本 第三十六回の總評に記されている。

高漸離は筑によって秦の始皇帝を撃ち、始皇帝は高漸離を殺した。徐母は硯によって曹操を撃ち、曹操は徐母をあえて殺さなかった。これは徐母の威が高漸離よりもさらに烈しかったことによる。張良は秦の始皇帝を撃って中たらず、秦に執えられなかった。徐母は曹操を撃って中たらず、曹操に執えられた。これは徐母の胆が張良よりもさらに壮であったことによる。すぐれた婦人はすぐれた男子より勝り、ただ列女伝の中にこれを罕にしか見られないだけでなく、豪士伝の中にもこれは罕にしか見られない。(一〇)

このように、毛宗崗本は、徐母が曹操に硯を投げつけたことを秦の始皇帝の暗殺を図った高漸離、さらには始皇帝の暗殺を計るばかりか、劉邦の前漢建国を助け「漢の三英」と呼ばれる張良に匹敵するものとして、きわめて高く評価しているのである。毛宗崗本は、徐母の行為を漢を蔑ろにする曹操への暗殺と讃え、その漢への忠を宣揚しているのである。

程昱の偽手紙を受け取り、それを信じた徐庶は、母が曹操のもとで辛い目に遭っていると思い、曹操に帰服することを決める。それを聞いた劉備は、忠よりも孝を優先すべきであるとし、徐庶を曹操のもとに送り出す。その際、劉備は徐庶に次のように告げる。この部分の表現は、李卓吾本と毛宗崗本で次のように異なる。李卓吾本から掲げよう。

①玄徳は泣きながら、「子と母の道は、天性のものだ。元直殿は私のことを心にかけ、天性の愛を割くことはない。母上に会われたあと、再び会うこともあろう」と言った。(一一)

これに対して毛宗崗本は、次のように記述している。

❶玄徳は聞いて声を上げて泣きながら、「子と母は天性のつながりだ。元直殿はわたしのことを心にかけることはない。母上に会われたあと、あるいはまたお目にかかることもできよう」と言った。【玄徳はことさらに引き留

めようとはせず、❷まことに孝子の情を体現している。(一二)】

毛宗崗本は、❶「声を上げて」と、劉備の泣き方を激しくすることで、母子の情を天性の親と捉えていることを強調する。そのうえで、劉備が❷「孝子の情を体現している」と評をつけ、劉備を至孝の人物と表現する。徐母の「漢朝第一の忠臣」との評を継承しない代わりに、劉備が「孝子の情を体現している」ことを前面に打ち出しているのである。

やがて、劉備は徐庶に別れの言葉を述べる。それに対する徐庶の発言にも書き換えが見られる。李卓吾本から掲げよう。

玄徳は盃を徐庶に勧めて、「わたしは縁が薄く、先生の教えを仰ぐことができなくなりましたが、どうか新しい君主によくお仕えし、①孝の道を全うしてください」と言った。徐庶は泣きながら、「わたくしめは才微で智浅でありながら、君は重用してくださいました。今不幸にも中途にて去るのは、実に母のためでございます。〔一対の素晴らしい君臣である。〕たとえ曹操に迫られ仕えることになっても、生涯（曹操のために）謀は献じることはございません。どうして②不忠になることができましょうか。わたくしが望むところではありません。(一三)」

これを毛宗崗本は、次のように書き換えている。

玄徳は盃を持ち徐庶に、「わたしは縁が薄く、先生にお目にかかることができなくなりましたが、どうか新しい君主によくお仕えし、❶功名を成し遂げてください」と言った。【(元稹の「告絶詩」に)「還《ま》た旧来の意を将《もっ》て、憐取せよ眼前の人を」（とあるような）、なんと痛ましい言葉であろうか。】徐庶は泣きながら、「わたくしめは才微で智浅でありながら、君は重用してくださいました。今不幸にも中途にて去るのは、実に老いた母のためでございます。たとえ曹操に迫られ仕えることになりましても、わたくしは生涯（曹操のために）謀を献じることはございません」。【これは気概ある言葉だ。急いで母のもとに駆けつけるというのは、優しい子だ。曹操に謀を献じないというのは、激しい男だ（一四）。】

第一に、毛宗崗本は、李卓吾本の①「孝の道を全うしてください」という劉備の徐庶への言葉を❶「功名を成し遂げてください」と書き換えている。それは、徐庶が曹操のもとに行くことにより、徐母は自殺をするため、孝を全うできないからである。劉備が孝のために徐庶を送り出したことを明記すれば、徐庶だけではなく、孝を優先させた劉備をも貶めることになる。それを「功名を成し遂げてください」と書き換えることにより、徐庶は、実際に功名をあげないが、それによって、劉備の徳に傷がつくことはなく、むしろ徐庶の劉備への忠が浮き彫りにされる描写となっている。

第二に、曹操のもとへ行っても「謀は献じることはございません」という徐庶の言葉のあと、李卓吾本には、②「どうして不忠になることができましょうか。わたくしが望むところではありません」と書かれている。毛宗崗本は、この言葉を削除している。曹操に仕えながらも劉備へ忠を尽くしたことは、徐庶の行為から明らかであり、それが劉備のもとを去る前に、徐庶が「不忠」はいたしませんと、劉備に明言すれば、劉備と約束をしたかのような描写となり、徐庶の劉備への忠に強制力が働いていたことになる。しかも、曹操に対して「不忠」をする徐庶の行為を劉備が容認していることにもなり、劉備の仁なる性格に傷がつく。

このように、毛宗崗本は、李卓吾本に書かれていた「孝」「忠」という直接的な字句を書き換えることにより、かえって徐庶・劉備の孝への思いと、徐庶の強制されない忠を描き出すことに成功している。さらに、毛宗崗本は第三十六回の總評に、徐庶の行動について二つの評をつけることで、その行為を説明する。

曹操が関公を無理に引き留めなかったのは、兄弟の義を全うさせようとしたからである。玄徳が徐庶を無理に引き留めなかったのは、母子の恩を全うさせようとしたからである。二人の心は同じだろうか。それは、違う。曹操の関公に対してのことは、放したふりをして密かに邪魔をしようとして、邪魔をすることができずにのちに見送ることになった。だが玄徳の徐庶に対してのことは、見送っただけである。その上曹操は袁紹が玄徳を殺すことを強く願ったが、玄徳はただ曹操が徐母を殺害することを恐れた。一つは偽りで一つは誠であり、天と地の差どころではない[一五]。

毛宗崗本の總評は、劉備が徐庶を無理に引き止めなかった理由を曹操と比較するなかで、「母子の恩を全う」させることに求めている。劉備が孝を最優先する人物であることを書き換えに加え、それを總評でも確認しているのである。また、總評は次のようにも述べている。

蔡瑁は玄徳の詩を偽らせたが劉表はこれを疑った。程昱は徐母の書を偽らせたが徐庶はこれを信じた。これは庶の智が表には及ばないということではない。母子の情が切実なものだからである。猶予があれば詳しく調査することも容易《たやす》いが、さしせまった状況であれば詳しく調べることもできない。他人であれば傍観していられることも、身内であれば心乱れるものである。もし徐庶が母のもとへ行くのが遅ければ、孝子にはなれない。だから君子は徐庶を誹ることはできないのだ[一六]。

ここで總評は、徐庶が母の手紙を疑わなかった理由を示している。親のこととなれば、冷静な判断もできなくなるといい、毛宗崗本は、母子の情ゆえに、忠と孝の間で葛藤する徐庶を評価していることが分かる。

曹操に帰服した徐庶が現れると、徐母は徐庶を罵る。ここにも、書き換えが見られる。李卓吾本より掲げていこう。

徐母はとても驚いて、「そなたがなぜここにいるのです」と言った。徐庶は、「近頃は新野の劉玄徳に仕えておりましたが、思いがけなく母上の手紙を受け取り、すぐにこちらへ参りました」と答えた。徐母は急に顔色を変えて大いに怒り、「おまえは流浪すること二十余年、わたくしは学問をしておまえに日々進歩のあったものと思っていました。それが今は始めよりも劣っている。〔聖母である。活仏である。〕おまえは幼いころに学問を始め、忠孝の道が両全せぬことを知っているはず。曹操が君を欺き上をなみする賊であることを分かっておろう。劉玄徳様の仁義は四海に知れ渡り、誰もが尊敬している。まして漢室のご一門で、わたくしはそなたが主を得たものとばかり思っていました。それが今は偽の手紙に唆され、その上きちんと調べもせず、真偽を詳らかにせず、明君を捨て暗君に投じて、自ら悪名を招くとは。真に匹夫である。①わたくしはどんな顔でそなたに会えましょう。祖宗の方々に傷をつけ、どうやってこの世界に生きられるのですか」と言った。罵られた徐庶は、②階の下にひれ伏して、（母の）顔を見ることができなかった。母は自ら屏風の後ろへ行ったが、少しして人が知らせにやってきて、「大奥様が梁で首をくくられました」と言った。徐庶が慌てて入って助けようとしたが、母の息はすでに途絶えていた。〔見事な死にざまだ。人生におけるこのような死は、大きな幸せである。(一七)〕

これに対して、毛宗崗本は、次のように表現する。

毛宗崗本　第三十七回

母はとても驚いて、「そなたがどうしてここにいるのです」と言った。徐庶は、「近頃は新野の劉玄徳に仕えておりましたが、母上からの手紙を受け取ったため、すぐにこちらへ参りました」と言った。徐母は急に顔色を変えて大いに怒り、机を叩いて「おまえは流浪すること数年、わたくしはおまえが学問をして進歩したものだと思っていました。それが今は始めよりも劣っている。【元直は始め侠客に過ぎなかったが、その後に名士となった。本来は後で立派になるはずなのに、なんと始めよりも劣っていると責めている。絶妙だ。】おまえはすでに学問をして、忠孝が両全せぬことを知っているはず。曹操が君を欺き上をなみする賊であることをなぜ知らぬのです。劉玄徳様の仁義は四海に知れ渡り、ましてやまた漢室のご一門です。そなたはその方にお仕えし、主を得たのではないですか。それが今は偽の手紙に唆され、その上はっきりと調べもせずに、明君を捨て暗君に投じて、自ら悪名を招くとは。真に愚夫である。❶わたくしはどんな顔でそなたに会えましょう。そなたは祖宗に傷をつけ、どうやってこの世界に生きられるのですか」と（徐庶を）罵った。【前に曹操を罵ったことは敬うべきことだが、いま徐庶を罵ったことはさらに敬うべきことである。徐庶に対する罵りは曹操に対する罵りより深い。】罵られた徐庶は、❷地にひれ伏して、（母の）顔を見ることができなかった。母は自ら屏風の後ろへ行ってしまった。少しして家の者が知らせにやってきて、「大奥様が梁で首をくくられました」と言った。徐庶が慌てて入って助けようとしたが、母の息はすでに途絶えていた。【もともと帰って来ることで母を生き長らえさせようとしたが、逆に帰ってきたことで母の死を早めてしまった。元直は生涯恨み悔しさを抱き続けるだろう（一八）。】

第一に、毛宗崗本は、李卓吾本で、①「祖宗の家門に傷をつけ、どうやってこの世界に生きられるのですか」としている部分を❶「そなたは祖宗に傷をつけ、どうやってこの世界に生きられるのですか」と書き換える。「そなたは（汝）」という一字を加えることによって、「生きていけない」主体は、徐母から徐庶に変わる。この書き換えにより、徐母の息子に対する怒り、嘆きが強調されるとともに、子を心配する母の愛情も表現されるのである。さらに、徐母が自殺する意味も変容する。「生きていけない」主体が徐庶であるにも拘らず徐母が自殺することは、自分が恥ずかしいからではなく、徐庶を戒めるための行為となるからである。毛宗崗本は、「汝」一字を加えることにより、徐母の自殺の意味を大きく捉え直しているのである。

第二に、母に罵られた後の徐庶は、李卓吾本では、②「階の下にひれ伏して」母の顔を見ることができなかった、と形容される。これを毛宗崗本は、「地にひれ伏して」と表現する。それにより、己の不始末を母に強く詫びようとする徐庶の姿勢が強調されていると言えよう。

このように、毛宗崗本は、李卓吾本の徐母と徐庶の表現を書き換えることにより、徐母の忠だけを強調する李卓吾本の記述を修正して、忠と孝との狭間で葛藤する徐庶の姿を表現しようとする。そうした両者の違いは、總評にも現れている。李卓吾本より掲げよう。

徐元直は奇ではなく、その母が大奇である。まことに元直の母たるや、敬うべしである。もし単福がこの母を得ることができるというのなら、おかしなことである。(一九)

このように、李卓吾本の總評では、徐庶よりも徐庶の母が敬うべき、とされている。李卓吾本は毛宗崗本に比べ、忠と孝の間で葛藤する徐庶を評価していないことが分かる。これに対して、毛宗崗本は次のように徐母と徐庶を評する。

徐庶の母と王陵の母は、ともに賢母だ。王陵の母の死は、息子が楚に帰服するのを恐れたためである。徐庶の母の死は、息子が曹操に帰服するのを怒ったためである。それなのに徐庶の母は曹操に召し出されて来た時に死なず、徐庶が帰服してから死んだ。ある人は死ぬのが遅かったことを恨むだろう。わたしは言う、そうではない。曹操は項羽と比較にならず、項羽は素直で曹操は詐りである。徐庶の母がすぐに先に死んで徐庶の望みを絶とうと思っても、奸詭であること曹操のようなものは、どうにかその死を秘密として徐庶に知らせないことは難しくない。またどうにか母の死後に偽の母の書を作って徐庶を招くことも難しくない。これはやむを得ないことで徐庶の母の罪ではないのである。(二〇)

毛宗崗本は、總評において、徐母を王陵の母と比較する中で、徐母が早く死んでいれば、徐庶が曹操のもとに来なかったのではないか、という疑問を掲げ、曹操の奸偽によりそれはできなかったと弁明している。孝と忠との葛藤に苦しむ徐庶の悩みを曹操の奸偽で解決していく姿勢は、個々の登場人物の心情よりも「三絶」の一人曹操の表現を優先していく毛宗崗本の特徴である。それが、一方で徐母の忠ばかりを評価する李卓吾本を書き換え、劉備の仁を尊重する姿勢へと繋がり、他方で徐庶の苦しみを心情から描けないという限界となって現れているのである。

このように、毛宗崗本は、李卓吾本では母に比べて評価の低い徐庶に関する記述を書き換えることにより、徐庶の孝とその劉備への忠を明らかにするとともに、劉備の仁にも傷がつかないように配慮している。毛宗崗本における女性の忠は、李卓吾本のように、ただそれを賛美するのではなく、忠と孝との葛藤を踏まえて、徐母の忠を描きながらも、徐庶の孝と忠、劉備の仁との共存を配慮した行き届いた記述となっているのである。

二、曹操への忠

毛宗崗本は、曹操に対する女性の忠を描く場面においても李卓吾本の記述を書き換えている。そこには、どのような特徴が見られるのであろうか。ここでは、第六十四回に登場する姜母と王氏の事例を検討する。

曹操と対立する馬超に対して、楊阜は、韋康を涼州刺史に推薦し、自ら冀城を守備していた。ところが、馬超の攻撃を受けるうち、韋康は馬超に降服したのち一族皆殺しとされ、抵抗した楊阜はかえって、馬超のもと現職に止まった。楊阜は、亡き妻を葬るため、馬超の許可を得て帰省し、その途中、従兄弟の姜叙の屋敷を訪ねる。そこで、姜叙の母の言葉を聞き、故君の韋康のためにも、馬超に反旗を翻す。楊阜が姜叙の屋敷を訪ねる場面は、李卓吾本では、次のように描かれている。

楊阜は歴城を通りかかり、姜叙に会いに行った。姜叙と楊阜は従兄弟同士で、姜叙は漢の爵を受け撫夷将軍であった。①大賢な姜叙の母は楊阜の伯母であったので、楊阜は馬超と別れると真っ直ぐに伯母に会いにきて、泣きながら地にひれ伏して、「城を守って全うできず、主を亡くしても死ぬことができませんでした。恥ずかしく伯母様に会わせる顔もございません。その上馬超は③父に背き君を裏切り、みだりに郡守を殺しました。憂い責め咎めているのはこの楊阜だけではなく、一州の士民、みなが恥を受けております。今わたしの兄上は歴城を統治し、賊を成敗しようという心もないとは、これは趙盾がその君を弑すと書かれたのと同じことです」と言った。言い終えると激しく泣いた。④後の人の詩に、「包胥 日に向かひ 秦庭に哭し、楊阜 今朝 歴城に慟す。冤讐に報ひんと欲し 血涙を流し、千年万載 高清を仰ぐ。」とある。叙母はこれを聞くと、姜叙を呼び入れ、（姜叙を）責めて、「韋使君が死んだのも、おまえの罪です。義山（楊阜）だけのせいではありません」と言った。母はまた楊阜に、「そなたはすでに降り、その上俸禄をもらっていながら、なぜまた馬超を討とうという気が起きたのです」と言った。楊阜は、「わたしが賊に従っているのは、生き残って主の仇を討とうと思ったからです」と言った。姜叙は、「馬超は剛勇なる男だ。事を急ぐのは難しかろう」と言った。楊阜は、「勇ではあるが謀を知らない男だから、陥れるのは容易《たやす》い。わたしはすでに梁寛・趙衢に密かに内応を頼んでいる。兄上が兵を出す気さえ起こせば、二人は必ず内応するはずだ」と言った。（二二）

これに対して、毛宗崗本は、次のように書き換えを行っている。

楊阜は歴城を通りかかり、撫夷将軍の姜叙に会いに行った。姜叙と楊阜は従兄弟同士で、姜叙の母は楊阜の伯母であり、❷この時すでに八十二歳であった。この日、❶楊阜は姜叙の屋敷の奥の部屋へ行き、伯母に挨拶をすると、泣きながら、「わたしは城を守って守りきれず、主が死んでも死ぬことができませんでした。恥ずかしく伯母様に会わせる顔もございません。馬超は❸君を裏切り、みだりに郡守を殺し、一州の士民で奴を恨まぬ者はいないほど。今わたしの兄上は歴城を統治し、賊を成敗しようという心もないとは、人臣の道理があると言えるでしょうか」と告げた。言い終わると、激しく泣いた。【楊阜の主に報いたいという思いは、許貢の客と並び称するべきである。】叙母はこれを聞くと、姜叙を呼び入れ、（姜叙を）責めて、「韋使君が死んだのも、おまえの罪です」と言った。さらに楊阜に、「そなたはすでに降り、その上俸禄をもらっていながら、なぜまた馬超を討とうという気が起きたのです」と言った。楊阜は、「わたしが賊に従っているのは、生き残って主の仇を討とうと思ったからです」と言った。姜叙は、「馬超は剛勇なる男だ。事を急ぐのは難しかろう」と言った。楊阜は、「勇ではあるが謀を知らない男だから、陥れるのは容易い。わたしはすでに梁寛・趙衢に密かに頼んでいる。兄上が兵を出す気さえ起こせば、二人は必ず内応するはずだ」と言った。[二二]

第一に、李卓吾本では、楊阜が姜叙の母（姜母）の①「大賢」を慕って会いに来た、とされていることに対して、毛宗崗本は、姜母の❶「大賢」という記述を削除している。姜叙への評価を下げようとしていることが分かる。

第二に、毛宗崗本は、李卓吾本では馬超に殺害される際に記される姜母の「八十二歳」という年齢を❷「この時すでに八十二歳」と、早く出すことによって、のちに蜀漢に仕える馬超が、八十を超える老母を殺害した悪逆さの印象を弱め、馬超を庇おうとしている。それは、李卓吾本にある馬超と戦う④楊阜を讃えた詩を削除したことにも現れている。[二三]

第三に、李卓吾本は、馬超は③「父に背き君を裏切」ったとしているが、毛宗崗本は、❸「君を裏切り」とし、父に背いたことを削除している。史実では、馬超が反乱を起こしたことで、父の馬騰は殺されている（『後漢書』巻十獻帝紀）。それを『三國志演義』は、父の馬騰が曹操に殺されたために馬超が反乱を起こすと史実を改変して、後に蜀漢に仕える馬超を擁護している。李卓吾本にある「父に背き」という記述は、史実での馬超の姿が混入したものであり、それを毛宗崗本は削除して、馬超の擁護を完全にしているのである。[一四]

このように毛宗崗本は、姜母を讃える李卓吾本を書き換え、姜母をそれほどまでに高めようとはしない。それは、姜母が戦った馬超を擁護するためだけなのであろうか。

姜叙は、馬超を討つという楊阜の計画に力を貸そうとするが、母への孝のために躊躇する。それを知った姜母の発言への評価が、両版本で異なる。李卓吾本は、次のように記述している。

叙母は、「そなたは早く兵を起こさずに、一体いつまで待つというのです。誰でもいつかは死ぬのです。忠義のために死ぬのであれば、これ以上のことなどありません。わたしを案じる必要などない。そなたがもし義山の言うことを聞けないのであれば、わたしが先に死にましょう。そなたの心残りをなくすために」と言った。〔①賢母である。[一五]〕

これに対して、毛宗崗本は、異なる評をつけている。

叙母は、「そなたは早く兵を起こさずに、一体いつまで待つというのです。誰でもいつかは死ぬのです。忠義のために死ぬのであれば、これ以上のことなどありません。わたしを案じる必要などない。そなたがもし義山の言うことを聞けないのであれば、わたしが先に死んで、そなたの心残りのないようにしてあげましょう」と言った。【❶一人の女丈夫である。首を刎ねられることを恐れぬ（厳顔の言うような）断頭将軍と同じだ。[一六]】

毛宗崗本は、李卓吾本が「賢母」と讃える姜母を「女丈夫」と言い、徐母には用いた「賢」という評語を用いない。忠を尽くすことの方が、生きて孝を尽くすことよりも大事で、そのためならば自分は自殺をする、と言う姜母の発言を評価しないのである。ここにも、一方的に忠を高く評価する李卓吾本と、忠と孝との葛藤を評価する毛宗崗本との違いを見ることができる。

　歴城の南門から責め入ってきた馬超は、姜叙の屋敷に行く。そこには姜母がいた。姜母は馬超を見ても恐れず、馬超に指を突き立てて罵り、怒った馬超に姜母は殺される。その場面にも書き換えがある。李卓吾本より掲げよう。

　姜叙の屋敷では、①八十二歳になる老いた母を引きずり出した。叙母は恐れる様子はまったくなかった。馬超を指さして「②おまえは父に背き君を裏切り、天に逆らう賊だ。天地は一生おまえを許すまい。おまえは生きながらえ、恥じを晒していくがよい」と激しく罵った。馬超は大いに怒り、自ら剣を取って老母を殺した。③後の人の詩には、「賢なる哉 姜叙の母、子に勧めて早に兵を興さしむ。本に報ひること山が如く重く、軀を捐つること紙が若く軽し。王陵の親は並ぶ可く、孟氏の母は生を重んず。読史 哀感に応じ、令人 両《ふた》つながら涙 傾く」とある。(一七)

　これに対して、毛宗崗本の記述は、簡潔である。

　姜叙の屋敷に行き、老母を引きずり出した。母は恐れる様子がまったくなく、馬超を指さして激しく罵った。馬超は大いに怒り、自ら剣を取って老母を殺した。【姜叙は一人の母を見送った。(一八)】

　第一に李卓吾本は、馬超が姜母を殺害するこの場面でようやく①「八十二歳」の老母、と姜母の年齢を明記する。これに対して、毛宗崗本は、「八十二歳」を先に出しているので、ここからは削除する。また、第二に李卓吾本にある姜母が、②馬超の罪を手厳しく罵る言葉を毛宗崗本は削除し、罵ったことのみを伝える。また、第三に李卓吾本にあった③姜母を讃える詩を毛宗崗本は削除している。

　このように毛宗崗本が、李卓吾本の馬超を批判する言辞を徹底的に削除するのは、後に蜀漢に仕える馬超を擁護するためである。毛宗崗本 第六十四回の總評は、馬超を次のように位置づけている。

楊阜が韋康のために仇を報じたことは、義である。しかし楊阜が馬超を攻めて曹操を助けたことは、義ではない。馬騰は二回詔を受け、二回賊を討伐しており、もとより漢の忠臣である。その子（の馬超）は父の恨を雪ごうと思っただけで孝であり、父の志を承けて国賊を討とうとしただけで忠である。（楊阜は）一方で君を欺き上を罔《なみ》する曹操を奉じ、一方で忠孝の馬超を攻め、超を賊とし、操の賊であることを知らない。このため楊阜の義を、君子は取らないのである。[一九]

毛宗崗本は、「漢の忠臣」である馬騰の志を受け継ぐ馬超を「孝」「忠」の体現者と位置づける。この結果、楊阜の義は、国賊である曹操に忠を尽くしたことになるため、君子はこれを認めないとするのである。

このように、毛宗崗本は、のちに蜀漢に仕えた馬超を全面的に擁護することに加えて、孝を犠牲にしてまで忠を尽くした姜叙の忠を評価することはなく、それを勧めた姜母を「賢」とする李卓吾本の評価も継承せず、「女丈夫」との評に止めた。李卓吾本は、孝を捨て忠を尽くすことを絶賛するが、毛宗崗本は、馬超の擁護から分かるように、その忠が曹操に対するものであるため、それほど高くは評価しないのである。

姜叙は、馬超を討つ計画を尹奉・趙昂にも相談をする。趙昂の息子、趙月は、そのとき馬超の下で部将となっていた。馬超を討ちに行けば、息子は必ず殺される。そのため、趙昂は妻の王氏に話をする。ここにも書き換えが見られる。李卓吾本より掲げよう。

> 趙昂はその日（姜叙の馬超打倒計画）に応じ、家に戻ると妻の王氏に向かって、「わたしは今日姜敘・楊阜・尹奉と話し合い、主人韋康殿の仇を討とうと、早々に兵を挙げることを決めてきた。息子の趙月はいま馬超に従っているから、必ず殺されるであろう。それを案じて決めかねている」と言った。妻は激しい口調で、「君父の仇を雪ぐためならば、この身が滅んでも大したことはありません。まして息子一人どうだと言うのです。あなたがも

し息子のために実行しないのであれば、わたしが先に死ぬまでです」と言った。〔②賢妻である。〕趙昂は決心した。翌日一同兵を起こし、姜叙と楊阜は歴城に、尹奉と趙昂は祁山に駐屯した。王氏は首飾りを（蜂起するための）帛の助けとし、また自ら祁山の軍中に赴き、労を賞して兵士を励ました。〔姜母と王妻は賢なるかな。二人の婦人は男子も及ばない。〕①後の詩には、「趙昂の妻 王氏、夫を催《うなが》して主の讐に報ゆ。身を喪ふも猶ほ重からず、子を滅ぼすも復た何ぞ憂ひん。尽く把《と》りて家財を散じ、親しく将士に酬を卒《つ》くす。三分 賢は婦に達し、万載 姓名を留む。」とある。(二〇)

これに対して、毛宗崗本は次のように書き換えている。

趙昂はその日（姜叙の馬超打倒計画）に応じ、家に戻ると妻の王氏に向かって、「わたしは今日姜敘・楊阜・尹奉と話し合い、韋康殿の仇を討とうと決めてきた。息子の趙月はいま馬超に従っているから、今もし兵を起こせば、馬超は必ずわが息子を殺すと思うが、どう思うか」と言った。【また謀を婦人に話しても失わない者がいるが、それは趙昂である。】妻は激しい口調で、「父の仇を雪ぐためならば、この身が滅んでも惜しくはございません。まして息子一人どうだと言うのです。あなたがもし息子のために実行しないのであれば、わたしが先に死ぬまでです」と言った。【❷また一人の女丈夫である。首を刎ねられることを恐れぬ断頭将軍と同じだ。】趙昂は決心した。翌日一同兵を起こし、姜叙と楊阜は歴城に、尹奉と趙昂は祁山に駐屯した。王氏は首飾りまでを（蜂起するための）帛の助けとし、また自ら祁山の軍中に赴き、労を賞して兵士を励ました。【夫人を主帥となすべきで、趙昂は（その部下として）偏将軍・裨将軍となすべきである。(二一)】

毛宗崗本は、第一に、李卓吾本にある、①子を犠牲してまで曹操への忠を貫くべきとする王氏を讃える詩を削除する。第二に、李卓吾本が、王氏を②「賢」と讃えることに対して、毛宗崗本は姜母に対する評をそのまま流用して❷

「女丈夫」と言い、徐母には用いた「賢」という評語を用いない。姜母と同じように、孝よりも曹操への忠を優先する王氏に対して、毛宗崗本は徐母ほどには、高い評価を与えていないのである。その理由は、總評において、次のように説明される。

人は姜敘の母を太史慈の母と同じであるという。太史慈の母はその子に孔融に報いることを努めさせ、姜敘の母はその子に韋康に報いることを努めさせた。これはその嘉《よみ》すべきことである。(それでも)わたしは姜敘の母は徐庶の母と異なると思う。❶徐庶の母は曹操が賊であることを知り、姜敘の母は曹操を討つ者(である馬超)が賊ではなく、曹操を助ける者が賊であることを知らなかった。これは惜しむべきことである。人は趙昂の妻を呂布の妻と異なるという。呂布の妻は夫が戦いに出ることを阻み、趙昂の妻は夫が兵を起こすことを励ました。これはその嘉《よみ》すべきことである。(それでも)わたしは趙昂の妻は劉表の妻と同じであると思う。❷劉表の妻は劉備に背き曹操に従い、その身と子は共に死ぬに至った。趙昂の妻は曹操を助けて馬超を攻め、身は幸いにも死を免がれたが、またその子は死ぬに至った。これもまた惜しむべきことである。郭嘉・程昱ら輩のように、天下には智謀の士と称されながらも、順逆を明らかにすることができないものもある。どうして婦人のことだけを問題にできようか。なお論者には楊氏と王氏を譏れないという者もあるという。(三二)

このように、毛宗崗本は、總評において、姜母を徐母と比べて劣るとして、その理由を曹操に忠を尽くしたことに求める。同様に、王氏を劉表の妻と同列として、その理由を劉備に背いたことに求める。すなわち、李卓吾本が高く評価していた姜母と王氏の忠を毛宗崗本が評価しない理由は、その忠が劉備ではなく曹操に向けられたものであったことによるのである。(三三)

三、劉備への忠

それでは、毛宗崗本が高く評価する劉備への忠は、どのように描かれるのであろうか。

劉備が呂布に敗れて孫乾と共に飢えているときに、一夜の宿を求めたのが劉安という狩人の家であった。飢えた劉備に、劉安は肉を勧めるが、その描写にも大きな書き換えが見られる。李卓吾本から掲げていこう。

突然ある家で宿を借りることにした。その家からは若者が恭しく出てきたので、名を問うと、狩人の劉安という者であった。①聞くと同宗の者で、豫州の牧がお見えになったので、獲物を探し献じようとしたが手に入らず、自分の妻を殺して献上した。玄徳が、「これは何の肉であろうか」と聞いた。劉安は、「狼の肉でございます」と言った。〔劉安もまた奇である。〕二人はすべて平らげた。夜も更けたので休んだ。翌朝辞去して、裏庭へ馬を取りに行くと、③殺された妻の遺体が厨のところにあり、腕の肉がすっかり削がれているのを目にした。玄徳はそのことを（劉安に）尋ね、昨夜食べたのが彼の妻の肉であったことをようやく知った。④（玄徳は）痛く悲しんで馬に乗ると、⑤劉安を一緒に連れて行こうとした。劉安は、「老いた母がおりますので、遠くへは参ることができません」と言った。玄徳は礼を述べた。そこで梁城への道に入った。すると突然日を遮るような砂塵をまきあげ、野にも山にも辺り一面に広がる無数の人馬がやってくるのが見えた。玄徳がそれを迎えると、曹操軍であった。中軍の旗の側まで入っていき、馬から下りて挨拶をすると、曹操もまた馬から下りてそれに答えた。沛城を失い、二弟とはぐれ妻を見失ったことを話すと、曹操もまた涙を流した。さらに劉安が妻を殺して献上してくれたことを話した。⑥曹操は金百両を劉安に賜うよう孫乾に命じた。[三四]

毛宗崗本は、大きくこれを書き換え、多くの評を付けている。

ある日、ある家で宿を借りることにした。その家から若者が恭しく出てきたので、姓名を問うと、狩人の劉安という者であった。【獲物を食べるのが好きな男だ。】劉安は豫州の牧がお見えになったと知るや、獲物を探して献上しようとしたが、この時は手に入れることができず、【獲物を得ることは難しいが、家の味を得ることは簡単だ。】そこで自分の妻を殺して献上した。【奇絶だ。古く名将の中には妻を殺して振る舞った者もいる。婦人は不幸にも乱世に生まれると、野草のように扱われるのだから、哀れだ。玄徳は妻子を衣服に準えたが、この者は妻を食事にしたのだから、さらに奇である。】玄徳は、「これは何の肉であろうか」と聞いた。劉安は、「狼の肉でございます」と言った。【気性の荒い妻を溺愛する夫は、ただ妻は肉だということを知っているが、妻が狼だということは知らない。劉安の考えに基づいてこれを狼とした。もし恐妻家がこれを言えば、名付けて獅子肉となるはずである。】❷玄徳は疑わず、そこで腹一杯になるまで食べた。【曹操は呂奢の家で猪を人と勘違いしたが、玄徳は劉安の家で人を狼と勘違いした。曹操はかつて猪の肉を食べなかったが、玄徳は人の肉を腹一杯食べた。猪の肉を食べなかった者がかえって悪人で、人の肉を食べた者がかえって善人のままである。】夜も更けたので休んだ。【劉安がこの夜よく眠れたのかどうかは分からないが。】朝になって去ろうと、裏庭へ馬を取りに行くと、❸婦人が厨のところで殺され、【不意に馬を取りに行ったら狼に会った。】腕の肉がすっかり削がれているのを目にした。【昨夜遅くにこの臂の力を得て、玄徳の髀肉はまた生き返ることができた。この婦人の臂の肉は元に戻ることがあろうか。】❷玄徳は驚いてそのことを（劉安に）尋ね、昨夜食べた肉が、彼の妻の肉であったことをようやく知った。【ひょっとしたら見ない聞かないでいたならば、劉安（の行為）は最後まで玄徳に知られることはなかった。その信念は妻を殺して振る舞ったことよりもさらに奇である。】❹玄徳はあまりの悲しみに打ちひしがれ、涙を流して馬に乗った。❺劉安が玄徳に、「もともとは君にお仕えしてお供致したいところなのですが、老いた母がおりますので、遠くへ参ることはかないません」と言った。【また孝子である。】玄徳は礼を述べ別れた。梁城への道に入った。すると突然日を遮るような砂塵をまきあげ、無数の大軍がやってくるのが見えた。玄徳は曹操の軍だと分かると、孫乾とともに中軍の旗のところまで入っていき、曹操に対面した。沛城を失い、二弟とはぐれ、妻と子供を見失ったことを話すと、曹操もまた涙を流した。さらに劉安が妻を殺して献上してくれたことを話した。❻曹操は孫乾に命じて金百両を劉安に届けさせた。【千金で駿馬の骨を買い、百金で狼肉の肉に礼をした。馬の骨は黄金の台に飾られ、狼の肉は劉君の腹をいっぱいにした。劉安はこの金を得て、また一人妻を娶ることができる。ただ怖く誰も嫁に来ないであろう。なぜなら、また獲物にされて客に出されてしまうからである。(三五)】

毛宗崗本は、第一に李卓吾本にある、劉安が劉備と①「同宗の者」であるという記述を削除する。妻を殺して、その肉を食べさせる劉安を劉備の「同宗」と記せば、劉備の仁に傷がつくために削ったのである。第二に、李卓吾本にはない❷「玄徳は疑わず」、❷「玄徳は驚いて尋ね」という言葉を加え、劉備が人肉と知らずに食べたことを強調する。第三に、女の遺体を見つけるところにおいて、李卓吾本では③「妻」という言葉が使われており、あたかも玄徳が妻の遺体であることが、見てすぐに分かったような描写となっているが、毛宗崗本は、❸「婦人が厨のところで殺され」とすることで、遺体を発見した段階では、まさか劉安の妻の遺体とは想像もしていない劉備が表現されているのである。

さらに、第四に毛宗崗本は、劉安が妻を殺して食べさせてくれたことを知った劉備の衝撃の大きさや悲しみを強調するため、李卓吾本では、④「痛く悲しんで馬に乗る」となっている箇所を❹「玄徳はあまりの悲しみに打ちひしがれ、涙を流して馬に乗った」と書き換え、劉備が劉安の行為を知って、いかに嘆き悲しんだかを強調している。

そして、第五に、李卓吾本にある⑤「劉安を一緒に連れて行こうとした」という記述を毛宗崗本は削除する。劉備が劉安を誘ったとは明記されていないのである。また、すぐに次の話題が提示されないことで、劉備の受けた衝撃の余韻も残される。そして、劉安の行為に感謝しつつも、自分の妻を殺害するという行いを手放しで賞賛するかのような李卓吾本の描写が、劉備の「仁」の人という人物形象を作り上げる上で、不都合であることに対して、毛宗崗本はそれを削ることで劉備の「仁」を守ったのである。

第六に、劉安の行動を劉備から聞いた曹操は、劉安に褒美として金百両を与えるが、命じただけの李卓吾本に対して、毛宗崗本は、❻「孫乾に命じて」直々に持って行かせる記述に書き換えている。これにより、曹操の劉安の行為に対する賞賛ぶりは、李卓吾本よりも強調される。曹操は、劉安の行為を知って深い悲しみを抱いた劉備と対照的に描かれ、妻よりも忠を優先する人物を絶賛し、何よりも忠を最優先させる人物として描かれているのである。

このように、妻を犠牲にして劉備の命を救った劉安を李卓吾本は高く評価する。しかも、劉備が臣下になるよう誘っているように、妻を殺して成した忠を「仁」の人劉備が高く評価する表現となっている。これに対して、毛宗崗本は、劉備の「仁」を明確に描くため、夫人の肉とは全く想像もせずに食べたように表現を改め、劉安を誘う記述も削除し、妻を殺した劉安の行いに悲しみ、戸惑う劉備を描いている。さらに、曹操の劉安への評価は、李卓吾本よりも高くしており、妻を殺してでも忠を尽くそうとする人間を高く評価する曹操の姿が描かれ、劉備の「仁」と曹操の「悪」が強調されている。

そして、毛宗崗本は、總評において劉安を次のように評価する。

（斉の桓公の料理人であった）易牙は子を殺して君主を饗したが、管仲は人の情としてこれを非と考え近づけることはなかった。劉安の事は、まさに同じではなかろうか。（いや、わたしは）同じではないと言いたい。易牙は利のため、❶劉安は義のため（にしたこと）だからである。君主が食を絶たれているわけではないのに、易牙がその子を烹たことは人の情ではない。君主が食を絶たれたさいに、介之推が（晋の文公のために）自らその腿の肉を割いたことは過ちではない。そうであっても、呂布が妻（を捨て戦いに出ず）に連綿としたのは甚だ愚かであり、❷劉安が妻を殺したのは甚だ忍《むご》いことである。唯だ玄徳だけはその中庸を得ている。（長坂坡の時のように妻子を）棄てざるを得なければこれを棄てるのは、（妻子は）兄弟の誓いを立てた（関羽と張飛との）ように生死を共にするものではないためである。もとより呂布より学ぶべきことなどはない。（妻子の命を）保てるときにはこれを保ち、また誰が（妻子を）衣服のようで手足には及ばないと云うであろうか。また劉安より学ぶべきこともない。(三六)

このように、總評は、斉の桓公においしいものを食べさせるために子を煮た易牙に比べて、劉安の行為には❶「義」があると評価するものの、妻を殺す行為は❷「甚だ忍《むご》いこと」であり、妻子を置いて逃げざるを得ない劉備とは異なる、として劉安に高い評価を与えることはない。評の中で、呂布の事例を掲げるのは、李卓吾本の評が、劉安の行為を呂布と比較して、評価しているためである。(三七)

それでは、毛宗崗本は、女性の忠の全体について、どのように考えているのであろうか。忠には限定されないが、毛宗崗本 第一百十八回の總評では、評価すべき女性として十五名の人物が挙げられている。

三国の人才の盛んなことは、ただ男子の中にこれを見るだけではなく、また婦人の中にこれを見ることができる。しかしながら男子は才があっても、必ずしもみな節があるわけではない。これに対して婦人は節がなければ、これを不才と呼ぶ。このため才を男子に論ずるには、才と節とは分れるが、才を婦人に論ずるには、必ず才と節は合す。是れは婦人の才を、男子の才を視るよりもさらに難しくしている。ただその最も難しいことが盛んであったため、三国では（婦人の才を）述べるに足りるだけの事例がある。魏の才婦は五人あり、①姜敘の母、②趙昂の妻、③辛敞の姉、④夏侯令のむすめ、⑤王経の母がこれである。呉の才婦は三人あり、⑥孫策の母、⑦孫翊の妻、⑧孫権の妹がこれである。漢の才婦は五人あり、⑨先主の夫人の麋氏、⑩北地王の夫人の崔氏、⑪武侯の夫人の黄氏、及び⑫徐庶の母、⑬馬邈の妻がこれである。臨機応変の謀略をなした⑭貂蟬のような者や、聡慧であること⑮蔡琰のような者も、またその下に位置づけられる。[三八]

毛宗崗本が總評に掲げる婦人の人才は十三人で、⑭貂蟬・⑮蔡琰よりも上であるという。それぞれどのような事跡を持つか、簡単に整理しよう。なお、（）内は、『三國志演義』の主要登場回数である。

曹魏に属する者は、五名である。①姜叙の母（六四）は、二で検討したように、曹操への忠を尽くした人物である。②趙昂の妻［王氏］（六四）も、二で検討したように、曹操への忠を尽くした人物である。③辛敞の姉［辛憲英］（一〇七）は、司馬懿のクーデタに対して、曹爽への忠を尽くすよう助言し、弟を生き残らせた者で、曹爽への忠を尽くした人物である。④夏侯令のむすめ［曹文叔の妻］（一〇七）は、再婚を拒否して鼻をそぎ落とした者で、守節した人物である。⑤王経の母（一一四）は、曹髦に忠を尽くした王経と共に処刑された者で、曹髦への忠を尽くした人物である。

孫呉に属する者は、三名である。⑥孫策の母［呉太夫人］（二九）は、于吉に祟られる孫策へ祈祷した者で、子への愛を貫いた人物である。⑦孫翊の妻［徐氏］（三八）は、才色兼備で、孫翊の仇を討った者で、夫の仇討ちをした人物である。⑧孫権の妹［孫夫人］（八四）は、劉備の妻であり、劉備が崩御すると自殺した者で[三九]、蜀漢への忠を尽くした人物である。

蜀漢に属する者は、五名である。⑨糜夫人（四一）は、井戸に身を投げて劉備の継嗣劉禅を守った者であり[四〇]、蜀漢への忠を尽くした人物である。⑩北地王の妻〔崔夫人〕（一一八）は、蜀漢の滅亡時に、夫の劉諶とともに自害した者で、蜀漢への忠を尽くした人物である。⑪諸葛亮の黄夫人（一一七）は、諸葛瞻へ「忠孝に勤めよ」との教育を行った者で[四一]、蜀漢への忠を尽くした人物である。⑫徐庶の母（三六）は、一で検討したように、後漢への忠を尽くした人物である。⑬馬邈の妻〔李夫人〕（一一七）は、劉禅を見放す馬邈に戒め、馬邈が鄧艾に降伏すると自殺した者で、蜀漢への忠を尽くした人物である。

　これら、魏呉蜀の婦人と比較されている⑭貂蟬（九）は、父のように育ててくれた王允への孝のため、身を汚して董卓を打倒した者で[四二]、後漢への忠、王允への孝を尽くした人物である。⑮蔡琰（七一）は、匈奴から曹操が買い戻し、その文学の才能を評価した者で[四三]、文学の才に秀でた人物である。

　このように、毛宗崗本が高く評価する女性十五人のうち、「忠」以外で評価される者は、④夏侯令のむすめ・⑥孫策の母・⑦孫翊の妻・⑮蔡琰の四名に過ぎない。これに対して、後漢への忠を成した⑫徐庶の母と⑭貂蟬、および蜀漢への忠を成した⑧孫権の妹・⑨糜夫人・⑩北地王の妻・⑪諸葛亮の黄夫人・⑬馬邈の妻をあわせた漢への忠を行った者は、十五例中七例を占める。そして、二で検討したように①姜叙の母と②趙昂の妻の曹操への忠は、李卓吾本に比べて低められていた。毛宗崗本における女性の忠は、漢への忠を最上のものとして描いていることが分かる。

おわりに

　蜀漢を正統とする『三國志演義』が、関羽に代表される「義」を宣揚するとともに、漢への「忠」を中心として描く文学であることは言うまでもない。たとえば、諸葛亮の「忠」は、陳寿が「出師表」を中心に置くように、『三國志』の主題でもあり、『三國志演義』においても、十二分に強調されている。

毛宗崗本は、そうした漢への「忠」の尊重を女性の表現にまで行き届かせていく。李卓吾本では、漢への「忠」と同様に高い評価がされていた曹操への「忠」の価値を下げ、蜀漢を正統とするという物語の中軸をぶれることなく表現するのである。また、徐母の「忠」を強調するあまりに、徐庶の孝を結果として貶めている李卓吾本の表現を改めて、「忠」と「孝」の狭間に苦しむ徐庶の葛藤を救い出し、何のためらいもなく徐庶を送り出す劉備の仁に傷がつかない配慮をしている。毛宗崗本は、三絶と位置付ける曹操・関羽・諸葛亮の人物像を明確に描くとともに、漢を代表する劉備の「仁」をも明確に描くため、「忠」の表現を工夫しているのである。

物語の細部まで主題が統一的に表現されていることが、文学としての完成度を示す指標の一つであるならば、毛宗崗本は、李卓吾本を代表とするそれまでの『三國志演義』に比べて、完成度の高い文学作品と言えよう。

《 注 》

（一）義絶関羽の義を際立たせるために、忠の属性を関羽の表現から毛宗崗本が削除している事例が多いことについては、本書第二章・第八章を参照。

（二）中国近世において最も重視されるべきと考えられていた貞節が、孝よりも優先されないことについては、仙石知子〈二〇〇八〉・〈二〇〇九〉を参照。

（三）忠孝先後論争については、尾形勇《一九七九》を参照。

（四）たとえば、笠井直美〈一九九二〉によれば、『水滸傳』における忠義は、皇帝・国家への忠義とは違った意味の忠義である、すなわち仲間（とくに義兄弟）に対する誠実な態度である、としている。

（五）昱曰、徐庶爲人至孝。【求忠臣、必於孝子之門。庶既孝子、卽安肯爲操用乎。】幼喪其父、止有老母在堂。現今其弟徐康已亡。老母無人侍養。丞相可使人賺其母至許昌。令作書召其子、則徐庶必至矣。【不以丞相召之、而以母召之。固知庶之不可召也。】（毛宗崗本　第三十六回）。

（六）漢代における孝と忠との関係については、渡辺信一郎〈一九八六〉を参照。

（七）徐母兩目圓睜、𠮟聲而言曰、汝何虛誑之甚也。吾久聞玄德乃中山靖王之後、漢景帝閣下玄孫、有堯舜之風、懷禹湯之德。〔好婆子。〕況又屈身下士、②恭巳待人、世之黃童白叟、牧子樵夫、皆知其名。眞當世之英雄也。吾兒輔之、得其主矣。汝雖托名漢相、實乃漢賊。卻言玄德爲逆臣、〔①聖婆聖母。漢朝第一忠臣也。〕豈不自恥。如何使吾兒背明投暗、惹萬代之罵名乎。言訖、③投筆于地、取石硯便打曹操（李卓吾本　第三十六回）。

（八）徐母厲聲曰、汝何虛誑之甚也。吾久聞玄德乃中山靖王之後、孝景皇帝閣下玄孫、【說玄德的是宗室。】屈身下士、❷恭己待人、仁聲素著。世之黃童白叟、牧子樵夫、皆知其名。眞當世之英雄也。【說玄德的是好人。】吾兒輔之、得其主矣。【破美玉汚泥句。】汝雖托名漢相、實爲漢賊。【破天子之前保奏句。】乃反以玄德爲逆臣、【破逆臣背叛句。】欲使吾兒背明投暗、豈不自耻乎。【破作書喚回句。先極口讚玄德、後極口罵曹操、比禰衡・吉平尤爲痛快。】言訖、❸便取石硯打曹操。【此一石硯抵得博浪椎。】（毛宗崗本　第三十六回）。

（九）仁と孝が「仁孝」と併称され、たとえば皇太子の資質に必要不可欠とされたことについては、渡辺信一郎〈一九七八〉。

（一〇）漸離以筑擊秦皇、而秦皇殺漸離。徐母以硯擊曹操、而曹操不敢殺徐母。是徐母之威更烈於漸離矣。張良擊秦不中、而不見執於秦。徐母擊操不中、而拚見執於操。是徐母之膽更壯於張良矣。奇婦人勝似奇男子、不獨列女傳中罕見之、卽豪士傳中亦罕見之（毛宗崗本　第三十六回　總評）。

（一一）①玄德哭曰、子母之道、乃天性也。元直無以備爲念、而割其天愛。待與老夫人相見之後、再從聽教（李卓吾本　第三十六回）。

(一二) ❶玄德聞言大哭曰、子母乃天性之親。元直無以備為念。待与老夫人相見之後、或者再得奉教。【玄德更不相留、❷真善体孝子之情。】(毛宗崗本 第三十六回)。

(一三) 玄德與盃勸徐庶曰、備分淺緣薄、不能與先生相從聽誨、望先生善事新主、①以全孝道。庶泣曰、某才微智淺深荷使君重用。今不幸半途而別、實爲母之故也。〔一副好君臣。〕縱曹操逼勒事之、終身不設一謀。②豈不忠也、非所願也 (李卓吾本 第三十六回)。

(一四) 玄德擧盃謂徐庶曰、備分淺緣薄、不能與先生相聚、望先生善事新主、❶以成功名。【還將舊來意、憐取眼前人、何其言之痛也。】庶泣曰、某才微智淺、深荷使君重用。今不幸半途而別、實爲老母故也。縱使曹操相逼、庶亦終身不設一謀。【是血性語。其急歸見母、則依依孺子。其誓不佐操、則烈烈丈夫。】(毛宗崗本 第三十六回)。

(一五) 曹操不強留關公、以全其兄弟之義。玄德不強留徐庶、以全其母子之恩。兩人之心同乎。曰、不同。曹操之於關公、佯縱之而陰阻之、及阻之不得而後送之。若玄德之於徐庶、則竟送之而已。且曹操深欲袁紹之殺玄德、而玄德惟恐曹操之殺徐母。一詐一誠、相去何啻天淵 (毛宗崗本 第三十六回 總評)。

(一六) 蔡瑁假玄德之詩而劉表疑之、程昱假徐母之書而徐庶信之、豈庶之智不如表哉。情切於母子故也。緩則易於審量、急則不及致詳。疏則旁觀者清、親則關心者亂。若徐庶遲疑不赴、不成其爲孝子矣。故君子於徐庶無譏焉 (毛宗崗本 第三十六回 總評)。

(一七) 徐母大驚曰、汝緣何至此。庶答曰、近于新野從事劉豫州、偶得母書、故星夜至此。徐母勃然大怒曰、辱子飄蕩江湖二十餘年、吾以爲汝習儒學業日有進益。何其反不如初也。〔聖母也。活佛也。〕汝自幼讀書、須知忠孝之道不能兩全。必識曹操欺君罔上之賊。劉玄德仁義布于四海、誰不仰之。況乃漢室之胄、吾以爲汝得其主矣。今憑一紙僞書、更不推辭、詳其虚實、遂棄明投暗、自取惡名。汝眞匹夫也。①吾有何面目汝相見、玷辱祖宗之徒、空生于天地之間耳。罵得徐庶、②伏于堦下、不敢仰視。母自轉于屛風後、少時人忽報曰、老夫人自縊于梁間。徐庶慌入救時、母氣已絶。〔死得快活。人生有此等死、大幸也。〕(李卓吾本 第三十七回)。

（一八）母大驚曰、汝何故至此。庶曰、近于新野事劉豫州、因得母書、故星夜至此。徐母勃然大怒、拍案罵曰、辱子飄蕩江湖數年、吾以爲汝學業有進、何其反不如初也。【元直始不過爲俠客、繼則居然作名士。本是後勝於初、乃責其反不如初。妙甚。】汝既讀書、須知忠孝不能兩全。豈不識曹操欺君罔上之賊。劉玄德仁義布于四海、況又漢室之冑。汝既事之、得其主矣。今憑一紙僞書、更不詳察、遂棄明投暗、自取惡名。眞愚夫也。❶吾有何面目與汝相見。汝玷辱祖宗、空生于天地間耳。【前罵曹操可敬、今罵徐庶更可敬。罵庶深於罵操矣。】罵得徐庶❷拜伏於地、不敢仰視。母自轉入屛風後去了。少頃家人出報曰、老夫人自縊于梁間。徐庶慌入救時、母氣已絕。【本欲全母之生以歸、乃歸而反速母之死。元直其抱恨終天乎。】

（一九）徐元直不奇、其母大奇。眞元直之母也、可敬可敬。若是單福又安得此母乎、一笑一笑（李卓吾本 第三十六回 總評）。このあと、李卓吾本の總評は、徐庶が「大賢」であるとしているが、それは諸葛亮を推薦したことに関わる評価であって、徐母との比較においては、徐庶は貶められている。

（二〇）徐庶之母與王陵之母、皆賢母也。陵母之死、恐其子之歸楚。庶母之死、怒其子之歸曹。然庶母不死於曹操召見之初、而死於徐庶既歸之日、或恨其死之晩矣。予曰、不然。曹操非項羽比也、羽直而操詐。庶母卽欲先死以絕庶之望、而奸詭如操、何難祕之而不使庶知。又何難於母死後假作母書以招庶乎。此不得爲庶母咎也（毛宗崗本 第三十七回 總評）。

（二一）楊阜過歷城、來見姜敍。敍與阜是姑表弟兄、姜敍乃受漢爵撫夷將軍。①敍母大賢是阜之姑、阜別馬超逕來見姑、哭拜于地而言曰、守城不能完、主亡不能死。愧無面目見姑。且馬超③背父叛君、妄殺郡守。豈獨楊阜憂責、一州士大夫、皆受其恥。今吾兄坐據歷城、竟無討賊之心、此趙盾所以書弑其君。言罷、淚流出血、④後人有詩曰、包胥向日哭秦庭、楊阜今朝慟歷城。欲報冤讐流血淚、千年萬載仰高淸。敍母聞知、喚姜敍入、責之曰、韋使君遇害、亦爾之罪。豈獨義山哉。母又謂阜曰、汝既降人、且食其祿、何故又興心討之。阜曰、吾從賊者、欲留殘生與主報冤也。敍曰、馬超英勇。急難圖之。阜曰、有勇無謀、容易圖之。吾已暗約下梁寬・趙衢使爲內應。兄若肯興兵、梁寬・趙衢必內應也（李卓吾本 第六十四回）。

（二二）楊阜過歷城、來見撫彝將軍姜敍。敍與阜是姑表兄弟、敍之母是阜之姑、❷時年已八十二。當日、❶楊阜入姜敍內宅、拜見其姑、哭告曰、阜守城不能保、主亡不能死。愧無面目見姑。馬超❸叛君、妄殺郡守、一州士民無不恨之。今吾兄坐據歷城、竟無討賊之心、此豈人臣之理乎。言罷、涙流出血。【楊阜思報其主、當許貢之客並稱。】敘母聞言、喚姜敘入、責之曰、韋使君遇害、亦爾之罪也。又謂阜曰、汝既降人、且食其祿、何故又興心討之。阜曰、吾從賊者、欲留殘生與主報冤也。敘曰、馬超英勇。急難圖之。阜曰、有勇無謀、易圖也。吾已暗約下梁寬・趙衢。兄若肯興兵、二人必爲內應（毛宗崗本 第六十四回）。

（二三） 毛宗崗本は、曹魏への忠を高く評価する場合もある。第一百十四回では、王経とその母の曹魏への忠を高く評価しているが、それは、王経が蜀漢を滅ぼす司馬昭に抵抗して曹魏を守ろうとしたためである。そして、王経を讃える詩は、李卓吾本のまま削除されずに毛宗崗本にも記載されている。

（二四） 同じく第六十四回の李卓吾本が、「（楊阜）諫曰、超等叛君無父之徒、此城中之人有死無二」とするところを、毛宗崗本は「參軍楊阜哭諫曰、超等叛君之徒、豈可降之」と書き換えている。

（二五） 敘母曰、汝不早圖、更待何時。誰不有死。死於忠義者、死得其所也。勿以我爲念。汝若不聽義山之言、吾先死矣。以絕汝念。〔①賢母。〕（李卓吾本 第六十四回）。

（二六） 敘母曰、汝不早圖、更待何時。誰不有死。死於忠義、死得其所也。勿以我爲念。汝若不聽義山之言、吾當先死、以絕汝念。【❶一個女丈夫、可比斷頭將軍。】（毛宗崗本 第六十四回）。

（二七） 於姜敘宅、拿出老母①年八十有二。敘母全無懼色。指馬超大罵曰、②汝背父無君。逆天之賊。天地久不容留汝。汝不早死、敢以面目視人乎。超大怒、自取劍殺之。③後史官詩曰、賢哉姜敘母、勸子早興兵。報本如山重、捐軀若紙輕。王陵親可並、孟氏母重生。讀史應哀感、令人兩涙傾（李卓吾本 第六十四回）。

（二八） 至姜敘宅、拿出老母。母全無懼色、指馬超而大罵。超大怒、自取劍殺之。【姜敍又送了一個母親。】（毛宗崗本 第六十四回）。

（二九） 楊阜之爲韋康報仇、義也。而其攻馬超以助曹操、則非義。馬騰兩番受詔、兩番討賊、固漢之忠臣也。其子之欲雪父恨則孝、承父志而討國賊則忠。奉一欺君罔上之曹操、而攻一忠孝之馬超、以超爲賊、而不知操之爲賊、故楊阜之義、君子無取焉

（毛宗崗本 第六十四回 總評）。

(三〇) 趙昂當日應允、歸見其妻王氏曰、吾今日於姜敘・楊阜・尹奉一處商議、欲報主人韋康之仇、早欲動兵。吾想其子趙月見跟馬超、必被害矣。因此持慮未定。其妻厲聲應曰、雪君父之大恥、喪身不足爲重。何況一子哉。汝顧其子而不行、吾當先死矣。〔②賢妻。〕趙昂乃決。次日一同起兵、姜敘・楊阜屯歷城、尹奉・趙昂屯祁山。王氏乃盡將首飾資帛、亦親自往祁山軍中、賞勞軍士以勵其衆。〔姜母・王妻賢哉。兩婦人也男子不如矣。〕①後有詩曰、趙昂妻王氏、催夫報主讐。喪身猶不重、滅子復何憂。盡把家財散、親將士卒酬。三分賢達婦、萬載姓名留（李卓吾本 第六十四回）。

(三一) 趙鄗當日應允、歸見其妻王氏曰、吾今日與姜敘・楊阜・尹奉一處商議、欲報韋康之仇。吾想子趙月現隨馬超、今若興兵、超必先殺吾子、奈何。【亦有謀及婦人而不失者、趙昂是也。】其妻厲聲曰、雪君父之大耻、雖喪身亦不惜。何況一子乎。君若顧子而不行、吾當先死矣。【❷又一個女丈夫、可比斷頭將軍。】趙昂乃決。次日一同起兵、姜敘・楊阜屯歷城、尹奉・趙昂屯祁山。王氏乃盡將首飾資帛、親自往祁山軍中、賞勞軍士以勵其衆。【當以夫人爲主帥、以趙昂爲偏・裨。】（毛宗崗本 第六十四回）。

(三二) 人謂姜敘之母同於太史慈之母。慈之母勉其子以報孔融、敘之母勉其子以報韋康。此則其可嘉者也。我謂姜敘之母、異於徐庶之母。❶庶之母知操之爲賊、敘之母不知討操者之非賊、而助操者之爲賊。此則其可惜者也。人謂趙昂之妻異於呂布之妻。布之妻阻其夫之出戰、昂之妻勵其夫以起兵。此則其可嘉者也。我謂趙昂之妻同於劉表之妻。❸表之妻背劉備而從曹操、致其身與子俱死。昂之妻助曹操以攻馬超、身幸免於死、而亦致其子於死。此又其可惜者也。雖然郭嘉・程昱等輩、天下所稱智謀之士。猶然不明順逆、而何論於婦人哉。尙論者於楊氏・王氏可勿譏云（毛宗崗本 第六十四回 總評）。

(三三) 李卓吾本も第一百十四回の總評で、王経の母子と王陵の母とを比べながら、漢への忠と曹操への忠とは重さが異なり、漢への忠が重要であることを述べている。しかし、そうした主張が、表現の次元において十分に発揮できていないのである。自らの主張を表現しきれていないという点において、李卓吾本の文学的価値は低いと言わざるを得ない。

(三四) 忽到一家投宿。其家一後生出拜、問之、乃獵戶劉安也。①聞是同宗、豫州牧至遍、尋野味不得、殺其妻以食之。玄德曰、此何肉也。安曰、乃狠肉也。〔劉安亦奇。〕二人飽食。天晚夜宿。至曉辭去、後院取馬、③見殺其妻于廚下、臂上盡割其肉。玄德問之、方知是他妻肉。④痛傷上馬、⑤欲帶劉安去。安曰、老母見在、不可遠行。玄德謝了。遂取路出梁城。忽見塵頭蔽日、漫山塞野軍馬來到。玄德迎之、乃是操軍也。直到中軍旗側、下馬拜迎、操亦下馬答之。說失沛城、散二弟陷老小、操亦下淚。更說劉安殺妻爲食之事。⑥操令孫乾以金百兩賜之（李卓吾本 第十九回）。

(三五) 一日、到一家投宿。其家一少年出拜、問其姓名、乃獵戶劉安也。【是喜吃野味人。】當下劉安聞豫州牧至、欲尋野味供食、一時不能得、【野味難得、不若家味之便。】乃殺其妻以食之。【奇絕。古名將亦有殺妻饗士者。婦人不幸生亂世、遂使命如草菅、哀哉。玄德以妻子比衣服、此人以妻子爲飲食、更奇。】玄德曰、此何肉也。安曰、乃狠肉也。【人有溺愛悍妻者、但知妻是肉、不知妻是狠、當以劉安之法處之。若在懼內者言之、當名曰、獅子肉。】❷玄德不疑、遂飽食了一頓。【曹操在呂奢家誤認猪是人、玄德在劉安家誤人是狠。曹操不曾吃得一塊猪肉、玄德飽吃一頓人肉。不食猪肉者反是惡人、吃人肉者反不失爲好人。】天晚就宿。【不知劉安此夜如何睡得着。】至曉將去、往後院取馬、❸忽見一婦人殺於廚下、【不意取馬反忽見狠。】臂上肉已都割去。【昨宵深得此一臂之力、玄德髀肉可復生。此婦臂肉安得復生耶。】❷玄德驚問、方知昨夜食者、乃其妻之肉也。【設或不見不問、則劉安終不使玄德知之。其立念比殺妻饗士者更奇。】❹玄德不勝傷感、洒淚上馬。❺劉安告玄德曰、本欲相隨使君、因老母在堂、未敢遠行。【又是孝子。】玄德稱謝而別。取路出梁城。忽見塵頭蔽日、一彪大軍來到。玄德知是曹操之軍、同孫乾徑至中軍旗下、與曹操相見。具說失沛城、散二弟、陷妻小之事、操亦爲之下淚。又說劉安殺妻爲食之事、❻操乃令孫乾以金百兩往賜之。【千金買駿骨、百金謝狠肉。一上黃金臺、一飽劉君腹。劉安得此金、又可娶一妻矣。但恐無人肯嫁之耳。何也、恐其又把作野味請客也。】（毛宗崗本 第十九回）。

(三六) 易牙殺子以饗君、管仲以爲非人情不可近。劉安之事、將毋同乎。曰、不同。牙爲利也、❶安爲義也。君非絕食、則易牙之烹其子爲不情。君當絕食、則介之推自割其肉不爲過也。雖然、呂布之戀妻也太愚、❷劉安之殺妻也太忍。唯玄德爲得其中。不得不棄而棄之、何必如兄弟之誓同生死、固不當學呂布。得保則保之、又誰云衣服之不及手足、亦不當學劉安（毛宗崗本 第十九回 總評）。

(三七) 李卓吾本 第十九回の評に、「劉安が妻を殺したことは、もとより中道ではない。(しかし) なお呂布が妻のために身を殺したことよりは勝る。(劉安殺妻、固非中道。猶勝呂布因妻而殺身者也)」とある。

(三八) 三國人才之盛、不獨於男子中見之、又於婦人中見之。然男子有才、不必其皆節。而婦人無節、卽謂之不才。故論才於男子、才與節分、論才與婦人、必才與節合。是婦人之才、視男子之才而更難也。惟其最難而能盛、則三國有足述焉。魏之才婦有五、①姜敘之母、②趙昂之妻、③辛敞之姉、④夏侯令之女、⑤王經之母是也。吳之才婦有三、⑥孫策之母、⑦孫翊之妻、⑧孫權之妹是也。漢之才婦有五、⑨先主之夫人麋氏、⑩北地王之夫人崔氏、⑪武侯之夫人黄氏、及⑫徐庶之母、⑬馬邈之妻是也。至於權變如⑭貂蟬、聰慧如⑮蔡琰、又其下者耳(毛宗崗本 第一百十八回 總評)。

(三九) 孫夫人については、本書第六章で詳論した。

(四〇) 麋夫人については、本書第九章で詳論する。

(四一) 黄夫人については、本書第九章で詳論する。

(四二) 貂蟬については、本書第六章、および仙石知子〈二〇一五〉で詳論した。

(四三) 蔡琰の文学については、渡邉義浩〈二〇一五〉を参照。

第八章　関公秉燭達旦

はじめに

毛宗崗本は、関羽を三絶の一人である「義」絶に高め、その義を表現することに意を注いだ。中国近世において義は、「国家の支配理念としての義」である⑴国家の正統性・正閏論の義、⑵君臣関係・体制内の上下関係の義、また「共同性を示す義」である⑶共有に代表される繋がりの義、⑷利を否定する朱子学の義、そして「個人間の信頼関係としての義」である⑸遊俠（任俠）的な義、さらに自らを犠牲にして他人を救う⑹利他の義、などがある。毛宗崗本は、「義」絶関羽を象徴する義を、華容道で曹操を救う第五十回「關雲長義釋曹操」の「利他の義」に求めた（本書第二章）。

「利他の義」を関羽の義の象徴としながらも、一方で毛宗崗本は、⑺関羽の「男女の義」を強調していく。関帝信仰が全盛期を迎えていた清代において、関羽は「男女の義」を体現する存在とされていたためである。毛宗崗本は関羽に「男女の義」を体現させるため、これまでの『三國志演義』には含まれていなかった「關公秉燭達旦」という話を加えた。本章は、毛宗崗本が「關公秉燭達旦」を加えて「男女の義」を強調した背景を探るものである。

一、女性の貞操を守る「男女の義」

毛宗崗本は、関羽を三絶の中の「義」絶と位置づけるため、それまで「忠義」と称されることの多かった関羽の像を、「忠」を削って「義」に秀でた人物像へと書き換えようとしている。「忠」であれば、君主の劉備と敵対する曹操を華容道で救うことなどできないためである。毛宗崗本は、凡例で、関羽に係わる次の事例を削ったとする。

一、俗本の記事には誤りが多い。たとえば「昭烈 雷を聞いて節《はし》を失う」や「馬騰 京に入って害に遇う」、「関公 漢寿亭侯に封ぜらる」のような類は、みな古本とあわない。……今すべて古本に従ってはっきりと改めた。(一)

毛宗崗本が削るべきとした「関公 漢寿亭侯に封ぜらる」は、李卓吾本に残る、関羽の漢への忠と曹操の関羽への思い入れをよく表現している虚構である。(二)関羽を「忠」臣として描くこの場面を削除することは、毛宗崗本が「忠」臣としての関羽の姿を重視していないことを示そう。

一方、毛宗崗本は凡例の中で、「関公 燭を秉りて旦に達る（關公秉燭達旦）」を加えるべき事例として、次のように掲げている。

一、記事には欠かすことのできないもの、たとえば「関公 燭を秉って旦に達る」、「管寧 席を割り坐を分く」、「曹操 香を分け履を売らしむ」、「于禁 陵廟に画を見る」、さらには「武侯夫人の才」、「康成の侍児の慧」、「鄧艾 鳳兮の対」、「鍾会の不汗の答」、「杜預の『左傳』癖」のような話は、俗本ではみな削り去って記述していない。今すべて古本に従ってこれらをとどめ、読者が全貌を窺うことができるようにした。(三)

毛宗崗本は、古本に合わないとして、関羽の忠を表現する「漢寿亭侯」の虚構を削除する一方で、これまでの『三國志演義』には無かった「秉燭達旦」を加えることで、関羽に「男女の義」を体現させるのである。(四)「秉燭達旦」は、以下のような場面で行われる。

官渡の戦いが始まる前、袁紹の優柔不断を知る曹操は、両面作戦を避けるため、最初に劉備を征討した。劉備は敗れ、関羽と妻子を奪われて、袁紹のもとに逃れていく。その際、関羽は、降服を勧める張遼に、１「漢に降るも曹には降らず」、２「夫人に何人も近づけず」、３「劉備が見つかり次第帰参する」という三つの条件を出して降伏する。曹操はこれを認めながらも関羽を厚遇し、自らの臣下とすることを目指す。曹操は、関羽を色仕掛けの罠にはめて、劉備に帰参できなくさせようとする。関羽が降服して許昌に向かう道すがら、曹操は降服条件の２を関羽自らに破らせるため、劉備の夫人たちと関羽に別々の部屋を与えなかったのである。それに対する関羽の対応が「秉燭達旦」である。

「秉燭達旦」が本格的に『三國志演義』に取り入れられたのは、毛宗崗本を最初とするが、その起源は、演劇や講談に由来する虚構である。(五)「江糜二婦下徐州」(『精選續編賽全家錦三國志大全』〈『風月錦囊箋校』中華書局、二〇〇〇年〉に所収)には、混江竜と駐雲飛の台詞の中で「秉燭達旦」が言及され、(元)潘榮『通鑑總論』(朱熹の『資治通鑑綱目』の明刊本に附載)にも言及される。後者には、「燭を明らかに灯して朝まで門外に立ちつくすことは、関羽の大いなる節義を示す(明燭以達旦、乃雲長之大節)」という記述がある。(六)また、毛宗崗本以前の『三國志演義』としては、周曰校本の考證にも、次のように言及されている。

[考證]『三國志』の関羽の本伝に、「関羽は下邳に戦って敗れ、昭烈帝(劉備)の夫人とともに、曹操の捕虜となった」とある。曹操は関羽と劉備の君臣の義を乱そうと思い、夫人と関羽をともに一室に泊まらせた。関羽は嫌疑を避けるため、燭《あかり》を持って夫人に侍り、明け方まで至った。まさしくこれは一宅を分けて、両院とする時

のことである。このため『通鑑斷論』は、「燭を明らかに灯して朝まで門外に立ちつくすことは、関羽の大いなる節義を示す」という。(七)

以上のような展開を受けて、毛宗崗本 第二十五回「屯土山關公約三事」は、「秉燭達旦」を次のように描いている。

途中宿場に着くたびに、曹操は君臣の礼を乱そうとして、関公を二人の嫂と同室させた。関公はそこで燭を手にして、戸外に立ちつくし、夜から明け方まで、疲労の色を見せなかった。【曹操は三事の中の第二事で、関公を試した。関公は男女の辨をわきまえ、凛然として乱れなかった】。曹操は関公のこのようすを見て、いよいよ敬服した。(八)

関羽は、曹操による色仕掛けに全く動ずることはなかった。注目すべきは、本文では、曹操が「君臣の礼」を乱そうとしたとすることに対して、評では、関公が「男女の辨」(九)をわきまえたとすることである。すなわち、関公の「秉燭達旦」が「君臣の礼」を守る行為であることを踏まえた上で、それが「男女の辨」として現れている、と毛宗崗本は表現するのである。それは、降伏時の約束としては、毛宗崗本では、次のように語られている。

関公は（曹操に降服する三つの条件を示し）、「第一は、わたしは皇叔（劉備）と誓いを立て、ともに漢室を扶けるとした。わたしがいま降るのはただ漢帝だけであり、曹操ではない。【君臣の分を辨じている。】第二は、二人の嫂には皇叔の俸禄をたまわって用立てをし、いかなる者も、門内に立ち入るのを許さない。【男女の義を厳しくしている。】第三は、皇叔の行方を知り次第、たとえ千里万里といえども、すぐさま辞去する。【兄弟の義を明らかにしている。】この三つに一つ欠けても、断じて降ることはない」と。(一〇)

関羽が曹操への降伏時の第二の約束として、「二人の嫂」の「門内に立ち入るのを許さない」と求めたことに対して、毛宗崗本は、「男女の義を厳しくしている」と評をつけ、関羽が女性の貞操を守る「男女の義」を重んじたことを強調している。

さらに毛宗崗本は、曹操から関羽への恩寵に関する描写を書き換えることで、関羽が「好色」ではないことを強調する。

李卓吾本 第二十五回「張遼義説關雲長」には、次のようにある。

（曹操は）綾錦百匹と①金銀の器をうち揃えたが、関公はみな二嫂に送った。関公が許昌に到ると、曹操は甚だ厚く待遇した。三日ごとに小宴会、五日ごとに大宴会を開き、②馬にのると金をささげ、馬からおりると銀をささげた。また美女十人を送り、関公に侍らせた。理由をつけて断ることができないので、賜った美女はすべて奥に送って、二嫂に仕えさせた。③二嫂は金銀や綾錦の受けた額を記録し、明らかにして倉庫に仕舞った(二一)。

李卓吾本では、曹操が関公に金・銀を贈る様子が二度、二嫂が金・銀を仕舞う様子が一度、計三回の金・銀が描かれる。これに対して、毛宗崗本 第二十五回「屯土山關公約三事」は、次のように描いている。

（曹操は）①また綾や錦や金銀の器を（関公に）送ったが(二二)、関公はみな二嫂に送って、保管をお願いした。関公が許昌に到ると、曹操は甚だ厚く待遇した。三日ごとに小宴会、五日ごとに大宴会を開いた。②また美女十人を送り、関公に侍らせたが、関公はすべて奥に送って、二嫂に仕えさせた。【好色では関公を眩惑することはできない。(二三)】

毛宗崗本は、金銀を一度しか出さないことにより、美女を贈ったことを際立たせ、曹操が色により関羽を眩惑したことを強調し、評でも指摘する。「秉燭達旦」に続く場面で、関羽が好色ではない様子を表現することに努めていることが分かる。

以上のように「秉燭達旦」を描いた毛宗崗本は、第二十五回總評において次のように評している。

雲長の「秉燭達旦」の一事を見ると、曹操はその内外上下の礼を乱そうと考えており、曹操の心は甚だ悪である。……（曹操が）これによって関公を試そうと考えたことは、奸雄の中の奸雄であり、まことに鬼《き》や蜮《よく》（人を射る害虫）のようである。(一四)

毛宗崗本が凡例で「欠かすことのできない」と述べるほど、「秉燭達旦」を重視するのは、この虚構が、関羽が「男女の義」を持つことを表現するだけではなく、曹操の奸も明確に示すためなのである。

毛宗崗本は、口を極めて曹操が関羽を嫂と同室にさせようとしたことを非難している。逆に考えれば、こうした状況下に置かれた男女の間では誤りが起こる、とみられることが常であった。同じ明清時代の小説には、それを前提とした物語がある。

二、明清小説に描かれた旅と女性

明末に馮夢龍が編纂した『警世通言』巻二十一「趙太祖千里送京娘」の正話は、北宋の建国者である趙匡胤が、千里のかなたに娘を送る話である。その要約は、以下のとおりである。

宋の太祖、趙匡胤は、若いころ叔父の趙景清が観主をしていた太原の清油観で、盗賊に捕らえられ、閉じ込められ泣いている女性を発見した。その女性は、趙京娘といい、若く美しい女性だった。趙匡胤は、盗賊の仕返しに怯える叔父を説得し、京娘を家まで送り届けることを決めた。叔父は、「途中で盗賊に出くわす可能性がある。単独で娘を連れて歩くのは無理だ」と言ったが、趙匡胤は、「漢末三国のとき、関雲長は千里を行き、皇叔の二夫人を守って、義兄との再会を果たした。それこそ男たる者のあり方だ。盗賊に遭えば成敗するまでさ」と答える。さらに、叔父は、「古くから、男女は席を同じくせず、と言う。おまえが善意で送り届けようと考えていても、若い男女が同行するとなれば、周囲から嫌疑をかけられ、英雄にとっても汚点となるぞ」と言って趙匡胤を止めようとした。しかし、趙匡胤は、叔父の話を笑い飛ばした。そして、京娘に対しては、「叔父は周囲に疑われることを心配している。俺たちはともに姓が趙だから、五百年先まで同じ家の者だ。今日から俺たちは兄と妹だ」と言って、京娘とともに清油観をあとにした。途中、盗賊に遭遇したが、趙匡胤は土地神の力を借りて、盗賊を平定した。京娘は、趙匡胤に感謝し、身を捧げることで報いたい、と申し出た。しかし、趙匡胤は、「あなたを助けようとしたまでで、下心があったわけではない。まして俺たちは同姓だ。結婚するのは難しい。俺は女色に惑わされない柳下恵（春秋魯の人）だ。戯言はやめて欲しい。人の笑い者になる」と言って、京娘の申し出を拒否した。のちに趙匡胤は無事、両親のもとに京娘を届けた。両親は趙匡胤に深く感謝したが、道中二人がずっと一緒だったことから、二人の仲を疑って趙匡胤を婿にしようとした。それを聞いた趙匡胤は、「自分は義気でやったまでのこと。こんなことを言われて侮辱されるとは、俺の良心が無駄にされたようなものだ」と激怒し、去って行った。京娘は、恩人に報いることができないことと、恩人の名誉を傷つけたことを深く悲しみ、恩人の汚名を晴らすため、壁に詩を書くと、その夜、首を吊って自殺した。京娘が書き残した詩を見て、両親は、ようやく二人が清い仲であったことを知った。のち皇帝となった趙匡胤は、京娘の貞節を知ると、深いため息をついて、京娘を貞節夫人に封じ、祠を建てた。

この話の中で、趙匡胤は、「義」のため千里のかなたに二人きりで娘を送りながらも、下心を持たなかった。それにも拘らず、家では二人の仲を疑い、夫婦にさせようとし、趙匡胤の名誉を傷つけたため、娘は自殺して貞節を現した。この話の前提は、男女が共に旅をし、宿を重ねた場合には、ねんごろな関係を持つことは当たり前という、京娘の家の対応である。趙匡胤は、こうした社会通念を打破することにより「義」を貫いた。

この話は明代の成立なので、傍線部に関羽の「千里独行」を踏まえているが、「秉燭達旦」は、踏まえられていない。したがって、関羽は女性連れでも強かった事例として掲げられるだけで、男女が宿を重ねても「男女の義」を守れるものがいる、という事例には使われていない。毛宗崗本が、「秉燭達旦」を入れ、関羽の「男女の義」を明確にした理由の一つである。渡邉義浩《二〇一一a》は、趙匡胤が娘と同姓であることは「義」を尽くす要因であるが、「秉燭達旦」の関羽の場合には、義兄であり、主君である劉備への「忠」が、「義」を尽くすべき要因として加わっている、とする。

これを踏まえたうえでなお、毛宗崗本は、「秉燭達旦」により、旅する商人に対して女性への淫を戒めようとした、と言えるのではないか。そうであれば、かかる記述の背景には、遠隔地商業の発展と、小説の新たな受容者として商人層が重視されたことがあろう。

渡邉義浩《二〇一一a》によれば、明清時代における遠距離交易を担った者は、主として山西商人である。山西商人は、商売の際に同郷の関羽を守護神として崇拝するとともに、国家財政の八割を占める軍事費、税収入の五割を占める塩税、それらを一手に取り扱うことで、莫大な財を築きあげた。国家が戦いに際して関羽に祈りを捧げるのは、関羽が山西商人の守護神となっているからである。関羽信仰は、商人と国家権力とが癒着するための手段であった。関羽信仰の発展理由は、第一に異民族の侵攻に対する国家の守護神としての期待の高まり、第二に三国物語（のち『三國志演義』）の普及と朱子学による蜀漢正統論の確立、第三に山西商人による関羽信仰の本格化と山西商人の経済力の増大、第四に明末清初における遠隔地貿易の発達がある。世界商業圏に中国経済が組み込まれることで、それまでは比較にならない規模で遠隔地貿易が発達した。山西商人は、新安商人（徽州商人）とともに、その重要な担い手であった、という。

清は、山西商人の守護神であった関聖帝君を儒教的武神として孔子と並べ尊重し、山西商人との結合の証とした。『三國志演義』の著者である羅貫中は、山西省出身である、という。（二五）これを受けて、渡邉義浩《二〇一一a》は、『三國志演義』は、山西商人と国家権力との結合のもと、関帝信仰を広げるメディアの一つとなった作品、と考えている。

そうした考え方が成立するのは、この時期に小説を読む人々が飛躍的に増加したためである。（明）葉盛『水東日記』巻二十一 小説戯分は、それを次のように記録している。

最近の書坊は利潤を求める者たちに伝授して、みだりに小説・雑書をつくっている。南人は光武帝の故事・琵琶記・楊家将を好んで談じ、北人は継母や大賢を好んで談じることがたいへん多い。農民や工人や商売を営むものは、書き写し絵を描いて、家に畜え人ごとにこれを持っていた。馬鹿な女婦どもは、とりわけ（小説・雑書を）喜んだので、好事者がそのため、題目をつけて女通鑑としたのも理由のあることだ。……官にある者もこれを禁止することができず、士大夫もこれを非とすることができない。なかにはこれを警世のためになるとか、ひそかに煽り立てるものも、またあったという。（二六）

ここには、商人階層の小説の受容が描かれている。余英時は、これを「小説・戯曲が大流行したことは、都市の商人階層の勃興と関係がある」と位置づける。（二七）首肯し得る見解である。

そうした遠隔地商人の小説受容を背景に、旅と女性に関わる記述も増加していく。新安商人の記録である（明）程春宇（輯）『士商類要』は、「醒迷論」として、旅と女の関係を次のように描いている。

色に淫することになれば、財産を傾け、家の資産を破滅させても、よろこんで貢ぎ続ける。ひどい場合には飢え死したり、盗賊となっても、死ぬまで悟ることはない。……そのため色に死ぬものは、これを敗家子と呼ぶ。……このようであれば楚館・秦楼（いずれも妓楼）は楽園ではなく、落とし穴の巣窟である。歌姫・舞女は楽人ではなく、家を破る魑魅魍魎である。顛鸞・倒鳳（男女の交歓）は楽事ではなく、狐や狸のまやかしである。識者はどのように考えるであろうか。(一八)

ここでは、客商が遠方に出た場合、最も戒めるべきは、女性と関係を持たないこととされている。(一九)『士商類要』という客商のための手引き書は、女性に入れ揚げて、家を破ることを戒めているのである。

一方、商売女にとっては、客商は格好の顧客であった。『開巻一笑集』巻二 娼妓述には、次のような手練手管が記される。

富商が帰国をしようとすると、いよいよ深く情を寄せ、別離のときには、涙はらはらびっしょり濡れて、江州司馬（白居易）の青衫（黒い上着）さながら（白居易の「琵琶行」に基づく）。だが情郎に財産尽きれば、日ごとにだんだん冷たくなって、尋ねて行けば、面と向かってしらん顔、秀才どのを追い払って、相手にしないは常のこと。(二〇)

遊廓の女性の側も、客商を重要な顧客と考え、客商に金を使わせる手段を講じていたのである。

このように、明清時代に遠隔地商業が発展するにつれ、商人が旅先で女性を近づけないことが重要な規範として意識されるようになっていく。

こうした風潮を受けて、男性が女性の貞節を守る功を高く評価する小説も現れる。（清）紀暁嵐『閲微草堂筆記』第四巻 灤陽消夏録四は、次のように淫行を慎んだ功を記している。

献県の史某は名前は伝わっていないが、日常の些細なことに拘らず、おおらかで率直な人物で、こせこせする者を見下していた。あるとき賭博場からの帰り道、村人の夫婦と子供が抱き合って泣いているのを目にした。ある村人が、「富豪から借りた金が返せないので、女房を売って借金の返済に当てるそうです。夫婦はもともと仲が良く、子供はまだ乳離れしていないのに、その子を棄てていかなくてはならないので悲しんでいるんです」と言った。史が「借りた金はいくらだ」と尋ねた。（村人は）「三十金です」と答えた。（史が）「いくらで売るんだ」と聞いた。（村人は）「五十金です。人の妾にするんです」と言った。（史が）「買い戻すことはできるのか」と聞いた。（村人は）「証文はできていますが、金はまだ受け取っていませんので、買い戻せないことはありません」と言った。（史は）すぐに賭博場で稼いだ七十金を出し夫婦に渡し、「三十金で借金を返済し、四十金で生計を立てられるようにし、二度と女房を売ろうとしたりするなよ」と言った。夫婦は史に深く感謝し、雞を煮て酒をすすめた。酒を心ゆくまで楽しんだころ、夫は子供を抱いて外に出ると、妻に目くばせをした。一晩まくらをともにして恩を返すようにという意味だった。妻はそれに頷くと、（史に）いくらか色気のある声で話しかけた。史は厳しい顔つきになって、「おれは人生の半分は盗賊、もう半分は役人の下働きをしてきた。人を殺すときも瞬き一つすることはないが、弱い立場につけ込んで人の女房を汚すようなことなど、できるはずがない」と言った。（史は）飲み食いを終えるとそのまま出て行ってしまい、もう口をきくこともなかった。半月後のこと、（史の）住む村に火事が起こった。……（史は）逃げきれないと覚悟をきめ、妻子と一緒にそこに座って目をつぶり死を待っていた。忽然と屋根の上から遥かに呼びかける声がして「東岳より急報だ。史某の一家はすべて名簿から削除する」と言った。するとがらがらと、後ろの壁が半分崩れる音が聞こえた。（史は）左手に妻の手をひき、右手に子供を抱いて、飛び出たが、まるで翼があるかのようだった。火が消えてから、調べてみると村の九割の者が焼け死んでいた。村人はみな手を合わせながら、「今までおまえのことを馬鹿だと陰で笑っていたが、七十金で三人の命を贖っていたとは思わなかった」と言った。わたしがこのことを思うに、司命に助けられたのは、金をあげた功が四割、女房の誘いを拒絶した功が六割であろう。(二一)

このように、紀昀は、史某一家が司命神に助けられた理由のうち、女房を売られようとしていた夫婦に金を与えた功は四割に過ぎず、女房の誘いを断った功を六割と考え、淫行を慎めば報いがあると主張しているのである。

清代になると、『三國志演義』は、その受容層として商人を意識するようになった。毛宗崗本は、関羽が、女性と同宿の旅を続けながらも、女性の貞節を守る「男女の義」を体現していることを挿入することにより、商人たちに「男女の義」を規範として示した。その背景には、財神として商人の信仰を集めると共に、姦淫を禁ずる関帝の姿があった。

三、姦淫を禁ずる関帝

民衆道教において、民の教化に用いられた善書（勧善書）は、儒仏道の三教合一の思想を特徴とし、貴賤や貧富の差を超えて、神の教えに従うべきことが説かれる。それらの中で、「三聖經」（三大善書）と言われるものが、『太上老君感應篇』（太上老君は、神格化された老子）、『文昌帝君陰隲文』（文昌帝君は、学問・科挙の神）、『關聖帝君覺世眞經』であった。『關聖帝君覺世眞經』は、忠孝節義を重んずる関羽の神明信仰を中心に、明末以来、『太上老君感應篇』とともに善書文化を高揚した『文昌帝君陰隲文』とほぼ同じ内容で（少しの清代的付加要素があるが）作り直された善書である。(二二) そこでは、姦淫について、次のように述べている。

（関聖）帝君曰く、「人が生まれ世に在りては、忠孝・節義などに尽くすことを貴ばなければならない。そうすれば人の道に愧じることはなく、天地の間に立つことができる。もし忠孝・節義などを尽くさなければ、身は世にあっても心はすでに死んでいる。これを生を偸《ぬす》むという。そもそも人の心は即ち神であり、神は即ち心である。心に愧じることがなければ神に愧じることもない。……淫は万悪の首である。孝は百行の源である。ただ理に逆らうことがあれば、心に愧じることがある。……もし悪心を持ち、善事を行わず、人の妻女を淫し、人の婚姻を破り、人の名節を壊し、人の技能を妬み、人の財産を謀り……諸々の悪事を行うときは、……身を殺し家を亡ぼし、男は盗み女は淫し、近き報いは身にあり、遠い報いは子孫に及ぶべし。(二三)

このように、『關聖帝君覺世眞經』は、悪行のはじめに淫を置き、また「人の妻女を淫し」、「人の婚姻を破る」ことを財産を謀ることよりも先に戒めている。基本的には全能神である関帝は、ここでは、姦淫を禁ずる神としての性格を強く打ち出している。

また、関帝の占いは広く信仰を集めていたが、その占験の中でも、関帝は姦淫について次のように禁じている。

右の第四章は、戒淫の事を詳しく証明した。人生の悪事の中では、そもそも淫が最も犯しやすい。……もし姦淫を行う者があれば、絶嗣の報い、苦しみ行き詰まる報い、悪い病気の報い、寿命が短い報い、妻女を淫で失う報い、子孫が窮乏する報い、来世の報いを受ける。これを戒める者は、科挙に合格し、高い地位に至り、栄華で長生きをし、祖先を輝かせ、子孫に福がある。応報の理は、明らかで人の耳目にもある。それでもなお知っていて悔い改められない者は、みな自らを欺いて人を欺くためである。(二四)

このように、関帝の占験の中でも、関帝の口から淫行を禁ずべき四つの話が語られ、人生の悪事の中で、淫が最も犯しやすいとされ、人家の不幸はみなこの行いに起こり、絶嗣以下多くの報いを受けると戒めている。

こうした善書は、関帝信仰の主たる担い手である商人層によって印刷され、無償で民に配られることが多かった

（酒井忠夫《二〇〇〇》）。一方で、毛宗崗本もまた、新たな読者として商人層への広がりを模索する中で、「秉燭達旦」を挿入した。姦淫を禁ずる関帝像は、善書にも現れるような商人の関帝信仰を『三國志演義』の中に取り込むために、新たに加えられた関羽像なのである。

さらに、毛宗崗本は、関羽の「男女の義」を強調する一方で、曹操の不義を明らかにするために、張繡の叔母との不義で大敗する曹操を描く。曹操は張済の未亡人の鄒氏に溺れて張繡に宛城の戦いで大敗しているが、典韋のほか、長子の曹昂・甥の曹安民を戦死させるほど大敗する原因をつくった鄒氏は、史実では、略奪されて曹操と関係を結ばされた悲劇の女性である。ところが、毛宗崗本 第十六回「呂奉先射戟轅門」は、鄒氏を淫乱な女性として、次のように描いている。

ある日曹操は、酔って寝所に帰ると、ひそかに左右の者に、「この宛城には、①妓女がいるか」と尋ねた。曹操の甥の曹安民が、曹操の意図を知り、そこで密かに答えて、「昨晩わたくしめが、宿舎のそばの部屋を見ますと、ひとりの婦人がおり、かなりの美人でございます。聞けば、②張繡の叔父張済の妻だということです」と言った。【（曹安民が）人の叔父の妻を取って、自らの叔父に媚びようとするのは、甚だ正しい道ではない。】曹操はそれを聞いて、曹安民に武装兵士五十名を従えて彼女を連れてくるよう命じた。しばらくすると、彼女は軍中に連れてこられた。曹操が見ると、たしかにこれは美しい。姓を問うと、婦人は、「わたくしは張済の妻の鄒氏でございます」と答えた。曹操は、「あなたはわたしをご存じか」と尋ねた。鄒氏は、「久しく丞相の威名は耳にしております。今宵は直接拝眉の機を得て、うれしゅうございます」と言った。曹操は、「わたしはあなたがいたからこそ、とくに張繡の降伏を受けいれたのです。そうでなければ、一族は滅亡していたであろう」と言った。鄒氏は拝伏して、「まことに命をお救いいただきありがとうございます」と言った。曹操は、「今日あなたにお会いできたのは、天が与えてくれた幸せである。今宵は枕席をともにいたし、わたしと一緒に都に帰って、③安楽で富貴になろう。如何《いかが》か」。鄒氏は拝謝してそれに応じ、この夜は曹操と寝所をともにした【郭汜の妻は嫉妬により、張済の妻は淫乱により、ともに悪の報いを受ける仲間である(二五)】。

毛宗崗本が書き換えた部分は、傍線部③である。毛宗崗本が改変する前の李卓吾本では、傍線部③は、「必ず夫人(鄒氏)を正室となそう(必以夫人爲正室)」となっている。わずかな書き換えではあるが、明清時代の女性に対する社会通念を背景に読むと、毛宗崗本と李卓吾本とでは、鄒氏の人物像に大きな変化を感じることになるのである。

張繡を降して宛城に滞在する曹操は、酒に酔った末の一夜の慰み物として①妓女を求めた。妓女は、そうした需要に応える女性であったため、ここまでの行為は、それほど社会通念を逸脱するものではない。これに対して、甥の曹安民が、②張繡の叔母の鄒氏をあてがおうとすることは、言語道断である。毛宗崗本も評に、「人(張繡)の叔父(張済)の妻(鄒氏)を取って、自らの叔父(曹操)に媚びようとするのは、甚だ正しい道ではない」と述べ、曹安民を批判している。

ただし、そのような不幸な出会いであっても、すでに夫を亡くしている女性であれば、正式に妻に迎えられることは、明清時代の社会通念では、責められることではなかった。となれば、李卓吾本の曹操は、たとえそれが鄒氏を我が物にするための偽りであったとしても、鄒氏を「正室」にすることを約束して関係を迫っている。これを履行すれば、曹操もその不貞をそれほど責められることはないし、鄒氏もその淫乱を責められることはない。李卓吾本の曹操は、まだ救われる余地がある。

ところが、曹操を「奸」絶として表現したい毛宗崗本は、傍線部③を「安楽で富貴になろう。如何《いかが》か」と書き改めた。そして、鄒氏は安楽で富貴な暮らしを手にいれるために、これを受諾する淫乱な女性とされた。婚姻による正規の妻になるために、身を委ねたわけではないからである。鄒氏を淫乱な悪の女性として描いたうえで、毛宗崗本は、鄒氏に溺れたことを曹操大敗の原因としている。鄒氏が「曹操と寝所をともにした」という本文に、毛宗崗本は、「郭汜の妻は嫉妬により、張済の妻は淫乱により、ともに悪の報いを受ける仲間である」と評をつけ、郭汜の妻の嫉妬と並べて鄒氏の淫乱を批判する。そして、毎日のように鄒氏に溺れる曹操には、「曹操のような奸雄も、こうしてだらだらと（遊び楽しんで）帰ることを忘れる。色欲に人が惑うことは甚だしい」と評をつけている。(二六)

このように、曹操の不義と対比することによって、関羽の「男女の義」はさらなる輝きを増す。関羽は、主君の妻を姦淫させようとする曹操の悪辣な罠を破って、「男女の義」を明確にするため、一晩中、燭を持って立ち続ける。「秉燭達旦」は、曹操のような不義の輩を一蹴する「男女の義」を示す関羽の勇姿を描いた虚構なのである。

おわりに

毛宗崗本は、関羽が華容道で曹操を助けた「利他の義」を「義」絶関羽の最も特徴的な義として表現していた。しかし、関羽の義の表現は、「利他の義」に止まらない。毛宗崗本から新たに加えられた義として注目すべきものが、「秉燭達旦」に見られる「男女の義」である。曹操が、劉備の二夫人との旅程で関羽を同室させることにより仕掛けた色欲の罠に、関羽は凛然として女性の貞節を守る「男女の義」で対抗したのである。

その背景には、明清時代における遠隔地商業の発展により、旅先で女性とねんごろになることを戒めなければならないという社会風潮があった。『警世通言』には、千里の彼方まで男女で旅をしながらも、女性に手を出さなかった趙匡胤を称える物語が記載されている。商人の手引き書の『士商類要』では、妓女に入れ揚げることが戒められ、紀晌は男が火事から逃れられた理由を人の女房に手を出さなかったことに求めた。

こうした女性の貞操を守る「男女の義」が、関羽によって語られるべき理由は、姦淫を戒める関帝への信仰が広がっていたことによる。『關聖帝君覺世眞經』に代表される関帝の善書は、悪行のはじめに淫を置き、姦淫を禁ずる神としての性格を強く打ち出している。また、関帝の占験の中でも、関帝自身の口から淫行を禁ずべき話が語られ、人生の悪事の中で姦淫が最も犯しやすい罪であると戒められている。こうした関帝の教えは、客商の規範となっていた。毛宗崗本は「秉燭達旦」により、新たな読者層である遠隔地商業を行う客商たちに、関羽の「男女の義」という規範を示したのである。

《注》

（一）一、俗本紀事多訛。如昭烈聞雷失筋、及馬騰入京遇害、關公封漢寿亭侯之類、皆古本不合。……今悉依古本辨定（毛宗崗本 凡例）。

（二）漢寿亭侯の虚構については、中川諭〈二〇〇二〉がある。

（三）一、事不可闕者、如關公秉燭達旦、管寧割席分坐、曹操分香賣履、于禁陵廟見畫、以至武侯夫人之才、康成侍兒之慧、鄧艾鳳兮之對、鍾會不汗之答、杜預左傳之癖、俗本皆刪而不錄。今悉依古本存之、使讀者得窺全貌（毛宗崗本 凡例）。

（四）義を強調するために、関羽から忠の形象を削除する事例は多い。毛宗崗本 第二十五回では、李卓吾本に、「吾知雲長忠義之士也」とある曹操の言葉を「雲長義士」に改めている。また、毛宗崗本 第二十七回でも、李卓吾本では、「雲長忠義之士」とある曹操の言葉を「雲長天下義士」に改めている。

（五）上田望〈一九九二〉。なお、金文京〈一九九五〉《二〇一〇》も参照。

(六) 李贄『焚書』巻三　關王告文は、「秉燭達旦」により関公の大節となす者があるが、これは軽薄な小人の作り事であると批判している。李贄『焚書』は、『李贄文集』第一巻（社会科学文献出版社、二〇〇〇年）に拠った。

(七) ［考證］三國志關羽本傳、羽戰敗下邳、與昭烈之后俱、爲曹操所虜。操欲亂其君臣之義、使后與羽共居一室。羽避嫌疑、執燭待后、以至天明。正是一宅分、爲兩院之時也。故通鑑斷論有曰、明燭以達旦、乃雲長之大節耳（周曰校本　第二十五回）。周曰校本は、『新刊校正古本大字音釋三國志通俗演義』（陳翔華（主編）『三國志演義古版叢書續輯』新華書店、二〇〇五年）によった。なお、周曰校本については、中川諭〈二〇一一〉を参照。

(八) 於路安歇館驛、操欲亂其君臣之禮、使關公與二嫂共處一室。關公乃秉燭、立於戶外、自夜達旦、毫無倦色。【操以三事中第二事、試之。而公男女之辨、凜然不亂。】操見公如此、愈加敬服（毛宗崗本　第二十五回）。

(九) 男女が淫乱な関係にならないため、「男女の辨」を守るべきとの教えは、康熙帝の『禮記』講義を乾隆帝がまとめた『日講禮記解義』巻三十に見えている。

(一〇) 公曰、一者、吾與皇叔設誓、共扶漢室。吾今只降漢帝、不降曹操。【辨君臣之分。】二者、二嫂處請給皇叔俸祿養贍、一應上下人等、皆不許到門。【嚴男女之義。】三者、但知劉皇叔去向、不管千里萬里、便當辭去。【明兄弟之義。】三者缺一、斷不肯降（毛宗崗本　第二十五回）。

(一一) 備綾錦百匹、①金銀器皿俱全、關公都送與二嫂嫂。關公自到許昌、操待之甚厚。小宴三日、大宴五日、②上馬一提金、下馬一提銀。及美女十人、以侍之雲長。不能推托、將所賜美女盡送入內門、令扶侍二嫂。③嫂金銀叚匹收受抄寫、明白歸庫（李卓吾本　第二十五回）。

(一二) 毛宗崗本は、李卓吾本と同様、第二十六回に、金銀を封印して置いて去る場面があるため、金銀を管理していたことまでを削ることはできなかった。毛宗崗本も、もちろん関羽が金・銀に手を出さなかったことは美談として高く評価する。第二十六回の總評でも、関羽が「愛」と「財」で曹操に動かされなかったことを称賛している。ただし、この場面では、関羽が好色ではないことを強く表現するために、金銀の掲載回数を減らして、美女を強調しているのである。

（一三）①又備綾錦及金銀器皿相送、關公都送與二嫂、收貯。關公自到許昌、操待之甚厚。小宴三日、大宴五日。②又送美女十人、使侍關公、關公盡送入內門、令伏侍二嫂。【好色不足以眩之。】（毛宗崗本 第二十五回）。

（一四）觀雲長秉燭達旦一事、操欲亂其內外上下之禮、設心亦甚惡矣。……欲以此試關公、奸雄之奸、眞如鬼如蜮（毛宗崗本 第二十五回 總評）。

（一五）金文京《二〇一〇》は、羅貫中もしくはその父祖にあたる人物が、山西の太原から東平を経て杭州へ移住したというのは、当時の北から南への移動のもっとも典型的なパターンにかなっている、としている。

（一六）今書坊相傳射利之徒、僞爲小說・雜書。南人喜談如漢小王光武・蔡伯喈邕・楊六使文廣、北人喜談如繼母・大賢等事甚多。農、工、商販、抄寫繪畫、家畜而人有之。痴騃女婦、尤所酷好、好事者因、目爲女通鑑有以也。……有官者不以爲禁、士大夫不以爲非。或者以爲警世之爲、而忍爲推波助瀾者、亦有之矣（明）葉盛『水東日記』卷二十一 小說戲分、中華書局、一九八〇年）。

（一七）余英時《一九八七》。邦訳に、森紀子（訳）《一九九一》がある。また、大木康《二〇〇四》も、杭州の商人の事例を挙げて「商人の子弟が、通俗的な書物を読んでいたことがわかる」と述べている。

（一八）至於淫色、則傾囊橐、破家資、而欣然爲之。甚則同餓莩、胥盜賊、而終身不悟也。……而死於色者、名之曰敗家子。……如此則楚館・秦樓非樂地、陷井之淵藪矣乎。歌姬・舞女非樂人、破家之鬼魅乎。顚鸞・倒鳳非樂事、妖媚之狐狸乎。識者以爲何如（明）程春宇（輯）『士商類要』卷之二、『明代驛站考』上海古籍出版社、二〇〇六年）。なお、『士商類要』については、酒井忠夫〈二〇一一〉を参照。

（一九）『警世通言』巻三十三「喬彥傑一妾破家」の正話には、喬彥傑が商売先で買い取った妾を自宅に連れ戻ったため、正妻が妾と別に住むことを主張し、妾が不義を犯して家が破滅する物語がある。商売先でつくった妾を連れて帰ることが悪と考えられていたことが分かる。なお、石母田正〈一九四九〉、伊藤徳子〈二〇〇四〉も参照。

（二〇）『開卷一笑集』巻二 娼妓述。小川陽一《二〇〇六》の訳による。

（二一）獻縣史某佚其名、爲人不拘小節、而落落有直氣、視齷齪者蔑如也。偶從博場歸、見村民夫婦子母相抱泣。其郷人曰、爲欠豪家債、鬻婦以償。夫婦故相得、子又未離乳、當棄之去故悲耳。史問所欠幾何。曰三十金。所鬻幾何。曰五十金。與人爲妾。問可贖乎。曰券甫成、金尚未付、何不可贖。即出博場所得七十金授之、曰三十金償債、四十金持以謀生、勿再鬻也。夫婦德史甚、烹雞留飲。酒酣、夫抱兒出、以目示婦。意令薦枕以報。婦頷之、語稍狎。史正色曰、史某半世爲盜、半世爲捕役。殺人曾不貶眼、若危急中汚人婦女、則寔不能爲。飲啖訖掉臂徑去、不更一言。半月後、所居村夜火。……度不能出、與妻子瞑坐待死。恍惚聞屋上遙呼曰、東岳有急牒。史某一家並除名。剨然、有聲後壁半圮。乃左挈妻、右抱子、一躍而出、若有翼之者。火熄後、計一村之中爇死者九。鄰里皆合掌曰、昨尚竊笑汝癡、不意七十金乃贖三命。余謂此事、見佑於司命、捐金之功十之四、拒色之功十之六（紀曉嵐『閲微草堂筆記』第四卷 灤陽消夏錄四）。

（二二）善書については、酒井忠夫《二〇〇〇》を参照。

（二三）帝君曰、生在世、貴盡忠孝・節義等事。方於人道無愧、庶幾可立天地之間。若不盡忠孝・節義等事、身雖在世其心既死。可謂偸生。凡人心即神、神即心。無愧心無愧神。……淫爲諸惡首。孝爲百行原。但有逆理、於心有愧者。……若存惡心、不行善事、淫人妻女、破人婚姻、壞人名節、妒人技能、謀人財產……行諸惡事、……殺身亡家、男盜女淫、近報在身、遠報子孫。なお、『關聖帝君覺世眞經』は、小柳司気太・飯島忠夫《一九八七》所収本に依拠した。

（二四）右第四章、此詳證戒淫之事。人生惡孽、惟淫最易犯。……且如蹈之者、有絕嗣報、窮扼報、惡疾報、寿夭報、妻女淫佚報、子孫窮困報、來世報。戒之者、可以登大魁、致顯位、享榮寿、光祖宗、福子孫。報応之理、昭昭在人耳目。而猶有不知改悔者、皆自欺以欺人故也（黃啓曙（輯）『關帝全書』卷二十七 戒士子文註證）。なお、関帝文献については、伊藤晋太郎〈二〇〇七〉を参照。

（二五）一日操酔、退入寢所、私問左右曰、此城中、[1]有妓女否。操之兄子曹安民、知操意、乃密対曰、昨晚小侄、窺見館舍之側、有一婦人、生得十分美麗。問之、即[2]繡叔張濟之妻也。【取人叔父之妻、以媚其叔、甚不正路。】操聞言、便令安民領五十甲兵往取之。須臾、取到軍中。操見之、果然美麗。問其姓、婦答曰、妾乃張濟之妻鄒氏也。操曰、夫人識吾否。鄒氏曰、久聞丞相威名。今夕幸得瞻拝。操曰、吾爲夫人故、特納張繡之降。不然、滅族矣。鄒氏拝曰、実感再生之恩。操曰、今日得見夫人、乃天幸也。今宵願同枕席、随吾還都、[3]安享富貴。何如。鄒氏拝謝、是夜、共宿於帳中。【郭汜之妻妒、張濟之妻淫、皆黨惡之報。】（毛宗崗本 第十六回）。

（二六） 奸雄如曹操、至此亦流連忘返。色之於人甚矣哉（毛宗崗本 第十六回）。なお、毛宗崗本が曹操を貶めるために、女性像を書き換えたことについては、渡邉義浩・仙石知子《二〇一〇》を参照。

第九章　母と子の表現

はじめに

中国の三国時代を描く小説である『三國志演義』は、明代四大奇書のなかでは、(一)史実に沿って物語が展開し、文言を多く含むという特徴を持つ。とりわけ『三國志演義』の通行本である毛宗崗本は、それまでの様々な『三國志演義』の版本に比べて、毛綸・毛宗崗親子の手により史実化が進められた、と言われている。それは、毛宗崗本の凡例にも、「記事には欠かすことのできないもの、たとえば「関公　燭を秉って旦に達る」、「管寧　席を割り坐を分く」、「曹操　香を分け履を売らしむ」、「于禁　陵廟に画を見る」、さらには「武侯夫人の才」、「康成の侍児の慧」、「鄧艾　鳳兮の対」、「鍾会の不汗の荅」、「杜預の『左傳』癖」のような話は、俗本ではみな削り去って記述していない。今すべて古本に従ってこれらをとどめ、読者が全貌を窺うことができるようにした(二)」と、古本による書き加えを行ったことが説明されている。

もちろん、毛宗崗本は、荒唐無稽な話を排除し、史実を尊重して描こうとはしているが、陳寿の『三國志』に書かれている話だけを取り入れたわけではなかった。金文京によれば、「毛宗崗は、史実の性格に合致し、それを強化する範囲内でのフィクションをみとめ、それ以外を排除し」、「歴史志向を強めた」という(三)。すなわち、毛宗崗本は、完全なる史実化を目指したのではなく、史実とは異なる場面をも描いているのである。

たとえば、蜀漢の第二代皇帝劉禅の生母である甘夫人は、史実では妾であるにもかかわらず、『三國志演義』は、これを正妻としている。毛宗崗本は、それを改変しない。これに対して、物語の中で、劉禅を救うために自ら井戸に身を投げた糜夫人について、史実では正妻であるが、『三國志演義』は妾とし、毛宗崗本は糜夫人の身分を書き改めないばかりか、死後、皇后に追尊されたという虚構を付け加えている。李卓吾本では、糜夫人を追尊皇后とする虚構は見られない。すなわち、毛宗崗本は、歴史書に依拠して史実化を進める一方で、史実化に逆行して虚構の追加も行っているのである。

ここでの虚構の創作は、毛宗崗本の特徴の一つである、女性の記述を改変して物語世界に深みを加えるという目的のために行われている(四)。そこには、母を高めることにより子を高めるという表現技法が用いられる。それは、毛宗崗本が著された時代における母と子に関する社会通念を利用した表現技法と考えられる。本章は、毛宗崗本が、母と子の関係をどのように表現することで物語世界を再構築したのか、という問題について、当該時期の社会通念を明らかにしながら考察するものである。

一、劉備の糜・甘夫人と劉禅

『三國志演義』における糜・甘両夫人の記述を検討する前提として、史実における両夫人の記録を確認することから始めよう。糜夫人について、『三國志』は次のように伝えている。

建安元年、呂布　先主の出でて袁術を拒ぐに乗じ、下邳を襲ひ、先主の妻子を虜にす。先主　軍を廣陵の海西に轉

ず。竺 是に於て妹を先主に進め夫人と爲し、奴客二千、金銀貨幣もて以て軍資を助く。時に于て困匱するも、
此れに頼りて復た振ふ。(五)

糜夫人は、劉備を支えた資産家である糜竺の妹で、建安元（一九六）年、呂布により劉備の妻子が捕虜にされたので（その後の妻子の状況は不明）、劉備の正妻となった。その際の持参金により、劉備は再び勢力を盛り返したという。こののち、糜夫人は死去するが、その時期は、荊州で孫権の妹である孫夫人を迎える建安十四（二〇九）年以前(六)、と推定される。もちろん、長阪坡で趙雲の足手まといにならないよう井戸に身を投げた、という『三國志演義』の記述は、小説の創作である。

一方、甘夫人は、糜夫人が正妻に迎えられた時、すでに妾であった。『三國志』には、次のように記されている。

先主甘皇后は、沛の人なり。先主①豫州に臨むや、小沛に住み、②納れて以て妾と爲す。先主 數〻嫡室を喪へば、常に內事を攝《をさ》む。③先主に随ひて荊州に於て、後主を產む。④曹公の軍 至り、先主を當陽の長阪に追及するに値たり、時に于て困偪し、后及び後主を棄つるも、趙雲に頼りて保護せられ、難を免るるを得たり。⑤后 卒し、南郡に葬らる。章武二年、皇思夫人を追諡し、葬を蜀に遷すも、未だ至らざるに而るに先主 殂隕す。丞相の亮 上言すらく、「……⑥春秋の義に、母は子を以て貴しと。……今 皇思夫人に宜しく尊號有りて、以て寒泉の思を慰むるべし。輒ち恭らと與に謚法を案じ、宜しく昭烈皇后と曰ふべし。……故に昭烈皇后 宜しく大行皇帝と與に合葬すべし。……」と。制して曰く、「可」と。(七)

甘夫人は、劉備が①豫州刺史であった時に、②納れられた妾である。劉備が正妻をしばしば失ったため、甘夫人は妾でありながら、奥向きのことを取り仕切った。『三國志』巻三十二 先主傳によれば、劉備が陶謙に表せられて、豫州刺史となり小沛に駐屯したのは、興平二（一九五）年であり、そののち、陶謙から徐州を譲られ、呂布に攻撃され

て妻子を失い、麋夫人を迎えたのは、建安元（一九六）年のことである。③荊州で劉禅を生んだのは、『三國志』巻三十三 後主傳によれば、建安十二（二〇七）年のことである。

建安十三（二〇八）年、荊州に南下した曹操に襲われるが、④趙雲により当陽県の長坂坡で劉禅とともに救出される。そののち死去した時期は特定できないが、⑤荊州の南郡に埋葬されているので、劉備の入蜀（建安十六〈二一一〉年）以前と考えてよい。章武三（二二三）年、劉備の崩御に伴い、呉皇后の存命中にも拘らず、諸葛亮の上言によって、⑥『春秋公羊傳』の「母は子を以て貴し」の義例に基づき、甘夫人は「昭烈皇后」と追尊され、劉備と合葬されるのである。

以上のように、史実では麋夫人が正妻、甘夫人が妾であった。甘夫人は死後、昭烈皇后に追尊されたが、『三國志演義』では、初めから正妻として扱われている。毛宗崗本 第五十四回には、次のように描かれている。

> 周瑜は、「①劉備が妻を亡くしたとなれば、必ず後添えを迎えようとするに違いない」と言った。……。玄徳は、「中年になって②妻を亡くすのは、最も不幸なことです。とは言えまだ死んだばかりですので、後添えをもらう話などできようはずもありません」と言った。呂範は、「②妻がいなければ、それは家に梁がないのと同じで、人の道から外れるようなものではないですか」と言った。（八）

劉備が甘夫人を失ったことを間諜より報告された周瑜は、①「劉備が妻を亡くしたとなれば、必ず後添えを迎えようとする」はずだとして、孫権の妹を嫁がせる計略を立てる。この記述により、甘夫人が劉備の正妻とされていることが分かる。劉備と呂範の会話の中でも、②「妻」という字は繰り返し用いられている。このように妾であった甘夫人を正妻とすることは、毛宗崗本だけではなく、その源流とされる李卓吾本や嘉靖本にも共通する。

一方、史実で正妻であった麋夫人は、『三國志演義』ではどのように描かれるのであろうか。李卓吾本 第八十五回は、劉備の崩御に関して、次のように記している。

劉備を恵陵に埋葬し、謚して昭烈皇帝と呼んだ。呉皇后を尊んで皇太后となし、養老宮に迎えた。甘夫人に追謚して昭烈皇后と呼び、天下に大赦した。(九)

李卓吾本は、甘夫人を昭烈皇后と追尊したことは語るが、糜夫人に関する記述を欠く。すでに掲げたように、甘夫人は諸葛亮の上言によって『春秋公羊傳』の「母は子を以て貴し」の義例を論拠に昭烈皇后と追尊されている。李卓吾本は、史実通りの記載と言えよう。

これに対して、毛宗崗本 第八十五回は、次のように字句を改変する。

劉備を恵陵に埋葬し、謚して昭烈皇帝と呼んだ。皇后の呉氏を尊んで皇太后となした。甘夫人を昭烈皇后となした。糜夫人をまた追謚して皇后となした。群臣に賞として地位を登し、天下に大赦した。(一〇)

毛宗崗本の李卓吾本と最も異なる点は、「糜夫人をまた追謚して皇后となした」を加えることによって、糜夫人を皇后に追尊していることである。すでに検討したように、史実における糜夫人は、劉備の正妻ではあったが、皇后に追尊された事実はない。すなわち、史実としては李卓吾本が正しいのである。史実化が進んだと言われることの多い毛宗崗本が、史実をねじ曲げてまで、糜夫人を高く評価するのはなぜであろうか。

糜夫人が高く評価されるのは、長阪坡で自らの命を断って、劉禅を救った故であろう。『三國志』巻三十四 二主妃子傳は、甘夫人と劉禅が趙雲に救われたことを記すだけで、糜夫人は立伝されない。同じく『三國志』巻三十六 趙雲傳にも、劉禅を抱き甘夫人を保護したことを記すだけで、糜夫人は記載されない。

糜夫人が劉禅を守るために、自ら井戸に身を投じたことは、すでに嘉靖本 第八十二回には描かれている。李卓吾本 第四十一回にも、嘉靖本を踏襲して、次のように叙述がある。

糜夫人はそこで阿斗を地に置くと、身を翻して枯れ井戸の中に飛び込み死んだ。後の史官に糜夫人を賛えた詩がある。

賢なる哉 糜氏、内に劉君を助く。
言詞に失に無く、進退に倫有り。
心は金石の如く、志は松筠に似たり。
身は土に帰すと雖も、名は塵を沾さず。
千載の后に、湘夫人に配す(一一)。

糜夫人が劉禅を守るために、井戸に身を投じた場面は、『三國志演義』の創作と考えてよいであろう(一二)。

毛宗崗本 第四十一回も、糜夫人が劉禅を守るために、井戸に身を投じた場面は踏襲するが、その文章は次のように書き換えられている。

糜夫人はそこで阿斗を地に置くと、身を翻して枯れ井戸の中に飛び込み死んだ。後の人に糜夫人を讃えた詩がある。

戦将は全て馬の力に憑ること多く、歩行して怎《いか》で幼君を把《は》さみ扶けんや。
一死を拚将《なげう》って劉嗣を存し、勇決は還《かえ》って女丈夫に虧《よ》る(一三)。

毛宗崗本は、このように、史詩を書き改めている。単に尭の娘の湘夫人に配侑されるという嘉靖本・李卓吾本の詩に比べて、毛宗崗本の詩は、自らの命をなげうって劉備の継嗣を生き延びさせたことが「女丈夫」(一四)と高く評価されている。また、毛宗崗本は、この部分に次のような評をつけている。

阿斗はなんと甘夫人が生んだ子供であるのに、それにもかかわらず苦難の中で、糜夫人が(阿斗を)抱いて(趙

雲に）託したのは、自分が生んだ子供にすることよりも、さらに難しいことである。(一五)

毛宗崗本の評は、甘夫人が生んだ劉禅を糜夫人が命を懸けて守ったことを、自分の子供に対する行為よりも難しいと指摘しながら、高く評価している。さらに、毛宗崗本の評は、糜夫人を趙雲と比較する。

人はただ趙雲が死を惜しまずにその主を守ったことを知っているだけで、糜夫人が死を惜しまずにその子を守ったことを知らない。趙雲はもとよりすぐれた男子であるが、糜夫人もまたすぐれた婦人である。(一六)

毛宗崗本は、糜夫人を趙雲に匹敵する、と高く評価する。そのうえで、總評において、次のように他の女性たちとの比較を行っている。

（孫翊の妻の）徐氏は死なずに夫の仇《かたき》を報じ、糜氏は死ぬことで夫の嗣《あとつぎ》を全うした、ともに賢妻である。（孫堅の）呉夫人は死に臨んで壮子（孫権）を良臣に託し、糜夫人は死に臨んで幼子（阿斗）を猛将に託した、ともに賢妻である。それでも死ぬことは死なないことより難しく、難に臨んで子を託すことは平時に子を託すことよりも難しい。すなわち糜夫人の賢はまた東呉の両婦人の上なのである。(一七)

毛宗崗本は、才色兼備と評価が高い孫翊の妻である徐氏や、呉を支え続けた孫堅の妻である呉夫人がともに賢妻であることを認めながら、それとの比較において、糜夫人が阿斗を守って身を投げたことをより高く評価しているのである。

評で激賞し、史実をねじ曲げてまで糜夫人を高く評価するのは、史詩を換えてまで表現ように、糜夫人が「一死を拚将《なげう》って劉嗣を存」したためである。漢、そして劉氏の継嗣を守るために命を棄てた糜夫人の義を毛宗崗本は、絶賛しているのである。(一八)

これほど糜夫人を高く評価し、かつ史実では、糜夫人が正妻であるにもかかわらず、毛宗崗本は、甘夫人が正妻、糜夫人が妾という設定を書き換えなかった。毛宗崗本 第十八回は、糜夫人が妾であることを明記する。

もともと糜竺には一人の妹がおり、玄徳に嫁がせて次妻としていた。玄徳とかれら兄弟（糜竺・糜芳）とは義理の兄弟関係となり、このために中軍を指揮して妻子を保護させていた(一九)。

毛宗崗本が書かれた清代は一夫一妻多妾制社会であり、「次妻」とは、正妻ではなく、妾にあたる(二〇)。毛宗崗本は、史実では正妻の糜夫人をあくまでも妾のままに止めたのである。

毛宗崗本はなぜ、史実とは異なる追尊皇后の記述を書き加えてまで高く評価する糜夫人を妾のままとして、改変しなかったのであろうか。そこには、劉禅を生んだ甘夫人を正妻にし続ける必要性があったのである。

二、『三國志演義』に取り入れられた「母以子貴」について

甘夫人の立場が変わったのは、『三國志演義』が初めてのことではない。史実でも、劉備の死後、追尊されて妾から昭烈皇后に格上げされたことは、すでに述べたとおりである。その際、諸葛亮は、追尊理由として『春秋』の義例である「母以子貴」を掲げていた。『春秋公羊傳』隠公元年に、次のように記されている。

> 適を立つるには長を以てし、賢を以てせず。子を立つるには貴を以てし、長を以てせず。桓は何を以て貴なるか、母 貴ければなり。母 貴ければ則ち子 何を以て貴なるか。子は母を以て貴く、母は子を以て貴し(二一)。
>
> 適（嫡室の子）を（世継ぎとして）立てる場合には長幼により、賢愚によらない。子（庶出の子）を立てる場合には貴賤により、長幼によらない。桓公はなぜ貴いのか、母が貴いからである。母が貴いとその子はなぜ貴いのか。子は母によって貴く、母は子によって貴い。

とある。

『春秋公羊傳』は、適（嫡室の子）を（世継ぎとして）立てる場合には長幼により、賢愚によらない。子（庶出の子）を立てる場合には貴賤により、長幼によらないとの原則を示したうえで、「子は母によって貴く、母は子によって貴い」という義例を示す。渡邉義浩によれば、本来、「母以子貴」という『春秋』の義例は、「子以母貴」が中心であった。すなわち、魯の隠公が桓公に国を譲ろうとした理由として、母の身分が貴かったことを挙げ、「子以母貴」という義例を立てているのである。その結果、即位した子は、もともと母の地位が貴いのであるから、続けて掲げられる「母以子貴」という義例は、論理的には必要ない、という。(一二)それでも、田中麻紗巳によれば、公羊伝が世に現れた前漢の景帝期以降、この義例は「母以子貴」を中心に生母・生祖母が妾媵の皇帝により、生母などの追尊の正統性の論拠として使用されてきた。(一三)

諸葛亮が学んだ荊州学は、加賀栄治によれば、学問の中心を『春秋左氏傳』に置く。(一四)それでも、諸葛亮は、上奏文で「母以子貴」を典拠として甘夫人を昭烈皇后に追尊し、漢の伝統と「春秋の義」を正しく継承したのである。(一五)毛宗崗本に先行する『三國志演義』が、史実と異なり甘夫人を正妻とするのは、劉禅の生母である甘夫人が昭烈皇后として追尊されたことを遡らせて適用したためと考えてよい。そうした事実誤認に対して厳格であり、しかも史実では正妻の糜夫人をきわめて高く評価している毛宗崗本もまた、「母以子貴」の義例に従い、子を生んだ甘夫人を皇后として尊重することを優先したのである。

それは、『三國志演義』が著された中国近世において、「母以子貴」という『春秋公羊傳』の義例が尊重されていたためである。中国近世の族譜には、「母以子貴」という『春秋』の義例が頻出する。(一六)（江蘇）『雲陽張氏宗譜』には、次のような記述がある。

一、庶出の子孫が黌宮（郷学）に入り、或いは光栄にも辟雍（太学）に入った場合は、庶母は継娶の扱いに改めた。思うに母は子によって貴いからである。(二七)

『雲陽張氏宗譜』によれば、「庶母」（妾）はその子が学問に励み、地方や中央の学校に入学すれば、「継娶」（後妻）として扱うという。その理由として掲げるものが、「母以子貴」の義例なのである。

また、（江蘇）『橋南李氏宗譜』には、次のような事例がある。

すでに死亡していて子女がない者は、側・副と書き、生卒は書かないこと。子女がいる者は、庶妣と改め、生卒を明記すること。母は子によって尊いからである。(二八)

『橋南李氏宗譜』では、妾のうち子供がない者は「側・副」と書かれ、子供を生んだ者は、「庶妣」と改められた。その理由もまた、「母以子貴」に求められている。妾にとって、子供の有無は、自身の地位を決める大きな要因とされていたのである。(二九)

このように、中国近世の族譜では、「母以子貴」という『春秋公羊傳』の義例を論拠として、子供を生んだ妾や、子供が出世した妾を、格上げして記録するという方法が取られていたのである。

その一方で、義例の持っていた『春秋』本来の意味、すなわち「子以母貴」を中心として嫡子の重要性を主張する族譜もまた多く見られる。

たとえば、（安徽）『太原王氏族譜』には次のような記述がある。

一、前妻は元娶と書いた。後妻は継娶と書いた。続けて妾を娶った場合は納と書き、それは側室と称した。前後を明らかにし貴賤を区別するためである。嫡妻は子がなくてもまた書いた。それは『春秋公羊傳』桓公二年で、周に姫を納れた）紀を尊重しているからである。(三〇)元配（前妻）・続娶（後妻）および妾が生んだ子女は、いずれも母に附記した。嫡子は幼くとも必ず前に書いた。庶子は長じていても必ず後に書いた。出自を示すとともに、嫡庶を明らかにするためである。[三一]

『太原王氏族譜』では、嫡子が庶子より後に生まれた場合でも、先に記録をするように規定されていた。この条の中に『春秋公羊傳』桓公二年の条を踏まえた記述があることは、嫡子の尊重もまた『春秋公羊傳』を論拠していることを傍証する。

また、（安徽）『施溪呉氏支譜』には、次のように記されている。

> 子女については、嫡子は嫡出と書き、庶子は庶出と書いた。（嫡子は）匹敵するものがない（ほど尊い）からである。[三二]

『施溪呉氏支譜』では、嫡子と庶子には尊卑に大きな違いがある、と考えられていた。嫡子は「無匹敵」という文言が、「子以母貴」という『春秋公羊傳』隱公元年に基づくことは、何休の注より明らかである。

> 適とは適夫人の子を謂ふ。尊きこと與に敵する無し、故に歯を以てす。子とは左右の媵及び姪娣の子を謂ふ。位に貴賤有り、又 其の時を同じくして生まるるを防ぐ、故に貴を以てするなり。[三三]

何休は、適（適室の子）は、他に匹敵するものがないほど尊いので、世継ぎを立てるときには歯（年齢）による。これに対して、子（左右の媵および姪娣の子）は、母の身分に貴賤があり、また同時に生まれた場合の混乱を防ぐため、母の貴賤によるとしている。『施溪呉氏支譜』の「無匹敵」はこれを踏まえた文言である。中国近世の族譜は、嫡子と庶子が明確に異なり、嫡子がいれば庶子が年長であろうと嫡子が継ぐべきこと、庶子の場合のみ貴賤が問題となることを定めた『春秋公羊傳』の義例を踏まえて、書かれていたのである。

さらに、（江蘇）『京江開沙王氏族譜』には、「母以子貴」を掲げながらも、それに優先して、嫡子の重視が宗法である、と述べられる。

宗法（わが宗族の法）は嫡長子を重んじ嫡子を先にし庶子を後にする、これが（『禮記』喪服小記に記される）宗法（大宗・小宗の系譜を明らかにする規範）である。だから先に某氏を娶ると書いて嫡母を重んじた。嫡子は幼くとも必ず前に書き、宗子（大宗の子）であることを示した。妾は男児があれば書き、男児がなければ書かなかった。母は子によって貴いからである。妾は女児があればまた書いて女児の出自を明らかにした。養育において功がある者もまた書いた。(三四)

『京江開沙王氏族譜』では、「母以子貴」が、妾で男児を生んだものを尊重する義例として論拠とされる一方で、その妾腹の庶子とは、隔絶した地位に嫡子があったことが明記されている。

嫡子と庶子との関係については、（江蘇）『江都卞氏族譜』にも次のような記載が見られる。

一、嫡長子でないならば、庶子の長子は必ずしも後を継ぐとは限らない。もし庶子が、学業が伝わるほどになり、功徳が称するに足りるようであれば、それは後継ぎとすべきである。そうでなければ、面倒なことをすることはない。(三五)

『江都卞氏族譜』は、『春秋公羊傳』隠公元年の「立適以長」の義例を踏まえて、嫡子であれば「長幼」の序によって継嗣を定めるが、庶子の場合には「貴賤」、それを科挙が行われていた中国近世では「学業」や「功徳」に読み替えて、継嗣を定めるべきことが主張されている。嫡長子があれば、長幼の序に従ってそれを立てればよい。庶子を立てることは、煩わしい問題を起こすだけと考えられていたのである。このような族譜から窺い知ることのできる宗族の嫡子と庶子に関する考え方は、明清小説の世界にも、強い影響を与えている。(三六)

以上のような中国近世の族譜に表現されている社会通念の中で著された『三國志演義』では、劉禅ならびに蜀漢を正統化するためには、妾であった甘夫人を「母以子貴」の義例により甘皇后と追尊するよりも、当初から正妻であった甘夫人が嫡子として劉禅を生んだと設定した方がよい。前者は史実の記述、後者が『三國志演義』の虚構である。すなわち、本来「母以子貴」と対であった「子以母貴」という義例に基づく嫡子尊重のために、『三國志演義』は劉禅を嫡妻の子と設定したと考えてよい。

三、「子以母貴」による劉禅継嗣の廻護

『三國志演義』に表現された母と子の関係を考察するために、劉禅以外の事例も検討しよう。毛宗崗本は凡例の中で、諸葛亮の子である諸葛瞻像を改変したことについて、次のように述べている。

一、後人が捏造した事で、俗本の演義になく今日の伝奇にはある話、例えば関羽が貂蟬を斬る話や、張飛が周瑜を捕らえる話など、これらがでたらめであることは、今の人々に知られている。古本の『三國志』にはなく俗本の演義にはある話、例えば諸葛亮が上方谷で魏延を焼き殺そうとした話、諸葛瞻が鄧艾の書を得て悩んだ話などは、これらがでたらめであることが、今の人々に知られていない。このようなでたらめな話は、古人をたいそう誣告するようなものである。今すべて削除して、読者が騙されないようにした。(三七)

凡例の中で削るべきだとされている、諸葛瞻が鄧艾の書を得て悩んだ話は、李卓吾本 一百十七回では、次のように描かれている。

鄧艾は（降伏要求書を出すべきだとする助）言に従い、一通の書面をしたため、使者を派遣して蜀の陣営に送った。守門の将が帳下に案内すると、（使者は）その書面を差し出した。諸葛瞻は封を切ってこれを読んだ。書面に

は、……とあった。諸葛瞻は読み終わると、迷って意を決することができなかった。その子の諸葛尚が傍らにあり、尋ねて言った、「父上は魏に降る意志がおありですか」。諸葛瞻はこれを叱って、「わたしがなぜ降るのだ」と答えた。尚は、「わたしが父上を見るところ三つの迷いがございます。魏の使者が陣営に入ることを許され、これと会見しました、第一であります。その書面をもらい使者の来た意図を探られました、第二であります。琅琊王に封建する（との降伏条件）を見てお怒りになりませんでした、第三であります。」諸葛瞻はついにその書面を引きちぎり、「わたしは息子に及ばないのか」と言った。兵士に直ちに使者を斬り殺させ、従者に首を持ち魏の陣営に帰らせ鄧艾にその首を見させた。鄧艾は大いに怒り、ただちに討って出ようとした。[三八]

下線の部分が、李卓吾本までの『三國志演義』にあり、毛宗崗本によって削られた部分である。そこでは、鄧艾からの降伏要求書を見た諸葛瞻は、躊躇した後、息子の諸葛尚の助言により、戦いを決意した、とされている。毛宗崗本までの『三國志演義』は、諸葛亮の孫の尚を良く書こうとしたために[三九]、かえって、子の諸葛瞻の評価を下げる効果を生んでいたのである。

毛宗崗本はこれを書き換える。毛宗崗本 一百十七回に次のように記されている。

鄧艾は（降伏要求書を出すべきだとする助）言に従い、一通の書面をしたため、使者を派遣して蜀の陣営に送った。守門の将が帳下に案内すると、（使者は）その書面を差し出した。諸葛瞻は封を切ってこれを読んだ。書面には、……とあった。諸葛瞻は読み終わるや、血相を変えて怒り、その書面を引きちぎり、兵士に直ちに使者を斬り殺させ、従者に首を持ち魏の陣営に帰らせ鄧艾にその首を見させた。鄧艾は大いに怒り、ただちに討って出ようとした。[四〇]

毛宗崗本は、鄧艾からの降伏要求書を見た諸葛瞻が、即座にそれを破り棄て、使者を斬って戦いを挑んだとしている。『三國志』巻三十五　諸葛亮傳附諸葛瞻傳および『華陽國志』巻七　劉後主志に記される史実に従って、李卓吾本までの記述を改めているのである。

毛宗崗本は、こうして『三國志演義』の主役、諸葛亮の子諸葛瞻を不当に貶める記述を書き換え、その際、さらに諸葛瞻の母、黄夫人の記述を新たに加えている。毛宗崗本　一百十七回には、次のような記述がある。

諸葛瞻の母は黄氏といい、黄承彦の娘である。母は容貌こそ優れなかったが、奇才があり、上は天文に通じ、下は地理に明るかった。六韜・三略・奇門遁甲の諸書で、通暁しないものはなかった。武侯（諸葛亮）は南陽にあった時、その賢を聞き、求めて妻とした。武侯の学問は、黄夫人の助けを借りたところが多い。武侯の死後、夫人も後を追うように世を去った。臨終にあたって教えを遺し、ただ忠孝に勉めよとその子の瞻に告げた。[四一]

毛宗崗本は、黄夫人が六韜・三略に通じ、奇門遁甲天書を父から継承していたを記すが、『三國志』巻三十五　諸葛亮伝には黄夫人の記録はない。裴松之の注に引かれた『襄陽記』に、その容貌は優れなかったが才に恵まれていたことが記されるのみである。諸葛瞻の生母であるか否かも明記されない。民間伝説においては、黄夫人が六韜・三略に通じ、奇門遁甲天書を父から継承していたことを伝えるものも残るが、[四二]その起源は明らかではない。毛宗崗本は、史実にはない黄夫人の物語を夫の諸葛亮の部分ではなく、息子の諸葛瞻の記述に挿入した。そして、次のような評をつけている。

武侯（諸葛亮の黄）夫人の事は、（諸葛亮の部分ではなく、諸葛瞻が登場する）終わりの篇になってやっと補われる。この叙述はすばらしい。[四三]

毛宗崗本の評は、このように諸葛瞻の部分に黄夫人の記述があることを自画自賛する。そして、次のように黄夫人を絶賛する。

天下の優れた人には、必ず優れた配偶者がある。それにもかかわらず武侯（諸葛亮）の名は明らかであるのに、夫人の名はそれほど著れてはいない。おそらく、（武侯が）事を成し遂げないうちに、（夫人が）生涯を閉じたため（出しゃばらなかったの）であろう。（立派な）婦の道と言えよう。(四四)

毛宗崗本の評は、黄夫人を諸葛亮の配偶者としてふさわしいと褒めたたえているが、その記述箇所は息子の諸葛瞻が初めて登場する場面に置かれる。毛宗崗本が自画自賛するように、そこに黄夫人の記述があることは、なぜ優れたことなのか。それは、嫡子である諸葛瞻を高めるために、生母の「賢」なることを描くことにより、母が子によって貴いことと同じように、「子は母を以て貴」いことを示すためではなかろうか。

毛宗崗本の加筆の意図を解明するうえで、重要な手がかりとなる場面が、四大奇書の一つである『西遊記』第九回「陳光蕊赴任逢災　江流僧復仇報本」における、玄奘の出生に関する話の中にある。(四五)

玄奘の父、陳光蕊は江州（現在の江西省）の長官に任命され、美しい妻、殷温嬌を伴って任地へ向かった。……船頭の劉洪と李彪は温嬌の美しさに目がくらみ、夜になると光蕊を殺し、河に遺体を投げ捨てた。夫を殺されたのを見た温嬌は、すぐさま自分も命を絶つため河に飛び込もうとしたが、お腹には光蕊の子供（玄奘）がいたので、思い止まった。温嬌は、劉洪の言いなりになるほかなかった。やがて温嬌は玄奘を産み落とすが、劉洪に見つかれば殺されるに違いないと考え、玄奘を木の板に乗せ、血書をつけて河に流した。玄奘は金山寺の和尚に救われ、育てられる。……のち、玄奘は温嬌の父である祖父の力を借り、劉洪を捕らえ、父の仇討ちを果たす。玄奘の祖父が、娘の温嬌に会いに来るが、温嬌は、父に会わす顔がないと言い、首を括って死のうとした。……のち光蕊は龍王の霊験により生き返り、親子と夫婦はそれぞれ無事に再会することができた。しかし、夫も生き返り、父からも何ら恥じる必要はない、と言われた温嬌であったが、結局、自ら命を絶ってしまった。

夫婦再会を果たし、節を破った行為を咎められなかった温嬌が、最終的に命を絶つのは、貞節という徳目を我が身を犠牲にしてまで実践する崇高な女性として玄奘の母を描こうとしたためである。こうして母を崇高に描くことによって、『西遊記』は玄奘を高貴な出自として表現しているのである。

玄奘の母が身を殺してまで実践した守節については、中国近世の族譜の中にも、それを高く評価する記述が残る。(江蘇)『雲陽張氏宗譜』には、次のように守節を評価している。

一、孀婦が節を守り、貞女が操を立てる行為は、女徳でもっとも難しいことである。一族の栄誉だけにとどまらず、百世の模範となるに相応しい行為である。旌表の封典を授かった者がいれば、家乗に掲載する準備をし必ず別に伝を記しその行為を表彰した。(四六)

『雲陽張氏宗譜』は、このように女性の行為の中で、守節が最も難しいことを特筆した規範を記している。また、(江蘇)『京江王氏宗譜』には次のような記述が見られる。

一、婦女が再婚をしないことは、普通の行為であるが最も難しい。なぜ容易なことだと見るのか。(四七)

『京江王氏宗譜』は、難しい守節を成し遂げる女性の現れることが、宗族にとって子孫のために家名をあげる偉業と認識していた。

玄奘の母、温嬌は、これほど難しいとされていた「貞節」を全うすることになる自害を、子供を残すという「孝」を実践したうえで行ったのである。女性に課せられていた重要な二つの徳目を実践する最も理想的な女性を母に持つ玄奘は、その結果として出自に神聖性を有するようになった。このように『西遊記』では、母を貴く書くことによって子の地位を高めるという表現技法を用いているのである。

毛宗崗本の諸葛瞻もまた、「奇才」を持つ「賢」なる黄夫人が、「忠孝」であれとの遺教を残す立派な母であるからこそ、鄧艾の誘いに全く耳を傾けることなく、忠義のために死を選んだのである。このように、毛宗崗本もまた、母を高めることにより子を高めるという表現技法を用いて、母と子の関係を描いているのである。

こうした母を尊ぶ表現技法は、二までに検討してきた、甘夫人を正妻に改め、劉禅を嫡子とする毛宗崗本の書き換えと、どのように結びつくのであろうか。

周知のように中国近世では、家産分割が行われる際、兄弟均分という分与方法が取られることが原則であり、財産継承の権利において嫡庶の差は見られなかった。それでは、嫡庶が対等であったかと言えば、そうではない。『大清律例』では、次のように規定される。

> 嫡男と庶男がいる場合には、官廕の世襲である場合を除けば、まず嫡長の子孫に継がせよ。その家財田産を分割する場合には、妻・妾・婢の（いずれから）生まれたかを問うことなく、ただ子の数によって均分せよ。姦淫によって生まれた子は、一子の分の半額を与えよ。もし（姦淫によって生まれた者）以外に子がいない場合は、同宗内より昭穆相当なる者を立てて嗣子とし、姦淫によって生まれた子と均分させよ。昭穆相当なる者がいない場合は、姦淫によって生まれた子が家産すべてを承継することを許す。[四八]

『大清律例』は、このように規定して、妻・妾・婢女という生母の身分の違いを問うことなく、兄弟で平等に家産を分割することが常識とされていた。ただし、家を継ぐことに関してだけは、嫡長の子孫に優先権があり、それは二で掲げた族譜でも、繰り返し述べられていることであった。

劉禅が劉備の後継者であることを正統化するためには、生母である甘夫人が、三で掲げた諸葛瞻や玄奘のように、母がいかに優れていたのか、という表現技法を取ることも一つの手段ではあった。しかし、李卓吾本の段階で、劉禅を助けるために井戸に身を投げたものは、糜夫人であることが広まっていたため、これを甘夫人に書き換えて、甘夫人の行為を玄奘の母のように高める、という表現技法を毛宗崗本は取らなかった。毛宗崗本は、『大清律例』においても、継嗣の場合には常に庶子より優先するとされている嫡子が、賢愚ではなく長幼の序により定まる、という『春秋公羊傳』以来の伝統を踏まえて、甘夫人を正妻、劉禅を嫡子とする虚構を継承したのである。つまり、最も継嗣に有利な母を正妻にするために、史実では庶子である劉禅を嫡子のままとし、その尊さを弟たちから卓絶させることにより、劉禅を守った趙雲、継嗣とした劉備、輔弼を続けた諸葛亮の正統性を守ることに成功したのである。(四九)

おわりに

毛宗崗本は、「子以母貴、母以子貴」という「春秋の義」を淵源とし、中国近世の族譜や清律にも規定されていた母と子の関係についての社会通念を踏まえることによって、劉禅・諸葛瞻といった蜀漢の子たちを母によって尊重した。毛宗崗本は、女性のあり方に注目することにより、(五〇)小説の表現技法に深みをもたらしたのである。その際、諸葛瞻は、李卓吾本では曖昧であった漢への「忠」を明確になるよう書き換えられた。諸葛瞻の「忠」を明確にすることで、「出師表」などに表現される諸葛亮の「忠」も一層引き立つのである。

史実では、甘夫人は妾であるため、劉禅が継嗣となるべきことは必然ではない。同じく妾の子である弟の劉永や劉理でもよかった。かれらのどちらかが、蜀漢の第二代皇帝となっていたならば、蜀漢の滅亡は避けられたかもしれない。こうした疑問は、劉禅を継嗣とした劉備、そして諸葛亮への批判につながり、『三國志演義』の主人公と主役の無謬性が揺るがす。そこで、毛宗崗本は、劉禅を助けるために井戸に身を投げた糜夫人を皇后に追尊する虚構を加える一方で、甘夫人を劉備の嫡妻とするという虚構もそのまま踏襲した。劉禅が嫡長子であれば、嫡長子の相続は「長幼」により「賢愚」には依らない、と『春秋公羊傳』に明記してある。こうして劉禅を嫡長子とする虚構により、毛宗崗本は劉備と諸葛亮の無謬性を守ると共に、蜀漢滅亡の必然性を説明することにも成功したのである。

《注》

（一）四大奇書と『三國志演義』との関わりについては、小松謙《二〇一〇》、小松建男《二〇一〇》を参照。

（二）事不可闕者、如關公秉燭達旦、管寧割席分坐、曹操分香賣履、于禁陵廟見畫、以至武侯夫人之才、康成侍兒之慧、鄧艾鳳兮之對、鍾會不汗之答、杜預左傳之癖、俗本皆删而不錄。今悉依古本存之、使讀者得窺全貌（毛宗崗本 首卷 凡例）。

（三）金文京《二〇一〇》。

（四）毛宗崗本における女性表現の深化については、本書第六章のほか、渡邉義浩・仙石知子《二〇一〇》を参照。

（五）建安元年、呂布乘先主之出拒袁術、襲下邳、虜先主妻子。先主轉軍廣陵海西。竺於是進妹於先主爲夫人、奴客二千、金銀貨幣以助軍資。于時困匱、賴此復振（『三國志』卷三十八 麋竺傳）。なお、『三國志演義』は、「麋」を「糜」につくる。

（六）孫夫人を迎えた時期は、『三國志』には明記されないが、司馬光は『資治通鑑』卷六十六で献帝の建安十四年に繫年している。

（七）先主甘皇后、沛人也。先主①臨豫州、住小沛、②納以爲妾。先主數喪嫡室、常攝內事。③隨先主於荊州、產後主。④値曹公軍至、追及先主於當陽長阪、于時困偪、棄后及後主、賴趙雲保護、得免於難。⑤后卒、葬于南郡。章武二年、追謚皇思夫人、遷葬於蜀、未至而先主殂隕。丞相亮上言、……⑥春秋之義、母以子貴。……今皇思夫人宜有尊號、以慰寒泉之思。輒與恭等案謚法、宜曰昭烈皇后。……故昭烈皇后宜與大行皇帝合葬。……。制曰可（『三國志』卷三十四 先主甘皇后傳）。

（八）琰曰、①劉備喪妻、必將續娶。……。玄德曰、中年喪②妻、大不幸也。骨肉未寒、安忍便議親。範曰、人若無②妻、如屋無梁、豈可中道而廢人倫（毛宗崗本 第五十四回）。

（九）葬先主於惠陵、謚曰昭烈皇帝。尊吳皇后爲皇太后、入養老宮。謚甘夫人爲昭烈皇后、大赦天下（李卓吾本 第八十五回）。

（一〇）葬先主於惠陵、謚曰昭烈皇帝。尊皇后吳氏爲皇太后。甘夫人爲昭烈皇后。糜夫人亦追謚爲皇后。陞賞群臣、大赦天下（毛宗崗本 第八十五回）。

（一一）糜夫人乃棄阿斗於地、翻身投入枯井中而死。後來史官有詩贊糜夫人。曰、賢哉糜氏、內助劉君。言詞無失、進退有倫。心如金石、志似松筠。身雖歸土、名不沾塵。千載之后、配湘夫人（李卓吾本 第四十一回）。

（一二）『三國志平話』には、二夫人が死去したことを伝えるだけで、糜夫人の記述はない。ただし、先行する雑劇などに本事が残る可能性はある。

（一三）糜夫人乃棄阿斗於地、翻身投入枯井中而死。後人有詩讚之。曰、戰將全憑馬力多、步行怎把幼君扶。拚將一死存劉嗣、勇決還虧女丈夫（毛宗崗本 第四十一回）。

（一四）「女丈夫」という言葉は、李卓吾本の評にある「兩大夫」という記述を受けている可能性がある。

（一五）阿斗乃甘夫人所生、而患難之中、糜夫人能攜持付託、勝如己出、更自難得（毛宗崗本 第四十一回）。

（一六）人但知趙雲不惜死以保其主、不知糜夫人不惜死以保其子。趙雲固奇男子、糜夫人亦奇婦人（毛宗崗本 第四十一回）。

（一七）徐氏以不死報夫仇、糜氏以一死全夫嗣、皆賢妻也。吳夫人臨死託壯子於良臣、糜夫人臨死託幼子於猛將、皆賢妻也。然死更難於不死、臨難託子更難於平時之託子。則糜夫人之賢又在東吳兩婦人之上（毛宗崗本 第四十一回 總評）。

（一八）毛宗崗本が、漢を守るための義を高く評価することは、本書第六章を参照。

（一九）原來糜竺有一妹、嫁與玄德爲次妻。玄德與他兄弟有郎舅之親、故令其守中軍保護妻小（毛宗崗本 第十八回）。

（二〇）「次妻」が妾であることについては、仁井田陞《一九四二》を参照。

（二一）立適以長、不以賢。立子以貴、不以長。桓何以貴、母貴也。母貴則子何以貴。子以母貴、母以子貴（『春秋公羊傳』隱公元年)。

(二二) 渡邉義浩〈二〇〇七〉は、母の卑しい前漢の文帝が即位している漢の現実を正統化するために「母以子貴」が必要不可欠であった、と義例が附加された理由を『春秋公羊傳』が世に現れた漢代の政治状況より説明している。

(二三) 皇帝の生母などの追尊に「母以子貴」の義例が用いられたことは、田中麻紗巳〈一九八五〉を参照。

(二四) 荊州学については、加賀栄治《一九六四》を参照。

(二五) 諸葛亮が『春秋左氏傳』を中心とする荊州学を学びながら、入蜀後は、蜀学の中心に置かれる『春秋公羊傳』も尊重したことについては、渡邉義浩〈一九九八b〉を参照。

(二六) 族譜とは、宗族が長年にわたり蓄積してきた一族の構成員に関する情報を集めて編纂した宗族の系譜である。その資料的価値については、仙石知子〈二〇〇七〉を参照。

(二七) 一、庶出子孫身列黌宮、或榮入辟雍、庶母更爲繼娶。蓋母以子貴故也(『雲陽張氏宗譜』江蘇丹陽、十巻、張飛渚(等修)、光緒十三(一八八七)年、亦政堂木活字印本、Columbia University, East Asian Library 所蔵)。

(二八) 已故無子女者、仍書側・副、不載生卒。有子女者、改稱庶妣、詳書生卒。母以子貴也(『橋南李氏宗譜』江蘇南京、八巻、同治元(一八六二)年、載徳堂木活字印本、Columbia University, East Asian Library 所蔵)。

(二九) なお、族譜の中には男児だけを指す「子」の字と、男児女児の両方を含む子供を指す「子」の字が見られ、女児もまた妾の立場を格上げするに足る存在であった。明清時代において族譜を保有していたような規模の宗族に属していた人々の間では、女児の出生も男児に次いで重視されていたことについては、仙石知子〈二〇〇七〉を参照。

(三〇) 紀の尊重については、『春秋公羊傳注疏』桓公二年に、「秋七月、紀侯 來朝す。侯と稱する者は、天子 將に紀より娶り、之と與に宗廟を奉じ、之を無窮に傳へんとす。重きこと焉《これ》より大なるは莫し、故に之を百里に封ず。月いふ者《は》、當に尊びて臣とせざる所以を明らかにし、孝敬を廣むるなり。蓋し以爲へらく天子 庶人の女を娶るを得るは、其の專封するを得るの以《ゆえ》なり(秋七月、紀侯來朝。稱侯者、天子將娶於紀、與之奉宗廟、傳之無窮。重莫大焉、故封之百里。月者、明當尊而不臣所以、廣孝敬。蓋以爲天子得娶庶人女、以其得專封也）」とある。

（三一）一、前妻則書元娶。後妻則書繼娶。續娶妾則書納、其稱則曰側室。所以明先後別貴賤。嫡妻卽無子亦書之。以崇紀。其元配・續娶及妾子女、倶附母書。嫡子雖少必書於前。庶子雖長必書於後。一示所生、一明嫡庶（『太原王氏族譜』安徽懷遠、八卷首末各二卷、王心潤・王宣（等三修）、光緒三十四（一九〇八）年、三槐堂木活字印本、国立国会図書館所蔵）。

（三二）子女、嫡書嫡出、庶書庶出、無匹敵也（『施溪吳氏支譜』安徽婺源、五卷首一卷、吳鴻晟・吳運誧（等修）、光緒三十二（一九〇六）年、敦睦堂木活字印本、国立国会図書館所蔵）。

（三三）適謂適夫人之子。尊無與敵、故以齒。子謂左右媵及姪娣之子。位有貴賤、又防其同時而生、故以貴也（『春秋公羊傳注疏』隱公元年）。

（三四）宗法、重嫡長先嫡後庶、此宗法也。故先書娶某氏重嫡母也。嫡子雖幼必列於前、示宗子也。妾有子者書、無子者不書。母以子貴也。妾有女者亦書明女所自出也。有功於撫育者亦書（『京江開沙王氏族譜』江蘇鎭江、十卷、王厚存・王桂冬（等五修）、光緒三十二（一九〇六）年、木活字印本、東方文庫所蔵）。

（三五）一、非嫡長、庶長不必立繼。若庶子、學業可傳、功德足稱者、亦須立繼。否則無庸煩　矣。……（『江都卞氏族譜』江蘇江都、二十四卷首七卷、編者不詳、道光十（一八三〇）年、木活字印本、国立国会図書館所蔵）。

（三六）（清）曹雪芹『紅樓夢』第五十五回には、王熙鳳が、探春は妾腹で身分が低いので、面子を気にする家との結婚は難しいであろう、と案じる場面があり、庶子が軽視される様子が描かれている。明清時代における嫡子と庶子に関する考え方が、明清小説に反映していることについては、仙石知子〈二〇〇六〉を参照。

（三七）一、後人揑造之事、有俗本演義所無而今日傳奇所有者、如關公斬貂蟬、張飛捉周瑜之類、此其誣也、則今人之所知也。有古本三國志所無而俗本演義所有者、如諸葛亮欲燒魏延于上方谷、諸葛瞻得鄧艾書而猶予未決之類、此其誣也、則非今人之所知也。不知其誣、毋乃冤古人太甚。今皆削去、使讀者不爲齊東所誤（毛宗崗本　凡例　第十條）。

（三八）艾從其言、遂作書一封、遣使送入蜀寨。守門將引至帳下、呈上其書。瞻拆封視之。書曰、……。諸葛瞻看畢、狐疑未決。

其子諸葛尙在側、問曰、父親有意降魏乎。瞻叱之曰、吾何爲而降乎。尙曰、兒見父親有三顧之意。容魏使入寨、與之相見、一也。得其書而審來意、二也。見封瑯　王而不怒、三也。瞻遂擠碎其書、曰、吾不及其子也。叱武士立斬來使、令從者持回魏營見鄧艾、艾大怒、卽欲出戰（李卓吾本 第一百十七回）。なお、字句の異同はあるが、嘉靖本もほぼ同じ。

（三九）諸葛尚を高く評価することは、史書にも見られる。『華陽國志』卷七 劉後主志は、「父子 國の重恩を荷ひ、早《つと》に黄皓を斬らず、以て傾敗を致す。用《もつ》て生きて何をか爲さん（父子荷國重恩、不早斬黄皓、以致傾敗、用生何爲）」という諸葛尚の言葉を伝え、これを高く評価している。

（四〇）艾從其言、遂作書一封、遣使送入蜀寨。守門將引至帳下、呈上其書。瞻拆封視之。書曰、……。瞻看畢、勃然大怒、扯碎其書、叱武士立斬來使、令從者持首級回魏營見鄧艾。艾大怒、卽欲出戰（毛宗崗本 第一百十七回）。

（四一）其母黄氏、卽黄承彥之女也。母貌甚陋、而有奇才、上通天文、下察地理。凡韜略・遁甲諸書、無所不曉。武侯在南陽時、聞其賢、求以爲室。武侯之學、夫人多所贊助焉。及武侯死後、夫人尋逝。臨終遺敎、惟以忠孝勉其子瞻（毛宗崗本 第一百十七回）。

（四二）たとえば、江雲・韓致中《一九八六》に収められた諸作品を参照。また、李福清《一九九七b》も参照。

（四三）武侯夫人事、直至篇終補出。敍事妙品（毛宗崗本 第一百十七回）。

（四四）天下奇人、必有奇配。然武侯之名彰、而夫人之名不甚著者。蓋無成而有終乾道。婦道也（毛宗崗本 第一百十七回）。

（四五）明の萬曆二十年、陳元之序、金陵世德堂本を底本とした影印本『西遊記』（上海古籍出版社、一九九三年）を使用した。すでに、仙石知子〈二〇〇九〉に、この場面の全訳を掲げているので、本書では、抄訳に止めた。あわせて参照されたい。

（四六）一、孀婦守志、貞女立節、乃闇德所尤難。非惟一族之光、實爲百世之範。其有旌奬褒題者、備列家乘必當另爲立傳以彰其行（『雲陽張氏宗譜』十卷、張飛渚等修、光緒十三年（一八八七年）、亦政堂木活字印本、Columbia University, East Asian Library 所蔵）。

（四七）一、婦女不再醮、庸行最難。奚容易視（『京江王氏宗譜』二卷首一卷、王廷壽等續修、民國二十四年（一九三五年）、木活字印本、国立国会図書館所蔵)。

(四八) 嫡庶子男、除有官廕襲、先儘嫡長子孫。其分析家財田產、不問妻・妾・婢生、止以子數均分。姦生之子、依子量與半分。如別無子、立應繼之人爲嗣、與姦生子均分。無應繼之人、方許承繼全分(『大清律例』巻八 戶律戶役 卑幼私擅用財)。本章は、田濤・鄭秦(点校本)『大清律例』(法律出版社、一九九八年)を使用した。

(四九) 毛宗崗本 讀三國志法は、蜀漢が正統であることを朱子の『資治通鑑綱目』に基づき、高らかに宣言している。

(五〇) たとえば、毛宗崗本 第二十二回には、鄭玄の侍女たちがすべて毛詩に通じていた、という場面が描かれているが、嘉靖本・李卓吾本には見られない。侍女たちが毛詩に通じていたという逸話を挿入することにより、毛宗崗本は、「毛詩鄭箋」を代表作の一つとする鄭玄の学識の高さを表現する技法を用いている。

終章　毛宗崗本『三國志演義』の表現と時代風潮

はじめに

本書は、毛宗崗本『三國志演義』の思想的特徴を明らかにするため、その表現技法と描かれた時代風潮を検討したものである。原作者と言われる羅貫中の原本を推測し、あるいは毛宗崗本に至るまでの版本の系譜を調査することからは、明清小説における『三國志演義』の位置を定めることができないと考えるためである。毛宗崗本の特徴を解明するために、本書は毛宗崗本が種本とした李卓吾本からの書き換えと共に、毛宗崗本の評に注目するという方法論を取った。毛宗崗本が目指した理想の「古本」のあり方と『三國志演義』の視座が明瞭に現れる箇所だからである。

その際、毛宗崗本の評を近代的な文学観から文芸批評として捉える方法は取らなかった。毛宗崗本は、『三國志演義』の本文を客体的に小説として捉え、それに対する自分の批評を総評などに主体的に記したわけではない。毛宗崗本の評は、科挙対策のために行われた史書や経書への評に影響されるだけではなく、芝居の合いの手のように物語を興味深く読むための感想や読み方の指摘を行い、自らの書き換えの理由を説明するものだからである。すなわち、本文と評とを含めたすべてが一体として毛宗崗本を形成しているのである。そこで、本書は、評が毛宗崗本を構成する重要な一要素と考え、それを分析することにより毛宗崗本の文学性を考えようとした。

また、本書は、毛宗崗本の時代風潮の中心にある儒教、具体的には朱子学の存在を指摘するだけではなく、関帝信仰や善書など道教の存在に留意した。しかも、そうした思想性を持つことは、当該時代の人々が文学作品を読むに当たって、いかなる意味を持つのかを考えようとした。それは、『三國志演義』の諸版本の中で、最もよく読まれた通行本である毛宗崗本の中に、その時代の風潮がより明確に描かれているのではないか、という問題意識に基づいている。

本章は、第一章から第九章までに検討した結果を踏まえて、毛宗崗本の表現とその背景とする時代風潮を次のように指摘するものである。

一、毛宗崗本『三國志演義』の表現

毛宗崗本の表現技法における第一の特徴は、人物像に一貫性を持たせることにある。毛宗崗本は、主役である劉備を「仁」の人と描いて物語の中心に置き、聖人君子とすることで、対照的に描かれる「奸」絶曹操を際立たせると共に、「義」絶関羽・「智」絶諸葛亮の活躍を描く。こうした役割分担は、すでに嘉靖本から見られる『三國志演義』の基本的な構図であった。しかし、毛宗崗本が種本とした李卓吾本は、その場面ごとの理解を先行させるために、そうした構図が一貫して描かれているとは言えない。もちろん、李卓吾本にも「寛」と「猛」の対比により、劉備と諸葛亮を比較し、劉備の遺言を牽制と解釈するような、的確で興味深い指摘は見られる。それでも、その場に応じた解釈は、物語の全体像を歪めてしまう。李卓吾本は、物語の主人公である劉備ですら、一貫して仁の人として描くことができてはいない。もちろん、文学としてそれが魅力の場合もある。人間は矛盾に満ちた存在であり、すべてにおいて常に善、あるいは悪である人は多くないからである。しかし、毛宗崗本は、「三絶」それぞれに役割を定め、物語を展開する主人公である劉備を「仁」の人として一貫して描くことを優先した。それは、毛宗崗本の文学としての完成度を高めるものと言えよう。こうして毛宗崗本は、一つの場面ごとの面白さの追究を優先する李卓吾本を抑えて、『三國志演義』の通行本へと押し上げられたのである（第一章）。また、毛宗崗本は、「義」絶である関羽についての表現においても、「義」以外の属性を関羽から排除することに努めて、一貫性を保とうとした。李卓吾本では、「仁義」「忠義」とある関羽への評価について、「仁義」という言葉を削除し、「忠義」を「大義」に書き換えることによって、関羽が「義」絶であることを明確にしているのである（第二章）。

毛宗崗本の表現技法における第二の特徴は、「奸」絶の曹操、「義」絶の関羽、「智」絶の諸葛亮という「三絶」を物語の中核に据えることにある。李卓吾本は、物語に「三絶」という核がないため、所与の物語の場面に応じた評をその場限りで付けている。たとえば、諸葛亮の忠義を賛美しながら、ある場面では、口を極めて諸葛亮を非難する評を付けるのはそのためである。これに対して、毛宗崗本は、諸葛亮を「三絶」の中の「智」絶として表現するため、諸葛亮の行動に一貫性を持たせ、諸葛亮の無謬性を保つために物語を書き換える。そして、改変について「古本」三国志に基づいて校訂したという立場を取ることで、改変した文章に自らの評を付けることを可能にした。その評は、自らの改変の意図ばかりでなく、「三絶」に焦点を当てた読み方も記される。毛宗崗本は、物語を自らの理想の姿に書き換えることにより、「三絶」という主役の人物像を一貫して描き出すのである（第五章）。

毛宗崗本の表現技法における第三の特徴は、細部に至るまでの綿密な表現にある。蜀漢を正統とする『三國志演義』が、関羽に代表される義を宣揚するとともに、漢への忠を中心として描く文学であることは言うまでもない。たとえば、諸葛亮の忠は、陳寿がその「出師表」を中心に置くように、『三國志』の主題でもあり、『三國志演義』においても、十二分に強調されている。毛宗崗本は、そうした漢への忠や義の尊重を貂蟬など女性の表現にまで行き届かせていく。物語の細部にまで主題が統一的に表現されていることが、文学としての完成度を示す指標の一つであるならば、毛宗崗本は、李卓吾本を代表とするそれまでの『三國志演義』に比べて、完成度の高い文学作品と言えよう（第七章）。また、毛宗崗本は、劉禅を助けるために井戸に身を投げた糜夫人を皇后に追尊する虚構を加える一方で、甘夫人を劉備の嫡妻とするという虚構もそのまま踏襲した。劉禅が嫡長子であれば、嫡長子の相続は「長幼」により「賢愚」には依らない、と『春秋公羊傳』に明記してある。こうして劉禅を嫡長子とする虚構により、毛宗崗本は劉備と諸葛亮の無謬性を守ると共に、蜀漢滅亡の必然性を説明することにも成功したのである（第九章）。

毛宗崗本の表現技法における第四の特徴は、社会通念の利用にある。曹操を異姓養子の子と批判しながらも、史実の劉備が異姓養子の劉封を収めていることについて、毛宗崗本は、李卓吾本よりも劉封を貶める表現を用いることで対応した。律で禁じられていた異姓養子を嗣として養子にした劉備が、異姓養子の死去を嘆く場面を削り、劉備の死後、劉禅のもとで独裁権を振るう諸葛亮が、劉封殺害を進言したことも削除する。こうした書き換えの背景にあったものは、異姓養子を取る慣行に対して、本来それは行うべきではない、とする明清時代の社会通念であった。毛宗崗本は、こうした社会通念を利用した表現技法により、異姓養子劉封の忠義を封印したのである（第三章）。また、毛宗崗本は、「奸」絶曹操の悪を描くために、曹操の香を分ける行為に伴う善行の対象を「妻」から「妾」に書き換えることで、曹操の善行を一層高めて描いた。それは、曹操の遺言に現れた、その「偽」なる性格を明確にする表現技法である。毛宗崗本は、簒奪の野望を胸に抱きながら口には出さず、最後までそれを隠すために、香を分ける善行を遺言する曹操の「偽」を描き出す。それにより、臨終の場面における曹操は、禅譲による簒奪という許し難い「大悪」を胸に秘めながら隠し続ける極悪人として表現された。そのため、人々が心から感心し、深い同情を寄せそうな香を分ける行為を付加し、妻を妾に改めることで、禅譲を目指す野望を隠して人を欺く、曹操のずる賢さを強調したのである（第四章）。また、『三國志演義』の中で貂蟬は、嘉靖本より王允の家の歌伎という身分に設定され、李卓吾本・毛宗崗本もこれを継承する。しかし、三国の物語を語る雑劇や講唱文学の中には、貂蟬が関羽によって斬られる場面を持つものがあり、それらの作品ではすべて貂蟬の身分は呂布の妻となっている。毛宗崗本が評において、貂蟬が斬られる話を厳しく批判し、貂蟬の漢への義と王允への孝を功臣に準えて高く評価するのは、女性の貞節と親への孝・君への義との重さに関する社会通念を背景とする。中国近世では、女性の貞節が強く謳われたが、女性の貞節の期待は、その身分により程度に差があった。族譜の規定では、妻にかけられる貞節の期待は非常に大きく、妾のそれは妻よりも小さいものであった。そして、婢女や妓女、歌伎といった女性に対する貞節の期待は、さらに小さいものであった。しかも、親への孝は、妻であっても貞節に優先するものとされていた。貂蟬が、歌伎という身分で、漢への義と育ててくれた王允への孝のために董卓と呂布の二人と関係を持っても、不貞とみなされなかったのは、こうした中国近世における女性の貞節に対する社会通念を背景としているためなのである（第六章）。

このように、毛宗崗本は、第一に人物像を一貫させ、第二に「三絶」を物語の中核に据え、第三に細部に至るまでの綿密な表現を行うことで、文学としての完成度の高さを持っていた。さらに、第四に当該時代の社会通念を利用する表現技法を用いることで、千五百年の時空を超えて、三国時代の物語を「現代」の物語として読者に理解させた。こうした文学としての完成度の高さと受け入れやすさとが相俟って、毛宗崗本は『三國志演義』のその他の諸版本を抑え、通行本としての地位を築き上げたのである。

毛宗崗本が、文学としての完成度の高さのほかに、当該時代の社会通念を利用する表現によって通行本としての地位を得たことは、毛宗崗本に現れた社会通念を検討することで、当該時代の時代風潮を理解し得ることとなる。前著

『明清小説における女性像の研究』では、主として対象とした小説が「三言二拍」などの『三國志演義』に比べれば著名ではない小説であったため、小説から時代風潮を理解することは行わなかった。あくまで、族譜などの歴史的な資料によって明らかにした社会通念が、小説にいかに反映することで、小説を興味深く読み得るようにしているか、に問題関心を限定した。これに対して、『三國志演義』は、「四大奇書」の一つに位置付けられる明清時代を代表する小説である。その通行本となった毛宗崗本の表現技法に利用された社会通念からは、その時代の時代風潮を読み取ることも可能になろう。続いて、本書で検討した毛宗崗本に描かれた時代風潮を整理しよう。

二、毛宗崗本『三國志演義』に描かれた時代風潮

毛宗崗本は、主人公である劉備を一貫して「仁」の人と表現した。それは、劉備を「仁」の人と描いて物語の中心に置き、聖人君子とすることで、対照的に描かれる「奸」絶曹操を際立たせると共に、「義」絶関羽・「智」絶諸葛亮の活躍を描くためであった。むろん、劉備・関羽・諸葛亮らを常に「善」、曹操を絶対的な「悪」と描く画一的な勧善懲悪の物語は、近代的な文学観からは批判もあろう。しかし、毛宗崗本が目指したものは、朱子学の「義」に基づいて、三国時代の歴史物語を分かり易く説明することにあった。こうした特徴を持つことにより、朱子学に規定される中国近世において、一つの場面ごとの面白さの追究を優先する李卓吾本を抑えて、『三國志演義』の通行本へと押し上げられたのである（第一章）。

「三絶」の一人、関羽は「義」絶と表現されたが、「義」という儒教の徳目は、多義性を持つ。毛宗崗本は、多様な「義」の中から、関羽の「義」として「利他の義」を最も重視する。「義」は、「国家の支配理念としての義」、「共同

性を示す義」、「個人間の信頼関係としての義」の三種に大別できる。そのうち、「国家の支配理念としての義」に含まれる「国家の正統性、正閏論の義」が、毛宗崗本をはじめとするすべての『三國志演義』の主題である。とりわけ、毛宗崗本は、朱子の『資治通鑑綱目』の正閏論を継承することを「讀三國志法」に掲げており、「国家の正統性、正閏論の義」が、全体を貫く主題とされていた。それでも、毛宗崗本は、正統である蜀漢の最大の敵曹操を見逃す「義釋曹操」に描かれる、「利他の義」こそ関羽を代表する「義」であるとした。それは、関帝信仰において、関帝が自らを犠牲として人を救う「利他の義」を強く保持していたためである。毛宗崗本は、関帝の義を「利他の義」とする社会通念に関羽の表現を合わせることで、物語としての説得力を高めようとしたのである（第二章）。

毛宗崗本が最も力を込めて描く関羽の「義」は、同姓養子の関平を取り、異姓養子の劉封を批判する場面でも描かれる（第三章）。ただし、それらの関羽の「義」の中でも、毛宗崗本の特徴となるものは、新たに加えられた「秉燭達旦」に見られる「男女の義」である。曹操が、劉備の二夫人との旅程で関羽を同室させることにより仕掛けた色欲の罠に、関羽は凛然として女性の貞節を守る「男女の義」で対抗する。「男女の義」の強調の背景には、明清時代における遠隔地商業の発展により、旅先で女性とねんごろになることを戒めなければならない、という社会風潮があった。『關聖帝君覺世眞經』に代表される関帝の善書は、悪行のはじめに淫を置き、姦淫を禁ずる神としての性格を強く打ち出している。また、関帝の占験の中でも、関帝自身の口から淫行を禁ずべき話が語られ、人生の悪事の中で姦淫が最も犯しやすい罪であると戒められている。こうした関帝の教えは、客商の規範となっていた。毛宗崗本は「秉燭達旦」により、新たな読者層である遠隔地商業を行う客商たちに、関羽の「男女の義」という規範を示したのである（第八章）。

毛宗崗本は、諸葛亮を「智」絶として表現するため、諸葛亮の行動に一貫性を持たせ、諸葛亮の無謬性を保つために物語を書き換えた。そして、それを「古本」に基づいて校訂しただけである、との立場を取ることで、自らが改変した文章に自ら評を付けた。そのような毛宗崗本の評の中には、時として自らの書き換えを賛美するものも含まれる。毛宗崗本は、物語を自らの理想の姿に書き換えることにより、「三絶」という主役の人物像を一貫して描き出した。こうして『三國志演義』は、「三絶」という物語の核を持つことになり、通行本として普及していったのである（第五章）。また、毛宗崗本は、「子以母貴、母以子貴」という「春秋の義」を淵源とし、中国近世の族譜や清律にも規定されていた母と子の関係についての社会通念を踏まえることで、劉禅・諸葛瞻といった蜀漢の子たちを母によって尊重する。その際、諸葛瞻は、李卓吾本では曖昧であった漢への「忠」を明確になるよう書き換えられている。諸葛瞻の「忠」を明確にすることで、「出師表」などに表現される諸葛亮の「忠」も一層引き立つのである（第九章）。

また、毛宗崗本は、「奸」絶曹操の悪を描くために、曹操の香を分ける行為に伴う善行の対象を「妻」から「妾」に書き換えることで、その「偽」なる性格を明確に表現した（第四章）。また、李卓吾本では、漢への「忠」と同様に高い評価がされていた曹操への「忠」の価値を下げ、蜀漢を正統とするという物語の中軸をぶれることなく表現する。そして、徐母の「忠」を強調するあまり、徐庶の「孝」を結果として貶めている李卓吾本の表現を改めて、「忠」と「孝」の狭間に苦しむ徐庶の葛藤を救い出し、何のためらいもなく徐庶を送り出す劉備の「仁」に傷がつかない配慮をしている。このように毛宗崗本は、「三絶」と位置付ける曹操・関羽・諸葛亮の人物像を明確に描くとともに、漢を代表する劉備の「仁」をも明確に描くため、「忠」の表現を工夫しているのである（第七章）。

さらに、毛宗崗本は、王允の「連環の計」により董卓を打倒した貂蟬を高く評価する。毛宗崗本が、貂蟬を評価する第一の理由は、「連環の計」における貂蟬の行動を、育ての親である王允に対する「孝」の実践と捉えるためである。第二の理由は、貂蟬が漢に「義」を尽くしたためである。毛宗崗本の中には、貂蟬のほか曹皇后・孫夫人など漢への「義」を貫こうとする女性の表現が確認できる。毛宗崗本は、「義」を敷衍するという『三國志演義』の物語世界を確立するため、女性像にも入念に手を加えたのである（第六章）。

このように、毛宗崗本は、物語の主人公である劉備は「仁」として、三絶のうち「義」絶の関羽は「義」の人として、「智」絶の諸葛亮は「智」に基づく無謬性を表現し、さらに、子の諸葛瞻の「忠」を母の尊さによって表現した。また、「奸」絶の曹操は、その「偽」を愛情からの落差の中に表現した。これらの主要人物のほか、たとえば「忠」と「孝」の狭間に苦しむ徐庶の葛藤を救い出すと共に劉備の「仁」を確認し、貂蟬の「孝」と漢への「義」が貞節よりも優先されることなど女性たちの漢への「義」を描き出した。

「仁」・「義」・「智」・「孝」・「忠」といった規範は、すべて儒教、なかでも朱子学の倫理観に基づく。しかし、毛宗崗本に対して、「封建道徳を肯定した、あるいは朱子学に基づく思想が見られる本である」と指摘することは、何も指摘していないに等しい。明清時代の知識人層が、科挙のために朱子学を学び、それを身体化していることは、毛綸・毛宗崗父子に限らず、当然のことだからである。

それを前提としたうえで、たとえば、女性が最優先すべきと考えられていた徳目である貞節が、親への「孝」や漢への「義」に比べると下位に置かれる貂蟬への表現や、『孝經』では、両立できると言われる「忠」と「孝」の狭間に苦しむ徐庶の表現など、朱子学に覆われた時代の中で生きる人々の具体的な行動規範が、当該時代の社会通念を背景に描かれている点にこそ、注目すべきである。そして、毛宗崗本の強調する関羽の「義」が、朱子学で最も尊重すべきとされ、『三國志演義』そのものの存立の基盤にある国家の正統性の義よりも、「利他の義」という関帝信仰に基づく「義」であったように、朱子学だけで覆いきれない人々の信仰心の拠り所が、道教に置かれていたことも、確認されるべきである。そして、関羽の「義」の中で毛宗崗本から新たに加えられたものは、旅を場とする「男女の義」

であった。そこからは、新たな読者層として遠隔地貿易の担い手に成長していた客商が想定される。

このように、毛宗崗本には、「仁」・「義」・「智」・「孝」・「忠」といった朱子学の規範を根底に置きながらも、その時代を生きた知識人層と商人の上層部が共感する時代風潮が表現されている。朱子学が社会に受容されていくときに生ずる柔軟な解釈や、朱子学だけでは埋まらない信仰などへの共感が、毛宗崗本を通行本へと押し上げたのである。

おわりに

本書は、毛宗崗本『三國志演義』の表現技法と描かれた時代風潮から、毛宗崗本の文学としての特徴を解明したものである。毛宗崗本の表現技法については、以下の四点に特徴が見られた。毛宗崗本の表現の特徴は、第一に、劉備の「仁」、関羽の「義」などの人物像を一貫させることにある。第二に、「奸」絶の曹操、「義」絶の関羽、「智」絶の諸葛亮という「三絶」を物語の中核に据えることにある。第三に、細部に至るまでの綿密な表現にある。「三絶」の関羽によって「義」、諸葛亮によって漢への「忠」を代表させながらも、そうした「義」や「忠」の尊重を女性の表現にまで行き届かせていくのである。第四に、社会通念の利用にある。劉備と諸葛亮の無謬性を守るために異姓養子への批判、曹操の「奸」を描くために妾の遺贈に対する深い同情、貂蟬の孝を際立たせるために貞節の身分差、といった社会通念を利用することで、毛宗崗本は、三国時代の物語を「現代」の物語として読者に理解させる表現技法を用いているのである。

また、毛宗崗本は、主人公の劉備に「仁」、三絶の「義」絶関羽に「義」、「智」絶諸葛亮に「智」と「忠」、貂蟬や徐庶に「孝」といった朱子学の徳目を体現させた。ここから、毛宗崗本に描かれた時代風潮は、朱子学を根底としていたことが分かる。ただし、それは中国近世全体の時代風潮と考えてよく、これを前提として、さらに見えてくるものがなければ、毛宗崗本が通行本として普及した理由は明らかにならない。それが、関羽の「義」であれば、朱子学で最も重視される国家の正統性・正閏論の「義」ではなく、関帝信仰を背景とする「利他の義」であり、商人層が重視すべき「男女の義」であった。あるいは、貂蟬が王允への「孝」と漢への「義」を実現するために貞節を犠牲にする姿であった。「孝」と「忠」の葛藤の狭間に生きた徐庶も、行動規範として読者の胸に訴えるものがあったであろう。朱子学の封建道徳と一括りに批判せず、表現の背景に見える時代風潮に触れることで、毛宗崗本の普及理由が見えてきたと考えている。

毛宗崗本は、魯迅が目指した儒教に「食われ」ていない「民」の姿を描いた小説ではない。魯迅からの評価が低い理由である。むしろ、「民」を支配する側の共感する時代風潮を背景に持つ小説であった。今後は、本書が解明したことを継承しながら、考察の対象を『西遊記』・『金瓶梅』・『紅樓夢』・「三言二拍」などに拡大することにより、明清小説の表現技法とその背後に潜む時代風潮の剔出に努めていきたい。

附章　中国近世小説研究の一視角

はじめに

本章は、明清時代を中心に著された中国近世小説に対する一つの研究視角を提示するものである。近年、中国近世小説研究は、版本の調査に基づき、その成立過程を解明しようとする研究や、その出版事情の研究が行われている。しかし、これらの研究は、そのままでは文学作品としての中国近世小説の表現技法を解明し、そこに込められた文学性を探求し、あるいは小説を受容した人々が、小説に何を求めて、何に感動・共感したのかを闡明することはできまい。

上記の問題を考えるため、小川陽一《一九九五》は、小説が書かれた当該時代の社会通念を明らかにしたうえで、小説の文学性を解明しようと試みている。仙石知子《二〇一一》では、溝口雄三の指導により族譜の凡例の研究を進め、小川陽一の方法論を継承して、族譜にみえる中国近世の社会の実態や通念、具体的には性差に基づく宗族の構造と意識を解明したうえで、近世小説に描かれた女性像の表現技法や感動性を明らかにした。さらに、本書では、『三國志演義』を題材として、女性観に止まらず、社会全体の儒教理念を踏まえたうえで、小説の表現技法と共感性を解明してきた（一）。

本章は、これらの研究を総括することで、中国近世小説研究に対する方法論を示していきたい。

一、中国小説における社会背景理解の必要性

外国人にとっての中国小説研究の難しさを端的に示すものとして、ドナルド・キーンの中国小説理解を挙げることができる。日本文学との比較の中で、キーンは、中国小説の特徴について、次のように述べている。

> 数年前のことだが、私はコロンビア大学で博士論文の審査に加わったことがある。私が扱った論文は二つで、一つは日本文学『夜半《よわ》の寝覚《ねざめ》』の一部訳と論考、他は明朝後期に出た中国の小説何篇かの論考であった。他にこれ以上著しい対照を考えることが、一体誰に出来たであろうか。『夜半の寝覚』は、行動というものを全くと言ってよいほど含まず、女主人公の寝覚の思いの形を借りて、ほとんど全面的に心の内側から語られている。それに反して中国の小説のほうは、登場人物の内面には決して踏み込まずに、時にはわくわくするような、時には悲劇的な事件を、徹底して外面的に描き出している。しかもこれらは、なにも例外的な作品ではないのである。平安期以来、最も典型的な日本文学は、常に内省的であった。ここでいささか大ざっぱな分類を試みるなら、日本の小説は自伝的になりがちだが、中国の小説は、伝記的なのである。事実明朝以前の中国には、自伝というものが存在していない。ところが日本では、平安朝の宮廷女性の日記文学以来、日記と自伝とは、ずっと一体のものとなっている[一]。

キーンは、主人公の内面描写を中心とする日本の小説に対して、中国小説は、登場人物の内面には決して踏み込まない、「徹底して外面的に描き出す」と述べている。果たして、そうであろうか。報告者の少ない読書体験から考え

れば、たしかに、小説の中に入る手段として、作者・主人公の内面描写がなされることは少ない。しかし、外面的に描き出す事象の中から、主人公の内面を理解できるものも多い。それが理解しにくいのは、小説が描かれている社会背景、すなわち社会の実態や通念が分からないため、その感動性が伝わらないのではないか。中国小説に否定的なキーンの見解からは、中国文学の内在的な理解の難しさを知ることができよう。

一方、中国人であれば、中国文学の内在的理解は容易であるのか。中国小説が外面的であることは、中国人にとっては自明なことであろう。そのためか、小説が描かれている社会背景から、小説の感動性を理解しようとする中国人の小説研究は多くはない。むしろ、そうした違いに気がつくのは、外国人なのではないか。そこに、日本人がなぜ中国小説の研究をするのか、という問題への答えの一つがある。溝口雄三《二〇一一》は、日本人として中国を研究する有利さは、自覚的に社会背景理解の必要性に気付くことができることにある、としている。中国小説における社会背景を理解する必要性について、小川陽一《一九九五》は次のように述べている。

（日用類書は）明清小説、とくに明末から清の比較的早い時期に流行し、中国小説の最高峰を現出した人情小説と称される部類の小説の理解に有用であると思われる。……この一群の小説には明清期の都市居住者の多様な日常生活が具体的に描かれているところに特色がある。この特色はほぼ日用類書の特色と読み替えることができるであろう。日用類書が四民のためを標榜し、農桑技術や農村の土地売買関係文書の書き方など農村的性格をも多少含む点を除けば、両者の背景とした諸基盤は、共通する要素が多いといえるであろう。だから日用類書は明清小説研究に積極的に利用できるのではないかと考えられる。

本書は、こうした小川の問題意識を継承する中で、明清小説の研究を行ってきた。本章の目的は、これまで発表してきた論文で行ってきた、明清小説における社会背景理解の方法について整理することにある。

二、人情・世情小説と族譜

明清小説には、魯迅《一九五七》によって人情・世情小説とされた小説群があり、そこには『金瓶梅』・「三言二拍」・『醒世姻縁伝』・『岐路灯』・『紅楼夢』などが含まれる。これらの小説は、ある一定の社会階層の存在を背景としている。報告者は、それを族譜を保持するような宗族と捉え、族譜の分析により明らかにした社会の実態や通念に基づいて、小説における社会背景の解明を目指した。

宗族とは、父系同姓の一族である（牧野巽《一九四九》）。明清時代における宗族研究の中心的な資料とされてきた族譜（近世譜）は、通常、傍系親族も含む一族の系譜が掲載される。そして、宗族が団結する上で必要な規範や家訓、あるいは宗族内の主要人物の伝記、また宗族の墳墓記や共有地である族産に関する記録など様々な情報が収録される。(三)

日本で最初に族譜研究に着手した牧野巽《一九四九》は、明清時代に編纂された族譜を書誌学的観点から分析し、同時に、宗族機構の発展と沿革について考察した。羅香林《一九七一》は、広東・香港地区の族譜を分析し、中国南方における族譜の特徴を述べ、族譜の学術的な価値を称揚した。また、瀬川昌久《一九九六》は、人口の流動性と分布状況を分析する資料に族譜を活用している。

これらの研究は、ほぼ凡例を資料として用いない。(四) 族譜ごとの特殊性に乏しいためである。これに対して、報告者は、特殊性がないからこそ凡例に注目した。すなわち、特殊性がないことが社会通念を明らかにする際に有用だからである。ただし、族譜は明代においていくつかの支派間で共通の祖先を系図中に見出し、系譜を合わせて同宗となる

「通譜」が盛んに行われていた事実があるため、族譜の信憑性についてはしばしば問題とされる。それでも凡例は、宗族内で発生し得る問題の防止策や記録上の処理方法などが書かれており、恣意的な表現をすれば宗族内の秩序統制に支障をきたす。したがって、族譜の中でも比較的改竄されている可能性の低い箇所となる。

族譜の凡例が小説の分析に役立つ理由は、たとえば凡例の規約によって定められている序列によって物語描写を分析することにより、淡々と描かれているかに見える人物描写の中に含まれた社会背景を把握でき、そのことにより、これまでとは違った小説の理解、礼的秩序を踏まえた理解が可能になるからである。

ところで、明清時代における宗族の構造は、滋賀秀三の研究が基本となっている。滋賀秀三《一九六七》は、財産継承の権利から妻と妾を比較し、妻は、夫の死亡後に寡婦として夫の家に留まることで、夫の財産を一時的に承継するという形態で財産を持つことがあるが、妾はない。また、妻は夫の祖先を祭る義務を負うが、妾は負わなかった、とした。宗法社会において、妻は、夫婦一体という概念により、宗族における親族間の序列の中で、夫の位置に付随する形で組み込まれることにより、宗族の正規の一員として認知される存在であったと言えよう。これに対して、妾は、宗族内で正当な地位を有することはなかった。滋賀秀三《一九六七》は、妾とは「閨房の伴侶として娶られ、日常生活の上では家族の一員たる地位を認められながら、宗という理念的な秩序のうちには地位を与えられていない女性をいう」と定義している。

こうした滋賀の妻妾、ことに妾の理解は、族譜に現れた宗族の実相と符合しない場合もある。明清時代において族譜を持ち得るような階層の宗族の成員にとって、家族内の秩序を維持することは、宗族全体の社会的威信を維持するために必要不可欠なことであった。秩序が乱れる大きな要因は、女性にあった。宗族の維持のため、女性が夫のほかに配偶者を持つことはない。これに対して、男性が妻のほかに複数の妾を持つことは、継嗣がいない場合であれば、義務に等しく行われていた。その結果、男性の愛情の偏在によって女性たちがいざこざを起こさないよう、家族内の秩序を礼に基づいて維持することを求める規定を持つ族譜が多かったのである。中でも、妻に子供がなく、妾に子供が生まれた場合の妻と妾の関係は、財産問題を含んで複雑化し、明清小説の題材にも好んで用いられている。

明清時代の宗族では、妻と妾の地位を礼に基づき維持することは必要不可欠であった。したがって、明清時代には、礼よりも規制力の強い律において、妻妾の嫡庶の差を乱すことを禁じた条文が見られ、当然、族譜の中にも、妻妾の区別は明確にするような規範が掲載されていた。滋賀の研究は、理念としては首肯し得るのである。妾は、妻よりも地位の低い者であり、財産継承や祭祀の権利を有することがなく、人としての尊厳性を保障された確かな地位にはないとすることが、礼の規定でもあった。

しかし、族譜の規範が示すように、礼として表現される理念としては、妾は妻よりも劣位に置かれる者とされながらも、実生活の中では、夫の寵愛を笠に着て実権を握る妾が存在していた。たとえば、(明)西周生『醒世姻縁傳』という小説に見られるように、実生活の中で実権を握り、あたかも自分が妻であるかのような態度を取る妾の姿は、そのような社会の実態が背景となって描かれているのである(仙石知子〈二〇〇六〉)。

(清)李海觀『岐路燈』第六十七回には、張類村が譚紹聞のところへやって来て、譚家の持ち家を一つ借して欲しいと申し出る場面がある。張類村には、もともと妻の梁氏がおり、息子も何人か生まれたものの、みな夭折してしまい、娘の順姑娘がいるだけであった。後継ぎがいないことを案じて杜氏という妾を娶り子供も生まれたが、やはり女の子であった。嫡母である梁氏は、杜氏が生んだ女の子を非常に可愛がり、張類村と梁氏・杜氏の関係はとても円満であった。しかし、張類村と梁氏はすでに六十近い歳となっていたので後継ぎとなる息子が欲しかった。杜氏がその後なかなか妊娠しなかったため、張類村と梁氏は相談をし杜氏には隠して下女の杏花児を妾にしようと決める。その後、杏花児は身籠もるが、事情を知った杜氏は異常な嫉妬をする。張類村には張正心という甥がいた。張正心は杏花児が無事に子供を出産したとしても、杜氏が嫉妬心から子供に良からぬことをする恐れがあるので、杏花児親子をどこか離れたところに住まわせるべきだと提案する。そこで、張類村は譚紹聞に家を借りに来たのであった。

妾の杜氏は、杏花児が妊娠したことを知るまでは、妻の梁氏に従い、妻妾の上下の身分をわきまえていた。それは、妻が後継ぎとなる息子を生んでいないために自分がこの先、男児を出産すれば、それなりに安泰な妾の地位が確保できると高を括っていたからである。ところが、杏花児が張類村の子供を妊娠し、もしも男児が生まれれば、自分は杏花児よりも下の地位に位置付けられてしまうため、杜氏は嫉妬に狂った女性に変わってしまったのである。自分以外の妾が子供を生むことに危機感を抱く杜氏の姿は、妻に子供が生まれていないという状況下で妾が子供を生んだ場合、その妾の立場が変動するという実態があったことにより、非常に現実味を帯びた描写となっていると言えるであろう。

また、妻に子供が生まれていないという状況下で、子供を生んだ妾に対して過度な嫉妬をする妾といえば、（明）作者不詳『金瓶梅』に登場する潘金蓮（西門慶の五番目の妾）もそうである。潘金蓮は、李瓶児（西門慶の四番目の妾）に男児が生まれると、自分の飼っていた猫を使ってその子を殺害する（第五十九回）。作品の中に描かれた潘金蓮の人間像を概観すると、大部分が西門慶の愛情を独占することに執念を燃やす淫婦として描かれており、子供を生むことに執着する潘金蓮の姿は、ほとんど描かれていない。しかし、李瓶児の妊娠を知った後から、李瓶児の子供が死ぬまでの潘金蓮は、それ以前には見られない子供の存在を嫉妬する婦人として描かれている。これもまた『岐路燈』に見られる杜氏の場合と同じで、妻の呉月娘に子供が生まれていない状況下で李瓶児が子供を出産したからこそ、潘金蓮は過度に嫉妬をし、最終的に李瓶児の子供を殺害したのだと言える。妻に子供がいない状況で妾が子供を生んだならば、その妾の立場は通常よりも格上に見なされるという実態があったからこそ、杜氏や潘金蓮のような、他の妾の妊娠および出産に異常な嫉妬をする妾の姿が、現実性を持って読者に強い共感を惹き起こしたのである。

たとえば、族譜の中には、妻が子供を生んでおらず、妾だけが子供を生んでいる場合は、その妾の立場を通常よりも格上に見なし、妻に準ずる者として記録する規範が見られる。『米氏宗譜』巻之一　凡例には、

> 一、正室は「娶某氏」と書き、継室は「継娶某氏」と書いて、元配を重んじた。妾は「側室某氏」と書き、嫡庶を明確にした。もし正妻がすでに死亡し、妾がまた子を生んでいれば、扶正を許し、また継室と同じように書いた。[五]

とあり、妻がすでに死亡し、妾が子供を生んでいれば妻になおすことを許す、と書かれている。これは、妻の死亡後に妾を妻にする「扶正」である。したがって、妻が子供を生んでいないという状況下で、妾が子供を生むことは、その後の家の中での立場を左右する、死活問題とも言える重大な事柄であった。『京江開沙王氏族譜』巻一　凡例に、

> 宗法は嫡長を重んじ、嫡を先にし庶を後にする。これが宗法である。故に先に某氏を娶ると書くのは、嫡母を重んじるからである。嫡子は幼くとも、必ず前に書き、宗子であることを示す。妾は男児があれば書き、男児がなければ書かない。母は子によって貴いからである。妾に女児があればまた書き、女児の出自を明らかにした。[六]

とあるように、妾は子供を生むことによって、族譜に記載された。かかる社会通念を背景に、『岐路燈』や『金瓶梅』という小説では、他の妾の妊娠や出産に対して過度に嫉妬をする妾の姿が描かれていた。継嗣となる子供を生むことで、妾の立場が変わることがあった、という実態を踏まえて作品を見ると、妾が嫉妬する場面が非常に現実味を帯びた描写となっていることが分かるのである。

さらに、妻妾の子供たちである嫡子と庶子は、財産継承の権利面においては、平等の権利を有していたが、族譜に

おいては、嫡子が優先的に記録されるのが通例であった。庶子は、嫡子よりも格下と見なされる社会通念があったのである。ただし、族譜の中には、嫡子が不在である場合は、庶子を嫡子のように扱って記録するように規定も見られる。『施溪呉氏支譜』巻之首 條規には、

一、子女の生まれは嫡か継か庶かを議し、ともにそれぞれ某氏から生まれたと書くこと。妾が子を生んでいて妻が育《う》んでいない場合は、統《す》べて同じとすべきである。必ずしも妾より生まれたと明記する必要はない。(七)

とある。ここでは妻に子がなく、妾だけが子を生んでいる場合は、その子を庶子と明記しない、と規定される。庶子が唯一の継嗣となる場合は、あえて妾腹の子だと記録せず、その生母についても妻に準ずる者として記録することを認めていたのである。

このように族譜を資料として明清時代の宗族のジェンダー構造の具体相を検討していくと、宗という理念的秩序の中に妾は地位を持たないという滋賀の主張は、原則としては正しい。ただし、宗族の実相において、継嗣となる子供を生んだ妾は、宗族の中に理念としても地位を持つことも多かった。さらに、継嗣となる子供を生んだ妾の地位は、子の無い妻に準ずるほど高い場合もあった。宗族のジェンダー構造において、女性は継嗣を生むことをそれほどまでに強く求められていたことが分かるのである。

明清時代において族譜を持ち得るような階層の宗族の成員にとって、第一に要求されたことは、家、延いては宗族を維持していくことであった。それは、親に対する直接的な行為としては、なじみのある「孝」という儒教理念によって正統化される。ただし、孝は、単に親に対する扶養行為を指すだけではない。祖先祭祀を媒介として、家の祖先、延いては宗族の祖先に対する祭祀を絶やさないことが何よりの孝とされた。それは、将来における宗族の祭祀を絶やさないための継嗣の必要性へとつながる。親に対する扶養行為は当為である。継嗣を確保し、祭祀を絶やさない

ことこそ、孝を尽くすための最重要行為であった。このため、継嗣の重要性を述べる規範を掲載している族譜は多い。たとえば、『甬上雷公橋呉氏家譜』巻一　宗約には、

不孝には三つあるが、後継ぎがないことはもっとも大きな不孝である。……妻を娶らない者は、宗族の祭祀を継承することができない（八）。

とある。傍線を引いた『孟子』離婁上を典拠に、「孝」のため継嗣の重要性を説き、妻を娶らない者は、宗族の祭祀を継承できないと規定するのである。

孝は、家族を、延いては宗族を世代を超えて存続させていくための理念であった。そのため、たとえ妻がいたとしても、継嗣がなければ、妾を納れることが必要とされた。『石池王氏譜』祖訓には、

不孝には三つあるが、後継ぎがないことはもっとも大きな不孝である。四十歳になっても子供がいない場合に、妾を納れることで後継ぎを得ようとするのは、理の当然である。もし正妻が妾を納れることを嫌がり、聞き入れなければ、これは我が血統を絶やすことになる。妻を離縁したとしてもやりすぎではない（九）。

とある。継嗣を得るための重要な手段として、納妾の正当性を述べ、それを正妻が妨げた場合には離婚してもよいとする。それほどまでに、継嗣が存在しなくなる絶嗣は、祖先祭祀を断絶させるため、何としても避けなければならない事態であった。このため、継嗣と成り得る実子がいない場合には、第一に同姓同宗の昭穆相当者を養子に迎えることが行われた。『洞庭明月湾呉氏世譜』巻一　例言に、

……長房に子がなければ、次房の長子を嗣とし、次房にも子がなければ、長房の次子を嗣とする。実の兄弟に嗣となる者がいない場合も、また必ず従兄弟の子や、同宗昭穆相当の者を選んで立て後継ぎとする。その際には、その下に某を嗣とすると書き、もともと名が記録されているところの名の下にも、注記してこれを明らかにし

た。くれぐれも異姓の子に継がせて、宗支を乱す弊害を招かぬようにすべきである[一〇]。

とあるように、継嗣がいない場合は、近親より遠縁へと継嗣となるのに適切な男子を同宗内より選立するよう規定し、異姓の子を継嗣としないよう定めている。

問題は、実子のみならず養子として適切な同姓同宗の昭穆相当者すら存在しない場合である。その場合、たとえ異宗であっても同姓の養子を迎えようと努力した。『張氏族譜』巻之一　凡例には、

……或いは異姓の子に後を継がせる場合は、「育子某」と書き、同姓だが、同族ではない子に後を継がせる場合は、「育同姓子某」と書いた[一一]。

とあり、「異宗異姓」と「異宗同姓」の書き分けが見られる。その場合には、『溪川吳氏統宗族譜』凡例に、

……同姓者は「抱養」と書いた。異姓者は「螟蛉」と書いた[一二]。

とあり、「異宗異姓」の養子を「抱養」、「異宗同姓」の養子を「螟蛉」と書き分けることを定めていた宗族もある。同姓の養子も異宗であれば、血縁関係がないという点において異姓の養子と同じである。それにもかかわらず、異姓の養子とは区別されていたことが分かる。嫡子庶子も同宗同姓もいない場合には、同姓の養子が優先されることは、歴代の律にも規定されていた[一三]。

こうした同姓養子の重要性は、しばしば小説にも描かれる。（明）凌濛初『初刻拍案驚奇』巻二十一「袁尚寶相術動名卿　鄭舍人陰功叨世爵」の正話には、「同姓の養子縁組」が見られる。これは作者の凌濛初が（明）陸粲『庚巳編』巻三「還金童子」を下敷きとして、作品を著す際に書き改めたものである。財布を拾った鄭興児が、落とし主と同姓という設定がされたのは、作品内で違和感のない養子縁組を成立させるためである。それは、たとえ血縁関係がなくても、異宗同姓である男子は、補足的にせよ養子の適任者足り得るという社会通念が、異姓の場合に比べて強く

存在していたためである。このため、鄭興児が遺失物返還という陰徳によって得た幸運は、持ち主と同姓であったことを起点とする（仙石知子〈二〇〇一〉）。

このような「異宗同姓なる養子」の事例は他の作品にも見られる。

『初刻拍案驚奇』巻三十八「占家財狠壻妒侄　延親脈孝女藏兒」の入話で、李総管の子供を妊娠していた下女が正妻に売り飛ばされたが、その下女を買い取ったのが李千戸という同姓者だった。下女は李千戸の家で無事に男児を生む。その後、偶然にも占い師の店で李総管は李千戸と出会ったことにより、李総管は下女が生んだ自分の息子と再会を果たすことになる。作品の中で改姓についての記述は見られないが、収養された子供は養父母の姓に改めるのが一般的だったという前掲の条文や族譜の規約から推定すると、下女の生んだ男児も李千戸の姓になったと考えられる。養父の李千戸がもともと李総管と同姓であったため、結果的に李総管の息子は改姓されることはなかった。この買い主と同姓であったという事象は、最終的に父子大団円となる話の中の幸運の中心に設定されているのである。

さらに、『醒世恆言』巻十「劉小官雄雌兄弟」正話には、居酒屋を営む劉徳夫婦が、身寄りのない方申児を養子とし劉方と改姓させ、さらに遭難した劉奇をも養子とする話が見える。先に養子になり、劉方と改名した方申児は、実は女であった。劉徳夫婦の死後、劉方と劉奇は二人で力を合わせて商売をし、後にようやく、劉方が女であることを知った劉奇は劉方と結婚する。作品の中には、二人目の養子となる劉奇は養父となる劉徳と偶然にも同姓であった、という描写がなされているが、この描写もまた作者が当時の社会通念を利用したものだと思われる。劉徳は劉奇を養子にする前に、すでに劉方を養子としていた。そのため、二人目に養子とする子が劉徳ともともと同姓であったという設定にした方が、決して裕福ではない老夫婦が二人もの子を養うという不自然さを払拭できるからである。養子を迎える場合に、異姓よりも同姓の子供が格上にみられ、養子として迎え入れやすかったという社会通念が作品に取り入れられていると言える。

しかし、宗族にとって異姓の者を継嗣とするのは、あくまで血統を存続させるための最終手段であり、すでに母とともに宗族から出た男子を帰宗させてでも、実子や血縁のある者を継嗣に立てようと努めていた。（明）馮夢龍『醒世恆言』巻十七「張孝基陳留認舅」の正話には、娘婿の張孝基が、舅から譲り受けた家産をすべて長子に返還する姿が描かれている。家産を返還した張孝基の行為は、美談として多くの「善書」にも掲載されており、これは民衆への教戒を目的に著された作品に見える。しかし、娘婿が長子に家産を返上することは、当時の社会通念から見れば当然であることが族譜の規範により分かる。さらに、実子の存在にもかかわらず、家産をすべて他人である娘婿に渡した舅の行為も、一見すると常識に反しているようであるが、これも「応継」「愛継」という継嗣選立の方法の存在から、やはり社会通念に則した行為であったことが分かる。すなわち、娘婿の張孝基の行為も、舅の過善の行為も、ともに当時の社会通念の枠組みの中で表現されているのである。

このように、明清時代の世情小説における妾や養子の描写は、当該時代の社会の実態や通念を背景としていた。族譜を利用して、それらを明らかにした上で、改めてそれらの小説を読むことにより、当該時代の読者が作品から受けた感動や共感は初めて理解し得る。作品人物の心情を内在的に描くことの少ない中国小説の表現技法や共感性を解明するためには、作品が前提とする外在的な社会背景を理解することが必要不可欠なのである。

三、『三國志演義』の分析材料と多様性

（明）羅貫中が編纂したと言われる『三國志演義』は、「中国四大奇書」に数えられる長大な歴史小説である。ただ

し、清代中期以降、今日に至るまで広く読み継がれてきたものは、羅貫中の原作のままではなく、清の康熙年間に毛綸・毛宗崗父子が改訂した『毛宗崗批評本三國志演義』（以下、毛宗崗本）である。本書は現在、毛宗崗本が種本とした『李卓吾先生批評三國志』（以下、李卓吾本）と毛宗崗本を比較することにより、読者が毛宗崗本のどのような表現技法に共感や感動を覚え、李卓吾本を駆逐して毛宗崗本が普及するに至ったのかを社会背景から解明することを目指した。

『三國志演義』の分析を始めた際には、世情小説の分析に利用した族譜が、『三國志演義』の背景となっている社会通念の理解にも有用であると考えた。それは、毛宗崗本 第一回 總評に、

> 今の人は通譜を好み、往往にして同族ではない者を同族と見なしている。試みに桃園の三結義を観ると、それぞれ姓が違っているので、兄弟の誓いをするときに、同心・同徳を優先して、同姓・同宗を優先しなかったことが分かる[一四]。

と述べるように、毛宗崗本が、「今」（清代初期）の「通譜」を批判している。すなわち、毛宗崗本は、族譜を編纂し得る階層を主要な読者層の一つに想定していたことが分かったからである。しかし、長大な歴史小説である『三國志演義』は、明清の世情小説のように、比較的幅の少ない社会階層の家族関係だけを扱うわけではない。『三國志演義』には、上は皇帝から下は歌伎まで多様な社会階層が描かれ、戦争や外交を中心とする政治の展開、あるいは当時最盛期を迎えていた関帝信仰など多様な物語が重層的に描かれている。もちろん、毛宗崗本には家族関係も描かれており、族譜による分析も有用ではあるが、それだけでは十分ではない。したがって、『三國志演義』の表現技法を解明し、そこに込められている文学性を探求するためには、当該時代の社会背景を理解するには、族譜に止まらない多様な分析材料を必要とする。

たとえば、主人公の劉備が、寇氏から異姓養子として寇封（劉封）を迎える場面がある。その場面だけを取り出して分析すれば、族譜から明らかになるような、当該社会では異姓養子がやむなく認められていたという実態ではなく、異姓養子は悪であるという国家の規範に基づいて劉封の物語が書き換えられている、という一応の結論を導くことはできる。しかし、なぜ族譜に見られるような実態ではなく、国家の規範に基づいて表現されているのか、という問題に踏み込んでいくと、そこには関羽の同姓養子である関平との比較、劉備と諸葛亮の擁護という多様な要素が絡み合っていることを理解できる。

『三國志演義』において、劉備と関羽の二人の養子は、対照的な生き方を見せる。異姓養子である劉封は、麦城に孤立した関羽を見殺しにし、劉備により処刑される。一方、同姓養子の関平は、関羽とともに漢に忠義を尽くし、関羽と劉備のために戦死する。劉封が関羽を救わなかったことは、史実では弁明の余地があり、『三國志』には、諸葛亮が劉封の処刑を主導したことが記されている。李卓吾本は、この場面では毛宗崗本よりも史書に近く、劉封の忠義を主張し、諸葛亮を激しく非難する。これに対して、毛宗崗本は、諸葛亮を擁護するため、異姓養子が律で禁じられ、本来行うべきではない、という中国近世の国家規範により劉封を貶める。毛宗崗本が族譜に現れるような社会の実態を反映しないのは、諸葛亮を擁護するため、異姓養子であるという時点で劉封の悪を定めるためなのである。そして、劉備が寇封を養子とする際に、異姓養子を取ること自体を諫めた関羽を賛美する。関平は史実では関羽の実子でありながら、『三國志演義』は嘉靖本以来、これを養子とし続けている。そこには、同姓養子である関平を関羽が主体的に迎えたとすることで、関羽の義を強調する表現技法が見られる。そして、異姓養子への批判は、異姓養子（夏侯嵩＝曹嵩）の子である曹操への批判に繫がる。こうして異姓養子劉封の忠義は封印された。毛宗崗本は、李卓吾本にある諸葛亮への非難およびその論拠をすべて削除し、異姓養子は律で禁じられ、本来行うべきことではない、という国家の規範に基づき、諸葛亮と劉備の無謬性を守ったのである。

このように毛宗崗本は、中国近世における養子に関する社会通念を利用して、関羽・諸葛亮・曹操という「義」絶・「智」絶・「奸」絶の人物描写をそれぞれ鮮明に表現しているのである（本書第三章）。

ここで注目すべきは、ここまで複雑に書き換えるのであれば、むしろ劉封を養子に取らないという虚構を創設した方が楽であるのに、それを行う自由がない点である。それは、あくまで『三國志』という史書を踏まえた小説であるという『三國志演義』の特徴による。そうした表現の制限の中で、毛宗崗本はいかに読者の共感を得ていくのか、という表現技法を解明することが、毛宗崗本の文学性の理解に繋がっていこう。

もちろん、『三國志演義』には、「七分實事、三分虚構」と言われる虚構が含まれる。その代表事例の一つである貂蟬の表現では、毛宗崗本は「評」という表現技法を用いて、貂蟬の評価について積極的に発言している。

> しかるに貂蟬という女子を、どうして麒麟閣や、雲台に描いて後世まで名を知らしめようとしないのか。最も恨むべきことは今の人がでたらめに伝えている関羽が貂蟬を斬るという話である。そもそも貂蟬には斬られるべき罪はなく、逆に褒め讃えられるべき功績があるのであって、ここにそれを特別に記しておくことにした。[一五]

毛宗崗本が貂蟬を高く評価するのは、二つの理由による。第一は、貂蟬が貞節よりも孝を優先したためである。貂蟬は自分の身を捧げて呂布と董卓を仲違いさせる「美女連環の計」に協力する動機の中で、「わたくしは旦那様に恩養を受け、歌や舞を習わせてもらい、格別な礼によって待遇していただきました。わたくしはこの身を粉にしても、万分の一のご恩返しすらできないと思っております」と述べる。[一六]「恩養」とは、実の母親が子に対して深く恩愛を掛ける際にも用いられる言葉で（『後漢書』列傳二十上 楊厚傳）、王允が実の父のように貂蟬を養育したことが分かる。すなわち、「美女連環の計」における貂蟬の行動は、我が子のような「恩」をかけて「礼」によって自分を育ててくれ

た王允に対する孝なのである。[一七]

貂蟬は、孝のために貞節を失うことになるが、中国近世において、貞節への期待の大きさは、女性の身分により異なっていた。『陰隲録』に収録される袁了凡「功過格」には、

> 婢妾を幽繋すれば、一人ごとに一過となる。……人の妻女を謀略で汚した場合には、一人ごとに五十過となる。

と書かれている。[一八] 功過格とは、善書の中で中国の民族道徳を善（功）と悪（過）とに別ち、具体的に分類記述し、その善悪の行為を数量的に計量記述してある書物を呼ぶ（酒井忠夫《一九九九》）。（明）袁了凡「功過格」では、婢女に対する淫行は、一過であるのに対して、妻女への淫行は五十過となっている。婢女の節が、妻女の節に比べてたいへん価値の低いものと捉えられていたことが分かる。

こうした社会通念を背景として、『三國志演義』の源流の一つである（元）『三國志平話』では呂布の妻という設定であった貂蟬は、『三國志演義』では歌伎とされている。この書き換えによって、当該時代の社会通念では、貂蟬が貞節を失ったことは、妻よりも罪が軽くなる。

それでも罪は罪である。それが許されるのは、その行動が血の繋がっていない王允に対する孝を動機として行われているからである。貂蟬が毛宗崗本に高く評価される第一の理由はここにある。毛宗崗本の高い評価は、貂蟬の行動を育ての親に対する孝の実践と捉えたことに基づくのである。

毛宗崗本が貂蟬を高く評価する第二の理由は、貂蟬による董卓の打倒を漢への義と捉えることによる。総評で言及される「麒麟閣」とは、前漢の武帝が麒麟を獲た時に造らせた高殿のことで、そこには功臣たちが描かれている（『漢書』巻五十四 蘇建傳附蘇武傳）。また「雲台」とは、後漢の明帝が功臣二十八名の像を描かせた洛陽宮の高殿である（『後漢書』列傳十二 論）。すなわち、毛宗崗本では、貂蟬は漢への義を尽くした功臣と認識されているのである。

妻妾よりも身分の低い歌伎貂蟬であったが、貞節への期待は小さくても、国への思いを抱くことはできたため、身を汚して大業を成し遂げた。毛宗崗本は、その行為を漢への義を尽くしたものと捉え、高く評価するのである（本書第六章）。

ここでは、貂蟬に設定された歌伎という身分に要求された貞節に関する社会通念を理解するために、「功過格」という道教の善書を用いた。また、毛宗崗本の総評に用いられる「麒麟閣」・「雲台」の典拠を理解するために、『漢書』・『後漢書』を用いた。このように、『三國志演義』の表現技法を理解するためには、多様な分析材料を必要とするのである。

あるいは、劉備の臣下である関羽への関帝信仰は、清代には国家により儒教に基づく武神として祀られるだけではなく、商人により道教に基づき財神として祀られていた（渡邉義浩《二〇一一ａ》）。毛宗崗本の背景となっている社会通念を理解するためには、族譜のような儒教に基づく著作だけではなく、道教信仰や商業行為に関する材料も利用しなければならない。

毛宗崗本により「義」絶と位置づけられる関羽の「義」の表現の中で、注目すべきものの一つに「男女の義」がある。「秉燭達旦」という場面において、曹操が、劉備の二夫人との旅程で関羽を同室させることにより仕掛けた色欲の罠に、関羽は凛然として女性の貞操を守る。その背景には、明清時代における遠隔地商業の発展により形成された、客商が旅先で女性とねんごろになることを戒めなければならないという社会風潮があった。（明）馮夢龍『警世通言』には、千里の彼方まで男女で旅をしながらも、女性に手を出さなかった趙匡胤を称える物語が記載されている。また、商人の手引き書である『士商類要』では、女性に入れ揚げることが、次のように戒められている。

色に淫することになれば、財産を傾け、家の資産を破滅させても、よろこんで貢ぎ続ける。ひどい場合には飢え死したり、盗賊となっても、死ぬまで悟ることはない。……そのため色に死ぬものは、これを敗家子と呼ぶ。……このようであれば楚館・秦楼（いずれも妓楼）は楽園ではなく、落とし穴の巣窟である。歌姫・舞女は楽人ではなく、家を破る魑魅魍魎である。顚鸞・倒鳳（男女の交歓）は楽事ではなく、狐や狸のまやかしである。識者はどのように考えるであろうか(一九)。

ここでは、客商が遠方に出た場合、最も戒めるべきは、女性と関係を持たないこととされている。『士商類要』という客商のための手引き書は、女性に入れ揚げて、家を破ることを戒めている。これにより、毛宗崗本が男女の旅程を舞台とする「秉燭達旦」の場面を挿入した社会背景を知ることができる。

それでは、こうした女性の貞操を守る「男女の義」が、関羽によって語られるべき理由は何か。それは、姦淫を戒める関帝への信仰が広がっていたことによる。『關聖帝君覺世眞經』に代表される関帝の善書は、悪行のはじめに淫を置き、姦淫を禁ずる神としての性格を強く打ち出している。

（関聖）帝君曰く、「人が生まれ世に在りては、忠孝・節義などに尽くすことを貴ばなければならない。そうすれば人の道に愧じることはなく、天地の間に立つことができる。もし忠孝・節義などを尽くさなければ、身は世にあっても心はすでに死んでいる。これを生を偸《ぬす》むという。そもそも人の心は即ち神であり、神は即ち心である。心に愧じることなければ神に愧じることもない。……淫は万悪の主である。孝は百行の源である。ただ理に逆らうことがあれば、心に愧じることがある。……もし悪心を持ち、善事を行わず、人の妻女を淫し、人の婚姻を破り、人の名節を壊し、人の技能を妬み、人の財産を謀り……諸々の悪事を行うときは、身を殺し家を亡ぼし、男は盗み女は淫し、近き報いは身にあり、遠い報いは子孫に及ぶべし(二〇)。

このように、『關聖帝君覺世眞經』は、悪行のはじめに淫を置き、また「人の妻女を淫し」、「人の婚姻を破る」ことを財産を謀ることよりも先に戒めている。基本的には全能神である関帝は、ここでは、姦淫を禁ずる神としての性格を強く打ち出している。また、関帝の占験の中でも、関帝自身の口から淫行を禁ずべき話が語られ、人生の悪事の中で姦淫が最も犯しやすい罪であると戒められている。こうした関帝の教えは、客商の規範となっていた。毛宗崗本は「秉燭達旦」により、新たな読者層である遠隔地商業を行う客商たちに関羽の「男女の義」という規範を示したのである（本書第八章）。

このように、『三國志演義』の表現技法を解明し、そこに込められた文学性を探求するためには、多様な分析材料を必要とする。どのような叙述の分析にいかなる材料を用いるのかは、その叙述がいかなる社会背景を持って記されているのかを考える必要がある。それぞれの場面に応じて、必要な材料を用いて、その叙述の背景を解明することができたとき、毛宗崗本を普及させた物語への共感や感動性、すなわち文学性は自ずから現れてくるであろう。

おわりに

本章は、中国近世小説に対する一つの研究視角として、小説が書かれた当該時代の社会背景を明らかにしていく方法論を提示した。同じく社会背景を考察するためであっても、世情小説に描かれる家族関係は、族譜の凡例を血希有新として、その背景を明らかにすることができた。一方、『三國志演義』では、その登場人物の多さ、描かれる題材の多様性に応じた材料を選択することが必要であった。

このような社会通念を解明する分析手法を取ることにより、内面描写の少ない中国近世小説の内在的な理解が可能となり、物語への共感や感動性を把握できるのではないであろうか。そして、この方法こそ、中国近世小説を文学研究足らしめる本質的方法論であると考えている。

《注》

(一) 本書のほか仙石知子〈二〇一四〉を参照。

(二) ドナルド・キーン《一九八四》。なお、キーンが存在を否定する中国の自伝文学については、川合康三《一九九六》を参照。

(三) 常建華《一九九八》、費成康《一九九八》、徐建華《二〇〇二》、王鶴鳴《二〇一〇》を参照。

(四) そうした中で、多賀秋五郎《一九六〇》・《一九八一》は、凡例の系統を掲げ、滋賀秀三《一九六七》は、凡例の内容を分析している。

(五) 一、正室書娶某氏、繼室書繼娶某氏、重元配也。妾書側室某氏、分嫡庶也。如正妻已故、妾又生子、方可扶正、書之亦如繼室（『米氏宗譜』巻之一 凡例）。

(六) 宗法重嫡長、先嫡後庶。此宗法也。故先書娶某氏、重嫡母也。嫡子雖幼、必列於前、示宗子也。妾有子者書、無子者不書。母以子貴也。妾有女者亦書、明女所自出也（『京江開沙王氏族譜』巻一 凡例）。

(七) 一、議子女所出或嫡或繼或庶、倶各書某氏所出。妾生子而妻不育、自宜統同。不必註明妾出（『施溪吳氏支譜』巻之首 條規）。

(八) 不孝有三、無後爲大。……至不娶者、不繼禮也（『甬上雷公橋吳氏家譜』巻一 宗約）。

(九) 不孝有三、無後爲大。年至四十尚無子、息納妾圖後、理所當然應爾。倘正妻以是爲嫌、而不相容者、是欲絶我系也。雖之亦不爲過（『石池王氏譜』祖訓）。

（一〇）……長房無子、次房長子承嗣、次房無子、長房次子承嗣。卽親兄弟之子無可立、亦必掄立堂從兄弟之子、及同宗昭穆相當者爲後。仍於其下註以某爲嗣、其於本生名下、亦註明之。切不可繼異姓之子、致啟紊亂宗支之弊焉（『洞庭明月涴吳氏世譜』卷一 例言）。

（一一）……或取異姓之子入繼者、則書育子某、其有取同姓、而不同族之子入繼者、則書育同姓子某（『張氏族譜』卷之一 凡例）。

（一二）……同姓書抱養。異姓書螟蛉（『溪川吳氏統宗族譜』凡例）。

（一三）たとえば、『元典章』十七 戶部三 承繼 禁乞養異姓子、『大淸律例』戶役 立嫡子違法條 條例一などを參照。

（一四）今人好通譜、往往非族認族。試觀桃園三義、各自一姓、可見兄弟之約、取同心・同德、不取同姓・同宗也（毛宗崗本 第一回 總評）。

（一五）而貂蟬一女子、豈不與麟閣、雲臺並垂不朽哉。最恨今人訛傳關公斬貂蟬之事。夫貂蟬無可斬之罪、而有可嘉之績、特爲表而出之（毛宗崗本 第八回 總評）

（一六）妾蒙大人恩養、訓習歌舞、優禮相待。妾雖粉身碎骨、莫報萬一（毛宗崗本 第八回）。

（一七）李卓吾本は、貂蟬に、「未嘗以婢妾相待」と語らせ、奴婢とは扱われていなかったことを明記し、さらに毛宗崗本は、その部分を「優禮相待」と書き換え、「婢妾」という文字そのものを削除している。

（一八）幽繫婢妾、一人爲一過。……謀人妻女、一人爲五十過（『陰隲錄』不忠孝類）。

（一九）至於淫色、則傾囊橐、破家資、而欣然爲之。甚則同餓莩、胥盜賊、而終身不悟也。……而死於色者、名之曰敗家子。……如此則楚館・秦樓非樂地、陷井之淵藪矣乎。歌姬・舞女非樂人、破家之鬼魅乎。顚鸞・倒鳳非樂事、妖媚之狐狸乎。識者以爲何如（（明）程春宇（輯）『士商類要』卷之二、『明代驛站考』上海古籍出版社、二〇〇六年）。なお、『士商類要』については、酒井忠夫〈二〇一一〉。

（二〇）帝君曰、生在世、貴盡忠孝・節義等事。方於人道無愧、庶幾可立天地之間。若不盡忠孝・節義等事、身雖在世其心旣死。

可謂愉生。凡人心卽神、神卽心。無愧心無愧神。……淫爲諸惡首。孝爲百行原。但有逆理、於心有愧者。……若存惡心、不行善事、淫人妻女、破人婚姻、壞人名節、妒人技能、謀人財產……行諸惡事、……殺身亡家、男盜女淫、近報在身、遠報子孫。なお、『關聖帝君覺世眞經』は、小柳司気太・飯島忠夫《一九八七》『道教聖典』所収本に依拠した。

文献表

この文献表は、本書中に言及し、また略記した文献を採録したものである。本文中における表記は、単行本を《 》、論文を〈 〉により分け、出版時の西暦年を附して弁別の基準とした。その際、単行本などに再録された論文も初出の西暦年を附し、同一年に複数の単行本・論文のある場合には、ａｂなどを附し、弁別した。文献表でも、それを踏襲するが、単行本には※を附し、単行本に収められた論文は、その直後に＊を附して収録論文であることを示し、論文の初出雑誌を掲げた。また、論題が変更されている場合は、原則として、変更前の論題に統一した。邦文文献は編著者名の五十音順に、中文文献も、ピンイン読みによるアルファベット順に配列し、邦訳は邦文の項目に入れ、旧字体・簡体字は原則として常用漢字に統一した。

〔邦　文〕

あ

井口　千雪『三国志演義成立史の研究』（汲古書院、二〇一六年）

石井　　仁『曹操　魏の武帝』（新人物往来社、二〇〇〇年、『魏の武帝　曹操』と改題のうえ新人物文庫より二〇一〇年に再刊）

石母田　正「商人の妻」（『文学』一七—二〇、一九四九年、『石母田正著作集』第十五巻、岩波書店、一九九〇年に所収）

伊藤晋太郎「関羽と貂蟬」（『日本中国学会報』第五十六集、二〇〇四年）

伊藤晋太郎「関羽文献の本伝について」（『芸文研究』九三、二〇〇七年）

伊藤　徳子「白話小説に描かれる商家の妻」（関西中国女性史研究会（編）『ジェンダーからみた中国の家と女』東方書店、二〇〇四年）

井上泰山・大木康・金文京・氷上正・古屋昭弘『花関索伝の研究』（汲古書院、一九八九年）

井上　泰山　「貂蟬像の検証」（『関西大学東西学術研究所紀要』第三六号、二〇〇三年）
于　　　臣　「中国明清時代商人「義利」観の一側面――徽商の例を通じて――」（『総合政策論叢』一四、二〇〇八年）
上田　　望　「明代における三国故事の通俗文芸について――『風月錦嚢』所収『精選続編賽全家錦三国志大全』を手掛かりとして――」（『東方学』第八十四輯、一九九二年）
上田　　望　「毛綸、毛宗崗批評『四大奇書三国志演義』版本目録（稿）」（『中国古典小説研究』一四、一九九八年）a
上田　　望　「『三国志演義』の毛綸・毛宗崗評点をめぐって」（『日本中国学会創立五十年記念論集』汲古書院、一九九八年）b
上田　　望　「毛綸、毛宗崗批評〈四大奇書三国志演義〉と清代の出版文化」（『東方学』第百一輯、二〇〇一年）
上野　隆三　「中国四川国際三国文化研討会――中国における三国演義の研究動向――」（『中国文学報』四六、一九九三年）
上原　究一　「「義釈」考――白話章回小説の形成・発展に関する一考察――」（『東方学』第百十三輯、二〇〇七年）
大木　　康　『明末江南の出版文化』（研文出版、二〇〇四年）
尾形　　勇　『中国古代の「家」と国家』（岩波書店、一九七九年）
小川　環樹　『三国志』（岩波書店、一九五三年）
小川　環樹※　『中国小説史の研究』（岩波書店、一九六八年）
小川　環樹＊　「「三国演義」の毛声山批評本と李笠翁本」（『神田博士還暦記念 書誌学論集』記念会編、一九五七年）
小川　環樹＊　「『三国志演義』発展のあと」（『中国小説史の研究』岩波書店、一九六八年）
小川　陽一　『日用類書による明清小説の研究』（研文出版、一九九五年）
小川　陽一　『明代の遊廓事情――風月機関――』（汲古書院、二〇〇六年）
小柳司気太・飯島忠夫（訳）『道教聖典』（心交社、一九八七年）

か

加賀　栄治　『中国古典解釈史』魏晋篇（勁草書房、一九六四年）
角谷　　聡　「「三国時代物語」の形成――両『唐書』における三国時代の人物――」（『中国学研究論集』四、一九九九年）
角谷　　聡　「「三国時代物語」の形成――『全唐詩』における三国時代の人物――」（『中国学研究論集』五、二〇〇〇年）a
角谷　　聡　「「三国時代物語」の形成――唐代小説における三国時代の人物――」（『中国学研究論集』六、二〇〇〇年）b
角谷　　聡　「「三国志物語」の形成――「銅雀台故事」を中心に――」（『中国学研究論集』一一、二〇〇三年）

角谷　聡　「三国志物語」における赤壁の戦いと甘露寺伝説」（『中国中世文学研究』四五・四六、二〇〇四年）
角谷　聡　「三国志物語」における英雄描写――『太平広記』驍勇武との比較を通して――」（『中国中世文学研究』四八、二〇〇五年）
角谷　聡　「三国志物語」の形成――「三顧茅屋故事」を中心に――」（『中国中世文学研究』五七、二〇一〇年）
笠井直美　「隠蔽されたもう一つの「忠義」――水滸伝の忠義をめぐる論議に関する一視点――」（『日本中国学会報』四四、一九九二年）
片倉健博　「酔耕堂本『三国志演義』序訳注及び解題」（『研究紀要』日本大学文理学部人文科学研究所、八三、二〇一二年）
川合康三　『中国の自伝文学』（創文社、一九九六年）
北村真由美　「金聖嘆本『水滸伝』の文体――評語と本文の融合をめぐって――」（『中国文学研究』二八、二〇〇二年）
北村真由美　「金聖嘆の『水滸伝』改作――七十回本における銘々伝の接合について――」（『中国文学研究』三〇、二〇〇四年）
金　文京　『三国志演義の世界』（東方書店、一九九三年、二〇一〇年に東方書店より改訂・増補版）
金　文京　「〈三国志演義〉版本試探――建陽諸本を中心に――」（『集刊東洋学』六一、一九八九年）a
金　文京　「羅貫中の本貫」（『中国古典小説研究動態』三、一九八九年）b
小島　毅　「国家祭祀における軍神の変質――太公望から関羽へ――」（『日中文化研究』三、一九九二年）
後藤裕也※　『語り物「三国志」の研究』（汲古書院、二〇一三年）
後藤裕也＊　「「斬貂蟬」のものがたり――清代の説唱文学を中心に――」（関西大学『中国文学会紀要』第二四号、二〇〇三年）
小松　謙　『「四大奇書」の研究』（汲古書院、二〇一〇年）
小松建男　『中国近世小説の伝承と形成』（研文出版、二〇一〇年）
近藤秀樹　「范氏義荘の変遷」（『東洋史研究』二一―四、一九六三年）

さ

酒井忠夫　「帮会民衆の意識と結義兄弟意識」（『中国帮会史の研究』紅帮篇、国書刊行会、一九九八年）
酒井忠夫　『増補　中国善書の研究』上（国書刊行会、一九九九年、もとは『中国善書の研究』弘堂会、一九六〇年）
酒井忠夫　『増補　中国善書の研究』下（国書刊行会、二〇〇〇年、もとは『中国善書の研究』弘堂会、一九六〇年）
酒井忠夫　「商人のための日用類書」（『中国日用類書史の研究』国書刊行会、二〇一一年）

佐藤　利行『西晋文学研究――陸機を中心として――』（白帝社、一九九五年）
滋賀　秀三『中国家族法の原理』（創文社、一九六七年）
滋賀　秀三『清代中国の法と裁判』（創文社、一九八四年）
塩谷　温「全相平話三国志に就て」（『狩野教授還暦記念支那学論叢』弘文堂書房、一九二八年）
沈伯俊・譚良嘯（編著）、立間祥介・岡崎由美・土田文子（訳）『三国志演義大事典』（潮出版社、一九九六年）
瀬川　昌久『族譜』（風響社、一九九六年）
仙石　知子※『明清小説における女性像の研究』（汲古書院、二〇一一年）
仙石　知子＊「族譜からみた明代短編白話小説の考察――「継嗣」に関する族規を手がかりに――」（『中国学論集』（大東文化大学大学院）一八、二〇〇一年）
仙石　知子＊「族譜からみた明清小説に描かれた妻妾」（大東文化大学『中国学論集』第二四号、二〇〇六年）
仙石　知子＊「族譜からみた明清戯曲小説の女児像」（『日本中国学会報』第五九集、二〇〇七年）
仙石　知子「中国女性史における孝と貞節――近世譜にあらわれた女性観を中心に――」（『東アジアにおける「家」――伝統社会と現代社会』大東文化大学、二〇〇八年）
仙石　知子「『醒世恒言』巻三十六「蔡瑞虹忍辱報仇」に描かれた孝と貞節」（『中国女性史研究』一八、二〇〇九年）
仙石　知子「明清女性史研究と毛宗崗本『三国志演義』」（『中国―社会と文化』二九、二〇一四年）
相田　洋「境界の原理――義と社――」（『橋と異人――境界の中国中世史――』研文出版、二〇〇九年）

た

多賀秋五郎『宗譜の研究（資料篇）』（東洋文庫、一九六〇年）
多賀秋五郎『中国宗譜の研究』上・下（日本学術振興会、一九八一年）
高橋　繁樹「三国雑劇と三国平話（一）～（四）」（『中国古典研究』一九、二〇、一九七三、一九七四年）
高橋　繁樹「連環計の虚構」（『目加田誠博士古稀記念中国文学論集』竜渓書舎、一九七四年）
竹内真彦（司会）・井上泰山・上田望・金文京・小松謙・中川諭「座談会『三国志演義』研究をめぐって」（『未名』二四、二〇〇六年）
竹内　真彦「貂蝉は何故呂布の「妻」であるのか」（『三国志研究』第二号、二〇〇七年）

竹内　真彦「関平が養子であることは何を意味するか」（『狩野直禎先生傘寿記念 三国志論集』三国志学会、二〇〇八年）
竹田晃・小塚由博・仙石知子（訳注）『剪灯新話』（明治書院、二〇〇八年）
立間　祥介『全相三国志平話』（潮出版社、二〇一一年）
田中麻紗巳「『母以子貴』をめぐって――両漢の用例と何休の解釈――」（『人文論叢』三三、一九八五年、『両漢思想の研究』研文出版、一九八六年に所収）
谷川　道雄「北朝末~五代の義兄弟結合について」（『東洋史研究』三九―二、一九八〇年）
土田健次郎『儒教入門』（東京大学出版会、二〇一一年）
土屋　文子「人物故事と伝承の土壌――"三国志演義"の成立をめぐって――」（『中国文学研究』一八、一九九二年）
土屋　文子「龐統と諸葛亮――三国故事における軍師像の変遷――」（『中国文学研究』二一、一九九五年）
土屋　文子「三国人物遺跡初探――伝承土壌との関聯において――」（『中国文学研究』二三、一九九七年）
土屋　文子「蜀漢南征故事考――三国故事遺跡二探――」（『中国文学研究』二四、一九九八年）
土屋　文子「諸葛亮の神性――神話的英雄像の発展に関する一考察――」（『中国文学研究』二五、一九九九年）
天理図書館善本叢書漢籍之部編集委員会（編集）『三分事略・剪燈餘話・荔鏡記』（天理大学出版部、八木書店、一九八〇年）
ドナルド・キーン（著）、金関寿夫（訳）『百代の過客――日記にみる日本人――』（朝日新聞社、一九八四年）

な

中川　論「嘉靖本「三国志通俗演義」における「関羽の最後」の場面について」（『文化』五四―一・二、一九九〇年）
中川　論※『『三国志演義』版本の研究』（汲古書院、一九九八年）
中川　論＊「〈三国志演義〉版本研究――毛宗崗本の成立過程――」（『集刊東洋学』六一、一九八九年）
中川　論「「漢の寿亭侯」」（『中国読書人の政治と文学』創文社、二〇〇二年）
中川　論「継志堂刊『三国英雄志伝』について」（『中国―社会と文化』二〇、二〇〇五年）
中川　論「周日校刊『三国志演義』について」（『東北大学中国語学文学論集』一六、二〇一一年）
中田　薫「唐宋時代の家属共産制」（『法制史論集』第三巻、岩波書店、一九四三年）
仁井田　陞『支那身分法史』（座右宝刊行社、一九四二年）
仁井田　陞『（補訂版）中国法制史研究　法と慣習・法と道徳』（東京大学出版会、一九八一年）

二階堂善弘・中川諭（訳注）『三国志平話』（光栄、一九九九年）
西岡　弘「叩歯考」（『国学院雑誌』八〇―七、一九七九年）

は

古橋　紀宏「養老戸令応分条における妾の取得分について」（『中国哲学研究』第十八号、東京大学中国哲学研究会、二〇〇三年）
堀　敏一『曹操――三国志の真の主人公――』（刀水書房、二〇〇一年）

ま

牧野　巽『近世中国宗族研究』（日光書院、一九四九年、『牧野巽著作集』第三巻、一九八〇年に再録）
増淵　達夫『中国古代の社会と国家――秦漢帝国成立過程の社会史的研究――』（弘文堂、一九六〇年）
丸山　浩明『明清章回小説研究』（汲古書院、二〇〇三年）
溝口　雄三「津田シナ学とこれからの中国学」（上）（『津田左右吉全集』第十八号月報、一九八八年）
溝口　雄三『〈中国思想〉再発見』（左右社、二〇一〇年）
溝口　雄三『中国思想のエッセンスI異と同の間』（岩波書店、二〇一一年）
森紀子（訳）『中国近世の宗教倫理と商人精神』（平凡社、一九九一年）
森村　森鳳「劉備と「義」――『三国演義』における儒教思想――」（『同朋文化』三、二〇〇八年）

や

矢嶋　美都子「陸機の「魏の武帝を弔う文」――曹操の遺言をめぐって――」（『ああ 哀しいかな――死と向き合う中国文学――』汲古書院、二〇〇二年）
矢野　主税「唐代に於ける仮子制の発展について」（『西日本史学』六、一九五一年）
山部　能宜「真如所縁種子について」（『北畠典生教授還暦記念 日本の仏教と文化』一九九〇年）
吉原和男・鈴木正崇・末成道男（編）『〈血縁〉の再構築――東アジアにおける父系出自と同姓結合――』（風響社、二〇〇〇年）

わ

渡辺信一郎※『中国古代国家の思想構造――専制国家とイデオロギー――』校倉書房、一九九四年）
渡辺信一郎＊「仁孝――あるいは二～七世紀中国における一イデオロギー形態と国家――」（『史林』六一―二、一九七八年）

渡辺信一郎＊「孝経の制作とその背景」(『史林』六九―一、一九八六年)
渡邉　義浩「諸葛亮像の変遷」(『大東文化大学漢学会誌』三七、一九九八年) a
渡邉　義浩『諸葛亮孔明――その虚像と実像――』(新人物往来社、一九九八年)
渡邉　義浩『図解雑学　諸葛孔明』(ナツメ社、二〇〇二年)
渡邉　義浩※『三国政権の構造と「名士」』汲古書院、二〇〇四年)
渡邉　義浩＊「蜀漢政権の成立と荊州人士」(『東洋史論』六、一九八八年)
渡邉　義浩＊「死して後已む――諸葛亮の漢代的精神――」(『漢学会誌』三七、一九九八年) b
渡邉　義浩＊「「寛」治から「猛」政へ」(『東方学』一〇二、二〇〇一年)
渡邉　義浩「三国志の世界」(『二松学舎大学人文論叢』八〇、二〇〇八年)
渡邉　義浩※『後漢における「儒教国家」の成立』(汲古書院、二〇〇九年)
渡邉　義浩＊「両漢における春秋三伝と国政」(『両漢における詩と三伝』汲古書院、二〇〇七年)
渡邉義浩・仙石知子『「三国志」の女性たち』(山川出版社、二〇一〇年)
渡邉　義浩※『西晋「儒教国家」と貴族制』(汲古書院、二〇〇〇年)
渡邉　義浩＊「陸機の君主観と「弔魏武帝文」」(『大東文化大学漢学会誌』四九、二〇一〇年) a
渡邉　義浩＊「陸機の「封建」論と貴族制」(『日本中国学会報』六二、二〇一〇年) b
渡邉　義浩『関羽――神になった「三国志」の英雄――』(筑摩書房、二〇一一年) a
渡邉　義浩『三国志――演義から正史、そして史実へ――』(中央公論新社、二〇一一年) b
渡邉　義浩※『「古典中国」における文学と儒教』(汲古書院、二〇一五年)
渡邉　義浩＊「三国時代における「文学」の政治的宣揚――六朝貴族制形成史の視点から――」(『東洋史研究』五四―三、一九九五年)
渡邉　義浩＊「陸機の文賦の「文学」の自立」(『中国文化―研究と教育』七一、二〇一三年)
渡邉　義浩＊「蔡琰の悲劇と曹操の匈奴政策」(『三国志研究』九、二〇一五年)
渡邉　義浩「東南の風は、呼んだのか、読んだのか」(レッドクリフ part II パンフレット、二〇〇九年、『英雄たちの「志」三国志の魅力』汲古書院、二〇一五年に所収)

渡邉義浩「中国の津田左右吉評価と日中の異別化」（『津田左右吉とアジアの人文学』二、二〇一六年）

〔中　文〕

a

安　勇「是削足適履還是量体裁衣——論毛本《三国》対嘉靖本《三国》的修訂——」（『当代小説』二〇〇九—三、二〇〇九年）

c

蔡東洲・文廷海『関羽崇拝研究』（巴蜀書社、二〇〇一年）
常建華『〈中華文化通志・制度文化典・第四典〉宗族志』（上海人民出版社、一九九八年）
陳独秀「文学革命論」（『新青年』二—六、一九一七年）
陳翔華『諸葛亮形象史研究』（浙江古籍出版社、一九九〇年）
陳翔華（主編）『南京蔵李卓吾評本三国志』（全国図書館文献縮微復制中心、二〇〇五年）
陳翔華※『三国志演義縦論』（文津出版社、二〇〇六年）
陳翔華＊「毛宗崗的生平考与『三国志演義』——毛評本的金聖嘆序問題——」（『文献』一九八九—三、一九八九年、周兆新主編『三国志叢考』北京大学出版社、一九九五年に所収）
陳曦鍾・宋祥瑞・魯玉川（輯校）『三国演義会評本』（北京大学出版社、一九八六年）
程郁『清至民国蓄妾習俗之変遷』（上海古籍出版社、二〇〇六年）
楚愛華「従貂蟬形象的塑造管窺羅貫中的儒家婦女観」（『開封大学学報』第十九巻、第一期、二〇〇五年）

d

杜貴晨「毛宗崗抑劉反曹意在反清復明」（『三国演義学刊』（一）四川省社会科学出版社、一九八五年）
杜慶波「論毛宗崗小説評点之〝戯曲手眼〟」（『五邑大学学報』四—三、二〇〇二年）

f

費成康『中国的家法族規』（上海社会科学院出版社、一九九八年）
符麗平『従三国史到《三国演義》』（四川科学技術出版社、二〇一六年）

傅隆基「忠与義」（『古老大地上的英雄史詩――『三国演義』――』雲南人民出版社、一九九九年）
g
関四平『三国演義源流研究』（黒竜江教育出版社、二〇〇一年）
郭素媛「論明清時期対《三国演義》〝擁劉反曹〟思想的詮釈」（『山東省青年管理幹部学院学報』二〇一〇―二、二〇一〇年）
h
韓偉表「《三国演義》作者籍貫研究述評――《三国演義》文献学研究之一――」（『浙江海洋学院学報』人文科学版一七―四、二〇〇〇年）
韓偉表「《三国演義》与講史平話淵源関係研究述評――《三国演義》文献学研究之一――」（『浙江海洋学院学報』人文科学版二四―一、二〇〇七年）
何暁葦『毛本『三国演義』研究』（巴蜀書社、二〇一三年）
洪淑苓『関公民間造型之研究――以関公伝説為重心的考察――』（国立台湾大学、一九九五年）
湖北省群衆芸術館（編）『三国外伝』（上海文芸出版社、一九八六年）
胡適※『中国章回小説考証』（上海書店、一九八〇年）
胡適＊「三国志演義考証」（一九二二年、のち『中国章回小説考証』上海書店、一九八〇年）
胡世厚「建国三十五年《三国演義》研究的回顧」（『三国演義学刊』（一）四川省社会科学出版社、一九八五年）
黄霖「関於毛本『三国演義』的若干問題」（『三国演義研究集』四川省社会科学院出版社、一九八三年）
黄霖「李、毛両本諸葛亮形象比較論」（『三国演義学刊』（二）四川省社会科学出版社、一九八六年）
霍雨佳「毛宗崗小説美学的弁証観点」（『三国演義学刊』（二）四川省社会科学出版社、一九八六年）
j
江雲・韓致中『三国外伝』（上海文芸出版社、一九八六年）
蔣正治「二十年来《三国演義》研究中若干重要問題回顧」（『陝西師範大学継続教育学報』二四―一、二〇〇七年）
金文京「従〝秉燭達旦〟談到《三国志演義》和《通鑑綱目》的関係」（周兆新（主編）『三国演義叢考』北京大学出版社、一九九五年）

驚　鴻「関羽的忠義思想」（『文化関羽』中国華僑出版社、二〇〇三年）

l

李福清『関公伝説与三国演義』（漢忠文化事業股份有限公司、一九九七年）a

李福清『三国演義与民間文学伝統』（上海古籍出版社、一九九七年）b

李新年「劉備与聖徳仁君及《三国演義》的正統観新探」（『大慶高等専科学校学報』一四―三、一九九四年）

李燕捷『三国演義与三国史実』（中国文史出版社、一九九九年）

李正学「毛綸批評《琵琶記》的文学思想」（『四川戯劇』二〇〇七―二、二〇〇七年）

李正学「毛宗崗論詩文在《三国》小説中的結構作用」（『中華文化論壇』二〇〇八―三、二〇〇八年）

李正学「蘇州小説批評圏」（『中華文化論壇』二〇一一―一、二〇一一年）

劉海燕「毛評与金聖嘆関係新弁」（『南京師大学報』社会科学版二〇一二―三、二〇一二年）

劉海燕「関于《三国演義》評点研究的再思考」（『襄樊学院学報』三一―一二、二〇一〇年）

劉永良「毛宗崗対《三国演義》的比較批評」（『斉魯学刊』二〇一二―六、二〇一二年）

劉世徳『劉世徳話三国』（中華書局、二〇〇七年）

劉世徳『三国志演義作者与版本考論』（中華書局、二〇一〇年）

羅香林『中国族譜研究』（香港中国学社、一九七一年）

魯　迅『中国小説史略』（『魯迅全集』第八巻、人民文学出版社、一九五七年）

m

馬明琮・張薇・劉曼「《三国演義》"尊劉反曹"思想産生的根源」（『大衆文芸』二〇一〇―一二、二〇一〇年）

梅新林・韓偉表「《三国演義》研究的百年回顧及前瞻」（『文学評論』二〇〇二―一、二〇〇二年）

q

秦亢宗「読毛批本三国演義札記」（『解放軍文藝』一九六三―六、一九六三年）

丘振声『三国演義縦横談』（漓江出版社、一九八三年）

s

石　麟「毛批《三国》的叙事理論」（『三峡論壇』二〇一〇―四、二〇一〇年）

沈伯俊「近五年《三国演義》研究綜述」（『成都大学学報』社会科学版一九八六―三、一九八六年）
沈伯俊「近五年《三国演義》研究再述」（『成都大学学報』社会科学版一九八七―一、一九八七年）
沈伯俊「近十年古代小説研究的回顧与展望」（『社会科学研究』一九八八―六、一九八八年）
沈伯俊(校理)『三国演義』（江蘇古籍出版社、一九九二年）
沈伯俊※『三国漫話』（四川人民出版社、二〇〇〇年）
沈伯俊＊「理智与情感的巨大衝突――《関雲長義釈曹操》――」（『三国漫話』四川人民出版社、二〇〇〇年）
沈伯俊※『三国演義新探』（四川人民出版社、二〇〇二年）
沈伯俊＊「論毛本《三国演義》」（『海南大学学報』一九九一―三）
沈伯俊※『沈伯俊説三国』（中華書局、二〇〇五年）
沈伯俊「梟雄と明君――論劉備形象――」（『中華文化論壇』二〇〇六―一、二〇〇六年）
沈伯俊・金文京「《三国演義》研究的回顧与展望」（『文芸研究』二〇〇六―四、二〇〇六年）
沈伯俊「民俗文化孕育的忠義英雄――関羽――」（『羅貫中与三国演義』遠流出版公司、二〇〇七年）
沈伯俊・譚良嘯『三国演義大辞典』（中華書局、二〇〇七年）
盛巽昌（補証）『三国演義補証本』（上海人民出版社、二〇〇七年）
施永南『納妾縦横談』（中国世界語出版社、一九九八年）
宋鳳娣・呂明涛「《三国演義》毛評中的歴史小説虚実論平議」（『泰山学院学報』二五―四、二〇〇三年）
孫楷第『戯曲小説書録解題』（人民文学出版社、一九九〇年）

t

譚洛非・胡邦煒・沈伯俊「努力開創《三国演義》研究的新局面」（『三国演義学刊』（一）四川省社会科学出版社、一九八五年）
唐富齢・王旻「版本不同 実質未変――也談羅・毛本中曹操形象的基本傾向――」（『武漢大学学報』哲学社会科学版一九九五―一、一九九五年）
滕雲「論毛宗崗対《三国演義》的批評」（『三国演義学刊』（一）四川省社会科学出版社、一九八五年）

w

王鶴鳴『中国家譜通論』（上海古籍出版社、二〇一〇年）

王　麗　娟　『三国故事演変中的文人叙事与民間叙事』（斉魯書社、二〇〇七年）
王　利　器　「羅貫中与《三国志通俗演義》」（『社会科学研究』一九八三―一、二、一九八三年）
王　瑞　功（編）『諸葛亮研究集成』（斉魯書社、一九九七年）

x

蕭　相　愷　「《三国演義》毛評的出発点和基本傾向」（『三国演義学刊』（一）四川省社会科学出版社、一九八五年）
許勇強・李蕊芹「近三十年《三国演義》《水滸伝》比較研究述略」（『江漢大学学報』人文科学版二九―六、二〇一〇年）
徐　建　華　『中国的家譜』（百花文芸出版社、二〇〇二年）

y

顔　清　洋　『関公全伝』（台湾学生書局、二〇〇二年）
伊藤晋太郎　「近十年日本三国文化研究論著目録（二〇〇五年一月～二〇一五年一二月）」（『内江師範学院学報』三一―七、二〇一六年）
余　蘭　蘭　「近二〇年《三国演義》中的諸葛亮形象研究述略」（『湖北大学学報』哲学社会科学版二九―六、二〇〇二年）
余　英　時　『中国近世宗教倫理与商人精神』（聯経出版事業公司、一九八七年）

z

張　　　真　「《三国志平話》中的劉備形象」（『許昌学院学報』三一―三、二〇一二年）
鄭　振　鐸　「三国志演義的演化」（『小説月報』二〇―一〇、一九三四年、『中国文学研究』人民出版社、二〇〇〇年に所収）
周　兆　新※『三国演義考評』（北京大学出版社、一九九〇年）
周　兆　新＊「華容道義釈曹操」（『三国演義考評』北京大学出版社、一九九〇年）
周　　　午　「記〝三国演義座談会〟」（『三国演義研究論文集』作家出版社、一九五七年）
周　学　禹　「毛宗崗修訂、評点《三国演義》瑣議」（『信陽師範学院学報』哲学社会科学版一九八六―四、一九八六年）

あとがき

本書は、早稲田大学文学研究科に提出した博士学位請求論文「毛宗崗批評『三國志演義』の思想的研究」を整理し、附章を加えたものである。

本書を構成する諸章のうち、かつて発表した論文集・雑誌と論文題目は、次のとおりである（序章・終章は、書き下ろし）。

第一章「毛宗崗本『三国志演義』における劉備の仁」（『狩野直禎先生米寿記念 三国志論集』三国志学会、二〇一六年）

第二章「毛宗崗本『三国志演義』における関羽の義」（『東方学』一二六、二〇一三年）

第三章「毛宗崗本『三国志演義』における養子の表現」（『日本中国学会報』六三、二〇一一年）

第四章「毛宗崗本『三国志演義』に描かれた曹操臨終の場面について——明清における妾への遺贈のあり方を手がかりに——」（『三国志研究』四、二〇〇九年）

第五章「毛宗崗本『三国志演義』における諸葛亮の智」（『三国志研究』一一、二〇一六年）

第六章「毛宗崗本『三国志演義』に描かれた女性の義と漢への義——貂蟬の事例を中心として——」（『狩野直禎先生傘寿記念 三国志論集』三国志学会、二〇〇八年）

第七章「毛宗崗本『三国志演義』における女性の忠」（『東洋の思想と宗教』三二、二〇一五年）

第八章「毛宗崗本『三国志演義』における「関公秉燭達旦」について」（『三国志研究』九、二〇一四年）
第九章「毛宗崗本『三国志演義』における母と子の表現技法」（『駿河台大学論叢』三九、二〇〇九年）
附　章「中国近世小説研究の一視角」（『中国史学の方法論』汲古書院、二〇一七年）

前著『明清小説における女性像の研究――族譜による分析を中心に――』（汲古書院、二〇一一年）は、族譜の凡例から窺われる明清時代の社会通念をもとに、小説における描写を分析したものであった。それまで、明清小説を研究しながら、中国・日本において最も有名と言って良い『三国志演義』は、研究の対象としてこなかった。わたしの興味の対象が、明清時代の家族制度や実態、および家族をテーマとした小説にあったからである。

二〇〇七年に三国志学会事務局長であり、早稲田大学文学学術院教授の渡邉義浩先生より、三国志学会編『狩野直禎先生傘寿記念 三国志論集』が論文を募集しているというお話を伺った。明清時代の社会通念の影響が『三国志演義』にも見られるのかという疑問を抱いていたこともあり、これを機にわたしも『三国志演義』に関する論文を書いてみようと思った。『三国志演義』において一番有名な女性と言えば貂蟬である。そこで、貂蟬の場面を読み返してみてとても驚いた。二人の男性と関係を持った貂蟬に対して悲惨な結末が描かれていないのである。これまでわたしが読んできた明清小説では、理解し難い描写であった。しかも、通行本となった毛宗崗本は、貂蟬の行為を賞賛し、不貞を犯したことをまったく咎めていない。しかし、その一方で呂布の死後、劉備たちに媚びる貂蟬を関羽が斬るという劇もあったのである。それらをこれまで学んできた明清時代の社会通念と照らし合わせると、貂蟬が貞操をあまり重んじられていなかった身分に設定されているため、自害せずとも読者は納得できたということが分かった。これが、『三国志演義』に関する初めての論文となった。

その後、調べを進めていくと、中国と日本で読まれてきた『三国志演義』が、完全に同じものではなかったことを知った。では、なぜ中国では毛宗崗本が通行本となったのか。毛宗崗本は、なぜ中国近世の人たちに好まれたのか。その理由を追及したいと思った。それが毛宗崗本『三国志演義』について研究をしようと思った契機であった。

二〇一六年に『狩野直禎先生米寿記念 三国志論集』に寄せた本書第一章の「劉備の仁」まで足かけ九年間、『三国志演義』の研究を続けたことになる。本研究が進展したのは、二〇一二年より日本学術振興会特別研究員（RPD）に採用されたことにある。最初に受け入れてくださった二松学舎大学文学部教授の牧角悦子先生、二〇一三年より受け入れていただいた早稲田大学文学学術院教授の渡邉義浩先生には、厚く感謝申し上げる。

牧角悦子先生は、二〇一〇年の三国志学会において、わたしが、『三国志演義』の養子に関する報告をさせていただいた折、まだ、第一子が一歳になったばかりで、寝不足で疲れ切ったわたしの顔を見て、「女性研究者であるからこそ考えたり、書けることがある」と励ましてくださった。子供がいることへの感謝の気持ちを新たにするような温かいお言葉をも頂戴し、わたしは感極まる思いだった。感謝申し上げたい。

渡邉義浩先生には、二〇一〇年に、『「三国志」の女性たち』（山川出版社）を、二〇一六年には、『三国志「その後」の真実』（SBクリエイティブ）を共著で書かせていただいた。さらに、二〇一五年には、『全譯後漢書 第十冊 志八 輿服』（汲古書院）を共訳で出版させていただいた。博士論文の主査も快くお引き受けくださった。記して深謝するものである。

また、大学院時代の恩師である小川陽一東北大学名誉教授は、今回の博士論文審査でも副査をお引き受けくださり、小説の評のあり方、読み方についてのご指導を賜った。同じく副査を努めてくださった早稲田大学文学学術院教授の森由利亜先生には、儒教と道教との関係についてご教示いただいた。両教授に謝意を表するものである。

前著は、第一子を保育園に預けながらの作業となったが、今回の出版は、第一子は小学校二年、第二子も幼稚園の年長となったので、少しは落ち着いて作業に臨めたように思われる。本にまとめるまでに論文を書いてこられたのは、ひとえに諸先生方のご指導によるものである。心より感謝申し上げたい。そして、また長男の明義、次男の昌義の協力のおかげでもある。二人の健康に感謝したい。

また、汲古書院の三井久人社長には、本書の出版をご快諾いただき、同社の柴田聡子さんには、編集・校正にご尽力いただいた。記して謝する次第である。

二〇一七年十一月二日

仙石　知子

著者紹介

仙石　知子（せんごく　ともこ）

1971年　東京都に生まれる
1994年　中国南開大学中文系卒業
2006年　大東文化大学大学院文学研究科中国学専攻修了、博士（中国学）
2017年　早稲田大学大学院文学研究科にて論文により学位取得、博士（文学）
現　在　早稲田大学非常勤講師

著　書

『明清小説における女性像の研究――族譜による分析を中心に――』（汲古書院、2011年）
『剪灯新話』（明治書院、2008年、共訳）
『「三国志」の女性たち』（山川出版社、2010年、共著）
『全譯後漢書』第十冊　志（八）輿服（汲古書院、2015年、共訳）
『三国志「その後」の真実』（ＳＢクリエイティブ株式会社、2016年、共著）

毛宗崗《もうそうこう》批評『三國志演義』の研究

二〇一七年十二月二十八日　発行

著　者　仙　石　知　子
発行者　三　井　久　人
印刷所　モ リ モ ト 印 刷

発行所　汲　古　書　院
〒102-0072　東京都千代田区飯田橋二―五―四
電　話〇三（三二六五）九七六四
ＦＡＸ〇三（三二二二）一八四五

ISBN978－4－7629－6605－7　C3098

KYUKO-SHOIN,CO.,LTD.　TOKYO